Friedrich Ja

Urgeschichte der S
ehemaligen Fürstent... ...Ansbach

SALZWASSER
VERLAG

Friedrich Jacobi

Urgeschichte der Stadt und des ehemaligen Fürstentums Ansbach

1. Auflage | ISBN: 978-3-75251-140-6

Erscheinungsort: Frankfurt am Main, Deutschland

Erscheinungsjahr: 2020

Salzwasser Verlag GmbH, Deutschland.

Nachdruck des Originals von 1868.

Urgeschichte

der

Stadt und des ehemaligen Fürstenthums

Ansbach.

Zugleich älteste Geschichte der meisten Pfarreien, Schlösser,
Burgen, Städte und Dörfer in Mittelfranken.

Von

Dr. Friedrich Jacobi,

Senior und Pfarrer in Röckingen bei Wassertrüdingen.

————◆✛◆————

Facta, non ficta.

Ansbach.

Druck und Verlag von C. Brügel und Sohn.

1868.

Seiner theuern

Vaterstadt Ansbach

gewidmet

von dem

Verfasser.

Inhalts-Verzeichniß.

I. Periode.

Urgeschichte bis zur Gründung des Klosters und Ortes Onolzbach, angeblich im Jahre 750 n. Chr., jedenfalls vor 786 n. Chr.

II. Periode.

Von der Gründung des Klosters und Ortes Onolzbach bis zum Uebergang derselben an das Burggrafenthum Nürnberg 1331

Erste Periode.

Urgeschichte bis zur Gründung des Klosters und Ortes Onolzbach,

angeblich im Jahre 750 n. Chr.

I. Abschnitt.

Ureinwohner des nachmaligen Ansbachischen Landes.

Als Jahrhunderte vor der Erscheinung des Heilands auf Erden die dritte und vierte Einwanderung der arischen Völker aus Hochasien in Europa stattfand, [1]) erhielt auch unser deutsches Vaterland in den Kelten seine ersten Bewohner, an welche (nach Herodot) schon im siebenten Jahrhundert vor Christi Geburt die Scythen gegen Osten gränzten [2]).

Einen, anfangs kleinen, im Laufe der Jahrhunderte sich vergrößernden Stamm der Kelten, der bei dem Zuge derselben nach Frankreich und England am Rheine zurückblieb, bildeten die Germanen, die sich besonders östlich vom Rheine ausbreiteten, und sich von den übrigen Kelten mehr und mehr durch Sitte, Sprache und Körperbau unterschieden. In frühester Zeit rechneten die Römer diese Germanen zu den Kelten, die sie, nach dem hervorragendsten

---

1) Rudhart's Aelteste Geschichte Bayerns beginnt ebenfalls mit der arischen Einwanderung.

2) Da die Ureinwohner unseres Vaterlandes selbst keine unzweideutigen Nachrichten durch Monumente oder Schriftwerke uns überlieferten, so müssen wir uns an das halten, was griechische und römische Schriftsteller berichten. Unter jenen sind es Herodot, der älteste griechische Geschichtschreiber, und die griechischen Geographen Ptolemäus und Strabo; unter diesen Dio Cassius, Prokonsul in Ober-Pannonien, in s. römischen Geschichte, die bis zum Jahr 229 n. Chr. reicht; Julius Cäsar, der Geograph Pomponius Mela, Velejus Paterculus, dessen römische Geschichte bis zum Jahre 37 n. Chr. reicht; vor Allen aber Tacitus, und zwar für die Zeit von 14 bis 71 n. Chr.

keltischen Stamme der Galen, Galli nannten [1]). Doch schon in den kapitoli=
nischen Fasten zum Jahre 222 vor Chr. wurden von ihnen nicht nur Galli
Insubres, sondern auch Germani genannt [2]). Die ersten Stämme der in=
zwischen zu einem mächtigen Volke herangewachsenen Germanen, welche sich den
Römern furchtbar machten, waren die Cimbern und Teutonen, und zwar vom
Jahre 113 vor Chr. an; doch wurde der Name Germani erst kurz vor der
Zeit des Geschichtschreibers Tacitus der allgemeine Name des Volkes [3]).

Die Germanen breiteten sich in verschiedenen Zweigen über das jetzige
Deutschland aus, welches von den Römern, zum Unterschiede von Germania
superior und inferior oder prima und secunda, jenseits des Rheines, das
große Germanien genannt wurde (Germania magna, auch barbara). Der
für die Bewohner des nachmaligen Markgrafthums Ansbach wichtigste Stamm
in Groß=Germanien waren die Hermunduren, die frühesten Bewohner des
Landstriches zwischen der Donau und dem Fichtel= und Rhöngebirge [4]). Den
Namen Hermunduren oder Ermendure, Irmenduri leitet Zeuß von Irman
ab, der, wie Irmensul, die Bedeutung von „allgemein, gewaltig" hat, und von
duri, im Nordischen thora „wagen", so daß Hermúnduri die Wagenden, die
Kühnsten, Muthigsten bedeutet [5]). Sie gehörten zu dem suevischen Völkerbunde
und scheinen die von Marbod und seinen Markomannen bei ihrem Abzuge
nach Böhmen verlassenen Gegenden in Besitz genommen zu haben [6]). Die
Salzquellen, um deren Besitz sie siegreich gegen die Katten (im heutigen Kur=
hessen) kämpften, scheinen die noch ergiebigen Quellen bei Kissingen gewesen
zu sein; und der nördliche Grenzfluß die fränkische Saale [7]). Gegen Süden
erstreckten sich die Hermunduren bis an die Donau, und waren die Urein=
wohner des fruchtbaren, an Weideplätzen und Wild reichen Landes, welches die
Rezat und Aisch, Altmühl und Wernitz durchströmen. Besonders fruchtbar
und zur Ansiedelung einladend muß die Ebene zwischen dem schwäbischen und
fränkischen Jura gewesen sein, jetzt das Rieß genannt, weil man damals der

---

1) Holtzmann, Kelten und Germanen. Eine historische Untersuchung. Stuttg.
b. Krabbe 1855.

2) Stälin, Württembergische Geschichte. I. Thlr. Schwaben und Südfranken
von der Urzeit bis 1080. Stuttg. u. Tübg. b. Cotta 1841, S. 2.

3) Tacitus sagt (de situ, moribus et populis Germaniae Cap. II.): Ceterum
Germaniae vocabulum recens et nuper additum, quoniam, qui primi Rhenum
transgressi Gallos expulerint, ut nunc Tungri, tunc Germani vocati sint: ita
nationis nomen, non gentis, evaluisse paulatim, ut omnes, primum a victore ob metum,
mox etiam a se ipsis invento nomine Germani vocarentur. Vgl. Bülau ꝛc. die Germania
des Tacitus. Lpz. 1828 S. 54 ff. Schmitthenner, Lehrbuch der deutschen Ge=
schichte. 2 A. S. 5.

4) Propior, ut quomodo paullo ante Rhenum, sic nunc Danubium sequar,
Hermundurorum civitas sagt Tacitus l. c. Cap. XLI.

5) Zeuß, die deutschen und die Nachbarstämme. München 1837. S. 103.
Vgl. Contzen, Geschichte Bayerns. Münster 1853. S. 149. Anmerkg. 1.

6) Bellejus Paterculus schildert in seiner Historia Romana. Lib. II. Cap.
CVIII u. CIX Marbods Abzug und seine Macht. Kap. CVI sagt er, daß Kaiser Ti=
berius siegreich a Rheno usque ad flumen Albini, qui Semnonum Hermunduros
eorumque fines praterfluit gedrungen sei.

7) Tacitus, Annales Lib. XIII. Cap. LVII: Eadem aestate inter Her=
munduros Cattosque certatum magno proelio, dum flumen, gignendo sale fecundum
et conterminum, vi trahunt.

Zeit noch näher war, in welcher die Wernitz, lange durch die sich im Süden schließenden Jurazüge aufgestaucht, bei der jetzigen Stadt Harburg durchgebrochen war, und den schwarzen Boden trocken gelegt hatte[1].

Hier verlebten die Ureinwohner unseres Landes ihr Stein=, Bronce= und Eisen=Alter, als die ersten Epochen der Kultur. Aus jeder dieser Entwicklungs= Perioden besitzt der Historische Verein in Ansbach in seinen reichen Sammlungen Ueberreste von Werth und Bedeutung. Vor zwei Jahren wurden auch auf dem Hesselberge zwei Meisel oder Streitbeile von Bronce ausgegraben, welche auf beiden Seiten Schaftlappen haben, und von denen die vordere Schneide durch Gebrauch abgestumpft ist. Sie gleichen ganz dem meiselartigen Werkzeuge, welches im Donaustrudel gefunden, und in dem interessanten Vortrag des Frhrn. v. Sacken dargestellt ist, welcher am 12. März 1862 im Alterthumsvereine zu Wien gehalten wurde[2].

Dem Eisenalter unserer Urahnen gehörten auch die kleinen eisernen Figuren an, welche im Jahre 1835 bei Feuchtwangen ausgegraben wurden, und in der historischen Abtheilung der Sammlungen zu Ansbach aufgestellt sind[3]. Sie gleichen den ersten rohen Kunsterzeugnissen der Eisenarbeiter und

---

1) Für diese Annahme, daß das jetzige Rieß ein ausgetrockneter See sei, spricht auch die Ableitung des Namens von Ried (daz hriot), soviel als Schilf (von dem althochdeutschen hrutan, bewegen) oder von riozan, fließen, also Flußgebiet, (s. Schmittbenner, Kurzes deutsches Wörterbuch 2c. S. 384 und 411), so daß der Name Rieß ursprünglich ein Sumpfland bedeutet. Daher in Urkunden neben Rhaetia auch Riassin, Riusiana genannt, was zu dem Scherznamen „Russen" Veranlassung gab. Noch findet man zwischen Heroldingen und Hoppingen an dem sog. Kräuterranken mehrere Schuhe hoch über dem Wasserspiegel der Wernitz Tausende von kleinen nicht versteinerten Muscheln, wie man sie auch bei Oettingen finden soll und bei Wallerstein, das mit seinem Felsen als Insel aus dem See hervorragte. Der See reichte herauf bis Wassertrüdingen. Nach Röckingen zog sich eine Bucht. Noch heißen Grundstücke: der Seewasen, die Seeäcker; und bei den letzteren wurde vor einigen Jahren ein Glied eines Ichthyosaurus gefunden, welches der Verfasser dieses Werkes besitzt. Vgl. II. Jahresbericht des Hist. Vereins für den Rezatkreis für 1831. S. 47. Deßgl. Bavaria, Landes= und Volkskunde des Königreichs Bayern B. III, Abth. II. München 1865. S. 839, woselbst A. Schnizlein mittheilt, daß sich zwischen Wemding, Laub und Holzkirchen eine Moorbildung finde, und das Rieß überhaupt reich sei an gewöhnlichen und seltenen Sumpfpflanzen. Daselbst findet sich auch S. 1106 ff. über die Wanderzüge der Hermunduren eine treffliche Abhandlung von Ed. Fentsch, wobei er bezüglich der Widersprüche zwischen Dio Cassius und Tacitus in den Annalen (Lib. XIII, cp. 57) die sehr richtige Bemerkung macht, „daß dem römischen Schriftsteller die Topographie Germaniens und das Maß der Entfernungen nicht so streng geläufig gewesen sein mochte, und daß es bei der beständigen Fluctuation des deutschen Völkerlebens jener Zeit nur zu leicht möglich war, frühere und spätere Wohnsitze zu verwechseln".

2) Dr. Eduard Frhr. v. Sacken: Ueber die vorchristlichen Kulturepochen Mitteleuropas und die Quellen der deutschen Urgeschichte. Wien. Hofdruckerei 1862, S. 59. Vgl. XXXIII. Jahresbericht des Histor. Vereins von Mittelfranken. Ansbach 1865 S. IX und X.

3) Beschrieben und abgebildet im VI. Jahresbericht des Historischen Vereins für den Rezatkreis 1836. S. 13. Die Aufstellung dieses höchst seltenen Alterthums auf passenden Postamenten, wie überhaupt die Ordnung der Sammlungen und die Bereicherung derselben mit den werthvollsten Gegenständen verdanken wir Herrn J. G. Pfister, Beamter im Museum zu London, einem gebornen Ansbacher, dessen Verdienste um den Verein und mittelbar um seine Vaterstadt noch viel zu wenig gewürdiget wurden.

1*

sind von den sonstigen metallenen Gegenständen, die man in den alten Gräbern unserer Gegend findet, so verschieden, daß man die künstlich gearbeiteten Geräthe und Schmucksachen derselben wohl für eingehandelte etruskische Arbeit halten muß.

II. Abschnitt.

Unterjochung eines Theiles der Ureinwohner des spätern Fürstenthums Ansbachs von den Römern [1]).

Kaum hatten die Römer vom Jahre 15 vor Christi Geburt an unter den Feldherren Publius Silius und Drusus das deutsche Land südlich von der Donau erobert, und als neue Provinzen unter den Namen Noricum und Rhätia mit Vindelicia dem großen römischen Reiche einverleibt; so fingen die beiden Stiefsöhne des Kaisers Augustus, Drusus und Tiberius, (nachmals Kaiser) um das Jahr 15 n. Chr. an, auch das Land zwischen der obern Donau, dem Main und Oberrhein zu unterwerfen [2]), theils zum Ersatz für den Verlust der Gebiete im Norden Germaniens durch den Sieg Armins im Teutoburger Walde (9 n. Chr.), theils zur leichtern Verbindung der Provinzen Pannonien, Helvetien und Gallien [3]). Und diese neue Eroberung kostete den Römern keinen besonders heißen Kampf, da der alte Suevenbund gelockert war, und die Hermunduren nach dem Abzuge Marbods mit seinen Markomannen nach Böhmen ziemlich vereinzelt dastanden, und sich vielleicht selbst geschwächt hatten durch den Anschluß freiheitsliebender, wanderungslustiger Hermunduren an Marbod [4]).

Indessen vermochten die Römer (was unsere Gegend betrifft) nur das Land vom Einflusse der Wernitz in die Donau bis zum Nordabhange des Hahnenkammes und dem Hesselberge zu unterwerfen und der Provinz Rhätien einzuverleiben [5]). Was nördlich davon lag, blieb frei, und eben weil dadurch das nachmals Ansbachische Land in ältester Zeit in zwei staatlich und feindlich getrennte Theile zerfiel, ist schon seine Urgeschichte bedeutungsvoll; denn nirgends wurde so unausgesetzt gekämpft, um den unterjochten Brüdern die

---

1) Anmerkung. Das Ansbacher Land war ein Fürstenthum. Weil aber seine Landesherren den Titel Markgrafen von Brandenburg führten, so wurde es gewöhnlich das Markgrafthum Ansbach genannt.

2) Niebuhr, Römische Geschichte. Th. II. S. 589. — Rudhart, Aelteste Geschichte Bayerns. S. 5. Anmerkg. 4.

3) Johannes von Müller, Geschichte der schweizerischen Eidgenossenschaft. Band I. Kap. 5.

4) Ueber Marbod's Auswanderung s. Vellejus Paterculus, Historia romana, liber II c. CVIII u. CIX, wo er deutlich und bestimmt sagt, daß Sentio Saturnino mandatum, ut per Cattos excisis continentibus Herciniae silvis, legiones Boiohaemum (id regioni quam incolebat Maroboduus, nomen est) duceret etc. etc.

5) Aus diesem Grunde leiten Manche den Namen Rieß von Rhaetia, Retia ab, weil hier das Rhätische, Rizische seinen Anfang nahm. Vgl. II. Jahresbericht v. 1831. S. 12.

Freiheit zurückzuerobern, als hier — beß sind die Leichenhügel Zeugen, die einst zahlreich hier die Grenzscheide römischen und deutschen Landes bedeckten und die Schlachtfelder bezeichneten, auf denen germanisches Blut für des Vaterlandes Ehre und Freiheit in Strömen geflossen.

Um die plötzlichen Einfälle der frei gebliebenen Deutschen wenigstens zu erschweren, die in den neuerworbenen Provinzen angelegten Kolonien und Strassen zu sichern, die Bewohner vor den räuberischen Einfällen einzelner Freibeuterschaaren und den Drangsalen des Krieges zu bewahren, und zugleich des großen Römerreiches nördlichste Gränze festzustellen: erbauten die Römer, wie in Britannien gegen die Pikten und Skoten, so auch in Deutschland einen Gränzwall mit Festungswerken an und hinter demselben. Das Werk entstand jedoch weder nach einem zuvor festgestellten gemeinsamen Plane, noch zu gleicher Zeit, sondern zu verschiedenen Zeiten und auf verschiedene Weise; und seine Theile wurden erst später zu jenem Riesenwerke vereinigt, das wir noch heute in seinen wenigen Ueberresten bewundern.

Schon der römische Kaiser Tiberius hatte am Niederrhein, dem alten Vetera (Xanten) gegenüber, einen Wall aufführen lassen; und Domitianus beßgleichen. Wahrscheinlich zog sich sein Wall von Colonia Agrippina (Köln) aus an das Taunusgebirge, und war zum Schutze der unterworfenen Deutschen gegen die freien germanischen Stämme der Usipeter, Tencterer und Chatten errichtet[1]). Tacitus, der seine Germania im Jahre 98 n. Chr. schrieb (also gleichzeitig mit dem Regierungsantritt des Kaisers Trajanus), berichtet von dem sog. römischen Zehntland (jetzt Würtemberg, Baden und Großh. Hessen), daß darin ein Gränzwall gezogen, und die römischen Verschanzungs-Besatzungen vorgeschoben worden seien, um dasselbe, wie einen Busen, dem römischen Reiche einzuverleiben[2]).

Kaiser Hadrianus war es, der — von 117 bis 138 herrschend — nach Spartianus die Gränzmarken gegen die Barbaren in jenem Zeitraume an den meisten Orten, wo sie nicht durch Flüsse geschieden waren, durch mauerartig verbundenes Pfahlwerk sichern ließ[3]). Daß dieses bei demjenigen Theile des römischen Gränzwalles der Fall war, der sich durch das nachmalige Ansbacher Land, jetzt Mittelfranken, zog, hat Graf Hundt, der, mit den Erfahrungen Buchners und Dr. Maiers und den topographischen Karten in der Hand, vor

---

1) Diese Strecke ist die einzige des ganzen, von Köln bis zur Donau, 75 geographische Meilen betragenden Römerwalles, deren Zug nach dem Geständnisse der ausgezeichneten Alterthumsforscher Barth und Creuzer noch nicht festgestellt ist. Vgl. Fr. v. Cock, der römische Gränzwall von der Altmühl bis zur Jaxt. Stuttgart bei Köhler, 1847. S. 204 ff.

2) Tacitus sagt am Schlusse des 29. Kap. von denen, qui decumates agros exercent: Mox limite acto, promotisque praesidiis, sinus imperii et pars provinciae habentur. Mone stellt in seiner Urgeschichte des badischen Landes Bd. II S. 28 die Behauptung auf, daß die agri decumates schwerlich ihren Namen von einer zu leistenden Zehntabgabe in natura erhalten hätten, sondern von den Grundstücken, welche den neuen Einwanderern in dem, von den Markomannen verlassenen Lande von den Römern zugemessen wurden. Vgl. v. Cock 2c. 2c. S. 6.

3) Spartianus, vita Hadriani Cap. 12: Per ea tempora et alios frequenter in plurimis locis, in quibus barbari non fluminibus, sed limitibus dividuntur, stipitibus magnis in modum muralis sepis funditus jactis atque connexis, barbaros separavit.

wenigen Jahren den ganzen Wall von der Donau bis zur bayerisch-württem-
bergischen Gränze beging, aus den vorhandenen Ueberresten geschlossen. Er
sagt S. 15: „Die Landmarke, welche jetzt Pfahlranken oder Teufelsmauer [1])
genannt wird, scheint — soweit aus dem dermaligen Zustande geschlossen werden kann — zur Zeit ihrer vollen Wirksamkeit aus zwei Reihen enggeschlos-
sener und mächtiger Pfähle bestanden zu haben, deren hintere, 30 Schuh von
der vorderen entfernt, an oder auf einem Steinwalle von 4 bis 6 Schuh
Höhe eingerammt war, so daß die Vertheidigung von den auf dem Steinwalle
befindlichen Soldaten bewirkt, und die Sicherung durch ständige Patrouillen
der Wache haltenden Vertheidiger auf dem erhöhten Walle erzielt wurde [2]).

Wegen diesen Pallisaden oder Pfähle wurde der Wall an vielen Orten
Pfahlrain, Pfahlranke, Pfahlhecke genannt, und Orte, die in seiner Nähe angelegt worden, erhielten die Namen Pfahldorf, Pfahlenheim, Pfahlfeld oder
Pfoseld, Pfahlbronn u. dgl. Ein Weiher an demselben bei Ehingen heißt
heute noch Pfahlweiher. An andern Orten gibt es Pfahläcker, Pfahlwiesen,
Pfahldamm, Pfahlgraben u. s. w. Der Rheingränzwall dagegen bestand aus
einem Walle, der nach außen einen tiefen Graben hatte und an dessen innerer
Seite für die Vertheidiger ein Fußweg lief. Die Richtung dieses Walles war
schnurgerade, während unser Donauwall viele Wendungen macht [3])

Nach dem Erbauer wurde der Gränzwall Vallum Hadriani genannt,
und der Punkt, wo er an der Donau beginnt, heißt heute noch Habersfleck
(Hadriansflecken). Die Römer aber nannten ihn limes rhaeticus, weil er
Rhätien decken sollte [4]); später wurde er limes danubianus genannt, von seinem
Anfange an der Donau und im Gegensatze zu dem limes transrhenanus, der
sich vom Rhein aus in die südwestliche Ecke Germaniens zog, wie sich
vermuthen läßt, von Köln zur Wetterau und dem Taunusgebirge, an den
Main bis Freudenberg. Von da an lief, nach den neuesten Erhebungen des
berühmten Alterthumsforschers Eduard Paulus in Stuttgart, der Rheinwall
zwischen Miltenberg und Werthheim nach Waldbürn, Osterburken, Jarthausen,
Oehringen, Murhard und Welzheim bis Pfahlbronn, wo er sich auf der Was-

---

1) Den am weitesten verbreiteten Namen T e u f e l s m a u e r soll das den späteren
Einwohnern unbegreifliche Riesenwerk dadurch erhalten haben, daß sich die Sage verbreitete, der Teufel habe dem lieben Gott geboten, ihm so viel Land als Eigenthum zu
überlassen, als er in einer Nacht, bevor der Hahn krähe, mit einer Mauer oder Hecke
umfrieden könne. Der Teufel habe auch sein Werk nach erlangter Einwilligung begonnen und rüstig die Nacht hindurch gearbeitet; allein der Morgen habe gedämmert und
der Hahn gekräht, ehe er die Mauer vollenden konnte. Aus Zorn darüber habe der
Teufel angefangen, die Mauer wieder niederzureißen und so sein eigenes Werk zu zerstören. Im Württembergischen wird dieser Sage noch beigefügt, daß ein Schwein dem
Teufel geholfen habe, die Erde aufzuwühlen, weßhalb der Wall dort in manchen Gegenden S c h w e i n g r a b e n heißt, und anstoßende Grundstücke: Schweingraben-Aecker,
Schweingraben-Wiesen und dergl. genannt werden.

2) G r a f H e k t o r H u n d t, Bericht über eine Begehung der Teufelsmauer, des
Vallum Hadriani, von der Donau bis zur Wörnitz. München 1857 bei Wolf. S. 15.

3) Paulus a. a. O. Seite 5 und 7. Im Anhang spricht dieser tiefe Forscher
S. 51 dahin aus, daß der limes transrhenanus ein eigentlicher Gränzwall gewesen
sei, der limes transdanubianus aber nur eine römische, wohl vertheidigte Straße, welche
zugleich zur Gränzlinie diente. Die Hügel mit Graben an derselben seien Wachhügel
und Kastelle gewesen, vom Volke Burgtal, d. i. Burgstall, genannt.

4) V o p i s c u s, Vita Aureliani. Cap. 13.

serscheibe zwischen der Rems und der Lein mit unserm Donau-Gränzwall verband [1]). Dieser nahm seinen Anfang, der späteren Benediktiner-Abtei Weltenburg gegenüber, am linken Donauufer, wo heute noch die Ueberreste der stärksten Befestigung der, durch den Einfluß der Altmühl gebildeten Halbinsel zu sehen sind, an deren östlichem Spitze sich einst Celeusum erhob (jetzt Kelheim) [2]), und zog sich, in einem großen Bogen die Eichstätter Alp, den Hahnenkamm mit dem Hesselberg, den Oettinger Forst und die schwäbische Alp einschließend, über Hagenhill nach Altmannstein, wo noch jetzt ein cylinderförmiger Römerthurm steht. Von da aus ging der Wall nach Sandersdorf, Schamhaupten, Zant, Gelbelsee [3]), Kipfenberg, Pfahldorf, Erkershofen und Kahldorf in den Forst bei Raitenbuch, wo sich noch — St. Egidien gegenüber — die Reste eines römischen Castrums mit einem großen Thurme zeigen. Von hier aus nahm derselbe eine nördliche Richtung, schloß links das große römische Standlager bei Weißenburg ein, mit den Kolonieen bei Emezheim, und lief über Burgsalach und zwischen Höttingen und Fügenstall an die Rezat. Sie überschreitend, gelangte er bei Dannhausen, wo sonst so viele alte Münzen und Anticaglien gefunden wurden, in das nachmalige Fürstenthum Ansbach. Noch jetzt bildet der eingesunkene Wall zwischen Dornhausen und Dörschbrunn die Marke, zieht sich längs der Heide und am Saume des Waldes (genannt Fichtet) hin, wohl erkennbar, und tritt jetzt nördlich von Theilenhofen [4]) als Waldweg in die Markung von Pfofeld, wo er einen 3 Schuh hohen und 18 bis 24 Schuh breiten Feldrain bildet, der sich mehr und mehr verkleinert, und über Gundelshalm nach Gunzenhausen zieht, wo auf dem Burgstall wieder ein Castrum stand, von dem aus die Altmühlebene überwacht werden konnte. Ein Denkstein bezeichnet jetzt in der Stadt Gunzenhausen die Stelle, wo einst der Römerwall hinabzog zur Altmühl. Jenseits derselben lief er (jetzt Feldweg) durch die Fluren von Unterwurmbach in den Wald, dann über Unterhambach auf die Höhe des Waldrückens (wo er noch gut erhalten ist), und von da nach Klein-Lellenfeld, dann durch den Markgrafenweiher (jetzt Wiesgrund) in die Heid, nicht weit von Dennenlohe aus dem Walde heraus und durch den Hammerschmiedweiher, wo ganze Aecker auf dem Schutte römischer Gebäude liegen. Zwischen Krauthof und Dambach stieg der Wall die Anhöhe

---

1) Ed. Paulus, der römische Gränzwall (limes transrhenanus) vom Hohenstaufen bis an den Main. Mit Karte. Stuttg. b. Schweizerbart 1863, woselbst bis zur Evidenz erwiesen ist, daß die Vereinigung nicht, wie man bisher annahm, bei Lorch im Remsthale stattfand, sondern auf der Höhe von Pfahlbronn, wie auch, daß sich derselbe mit vielen Befestigungen bis zum Hohenstaufen zog. Vgl. Hanselmann, Beweis, wie weit die Römermacht zc. zc. I p. 66 ff. und II 19—50.

2) Graf H. Hundt, Bericht zc. zc. S. 3.

3) Früherer Pfarrort Dr. Maiers, von wo aus er seine Alterthumsforschungen unternahm, deren Ergebnisse in den Denkschriften der bayr. Akademie der Wissenschaften aus den Jahren 1821, 1835 und 1838 aufbewahrt sind.

4) Dieses Theilenhofen erhob sich später an der unzweifelhaft römischen Verbindungsstraße von Weißenburg nach Gunzenhausen, dem nördlichsten Punkte des Römerwalles. Am Anfange der Zwanziger Jahre fand man in der Gewanne daselbst, genannt die Weil (wahrscheinlich von villa) ein römisches Bad mit vielen römischen Alterthümern. Im Jahre 1835 fand man bei dem Acker in der Nähe dieser Stelle ein Bruchstück eines Steines, welcher einen Centaur darstellte. Es findet sich abgebildet im VI. Jahresber. des Hist. B. und ist S. 13 beschrieben.

hinan, dann hinter Ehingen hinab, am Pfahlweiher vorbei und wieder empor, (jetzt gepflasterter Fahrweg) um, zwischen Ammelbruch und Grub hin, zur Sulzach zu gelangen. Noch kann man am Saume des Waldes zwischen Ammelbruch und Dühren den eingesunkenen Gränzwall auf eine ziemliche Strecke verfolgen, und ein mit einer Hecke bewachsener Erdaufwurf zeigt heute noch den Weg, den derselbe nahm, um bei der Gelchsmühle die Sulzach zu überschreiten, und sich hinter Wittelshofen der Wernitz zu nähern. Dem Kenner zeigen sich heute noch die Spuren seines Zuges am linken Wernitz= ufer, von Wernitzhofen an, dem freundlichen Marktflecken Weiltingen gegen= über, bis hinauf zur Neumühle, wo des Flusses steilere Ufer den Uebergang erleichterten. Von da führt der Fußpfad nach Mönchsroth durch den Wald wohl eine halbe Stunde weit, bald auf, bald neben der Teufelsmauer vorbei, Jedermann erkennbar.

Hinter diesem Zuge des Donauwalles erhob sich der Hesselberg mit großartigen Befestigungen, und gestattete die Verfolgung des Walles dem Auge weithin nach Wernitzhofen, Weiltingen[1]) und Mönchsroth, von wo aus der Wall, nach Durchschreitung des Teufelsweihers, südlich von dem Weiler Eck im Oberamte Ellwangen die jetzt würtembergische Gränze erreichte und in west= licher Richtung fortzog bis zur Höhe von Pfahlbronn, wo er sich an den Rheingränzwall (limes transrhenanus) anschloß.

Die Bestimmung dieses ganzen kolossalen Werkes war offenbar die, eine ungeheure, stets wachsame Vorpostenlinie an der nördlichen Gränze des Römerreiches zu errichten. Daher waren viereckige Wachhäuschen (speculae) erbaut, auf dem Rheingränzwalle sogar mit einer Mauernstärke von dritthalb Schuh und einem freien Raume von 9 Schuh im Innern. Ihre Entfernung von einander war verschieden. Paulus gibt sie jetzt auf 500 Schritte an[2]). Hinter dieser äußersten Vertheidigungslinie, deren Wachhäuschen mit unsern Wärterhäuschen an den Eisenbahnen verglichen werden können, erhoben sich in zweiter und dritter Linie Schanzen, Thürme, kleinere und größere Festungs= werke mit ständiger Besatzung (castra stativa)[3]), zugleich zum Schutze der

---

1) Südwestlich von Weiltingen, welches von dem Römerwall durchschnitten wurde, sind noch Ueberreste von den Schanzen sichtbar, und zwar noch westlich von Beitsweiler, welche man bisher irrthümlich für eine Schwedenschanze hielt (VII. J.=Ber. S. 72). Zwei römische Silbermünzen von der Gens Antonia und von Aurelius Antoninus, die man daselbst fand, und die sich in den Sammlungen des Hist. Vereins zu Ansbach befinden, verstärken den Beweis römischen Ursprungs (VII. J.=B. S. 20), deßgleichen zwei andere von Aurelius und Antoninus, VIII. J.=B. für 1837 S. 20.

2) Paulus (Conservator des Würtembg. Alterthums Vereins). Der römische Gränzwall von Hohenstaufen bis an den Main. Stuttg. 1863. S. 6.

3) Ueberreste solcher Schanzen im ehemals Ansbachischen Lande oder in dessen unmittelbarer Nähe findet man bei Groß=Lellenfeld, wo die Wälle des länglichen Vier= ecks noch 6 bis 8 Fuß hoch sind, bei der Eibburg in der Nähe mit einer Höhe von 8 bis 10 Fuß, bei Altentrüdingen und Lentersheim, auf dem großen und kleinen Hessel= berg. Schanzgräben erkennt man noch zwischen Beyerberg und Dühren, nur 200 Schritt vom Römerwall entfernt. Auch bei Wittelshofen und südwestlich von Weiltingen zeigen sich Spuren römischer Schanzen. Ueberreste von Thürmen findet man an dem Walle bei Gunzenhausen, auf dem Wall bei der Hammerschmiede und westlich von Weiltingen im Staatswalde, ebenfalls auf dem Wall. Ein Castrum war der Burgstall bei Gunzen= hausen und der Spielberg s. VII. Jahresber., Beilage III, S. 71—81.

Kolonien, der gebauten Brücken und Kriegsstraßen, welche letztere die eigent=
liche Basis der Operationen bildeten und an die Hauptpunkte des Gränzwalles
führten, z. B. von Kösching über Pfünz und Breit nach Weißenburg, von
Oettingen (Lasodica) nach Bopfingen (Opie) und seinem befestigten Nipf [1]).

War von den Wachposten auf irgend einer Seite das Herannahen der
Feinde, die ohnehin mit Geräusch anprallten, wahrgenommen; so lief die
Nachricht nicht nur durch Zeichen auf beiden Seiten des Walles fort, sondern
es wurden auch die nächsten Besatzungen in den Gränzfestungen und weiter
zurückliegenden Niederlassungen in Kenntniß gesetzt, so daß rasch auf jedem
bedrohten Punkte eine Truppenmacht zum Empfange der anrückenden Feinde
zusammengezogen, und nöthigenfalls aus dem Innern der Provinz und des
Reiches verstärkt werden konnte.

Auf der zur Verherrlichung der Siege des Kaisers Trajanus in Rom
errichteten Denksäule findet sich auch der Gränzwall abgebildet mit seinen
Wachhäuschen und Vorposten; und wir verdanken die Mittheilung dieser ver=
anschaulichenden Darstellung dem englischen Alterthumsforscher James Yates,
der ebenfalls den Römerwall beschrieb [2]).

Von großer Wichtigkeit mußte den Römern der Hesselberg und der
ihm gegenüber liegende Hahnenkamm erscheinen, weil zwischen beiden sich der
Haupteingang in die Provinz Rhätien öffnete. Daher die ungeheuren Be=
festigungen auf diesen beiden Punkten: das große Castrum, wo jetzt Hohen=
trübingen ist, und die befestigten Standlager auf dem Spielberg und der
gelben Bürg.

Die drei Höhen des 2090 Fuß hohen Hesselberges, von dem aus
man in seltener Rundschau mit bloßem Auge den ganzen Hahnenkamm mit
dem Rieß und der rauhen Alp sammt dem hohen Nipf, die Wülzburg, den
Hohenstein und Morizberg bei Nürnberg, ja sogar den Hohenstaufen und Rech=
berg in Würtemberg nebst vielen dazwischen liegenden Höhen, Wäldern, Städten
und Dörfern erblicken kann, konnten die Römer leicht ebnen, um große Flächen
zur Aufstellung der Truppen zu gewinnen, da es Höhen gibt, die von Natur
flache Gipfel haben, und umgaben sie mit einer noch sichtbaren Umwallung.
Das bei dem Abräumen und Planiren der ersten Höhe des Hesselberges, auf
welcher jährlich die Bergmesse abgehalten wird, gewonnene Material benutzten

---

1) Redenbacher: Ueber die Römerstraße von Vetonianis (Kassenfels) nach
Opie (Bopfingen) im V. hist. Jahresber. S. 11 ff. Vgl. über den Bau der römischen
Straßen die instruktive Schrift: Die Römerstraßen, mit bes. Rücksicht auf das römische
Zehentland von E. Paulus. Stuttg. 1857. Höchst wichtig ist die Entdeckung des
Alterthumsforschers von Kaiser, daß die am rechten Donauufer laufende Römerstraße
die ältere, schon dem Ptolemäus bekannte sei, dagegen die auf dem III. Segment der
Peutinger'schen Tafel angegebene Straße auf dem linken Donauufer gesucht werden
müsse, ziehend über die schwäbische Alp. Durch die fehlerhafte Darstellung auf dieser
Tafel seien die Gelehrten verleitet worden, die Römerorte, die auf dem linken Donau=
ufer liegen, auf dem rechten zu suchen; daher die vergebliche Arbeit. (v. Kaiser, der
Oberdonaukreis Bd. II S. 11. Vgl. von Gock, der römische Gränzwall. Stuttgart
1847. S. 20.)

2) James Yates, der Pfahlgraben. Kurze allgemeine Beschreibung des Limes
rhaeticus und Limes transrhenanus des römischen Reiches. S. 21. Das interes=
sante Bild der Trajanssäule ist wiedergegeben in Paulus römischem Gränzwall ꝛc. S. 40.

bie alten Kriegsmeister, um durch Aufwerfen eines Hügels gegen Westen die schwächste Seite des Berges zu decken. Auch gegen Osten und Westen warfen sie Verschanzungen auf, deren Reste noch sichtbar sind. Die Verbindungs= straße des vorderen und hinteren Berges mit dem mittleren Bergkegel (dem höchsten) besteht ebenfalls noch, und ein geübtes Auge vermag den Platz zu bezeichnen, wo einst ein viereckiges großes Wachhaus stand.

Daß diese Befestigungen römischen Ursprunges sind, bestätigte noch im Jahre 1857 der durch Alterthumsforschungen sich auszeichnende Graf Hektor Hundt. Er sagt vom Hesselberg: „Der berühmte Berg mit prachtvoller Umsicht zeigt in seinem ganzen halbstündigen Hochplateau mit mehreren Ab= theilungen Spuren der Umwallung, welche seine Bestimmung als römischen Hauptvertheidigungsplatz unzweifelhaft entnehmen lassen. Er eignete sich trefflich hiezu, da jede Annäherung größerer Menschenmassen zum Pfahle auf viele Stunden weit von ihm aus alsbald wahrgenommen werden konnte"[1].

Daß übrigens für gewöhnlich nur Wachposten auf dem Hesselberge standen, welche abgelöst wurden, und daß die in Kantonirungen liegenden Trup= pen nur bei drohenden feindlichen Einfällen den Hesselberg bestiegen, weil hier die Vertheidigung leichter war, versteht sich von selbst[2]. Da aber neuerdings wieder die Aufwerfung der Verschanzungen auf dem Hesselberge durch die Römer in Zweifel gezogen, und behauptet wurde, daß keltische oder germanische Stämme den Hesselberg befestigt hätten, um sich bei ihren gegenseitigen Be= fehdungen hieher zurückziehen zu können, ähnlich wie die Helvetier nach dem Berichte des römischen Geschichtschreibers Livius ihre Schlupfwinkel auf und an den Bergen hatten: so muß entgegnet werden, daß die Wälle auf den drei Gipfeln des Hesselberges einen solchen Umfang haben, und der Boden so ge= ebnet ist, daß eine ganze Armee dort aufgestellt werden konnte. Auch wurden in dieser Gegend so viele römische Alterthümer ausgegraben, daß ein längerer Aufenthalt der Römer daselbst gar nicht in Abrede gestellt werden kann. Wägemann versichert, daß er mehr als 150 römische Münzen besitze, zum Theil in Gold[3]. Auch die beiden Amtsvorfahrer des Herausgebers dieser Schrift sammelten dergleichen, und Dekan Nörr insbesondere war so glücklich, sogar eine Statuette Merkurs aus Bronce zu erhalten, welche bei Kreuthof, eine halbe Stunde vom Hesselberg, gefunden wurde[4]. Erst vor Kurzem

---

1) Graf Hundt a. a. O. S. 15. Vgl. Anton Mayer, Genaue Beschreibung der unter dem Namen der Teufelsmauer bekannten römischen Landmarkung.

2) Redenbacher, ein gründlicher Forscher und Sammler der römischen Alter= thümer im ehemaligen Rezatkreise, war der Ansicht, daß auf dem Hesselberge, wie auf dem Spielberge, dem Flüglinger Berge bei Weimersheim und der gelben Bürg bei Dittenheim römische Standlager (castra stativa) waren, s. IV. Jahresb. d. hist. Vereins für den Rezatkreis 1833, S. 15. Im V. Jahresb. 1834, S. 8 sind die in der Gegend vom Hesselberg am Anfange dieses Jahrhunderts aufgefundenen Figuren und Anticaglien von Bronce erwähnt, nebst Fragmenten von rothen sogenannten samischen Gefäßen, welche der Fürst von Oettingen-Spielberg dem Vereine übergeben ließ.

3) Wägemann, Druidenfuß am Hahnenkamm 2c. Kap. III, S. 23, wo er sagt, daß er „sonderlich einen Drusum habe im reinsten Gold, darauf das Haupt Drusi sehr schön conserviret sei, mit der Transversa: DRU".

4) Wem fällt hier nicht die Medusa ein, welche bei Theilenhofen, und die Diana, welche in Eichstätt gefunden wurde? (s. Bavaria 1865, B. III, Abth. II, S. 861).

kamen bei dem Pflügen der sog. Burgäcker zwischen Aufkirchen und Wittels=
hofen, wo der Sage nach einst eine Römerstadt stand, zwei römische Münzen
hervor mit den Bildnissen und der Rundschrift: Habrianus, Augustus und
Aurelius.   Deßgleichen eine kleine Silbermünze mit einem gut erhaltenen
Kopfe und der Inschrift: Imp. Caes. M. Aur. Antoninus Aug.   Die Rück=
seite zeigt den Kaiser, sitzend auf der sella curulis.   Auch zwei meiselartige
Instrumente von Bronze, fein gearbeitet, wurden vor einigen Jahren beim
Steinbrechen auf dem Hesselberge gefunden.   Sie scheinen zum Steinbrechen
und wohl auch als Waffen verwendet worden zu sein, als Streitkeile.   Sie
sind 6 Zoll lang und gleichen den im Donaustrudel gefundenen und in den
Sammlungen zu Mainz und Köln vorhandenen Werkzeugen. [1]   Endlich muß
auch darauf aufmerksam gemacht werden, daß die Wälle auf den drei Höhen
des Hesselberges kunstgerecht aufgeworfen sind und ganz so, wie die römischen
Verschanzungen auf dem gelben Berg bei Gunzenhausen und dem hohen Nipf
bei Bopfingen, die sich ebenfalls hinter dem römischen Gränzwall erhoben,
während z. B. der von den alten Deutschen selbst bei Happurg auf der soge=
nannten Houbürg zum Schlupfwinkel, wie zur Vertheidigung aufgeworfene
Erdwall [2] auf dem Gipfel des Berges aus nichts besteht, als aus zusammen=
getragenen Steinen, und nur einen großen verschanzten Ring bildet. [3]

Schließlich wird noch mitgetheilt, daß die Orte, wo man südlich vom
Hesselberge römische Alterthümer fand und zuweilen noch findet, in solcher
Entfernung von einander liegen, daß sie die Vermuthung bestätigen, es seien
hier die Standlager gewesen für die zur Vertheidigung des Gränzwalls be=
stimmten und leicht zusammenzuziehenden römischen Truppen, nämlich bei
Weiltingen hinter der Wernitz, zwischen Wittelshofen und Aufkirchen auf dem
Burgfeld, den Zusammenfluß der Sulzach und Wernitz beherrschend, am Saum
des Oettinger Forstes zwischen Irsingen und Reichenbach, und bei der Ham=
merschmiede, nordöstlich von Lentersheim. [4]   Diese Ansicht, daß die Wälle des

---

1) Dr. Gustav Klemm,   Handbuch der germanischen Alterthumskunde.
Dresden 1836, hält ein solches Instrument für die framea der Franken; Freiherr von
Sacken hält sie, da sie Schaftlappen haben und nach unten zugespitzt sind, für Waffen
zum Stoßen und Werfen, wie auch für eine Art Axt zur Kultur des Bodens. S. dessen
Vortrag über die vorchristlichen Kultur-Epochen Mittel-Europa's. Wien 1862. S. 59.
2) Cäsar sagt von den Städten in Britannien: Oppidum autem Britanni vocant
(Cassivellani), quum silvas impeditas vallo atque fossa munierunt, quo incursionis
hostium vitandae causa convenire consueverunt. De bello gallic. Lib. V. cap. 21.
3) Wörlein, die Houbürg. Nürnberg. 1838. Vgl. VII. u. IX. J.=B. S. 5.
S 26. S. 84.
4) Auch Stichauer schloß aus den zerstreuten Ziegeln, Backsteinen, Geschirren,
römischen Münzen u. s. w., welche man auf einer 36 Tagwerk enthaltenden Fläche bei
der Hammerschmiede findet, daß hier ein römisches Standlager war und ein vorzüglicher
Waffenplatz.   Man fand starke Mauern von 40 Fuß Länge, welche verschiedene Gemä=
cher einschlossen, mit grün und roth bemalten Wänden. (VII. J.=B. S. 74.) Im Jahre
1836 wurden den Sammlungen des hist. Vereines in Ansbach sechs römische Silbermünzen
und eine römische Kupfermünze übergeben, welche in einem Acker zwischen der Hammer=
schmiede und Dambach gefunden wurden, nicht weit von Lentersheim, in dessen Nähe
sich noch an dem sog. Schächerholz Ueberreste von Schanzen erkennen ließen.   Die ge=
fundenen Römermünzen waren von Elagabalus, Julia Mammäa, Severus, Carinus,
Commodus, Vespasianus und Faustina. S. VII. J.=B. des hist. V. für 1836. S. 19.

Hesselberges römischen, nicht keltischen Ursprunges sind, muß auch dann festgehalten werden, wenn man mit Holtzmann annimmt, daß die Germanen, Galen und Kelten ursprünglich Ein Volk waren, und daß sich erst bei ihren Nachkommen in Dentschland, Frankreich und Britannien eine verschiedene Nationalität herausbildete. [1])

Gerade wie auf dem Hesselberge zum Schutze des vor ihm liegenden Gränzwalles ein befestigtes römisches Standlager war, sand und findet man zum Theil noch Ueberreste ähnlicher Verschanzungen auf dem Spielberg, gelben Berg und dem Flüglinger Berg. Ein castellum stand bei Kleinlellenfeld, noch jetzt sichtbar; eines bei Gunzenhausen (der Burgstall), um den Uebergang des Walles über die Altmühl zu decken, und ein großes castrum auf dem Berge bei Weißenburg, welcher der Festung Wülzburg gegenüberliegt. In den dreißiger Jahren waren noch zwei Umschanzungslinien, Gräben und gemauerte Wälle erkennbar, nebst den Ueberresten von zwei Kastellen, welche den Eingang vertheidigten. Rebenbacher versichert, daß dieses castrum bei Weißenburg, an dessen Fuß eine römische Kolonie lag, [2]) zu den größten und festesten gehörte, welche die Römer in Deutschland erbauten, und daß der Umfang des bewohnbaren Raumes bestimmt mehrere Kohorten faßte. [3]) Auch konnte dieses castrum ebenso von allen Kastellen und Standlagern am Limes gesehen

---

1) Dr. Ad. Holtzmann, Kelten und Germanen. Eine historische Untersuchung. Stuttg. bei Krabbe. 1855. Das Resultat dieser scharfsinnigen, gelehrten und kühnen Untersuchung, gestützt auf historische Angaben, Thatsachen und Sprachen, faßt der Verfasser auf Seite 157 und 158 in die Sätze zusammen, daß die Britten keine Kelten, daß aber die Germanen Kelten seien; und daß die deutsche Sprache eine keltische, das deutsche Volk ein keltisches sei." S. 9 sagt der Verfasser: Wir finden keltische Völker nicht nur in Gallien und Norditalien, sondern auch die Helvetier und Bojer, entschieden keltischen Stammes, in Süddeutschland vom Main an und östlich und nördlich nach Böhmen." Er stützt sich dabei auf Tacit. Germ. XXVIII. und auf Herodot, bei dem sich schon im siebenten Jahrhundert vor Christo Kelten und Skythen so nahe berührten, daß für ein großes Volk, wie die Germanen, zwischen ihnen kein Raum war. Scythen oder Slaven waren nun die Germanen bestimmt nicht; aus Skandinavien konnten sie nicht eingewandert sein, eine besondere große Einwanderung derselben aus Asien in der Zeit zwischen der Einwanderung der Kelten, Scythen und Thrazier und der späteren slavischen Völker in Mitteleuropa läßt sich nicht nachweisen; so müssen die Germanen zugleich mit den Kelten eingewandert sein, als mächtiger Volksstamm. Vgl. Zeuß, die Deutschen und die Nachbarstämme. München 1837; Mone, Urgeschichte des badischen Landes, Karlsruhe 1848, Theil II, welcher von den Kelten handelt; und Contzen, Geschichte Bayerns, zum Gebrauche bei akademischen Vorlesungen, Münster 1853. Aus älterer Zeit: Döberlein, Vorstellung des alten römischen Valli 1731 nud in Faldenstein, Antiquit. Nordgav. vet. Tom. II. cap. XV. p. 437. Hanselmann, Beweis, wie weit der Römer Macht eingedrungen. Hall 1768. S. 67 ff.

2) Noch steht ein Altar Jupiters oder Merkurs hinter dem Hochaltar in der Stadt-Kirche zu Weißenburg, Album castrum genannt, dann Burgus albus. Vgl. Preu, Commentatio de ara Mercurii Weissenburgi Noricorum nuper admodum reperta. Weißenburg, 1768 und G. Volz, Chronik der Stadt Weißenburg und des Klosters Wülzburg, 1835, mit lithographirten Darstellungen der römischen Denkmäler. Im Jahre 1837 wurde noch das Bruchstück eines römischen Denksteins gefunden mit der Aufschrift Fortunae sacrum. Vgl. J.-B. 1837. S. 24.

3) Rebenbacher, Abhandlung von der römischen Viis diversoriis bei Wülzburg, Weißenburg, Emetzheim und dem Monopyrgus zu Pappenheim im IV. J.-B. des hist. V. 1833. S. 15 ff.

werden, als es selbst durch nichts gehindert war, die weite Strecke desselben bis zum Hesselberge zu überschauen.

Auch am Fuße des Spielberges, wo jetzt Gnotzheim liegt, war eine römische Kolonie; und Michel berichtet in seinen Beiträgen zur Oettingischen Geschichte, daß der Burgstall von Spielberg und seine Umgebung viele römische Alterthümer für die Sammlung in Wallerstein geliefert hätten. [1] Ueber die jetzt verschwundenen römischen Ueberreste in Emezheim, wo ebenfalls eine römische Kolonie war, wurde viel geschrieben von Feuerlein, Falckenstein, Döberlein und Andern. [2] Ein militärischer Punkt oder eine Niederlassung der Römer war auch Treuchtlingen, wo sich links bei der Einfahrt in das Schloß (jetzt Fabrik) ein Stein eingemauert findet (leider verkehrt), welcher die alte römische Inschrift hat: Aureliarum emeritae conjugi Sabinae filiae verecundae matri Sabineius Sabinus carissimus. Wägemann berichtet sogar, daß in Treuchtlingen ein römisches Grab mit 25 Säulen gefunden worden sei. [3]

Zur Vertheidigung des Gränzwalles gehörte auch das nachmalige Pappenheim. Hier erhebt sich heute noch mitten in einem engen Thal auf einem freistehenden, rings von der Altmühl umflossenen Berg ein Römerthurm aus gekröpften Quadern, 94 Schuh hoch und 39 Schuh im Durchmesser, und einem engen, im Innern wohl verschließbaren Eingang. Derselbe war ohne Zweifel bestimmt, die zerstreut liegenden Krieger und Pflanzer mit ihrem beweglichen Eigenthume bei einem feindlichen Einfalle aufzunehmen und solange zu schützen, bis aus dem Innern der Provinz eine größere Truppenmacht zum Entsatze herbeigeeilt war. Solche Thürme wurden deßhalb Zufluchtsörter (effugia) genannt oder nach Procopius Monopyrgia, weil die Befestigung allein in einem Thurme bestand. [4] Aehnliche Römerthürme finden sich noch bei Nassenfels (ebenfalls in der Nähe der Teufelsmauer) zu Berg bei Donauwörth, bei Günzburg u. s. w. Der größte Thurm dieser Art stand auf dem Hahnenkamm, jedoch nicht, wie sonst vereinzelt, sondern den Mittelpunkt eines großen Castrum's bildend, aus dessen Ueberresten sich später die Veste Hohentrüdingen erhob. Sie bildete mit Auernheim und Pappenheim gegen Südosten und dem hohen, gleich befestigten Nipf bei Bopfingen die dritte Ver-

---

1) v. Stichaner hält in der werthvollen Abhandlung über die alten Grabhügel und Schanzen im Rezatkreise (III. Beilage des VII. Jahres-Berichts des histor. Vereins S. 79.) ebenfalls dafür, daß an der südlichen Seite von Gnotzheim, dem sog. Weilbach, eine römische Kolonie war. Im Schlosse zu Spielberg fand man Gewölbe mit Gypswänden, Vasen-Trümmer von terra samia, Figuren von Bronze u. s. w. Bei Gnotzheim Schwerter, Ringe, Schnallen, Münzen, Geschirr, wenn auch zerbrochen.

2) Rektor Feuerlein, außer zwei späteren Programmen, Disputatio De Mipplezetto cum primis memorabili Emezhemio. Wittenbergae 1709. Falckenstein, Antiq. Nordg. T. I. cap. III. p. 87 ff. und cap. VI. p. 164, und Döberlein, Vorstellung des alten römischen Valli. p. 44. Vgl. V. Jahres-Bericht des hist. V. Beilage, wo ein Gedenkstein abgebildet ist.

3) Wägemann, Druidenfuß. Ansbach 1712. Kap. VI. S. 35.

4) Quia monimenta una admodum furri constabant. Vgl. Rebenbacher im IV. J. B. 1833. S. 17 ff.

theibigungslinie der Römer, und war zunächst bestimmt, den Eingang in das Rieß und damit in die Provinz Rhätien zu decken. [1])

Die Reste dieser römischen Festung auf dem Hahnenkamm wurden im Mittelalter benützt zum Bau der Veste Hohentrüdingen, der Residenz der Grafen gleichen Namens. Hier steht noch der größte und stärkste Römer=thurm mit gekröpften Quadern, der dem Verfasser dieser Schrift bekannt wurde. Er übertrifft weit den berühmten Drususstein bei Mainz (der mehr ein Grabmal gewesen sein soll), und ist jetzt noch 90 bayrische Fuß hoch, nach=dem im Jahre 1728 bei 30 Fuß abgetragen, und die Steine zum Bau der Kirche und Umfassungsmauern des Kirchhofes verwendet worden waren. Nach eigener Messung beträgt die Stärke des Thurmes im untersten Geschoß 13½ Schuh bayrisch, im obersten 12 Schuh. Der übrige Theil des Thurmes wurde nur erhalten, weil man ihn als Kirchthurm benützen konnte; und die Thüre in der Höhe, welche jetzt von der Kirche in den Thurm führt, ist höchst wahrscheinlich die alte Eingangsthüre desselben gewesen, zu welcher die römi=schen Krieger auf Strickleitern emporstiegen. Auch von dem doppelten Wall und doppelten, zum Theil mit Wasser gefüllten Graben ist noch sehr viel vor=handen; und wäre nicht auf Antrag des Rentbeamten Mozart in Heidenheim im Jahre 1812 das alte Schloß der Grafen von Hohentrübingen sammt Nebengebäuden um 800 fl., wie man sagt, auf den Abbruch verkauft und niedergerissen worden, so würde der Ort noch reicher an römischen Alterthü=mern sein. Denn daß der Thurm römisch ist, erkennt jeder Sachverständige auf den ersten Blick schon an dem Behauen der Steine. Er hatte auch ur=sprünglich nur einen einzigen Eingang, und zwar in einer Höhe von 30 Fuß [2]) Dennoch glaubte man im vorigen Jahrhundert, die Befestigungen Hohentrü=bingens rührten von den Hunnen her, und wollte den urdeutschen Namen Hahnenkamm von campus Hunnorum ableiten, gleich als ob die Bewohner desselben mit der deutschen Benennung gezögert hätten, bis neun Jahrhunderte später Hunnen, oder eigentlich Madjaren, dieses Weges kamen. Ueberdies läßt sich nicht einmal historisch nachweisen, daß Ungarn auf ihren Raubzügen nach Deutschland auch in diese Gegend kamen; und wie sollen sie Zeit gefunden

---

1) Vgl. über römische Kolonieen und Befestigungen S. 19 ff. des II. Jahres=Berichtes des hist. V. im Rezatkreis 1831. Im VII. J.=B. von Seite 43 an ist ein Verzeichniß aller Ueberreste römischer Schanzen im südlichen Theile des ehemaligen Rezatkreises gegeben, welches S. 71 ff. Mittelshofen, Weiltingen, Dühren, den Wald bei Lentersheim, bei der Hammerschmiede, bei Eibburg, Altentrüdingen, Wassertrüdingen und viele andere Orte nennt, und wo die Behauptung aufgestellt und begründet wird (S. 74.), daß bei der Hammerschmiede ein großer römischer Lagerplatz und einer der vorzüglicheren Waffenplätze an dem Gränzwalle gewesen sind. Zwischen der Eibburg und dem Rö=merwall (etwa 300 Schritte davon) ist die noch gut erhaltene, fast viereckige römische Schanze, welche der gegenüberstehenden Schanze bei Großlellenfeld gleicht, deren Wälle noch 6—8 Schuh hoch sind und die einen Flächenraum von 8 Tagwerken einschließt. (VII. p. 72.)

2) Die kgl. bayr. Staatsregierung erklärte auch den Thurm durch die an der Ostseite angebrachte Gedenktafel für römisch. Die Inschrift lautet: Wartthurm eines ehemaligen römischen Castelles, beiläufig aus dem II. Jahrhundert nach Christus. Diese Gedenktafel wurde errichtet unter König Maximilian II. im Jahre 1861.

haben, Befestigungswerke aufzuführen, welche Jahrzehnde in Anspruch nehmen? sie, die mit der geraubten Habe möglichst schnell nach Hause eilten?[1]

Daß die militärischen Höhepunkte von den Römern, den damaligen Meistern der Kriegs-Kunst, so ausgewählt waren, daß man sie schwer anzugreifen vermochte, und daß im Falle eines Angriffs die Feuer-Signale von einem Berge zum andern gesehen werden konnten, läßt sich nicht anders erwarten.

So konnten sich die Römer wohl vier Jahrhunderte lang im südlichen Deutschland behaupten, und übten während dieser Zeit den größten Einfluß auf die Entwicklung des Volkes und Landes aus. Noch ist zu erwähnen, daß es unter den Nachfolgern des Kaisers Hadrian, welcher dieses Riesenwerk begann, besonders Marcus Aurelius und Probus waren, welche es fortführten und vollendeten.[2]

III. Abschnitt.

Leben der deutschen Ureinwohner des Fürstenthums Ansbach unter der römischen Herrschaft und noch vorhandene römische Alterthümer in demselben.

Abgesehen von dem Verluste der Freiheit und den Einfällen benachbarter freier Volksstämme, wie der Narisker und Terwinger-Gothen, die das große Reich der Thüringer gründeten, mochte die Lage unserer Altvordern unter römischer Herrschaft wohl zu ertragen sein, und ihren Herrschern gebührt der Dank, diesen Theil des großen germanischen Volkes frühe schon auf die erste Stufe der Kultur gehoben zu haben.

Was das höchste Gut des Menschen, den religiösen Glauben, betrifft, so wurde den alten Deutschen von den Römern um so weniger Eintrag gethan, je mehr übereinstimmende Züge der deutschen Mythologie mit der römischen sie entdeckten, und je mehr die Sieger sich bemühten, die Besiegten auch durch das Band einer, in den Grundzügen gleichen Religion an sich zu ketten.

Tacitus berichtet, daß die Germanen besonders den Mercurius verehrten, und ihm sogar Menschen opferten.[3] Wodan, der oberste Gott der

----

1) Vielleicht gaben die sogenannten Hünen- oder Riesengräber, (von dem mittelhochdeutschen hiune, Riese), Veranlassung, in einer Zeit, in welcher man der altdeutschen Dialekte unkundig war, zu glauben, es lägen in ihnen Hunnen erschlagen, und nach ihnen habe das Land den Namen Hunnen-Camp und Hunnenfeld, erhalten. Es ist aber kein Feld, sondern ein Höhenzug, bei 2000 Fuß über der Meeresfläche.

2) Contzen, Geschichte Bayerns. 1853. S. 134.

3) Tacitus (Germ. c. IX.): Deorum maxime Mercurium colunt, cui certis diebus quoque hostiis litare fas habent. Doch setzt Bülau in seiner Erläuterung der Germania (Lpz. 1828. S. 167.) hinzu: „Gefangene nur waren es, im blutigen Kriege erbeutet, oft schon dem Tode in der Feldschlacht nahe, mit denen unsere Väter ihre Götter zu sichern glaubten.“

Deutschen, erschien den Römern als der Jupiter der Germanen.[1]) Den Donar, der als Donner= und Kriegsgott in jeder Woche am Donarstag (Donnerstag) verehrt wurde, verglichen die Römer mit ihrem Mars. Doch nennt Lucanus in seinen Pharsalien auch zwei andere schreckenerregende Götter, den Theutates und Hesus;[2]) und Döberlein und Falkenstein gehen sogar so=weit, zu glauben, daß der Name des Hesselberges von dieser Verehrung des altdeutschen Kriegsgottes Hesus (Hees, Hesel) herrühre, weßhalb er auch im Lateinischen mons Hesi heißt. Das Nächste und Einfachste ist, den Namen Hesselberg von den darauf in Unzahl wachsenden Haselnüssen abzuleiten. Auch Förstemann leitet in seinem altdeutschen Namen=Buch (Thl. a, S. 691) von hasal, hasala, neuhochdeutsch Hasel, corylus, (Haselstaude) ähnliche Orts= und Flußnamen ab, z. B. Haselhof bei Erlangen, Haslach bei Landshut, den Waldnamen Hasalahi, Haselbach, Hesselbach, Haselburg bei Memmingen, He=silental bei Tegernsee, Hessenloh bei München." Noch hört man in Röckingen im Herbste den Ausdruck: „In die Häsel gehen" (Haselnüsse holen), und der Berg wird noch oft „Häselesberg" genannt und am Bartholomäustag, an welchem mit dem Sammeln der Haselnüsse begonnen werden durfte, hieß es: „Der Häselberg wird aufgethan."[3]) Feuerlein glaubte, daß auch die Arae Flaviae am Fuße des Hesselberges standen.[4])

Der Schwester Donars, der holden Frühlings-Göttin Ostara, welche Jakob Grimm in seinen deutschen Mythen und Göttern die Gottheit des strahlenden Morgens, des aufsteigenden Lichtes und des wiederkehrenden Früh=lings nennt, scheinen jedenfalls auf dem Hesselberge (und auf den höchsten Bergen wurden ja die größten Feste unserer Ahnen gefeiert[5]) ein glänzender Kultus gewidmet worden zu sein. Da brannten die heiligen Osterfeuer im Frühlingsmonat April, umtanzt von schuldlosen Mädchen, die mit den ersten Lenzesblumen sich schmückten und sie opferten. Das Fest soll am dritten Wochentage seinen Anfang genommen haben. In der Stille der Nacht, wann die Lieder verklungen, harrte man der aufgehenden Sonne und begrüßte sie mit Jubel.

---

1) Rudhart, älteste Geschichte Bayerns, S. 645: Wuodans Dienst war allen deutschen Stämmen gemein, und läßt sich mithin bei Bajoariern, Alemannen, Thüringern und Franken annehmen und nachweisen."

2) Lucani Pharsalia seu de bello civili Lib. I. v. 444 et 445.
    Et quibus immitis placatur sanguine diro
       Theutates, horrensque feris altaribus Hesus.

3) Döberlein, Antiquitates gentilismi Nordgav. p. 21. 17. §. 19.
    Serrarii Vita S. Kiliani Not. XIV. der in Ludewig's Sammlung Würz=burgischer Geschichtschreiber bei Beantwortung der Frage: Quinam in Francia Dii tum colerentur? sagt: De Mercurio valde a Germanis culto testatur Lucanus, eumque Theutatem vocatum ostendit, Hesumque alium ei conjungit.
    Falkenstein, Antiquitates et memorial. Nordgav. veteris. Tom. I, c. III. p. 92 u. a. a. Orten.

4) Feuerlein, Programm 1723. Vgl. Stiebers hist. u. top. Nachricht vom Fürstenthum Onolzbach S. 694 Anmerkung.

5) Stieber, hist. und top. Nachricht von dem Fürstenthum Brandenburg-Onolzbach. S. 656. Nota 3.

6) Döberlein, Antiq. gentilismi Nordg. §. 19.

Noch jetzt heißt der große ebene Platz auf dem **Hesselberge**, wo die Jahrmärkte abgehalten werden, die **Osterwiese** und erinnert an die Ueberreste des Ostara-Kultus in einigen Kirchspielen Holsteins, deren Theodor Colshorn in seinem interessanten Werke über deutsche Mythologie erwähnt. Derselbe sagt auch bei der Schilderung der Göttin Ostara: „Auf dem Gipfel des Hesselberges in Mittelfranken ist eine **Osterwiese**, die in Verbindung mit mehreren uralten Namen auftritt, und wo Sagen, wie Funken, in den Steinen schlummern." [1]

Eine halbe Stunde vom Fuße des Hesselberges entfernt liegt jetzt der Weiler **Opfenried**, von dem ringsum die Sage geht, daß hier von den heidnischen Ureinwohnern geopfert wurde; und man bezeichnet das auf der kleinen Erhöhung liegende Haus Nr. 8 als die Stätte des Opferaltars mit dem Beifügen, daß hier ehemals ein Opferstein zu sehen war. Zur Feier der großen Feste wurde unzweifelhaft der Hesselberg selbst bestiegen, und noch heißt ein Laubwald in der Nähe das **Drutenholz** und die sanfte Einbettung am Fuße desselben (da, wo sich der große Hesselberg mit dem kleinen vereinigt), das **Drutenthal**. Allgemein ist die Sage, daß hier die Wohnungen der heidnischen Priester gewesen, die wahrscheinlich von hier aus die gewöhnlichen Gottesdienste in Opfenried versahen, an den größeren Festen aber sich auf den Hesselberg begaben. Auch an einem heiligen Hain und einem Wunnigarten scheint es nicht gefehlt zu haben; denn heute noch heißt ein Platz in der Nähe des Eichenhaines am Fuße des kleinen Hesselberges das **Himmelreich**.

Erst von den Römern lernten später die Hermunduren die Kunst Bildnisse ihrer Götter in Stein darzustellen; denn nach Tacitus hielten es die Germanen der Größe der Götter unwürdig, sie in Mauern einzuschließen und ihnen menschliche Gestalt anzupassen. [2] Noch im vorigen Jahrhundert sah man z. B. in Emezheim bei Weißenburg uralte Steine mit Bildern des Götzen Miplezeth ꝛc. dargestellt in den Nordgauischen Alterthümern von Falkenstein; [3] und im Jahre **1824** fand man in einem Torflager bei Werningshausen 7 Schuh tief unter einem Baumstamme auf einer Platte von Blei das Bildniß des Wotan oder Woutan, den auch die Hermunduren als obersten Gott oder Weltseele verehrten, mit der Inschrift hillatio woudano. [4]

---

1) Colshorn, deutsche Mythologie für's deutsche Volk. Vorhalle zum wissenschaftlichen Studium derselben. Hannover bei Rümpler, 1853. Nr. 14. S. 304. v. Sacken leitet den Namen Ostern geradezu von der deutschen Erd- oder Frühlingsgöttin Ostara ab. S. über die vorchristlichen Kulturepochen Mittel-Europa's. Wien. 1862. S. 106. Unweit der Jörgen-Kapelle bei Regensburg gibt es auch eine Osterburg, bei Pappenheim Osterhofen, bei Hersbruck Osternohe; kleinere Orte heißen Osterberg, Osterbuch, Osterhausen, Osterwall, Osterzell u. dgl.

2) Tacitus l. c. cap. IX Ceterum nec cohibere parietibus Deos, neque in ullam humani oris speciem assimulare, ex magnitudine coelestium arbitrantur.

3) v. Falckenstein, Nordgauische Alterthümer, Thl. I, S. 87.

4) Redenbacher, Lesebuch der Weltgeschichte. Calw. 1863. B. II, S. 41. „Sie opferten ihren Göttern, wie die andern Heiden, und man sieht noch hin und wieder z. B. in der Nähe von Pappenheim ihre Opfersteine." Vgl. II. Jahr.-Bericht des hist. Vereines im Rezatkreis 1831, S. 11, und über Druidensteine, Blutrinnen S. 17 ff. im I. Jahr.-Bericht 1830. Deßgl. im VI. J.-B. Abhandlung V, S. 23. ff. Ueber römische und deutsche Alterthümer in dem Herrschaftsgericht Pappenheim, wo von

Nicht unerwähnt kann der Opferstein bleiben, der sich in der Kapelle zu Uebermaßhofen bei Pappenheim findet, sowie die Blutrinne eines Opferaltares in dem Walde bei Hechlingen am Hahnenkamm. Auch Druidensteine zeigt man hie und da. Eine Stunde von Schwabach erhebt sich der sog. Heidenberg, der seinen Namen davon erhalten haben soll, daß die letzten Druiden sich auf ihn zurückzogen. Daher führen noch jetzt mehrere Aecker in der Richtung auf diesen Heidenberg den Namen: „Bei dem Drutenkeller" 2c. und der gelehrte Pfarrer Wägemann in Unterasbach bei Gunzenhausen wies in seinem „Druidenfuß am Hahnenkamm und an der Altmühl" das Vorhandensein von Druiden bei den alten Deutschen überzeugend nach. Auch Feuerlein (Dekan und Pfarrer zu Weimersheim bei Weißenburg) berichtet in zwei Programmen aus dem Jahre 1723 und 1726, daß es in seiner Gegend noch Druidenbäume gebe, von denen die Landleute viel zu rühmen wüßten. In letzterem Programm sagt er: Nostri rustici appellant tales arbores Druidenbäume, quae olim dicebantur Sacrivae et illiteratis Sacrivi, capitularibus Caroli M. improbatae, de quibus nostri mira narrant, et nescio quas virtutes tribuunt. Vgl. Stieber a. a. O. S. 818. Wohl stellte dies Cäsar in Abrede;[1]) allein er kannte ja nur den kleinsten Theil von Deutschland. Auch läßt sich nur auf diese Weise der weitverbreitete, in seinen Theilen so übereinstimmende Aberglaube von Druten und Heren erklären — ein Aberglaube, der heute noch üppig aus den tiefsten Wurzeln wuchert, und der um so stärker ist in den Gegenden, in welchen sonst der Druiden=Dienst bedeutend war. So glaubt man nun den Hesselberg herum steif und fest, daß Manns= und Weibspersonen mit dem Teufel in Verbindung treten, und von ihm die Macht erhalten könnten, dieses oder jenes einem Menschen oder Vieh anzuthun. Ja, man glaubt, sie könnten oft gar nicht anders; sie müßten Jemandem die Ruhe des Herzens, den Schlaf der Augen rauben, oder eine Krankheit, Seuche, einen Unglücksfall über Jemanden verhängen. Männer, denen man dieses nachsagt, heißen Druterer oder Herenmeister, und vergebens kämpfen Kirche und Schule gegen diesen Aberglauben, der heute noch in ganz Deutschland weit verbreiteter ist, als man gewöhnlich glaubt.[2]) Auch daß die Druten und Druterer in der Walburgisnacht auf den Blocksberg (Brocken) ziehen müssen, ist weit verbreitet, wie man auch überall die gleichen Werkzeuge nennt, die sie mitnehmen müssen — Besen, Schaufel und Gabel.

Hermuts= oder Hermundurensteinen, Opferplatz, Gebäuden u. s. w. sehr ausführlich berichtet wird. Vgl. Hanßelmann, Beweis, wie weit der Römer Macht in den mit den deutschen Völkern, auch in die nunmehrigen ostfränkischen Lande gedrungen. 1768.

1) Caesar de bello gallico Lib. VI. cap. 21: Germani neque Druides habent, neque sacrificiis student. Dagegen sagt schon Sinold, genannt v. Schütz: „Cäsaris Vorgeben, als hätten die Deutschen keine Druiden gehabt, wird verworfen und ein Anderes aus Diogene Läertio erwiesen." S. Corpus historiae Brandenburgicae diplomaticum. Tom. I. Sectio III. p. 70. Vgl. II. Jahr.=Bericht S. 11. Plinius leitet das Wort Druid von δρῦς (Eiche) ab, und mit Eichenlaub bekränzt hielten ja die Priester in Eichwäldern die Gottesdienste ab, wie Plinius Hist. Naturalis (L. XVI. cap. 44) berichtet: Nec ulla sacra sine ea fronde conficiunt, ut inde appellati quoque interpretatione graeca possint Druidae videri.

2) Wuttke, der deutsche Volksaberglaube der Gegenwart. Hamburg in Rauhenhaus. 1860. S. 110 ff. die Bosheits-Zauberei.

Sollte einem so tiefwurzelnden Volksglauben nicht etwas Positives zu Grunde liegen? Wie nahe ist die Vermuthung, daß bei der Einführung des Christenthums die Druiden, welche selbstverständlich die Letzten waren, die sich bekehren ließen, und die noch lange nachher, als das Kreuz die gläubigen Bewohner der Gegend in die Kirchen zog, sich vor Tages-Anbruch auf den Weg machten, die großen Feste ihrer heidnischen Götter auf den nächsten Höhen zu feiern, sich in dieser Absicht mit Schaufeln und Besen versahen, um die beschneiten Flächen vom Schnee reinigen und Opferfeuer anzünden zu können, wie auch mit Gabeln zur Anfachung des Feuers selbst? So konnten Hunderte und Tausende in allen Gegenden Deutschlands versichern, sie hätten Leute mit Schaufeln, Gabeln und Besen in der Nacht auf benachbarte Berge ziehen sehen; und diese Beobachtung gestaltete sich allmählich in die Sage von den Fahrten der Heren und Druten um, als längst kein Druide mehr vorhanden war. [1]

Wie die Bekanntschaft mit der römischen Götterlehre gewiß nicht ohne Einwirkung auf die religiösen Anschauungen und Gebräuche bei den alten Hermunduren blieb, so griff bei der Gemeinsamkeit des Lebens das römische Vorbild in Thun und Lassen noch tiefer in die Sitten und Gewohnheiten unserer Altvordern ein, und wurde der mächtigste Hebel, um die Ureinwohner Süddeutschlands auf die erste Stufe der Kultur zu heben.

Da die Römer an dem wichtigsten Theile des Gränzwalles, welcher den Haupt-Eingang in die Provinz Rhätien deckte, in bleibenden Standlagern mit Weib und Kind kantonirten, Kolonieen [2] gründeten, und selbst Hand anlegten, sich durch Feldbau und Viehzucht die Hauptnahrungsmittel zu verschaffen, um möglichst unabhängig von der deutschen Bevölkerung zu sein; so konnte diese von den Eindringlingen lernen, wie man öde Strecken anbauen, Sümpfe austrocknen, Wälder lichten, feste und zweckmäßige Wohnungen für Menschen und Vieh anlegen, edlere Obstbäume setzen, in Gärten Gemüse und Blumen pflanzen und sich häuslich so einrichten muß, daß die Jahre des menschlichen Daseins müheloser und genußreicher vorübergehen.

An Vorbildern fehlte es dabei den Deutschen nicht. An und zwischen den Vertheidigungs-Linien siedelten sich Römer an und richteten sich häuslich ein. Bei der Hammerschmiede z. B. unweit Leutersheim ist ein Acker, dessen dünne Krume man nur abstechen darf, um überall auf tiefen Schutt aus römischem Mauerwerk zu stoßen. Hier war offenbar eine römische Kolonie. Noch jetzt findet der Besitzer der Hammerschmiede bei dem tiefern Umackern römische Münzen. [3] Die ersten Bebauer der Höhe des Hahnenkamms

---

1) Vgl. Wuttke. der deutsche Volks-Aberglaube der Gegenwart. Hamburg 1860. S. 118.

2) Ueber römische Kolonieen f. II. Jahr.-Ber. des h. V. 1831. S. 16. Bopiscus sagt von Kaiser Probus: Urbes romanas et castra in solo barbarico posuit atque illic milites collocavit. (Vita Probi cap. XIII.)

3) Im Jahre 1837 wurde wieder eine römische Münze von Erz von Nerva Trajanus auf dem alten römischen Lagerplatz gefunden und den Sammlungen des hist. Vereines in Ansbach einverleibt. S. VIII. J.-B. 1837, S. 20. Manche Münzen waren geschmolzen. Auch geschmolzenes Glas fand man. Ueberhaupt lassen die hier an vielen Stellen in einer Tiefe von 2 bis 3 Fuß lagernden Holzkohlen, wie das schwarz

waren unzweifelhaft Römer, und der Anbau ging wahrscheinlich von der Veste Hohentrübingen aus. Im Rücken der Umschanzungen siedelten sich die Römer noch häufiger an, wurden dadurch die Gründer von vielen späteren Dörfern und Städten z. B. von Oettingen (dem alten Lasodica) Bopfingen, (Opie) Weißenburg, Pappenheim, Augsburg u. f. w., und verbanden die Orte unter sich und mit den Festungswerken an der Gränze und im Innern durch Straßen.

Der Rest einer Römerstraße, die von Gunzenhausen nach dem Heffel=berg führte, findet man noch — wenn gleich tief eingesunken — im Walde bei Altentrübingen, genannt Baudenhard. Die interessanteste Ausgrabung aber im Rieß verdanken wir dem verstorbenen Forstmeister Meyer in Mauren bei Harburg. In einem Walde, etwa anderthalb Stunden von Harburg auf der Höhe hinter Mauren ließ er durch sorgfältiges Abräumen den Grund einer ganzen Villa blos legen. Man sieht die untersten Theile der Wände von den Zimmern mit ihrem guterhaltenen Verwurf, die Heizungskanäle der Bäder u. f. w. Und was man an Geräthen fand, ist in einem Schranke wohl aufbe=wahrt. [1]

Bei solchen Vorbildern fester, schöner und bequemer Wohnungen mit allen Nebengebäuden konnte es nicht fehlen, daß die Deutschen, die nur in er=bärmlichen Hütten oder nothdürftigen Blockhäusern wohnten, und sich in den strengsten Wintermonaten mit dem jungen Vieh in die tiefen, geräumigen Keller verkrochen, das große Vieh aber in dem Gehöfte ohne Obdach umher laufen ließen, Anstalten trafen, für sich, ihre Hausthiere und Habe nun auch besser zu sorgen. Den Verbesserungen in der Wohnung folgten die in der Kleidung und Nahrung; und den Hermunduren mußte es um so leichter werden, sich Stoff und Werkzeuge aller Art zu verschaffen, da sie ein so großes Vertrauen bei den Römern genossen, daß diese ihnen gestatteten, unbe=wacht mit ihren Waaren bis in das Innere der Provinz Rhätien zu kommen, um sie dort zu verkaufen oder umzutauschen. [2]

Doch was ist das Alles gegen die verlorene Freiheit und die gefährdete ureigene Nationalität und Sprache? Denn was Varus, sich überstürzend, im nördlichen Deutschland angestrebt, das war das letzte, wenn auch langsame und vorsichtiger verfolgte Ziel aller Römer im Süden unseres Vaterlandes — Ausrottung der deutschen Sitte und Art und Verschmelzung mit römischem Wesen. So treu daher die Hermunduren den Römern waren, so mußten sie sich doch im Herzen sehnen, von ihrem Joche befreit zu werden, und den Tag mit Freuden begrüßen, der ihnen Freiheit und Selbständigkeit brachte, und sie mit den getrennten Brüdern deutschen Blutes verband, den freien Söhnen Germania's.

---

gebrannte Mauerwerk schließen, daß die großen Gebäude, deren Grundmauern man hie und da findet, durch Brand zerstört wurden. Vgl. XXVIII. Jahr.=Ber. 1860. S. VI.

1) VII. J.=B. S. 64.

2) T a c i t u s (Germ. cap. XLI,): Propior Hermundurorum civitas, fida Romanis; eoque solis Germanorum non in ripa commercium, sed penitus, atque in splendidissima Rhaetiae provincia colonia: passim et sine custode transeunt; et, cum ceteris gentibus arma modo castraque nostra ostendamus, his domos villasque patefeci-mus, non concupiscentibus.

IV. Abschnitt.

Befreiung der deutschen Ureinwohner des Ansbacher Landes vom römischen Joche.

Daß lange und heiß um die Erlangung der Freiheit gekämpft wurde[1], und daß dieser Kampf hauptsächlich bei den starken Befestigungen im südlichen Theile der spätern Markgrafschaft Ansbach entbrannte, geht schon aus der Masse von Gräbern hervor, die vierzehn Jahrhunderte nicht ganz zu vertilgen im Stande waren. Der in Gott ruhende Staatsrath und Alterthumsforscher von Stichaner legte, als Regierungspräsident in Ansbach, eine Karte an[2], auf welcher, nebst andern Alterthümern aus der Römerzeit, alle Orte des jetzigen Mittelfrankens angegeben sind, bei welchen man jene Grabhügel findet oder fand, welche das Volk Hünengräber zu nennen pflegt (von dem mittelhochdeutschen Worte hiune, welches Riese bezeichnet)[3]; denn Gerippe von Riesengestalten fand man in vielen derselben. Ihre Zahl beläuft sich auf mehr als 2000; doch sind seit dem Jahre 1836 viele derselben geöffnet oder eingeebnet worden — so namentlich in der Gegend des Hesselbergs.

Wo findet man nun diese Hunengräber in Mittelfranken? Die allermeisten am und hinter dem Römerwalle', besonders zwischen der ersten und dritten Vertheidigungslinie der Römer. Sollte man Bedenken tragen, die Vermuthung auszusprechen, daß diese Grabhügel nicht — wie man bisher glaubte — Familiengräber unserer Ahnen, sondern gemeinsame Gräber der in Schlachten gefallenen Deutschen waren? Darum findet man auch bei den Gerippen so viele Ueberreste von Waffen, nämlich von Schwertern und von den Spitzen jener Framen, mit denen man eben so gut in der Nähe, als in der Ferne kämpfen konnte.[4] Und die Scherben von Töpfen und Schüsseln, die fast nirgends fehlen, und die zuweilen mit Knochen von kleinem Vieh und Geflügel gefüllt sind, rühren unzweifelhaft von dem Geschirre her, das bei den Todtenmahlen benutzt, und — als den Gefallenen geweiht — auf und neben einander im Kreise um die Grabhügel gestellt worden war.

---

[1] Schon Tacitus, der seine Germania im Jahre 98 n. Chr. — also zur Zeit des Regierungs-Antrittes des Kaisers Trajanus — schrieb, und als Procurator in Belgien dem Kriegsschauplatz nahe war, gesteht, daß die Römer weder von den Samnitern, noch Karthagern, weder von den Spaniern, noch Galliern, nicht einmal von den Parthern so viele Denkzettel erhalten hätten, als von den Germanen (ac Parthi quidem saepius admonuere, quippe regno Arsacis acrior est Germanorum libertas. Germania cap. XXXVII.)

[2] Beilage III. zu dem VII. Jahresbericht des historischen Vereins im Rezatkreis für das Jahr 1836. S. 39—101 mit 2 Karten über die alten Grabhügel und Schanzen im Rezatkreis.

[3] Schmitthenner, Deutsches Wörterbuch für Etymologie a. a. O. Darmstadt 1837, S. 224.

[4] Tacitus l. c. Cap. VI. Rari gladiis aut majoribus lanceis (Gere) utuntur; hastas vel ipsorum vocabulo frameas gerunt, angusto et brevi ferro, sed ita acri et ad usum habili, ut eodem telo, prout ratio poscit, vel cominus vel eminus pugnent. Und daß den Kriegern Waffen mit in das Grab gegeben wurden, erwähnt Tacitus ausdrücklich im 27. Kapitel: Sua cuique arma, quorundam igni et equus adjicitur. Sepulcrum cespes erigit.

Wohl findet man zuweilen auch Menschenknochen mit Brandspuren und Urnen mit Asche; aber weit entfernt, daß diese Thatsache unsere Vermuthung entkräftet, dient sie vielmehr zur Bestätigung derselben. Diese Aschenurnen können ja die Ueberreste gefallener Römer enthalten haben, so daß diese ihre Todten auf den Schlachtfeldern verbrannten, während die Deutschen die ihrigen auf einander legten und mit Erde oder Rasen bedeckten, auch mit aufgestellten Steinen (dem Steinkranz) umfriedeten. Uebrigens war nach Tacitus auch das Verbrennen der Leichen bei den Germanen üblich.[1]

Die größten Schlachten scheinen in unserer Gegend zwischen Weißenburg a./S. (castrum album), Raitenbuch am Römerwall und Pappenheim geschlagen worden zu sein. Hier findet man im Weißenburger und Raitenbucher Forst jetzt noch die meisten Grabhügel, oft 10 und 20 bei einander, mehrere Schuh hoch und wohl 20 bis 30 Fuß im Durchschnitt. Viele findet man auch auf der Hochebene von Osterdorf, wo eine bedeutende Schlacht geliefert worden sein muß, und wo noch jetzt ein römischer Grabstein mit abgekürzter lateinischer Inschrift der Kirchenmauer einverleibt ist, ähnlich den römischen Leichensteinen von Zahlbach, die sich jetzt im Museum zu Mainz befinden, nur kleiner.

Dadurch, daß sich diese altdeutschen Grabhügel in das Rieß hineinziehen, und zwar in die Gegend von Monheim, Wemding und Harburg, ist der Beweis geliefert, daß die Deutschen vorzugsweise auf dieser Seite siegreich in das römische Reich eindrangen, wo ihnen ohnehin die von den Römern angelegten Straßen[2] und gebauten Brücken das Vordringen erleichterten. Und wenn man ähnliche Grabhügel, jedoch viel seltener, auch nördlich vom Römerwall findet, z. B. bei Altdorf, in der Nähe von Hagenhausen[3]), und an einigen Orten in Unterfranken, Oberfranken und der Oberpfalz; so können sie ja von Fehden der Deutschen unter sich herrühren, oder von Schlachten mit Römern, die ins freie deutsche Gebiet eingefallen waren, indem sie siegreich die geschlagenen Germanen verfolgten. Ein solcher Sieg wird z. B. von Vopiscus dem Kaiser Probus nachgerühmt, daß er die Germanen über den Neckar und die

---

1) Tacitus, Germania cap. **XXVII.**

Die im künftigen Museum zu Ansbach zu sehenden und in verschiedenen Jahresberichten des historischen Vereins beschriebenen Ausgrabungen stimmen ganz mit dem überein, was man in ähnlichen Grabhügeln in Würtemberg, besonders im Hohenlohe'schen, in der Nähe des ehemaligen Römerwalles fand. Vgl. Han= selmann, Beweis, wie weit der Römer Macht eindrungen. Mit Abbildungen der Hunnengräber (tumuli) und ihres Inhaltes auf Tabula V. und VI. Vgl. von Stichaner, Verzeichniß der alten Grabhügel und Schanzen im Rezatkreise, mit Bemerkungen begleitet und durch zwei Karten verdeutlicht im VII. Jahresbericht des hist. Vereins.

2) Ueber Römerstraßen II. J.=V. des hist. Vereins S. 13 und 16 III. J.=V. S. 15 über Via romana von Nebenbacher, Justizrath in Pappenheim, der selbst eine reiche Sammlung von ausgegrabenen Alterthümern besaß. Vgl. auch J.=V. V. Nr. 1 über die Römerstraße von Nassenfels (dem alten Vetonianis) über Dollenstein, Pappenheim, Osterdorf u. s. w.

3) Bericht im II. Jahresbericht des hist. Vereins 1831 S. 10. Vgl. über Gräber und Hügel S. 11 des I. Jahresberichts; über Ausgrabungen bei Weißenburg S. 10 des II. Jahres=Berichts und über Brand= und später Hügelzeit S. 12 daselbst.

Altmühl zurückgeworfen habe; denn daß man unter der Alba in Verbindung mit dem Neckar (ultra Nicrum fluvium et Albam) nicht die Elbe zu denken hat, sondern die Altmühl (Almo, Alemannus von den später anwohnenden Alemannen so genannt) hat schon Crusius überzeugend nachgewiesen.[1]) Gränz- fluß für die Römer war nicht die Elbe, sondern die Altmühl, zum Theil ein- geschlossen vom Römerwall.

Daß wir so wenige Ueberreste von römischen Bauten und Niederlassun- gen mehr finden, erklärt sich aus der Wuth,[2]) mit welcher die alten Deutschen Alles, was römisch war, zerstörten, und selbst den Römerwall an den meisten Stellen der Erde gleich machten. Nur von der römischen Festung Hohen- trübingen ist verhältnißmäßig noch viel erhalten; denn außer dem hohen, unverwüstlichen Thurme ist noch ein ansehnlicher Theil des Doppelwalles mit gefüllten Gräben vorhanden, und seine weite Entfernung von dem Platze, wo später das Truhendingische Schloß stand, widerlegt im Voraus den Einwurf, daß diese Wälle zum Schutze des spätern Schlosses der Grafen von Hohen- trübingen hätten dienen sollen. Die Erhaltung dieser Römerwälle berechtigt zu dem Schlusse, daß das befestigte Standlager auf dem Hahnenkamm nicht erstürmt, sondern von den Römern freiwillig geräumt wurde, nachdem alle festen Plätze rings umher gefallen waren.

Fruchtlos bliebe jedoch die Mühe, auf die Frage antworten zu wollen, welchem deutschen Volksstamme die Helden angehörten, die ihr Leben auf den Schlachtfeldern für deutsche Freiheit und Volkseigenthümlichkeit aushauchten, oder vollends, wann und bei welcher Veranlassung sie fielen? Fast zu allen Zeiten wurde gestritten. In den ersten Jahrhunderten nach Christo wurde von den germanischen Stämmen mehr vereinzelt gekämpft. Die zunächst an- grenzenden Sueven mit den Alemannen und Mattiaken auf der einen Seite, die Narister, Markomannen und Quaden[3]) auf der andern, und die freige- bliebenen Hermunduren in der Mitte ließen unzählige Male ihre wilden Schlachtgesänge ertönen und stürzten sich, nackt oder unter der leichten Bedeck- ung eines Thierfelles statt eines Mantels, ohne Panzer und Helm, mit nichts, als mit einem Wurfspieße und einer Frame, selten mit einem Schwerte be- waffnet, auf die wohlgerüsteten, kriegskundigen Römer, durchbrechend ihre Schlacht- reihen mit ihrem keilförmig geordneten Anpralle. Zwischen Reitern stritt das Fußvolk, pferdeschnell im Laufe.[4]) Neben dem Vater focht der Sohn, Bruder, Schwager und Vetter, eine Sippschaft, eine Cent, ein Gau neben dem andern, befehligt von Cent- und Gangrafen, Herzogen und Königen. Wer zählt die Tapfern, deren Blut auch das spätere Ansbacher Land färbte, und die aus der Wagenburg her von den Frauen, Müttern und Kindern zu immer größeren

---

1) Vopiscus, Vita Probi cap. XIII. (Vgl. M. Crusius, Annales Suevic. Lib. V. P. I. Fol. 117. Cf. Sinold, Corp. hist. Brand. dipl. Sectio III. §. 32 §. 7.) Crusius richtige Ansicht ist: Nicrus noster in Wirtemberga Neccarus est, Alba vero Alemannus est, (Altmühl) Alemannis ibi habitantibus.

2) Schon zu Seneca's Zeit mußten die Deutschen sich mit Ingrimm auf die Römer geworfen haben, denn er sagt De ira Lib. I, c. XI.: Germanis quid est ani- mosius? Quid ad incursum acrius? Quid armorum cupidius?

3) Nach Tacitus, Ehrenkreutz, Handatlas Karte I. und Blilau, Karte zur Ger- mania.

4) Tacitus de situ c. VI.

Wundern der Tapferkeit angefeuert wurden? Doch ihr Heldenkampf war nicht vergebens. Schon dem Kaiser Commodus konnten die Germanen 150,000 gefangene Römer in dem, 180 nach Christo geschlossenen Frieden zurückgeben; und wohl mögen Tausende darunter gewesen sein, die an der nördlichen Gränze Rhätiens, dem spätern Markgrafthum Ansbach, den siegreichen Deutschen in die Hände gefallen waren.

Vergebens ließ Kaiser Probus im Jahre 276 den auf vielen Seiten durchbrochenen Gränzwall wiederherstellen, und suchte durch neue Festungswerke dem Anpralle der Germanen die Stirne zu bieten.[1] Als diese angefangen hatten, das zu thun, was schon Tacitus gefürchtet hatte, nämlich die Waffen nicht mehr gegen sich selbst zu kehren, sondern zur Besiegung des gemeinsamen Feindes große Völkerbündnisse abzuschließen, wie den Bund der Sueven oder Alemannen am Oberrhein und Neckar,[2] dessen Strabo erwähnt, den Bund der Franken am Niederrhein und dem deutschen Meere, der Sachsen an der Weser und Elbe und der Gothen im Osten an der Oder und Weichsel: da war nichts mehr im Stande, sie in ihrem Siegeslaufe aufzuhalten, und die Römer einer Provinz nach der andern zu berauben, bis sie zuletzt das Kapitol in Rom erstürmten und dem letzten Kaiser das Diadem vom Haupte rissen.

Westgothen machten sich am Anfange des fünften Jahrhunderts n. Chr. die pyrenäische Halbinsel unterthan; Burgunder, von der Weichsel aufgebrochen, unterwarfen sich das südliche Gallien (jetzt Frankreich); Vandalen, vom Riesengebirge her, schlossen ihren Siegeslauf in Spanien, Nord-Afrika und Sizilien; Angeln, Sachsen und Jüten bemächtigten sich Britanniens, und gaben ihm den deutschen Namen England. Zuletzt drangen Heruler und Rugier, vom Ostseestrande und der Insel Rügen kommend, in Italien selbst ein, und ihr heldenmüthiger Führer Odoaker machte mit der Entthronung des letzten römischen Kaisers Romulus Augustulus im Jahre 476 n. Chr. dem altrömischen Reiche auf immer ein Ende[3].

Aufsteigen wollen wir sie aber lassen im Geiste die Helden, die in Riesengestalten mit wallendem Blondhaar, nur halb bekleidet und mit nicht viel

---

1) Tacitus erzählt, daß die Römer das ergötzliche Schauspiel mit angesehen hätten, wie der ganze Stamm der Bructerer, 60,000 Menschen stark, von andern Deutschen niedergemetzelt wurde, und wünscht, daß diese Feindschaft der Germanen unter sich fortdauern möge bei den heranbrechenden Verhängnissen des Reiches. Maneat, quaeso, duretque gentibus, si non amor nostri, at certe odium sui; quando, urgentibus imperii fatis, nihil jam praestare Fortuna majus potest quam hostium discordiam. (De situ Germaniae cap. XXXIII.)

2) Rubhart berichtet in seiner ältesten Geschichte Bayerns S. 440, daß der Durchbruch des römischen Limes von den Alemannen geschah. Haas sagt: „Noch vor und unter Kaiser Probus im Jahre 277 und nach seinem Tode 288 überschwemmten die seit 213 hervorgetretenen Alemannen wiederholt das Decumatenland.“ (Urzustände Alemanniens, Schwabens rc. Erlg. 1865 S. 34.)

3) Schon zur Zeit des Tacitus (im ersten Jahrhundert nach Christo) war die Macht und Freiheitsliebe der Deutschen so groß, daß er sie furchtbarer nannte, als das Arsaces-Reich in Persien, und gestand, daß sie zur Zeit der Unruhen im römischen Reich römische Standlager eroberten, und daß zu seiner Zeit entscheidende Siege über die Germanen mehr durch Triumphzüge in Rom gefeiert, als erfochten wurden. (Germania cap. XXXVII. triumphati magis, quam victi sunt.) Florus ruft im letzten Kapitel des IV. Buches seiner Historia romana aus: Germaniam, utinam vincere tanti non putasset! magis turpiter amissa est, quam gloriose acquisita.

mehr, als hölzernem Speer und Schild bewaffnet, den Riesenkampf wagten mit den Heeren fast dreier Welttheile, und die trotz aller Niederlagen und Kriegslist der Feinde nicht eher die Waffen niederlegten, bis die erste große Mission des germanischen Volkes erfüllt, und der Boden gesäubert war, auf dem ein freies, christlich-deutsches Leben sich entfalten konnte und sollte. Danken wollen wir ihnen für jeden Faustschlag, der ein Glied der Sklavenkette gesprengt, für jeden Schlachtgesang, mit dem sie der Römer Ohren und Herzen erschüttert, für jeden Tropfen Blut, der für die Freiheit des Vaterlandes floß! Geloben wollen wir an ihren Hügeln, auch unsererseits beizutragen zu Deutschlands Ruhm und Größe, und durch Schilderung der Thaten unserer Ahnen die kommenden Geschlechter aufzumuntern, der Urväter würdige Enkel zu sein.

V. Abschnitt.

Entvölkerung des nachmals Ansbachischen Landes zur Zeit der thüringischen Herrschaft und neue Einwanderungen in dasselbe.

Ohne Zweifel schlossen sich bei den großen Wanderungen der Westgothen, Heruler und Rugier, Ostgothen und Longobarden im fünften und sechsten Jahrhundert auch Hermunduren an, oder suchten sonst ruhigere Wohnsitze. Dies mag der Grund sein, daß später von Hermunduren, die südlich von der Donau wohnten, nicht mehr die Rede ist, und daß dieser Volksname überhaupt in der Geschichte verschwindet. Dagegen tritt bei den Geschichtschreibern des fünften Jahrhunderts der Name Turingi (Thüringer) auf, (offenbar aus Hermunduri gebildet [1]). Dieses große deutsche Volk erstreckte sich, nördlich von der Donau, über die reichen Fluren des Maines hinaus bis an die sächsische Saale und Elbe, ja bis an den Harz, und reichte gegen Osten bis an die Naab und den Regen — die eindringenden slavischen Stämme der Wenden und Sorben abwehrend. [2] Brudermord und Bruderkrieg machten König Hermenefried zum Alleinherrn des thüringischen Reiches; allein die Strafe für seine Gottlosigkeit und Untreue folgte ihm auf dem Fuße nach. Er wurde von den Söhnen des fränkischen Königs Chlodwig besiegt, und verrätherisch von den Mauern der Stadt Zülpich (Tolbiacum) in den Abgrund gestürzt. Auch wurde die eroberte südliche Hälfte des thüringischen Reiches, nämlich das Land von der obern Donau, der Naab und dem Regen bis zur

---

1) Förstemann, Altdeutsches Namenbuch, Band II, S. 1416 sagt: Turingi, Volksname im fünften Jahrhundert. Die Thüringer früher mit dem Namen Hermunduri bezeichnet. Ebenso Zeuß, die Deutschen und die Nachbarstämme, München 1837, S. 103, der von Duri During, Turing und Thuring ableitet. Auch Contzen sagt (S. 149) von den Thüringern; „am wahrscheinlichsten ist, daß sie Nachkommen der Hermunduren waren."

2) Wachter, Thüringische Geschichte. Thl. I, S. 22 ff. Vgl. Rubhart Aelteste Geschichte Bayerns und der in neuester Zeit zum Königreiche Bayern gehörigen Provinzen Schwaben, Rheinland und Franken. Hamburg 1841. S. 156. Deßgleichen H. Haas, Urzustände Alemanniens 2c. Erlangen 1865. S. 102 ff.

Elbe und Unstrut, wo Hermenefried geschlagen worden war, dem fränkischen Reiche einverleibt, und zwar zunächst dem Reiche Auster oder Austrasien. Fränkische Grafen regierten, an der Stelle des vertriebenen Königsgeschlechtes, Südthüringen, wozu auch das Land unserer Väter gehörte; doch lag noch die dickste Finsterniß des Heidenthums auf den Gauen der neuerworbenen Provinzen.

Da jedoch die vereinzelte Macht der fränkischen Grafen nicht im Stande war, die Einfälle der Soraben, Winiden oder Wenden und Czechen abzuhalten, so ernannte König Dagobert nach dem Jahre 640 Radulf zum Herzog für das fränkische Thüringen, von dem man vermuthet, daß er zuerst die Veste auf dem Marienberg bei Würzburg (Virteburch, Wirciburg) zur Residenz erkor. Jedenfalls that dies sein Sohn Gozbert, der sich mit seiner Gemahlin Geilana und Vielen seines Volkes von dem Heidenbekehrer Kilian (Kyllena aus Irland) im Jahre 687 n. Chr. taufen ließ. Dadurch ging auch für das spätere Ansbachische Land der erste Strahl des Evangeliums auf; denn Gumbertus (der Gründer Onolzbachs) soll ein Sohn dieses Herzogs Gozbert gewesen sein; und über jeden Zweifel erhaben ist die Behauptung, daß von Würzburg aus die Lehre von der Welterlösung durch Christus sich in dem heutigen Unterfranken und dem anstoßenden Theile Mittelfrankens verbreitete. Da Gozbert's Sohn Hedan II. und sein Enkel Thuring, wie es scheint, in der siegreichen Schlacht des fränkischen Königs Karl, genannt Martell oder der Hammer, bei Vincy im Jahre 717 fielen[1]); so wurde Süd-Thüringen auf's Neue von fränkischen Gaugrafen verwaltet, und — nebst dem früher eroberten östlichen Theile von Alemannien, wo sich die Veste Rothenburg an der Tauber erhob — um die Mitte des achten Jahrhunderts Francia orientalis, östliches Franken oder Ostfranken genannt[2]).

Von dieser Zeit an mögen die Einwanderungen fränkischer Ansiedler in dem Lande zwischen dem mittleren Main und der Rezat, und von da bis an den Hahnenkamm und Hesselberg immer zahlreicher geworden sein, so daß zuletzt die fränkische Provinz Ostfranken (später zur Markgrafschaft und 1116 zum Herzogthum erhoben mit Rothenburg als Residenz) überwiegend von Franken bewohnt war. Dafür zeugen unter Anderm die unzähligen Ortsnamen, welche sich auf die Sylbe heim endigen, das ist Heimath, womit die Franken so gern ihre Niederlassungen bezeichneten.

Da diese fränkischen Einwanderer den größten Theil der neuen Ansiedler des nachmals Ansbachischen Landes bildeten, das Land selbst lange zu dem Herzogthume Ost- oder Neu-Franken gehörte, und dadurch ein wesentlicher Theil jenes gewaltigen Frankenreiches wurde, das unter Karl dem Großen von der Elbe bis über die Pyrenäen und von Holland und Jütland bis Rom sich erstreckte; und König Ludwig I. von Bayern dieser Provinz den Namen Mittelfranken gab: so darf die Urgeschichte dieses Landes die Frage nicht umgehen, woher denn jene Franken kamen, die es einst beherrschten, und Deutschland unter den Karolingern auf die höchste Stufe seiner Macht hoben?

---

1) Die genealogische Tafel dieser Herzöge von Thüringen siehe bei Rudhart a. a. O. Seite 389, Nota 2.

2) Rudhart, S. 377 und 436.

Die meisten Geschichtsforscher stimmten darin überein, daß das Wort frank soviel als frei bedeute, woher noch der Ausdruck „frank und frei";[1]) und daß die Franken ursprünglich ein Verein von mehreren kleinen Völkerschaften am Mittel- und Niederrhein waren, ähnlich, wie die Alemannen, die sich kurz vor den Franken erwähnt finden[2]), am Oberrhein, Neckar, der obern Donau und der Wernitz. Den Kern der fränkischen Völker-Verbindung, und zwar der salischen, westlich vom Rhein, scheinen die Sigambrer gebildet zu haben, weil ihr Name ein Ehrentitel unter den Franken war, wie Quirites bei den Römern. An diese Sigambrer schlossen sich, theils freiwillig, theils gezwungen, andere deutsche Volksstämme an, wie die Bructerer, Tenchterer ꝛc., und besonders die Katten. Diese bildeten den Kern der östlichen oder ripuarischen Franken (später das Königreich Austrasien), erwähnt im fünften Jahrhundert. Frei zu werden vom fremden Joch, selbst zu herrschen und siegreich, mit Beute beladen, nach Süden und Westen vorzudringen, war ihr gemeinsames Streben. Die Weise, wie dieses auszuführen, blieb Anfangs den einzelnen Völkerschaften überlassen, die unter ihren Stammeshäuptlingen vereinzelt auszogen. Den salischen Franken gelang es zuerst, Paris zu erobern, bis an die Loire vorzudringen und nach dem Siege ihres Königs Chlodwig über Syagrius bei Soissons i. J. 486 den Grund zur Errichtung des großen Frankenreiches zu legen, und zugleich jenseit des Rheines durch Vermischung seiner Franken mit den Nachkommen der alten Kelten, besonders der Galen und der daselbst angesiedelten Römer, die Entstehung des Mischvolkes der Franzosen selbst zu veranlassen.[3])

Dieser Chlodwig war es auch, der — seine Mission zur Ausbreitung des Christenthumes auf dem Schlachtfelde bei Zülpich erfassend — im Vereine mit den ripuarischen Franken, deren Hauptstadt Köln war, die Alemannen schlug i. J. 496 n. Chr. und ihnen ein großes Stück Land abnahm. Später gelang es den ripuarischen Franken, welche das Königreich Austrasien bildeten, auch den Thüringern um das Jahr 491 den Main und dann das Land bis zur Unstrut abzunehmen um das Jahr 528, und dasselbe unter dem Namen Ost- oder Neu-Franken ihrem wachsenden Reiche einzuverleiben.[4]) Zu

---

1) In dem Gesetzbuch der salischen Franken wird das Wort frank als gleichbedeutend mit frei erklärt. Es heißt: homo ingenuus sive francus. Die Ableitung des Wortes Frank von dem kurzen Schwert der Franken, welches framea hieß, dürfte wenig für sich haben. Schmitthenner erklärt das Wort aus dem althochdeutschen frank, welches ursprünglich vorausgegangen bedeutet, dann kühn, aufrichtig, frei. Daher der Franke, althochdeutsch franko, altnordisch frankr. (Deutsch. Wörterbuch. 2. A. 1837, S. 157.) In seinem Lehrbuch der deutschen Geschichte S. 80 sagt er: „Um die Mitte des dritten Jahrh. erscheinen die Völker des nordwestl. Deutschlands in einem engeren Bunde unter dem Namen der Franken (Franchon, d. i. der Freien, Kühnen).

2) Contzen erklärt diese Ansicht über den Ursprung der Franken für die „wohl allgemein als richtig angenommene." Siehe Geschichte Bayerns. Zum Gebrauche bei akadem. Vorlesungen. Münster 1853. S. 146. (Er beruft sich auf Clüver, Grupen, Willen, Pfister, Luden, Zeuß u. A. Vopiscus, Vita Aurelii cap. VII. erwähnt zuerst der Franken im Jahre 253 n. Chr. Vgl. Eichhorn, Weltgeschichte. I. S. 566 zwischen 237 u. 244 unter Gordian III.

3) Stammtafel des Geschlechtes der Merovinger, s. Contzen S. 168.

4) Dafür, daß es ripuarische Franken waren, welche massenhaft in das jetzige

diesem Ostfranken gehörte in alter Zeit auch der Rangau, nur dünn bevölkert von den Nachkommen der Hermunduren und Thüringer.

Mehrere Franken siedelten sich in diesem und den benachbarten Gauen an, und verdrängten die Winiden oder Wenden, welche in den Rangau eingedrungen waren; doch blieben wendische Kolonieen an mehreren Orten zurück. Die äußersten Anpflanzungen derselben mögen Windsbach an der Rezat und Windsheim an der Aisch gewesen sein. Zwischen beiden Endpunkten ließen sich an mehreren Orten wendische Einwanderer oder verpflanzte Kriegsgefangene nieder. Verschiedene Ortsnamen deuten unverkennbar darauf hin, z. B. Racenwinden (Radenzwinden, die Wenden in der Gegend der Radenz oder Rezat), Dautenwinden, Bernhardswinden, Wolfartswinden, Gozbrechtswinden, Mainhardswinden und Eglofswinden bei Ansbach; einige Stunden davon Grimschwinden und Ehrenschwinden; zwischen Ansbach und Triesdorf Winterschnaitach (d. i. Wendisch-Schnaitach zum Unterschied von Schnaitach bei Hersbruck); und auf der Wasserscheide Schweikartswinden, Morlitzwinden und Reinswinden; an der Altmühl Windsfeld, bei Heidenheim Windischhausen, bei Kolmberg Windelsbach, bei Feuchtwangen Labertswind. Sogar in das jetzige Königreich Würtemberg zogen sich wendische Ansiedler hinein. Schon Haußelmann leitete die Ortsnamen: Ober- und Nieder-Winden, Windisch-Brachbach, Windischenbach, Windischen-Hof und Windischen Hohbach (sämmtlich im Hohenloheschen) von den Winiden oder Wenden ab. [1] Der berühmte Sprachforscher Förstemann in Wernigerode leitet den Namen der Stadt Windsheim (Windoheim) ebenfalls von vinid ab, und fügt hinzu: „Im Ganzen deuten die folgenden Namen mit Sicherheit auf wendische Ansiedelungen: Adalharteswinden, Radanzwinida, Wolfereswinidon u. s. w. [2] Rudhardt berichtet bei der ältesten Geschichte der bayrischen Provinzen Franken: „Die Folge dieser Niederlage der Austrasier (zu welchen die fränkischen Thüringer gehörten) war, daß die Winiden seitdem häufig in Thüringen, d. i. in Franken und in die übrigen Gauen des fränkischen Reiches verheerend einfielen." [3] Man hat deßhalb nicht nöthig, mit Buttmann anzunehmen, daß in südlichen Gegenden, statt wendisch, der Umlaut i, also windisch, eintritt, welches Wort dann allmählich ganz mit den Orts-Namen verwachsen sei, wie Windischgrätz, Windischkappel, Windischlandsberg. [4] Vollkommen richtig dagegen ist die weitere Bemerkung: „Bei den deutschen Ortschaften bleibt die Bezeichnung deutsch, als sich von selbst verstehend, gewöhnlich weg." So ist es bei unserm Deutsch-Schnaitach und Wendisch-Schnaitach oder Winterschnaitach, zwei Stunden von Ansbach an der Eisenbahn.

Daß diese slavischen Eindringlinge bei uns in Mittelfranken so frühzeitig germanisirt wurden, als im jetzigen Oberfranken, unterliegt wohl keinem

---

Unter- und Mittelfranken einwanderten, spricht auch der Umstand, daß hier lange das fränkisch-ripuarische Recht galt, während im jetzigen Oberfranken nach fränkisch-salischem Rechte entschieden wurde.

1) Haußelmann, Beweis, wie weit der Römer Macht in die ostfränkische, sonderlich hohenlohe'schen Lande eingedrungen, Schwäbisch-Hall. 1768. Fol. 210 ff.
2) Förstemann, Altdeutsches Namenbuch. Nordhausen 1859. B. II, S. 1544.
3) Rudhart a. a. O. S. 383 u. 384.
4) Al. Buttmann, die deutschen Ortsnamen mit besonderer Berücksichtigung der ursprünglich wendischen in der Mittelmark und Niederlausitz. Berlin 1856. S. 47.

Zweifel. Dort erinnern noch folgende Ortsnamen an die wendische Einwanderung: Windischletten, Windischlaibach, Windisch-Eschenbach, Windheim, Kötzenwind, Bischwind, Dieterswind, Geroldswind u. s. w. [1]); wie auch mehrere slavische Wörter, welche in unsere deutsche Sprache mit geringer Abänderung aufgenommen wurden, z. B. Kummet (von cumat), Peitsche (für Geisel, von bisz), Kürschner (von cersno, Pelz) u. s. w. [2])

Auch von den Sachsen, die Kaiser Karl d. Gr. nach Franken verpflanzte, scheinen einige in das später Ansbachische Gebiet gekommen zu sein. Daher die Ortsnamen: Sachsen bei Leutershausen, Sachsen bei Ansbach und Sachsbach bei Herrieden, ähnlich wie Kattenbach bei Ansbach, Kattenhochstadt und Katzwang bei Schwabach von eingewanderten Katten oder Hessen angelegt worden zu sein scheinen. Endlich haben sich auch Alemannen über die Wernitz und die Sulzach herübergezogen bis an den Hesselberg; denn Gebirge trennen mehr, als Flüsse. Es waren jene tapferen Deutschen, die ihren Namen entweder von ala und mans d. i. ganze Männer (Helden) ableiteten, oder von dem Bundesnamen Alamannida d. i. das gesammte Volk. [3]) Noch hat sich in diesem Theile des ehemaligen Fürstenthumes Ansbach südlich und südwestlich vom Hesselberg der alemannische oder schwäbische Dialekt nicht ganz verloren. Alle diese Einwanderer oder verpflanzten Kriegs-Gefangenen wurden im Laufe der Zeit in den mächtigen deutschen Volksstamm der Franken aufgenommen, deren Tapferkeit der römischen Herrschaft in Gallien ein Ende gemacht, und die durch Unterwerfung der Nachbarvölker unter Kaiser Karl dem Großen ein Reich gegründet hatten, das den bevölkertsten Theil Europas umschloß. [4])

---

1) Genßler, Geschichte des Gaues Grabfeld. S. 132.

2) II. Jahresber. des hist. Vereines vom Rezatkreis für 1831, S. 29, wo eine interessante Abhandlung aus der Feder des Historikers H. v. Lang. Jedoch geht er in Manchem zu weit und nimmt ächtdeutsche Wörter und Namen für slavisch, weil ihm die Kenntniß der altdeutschen Dialekte abging. v. Künßberg hielt dafür, daß diese Niederlassungen von Kriegsgefangenen herrührten, welche als Kolonen oder Kolonisten zur Urbarmachung des Landes verwendet wurden. Siehe XX. Jahresbericht, Beil. III. Ueber die fränkischen Slaven. S. 25—41. Vgl. Contzen, S. 185.

3) Contzen, Geschichte Bayerns. Zum Gebrauche bei akademischen Vorlesungen. 1853. S. 140.

4) Sidorius Apollinaris rühmt in dem Panegyricus auf Majorianus die Tapferkeit der Franken mit den Worten:

> Est belli maturus amor. Si forte premantur
> Seu numero, seu sorte loci, mors obruit illos,
> Non timor. Invicti perstant, animoque supersunt
> Jam prope post animam.

Zweite Periode.

Von der Gründung des Klosters und Ortes Onolzbach bis zum Uebergang desselben an die Burg-Grafschaft Nürnberg,

d. i. von der Zeit vor 786 bis 1331 n. Chr.

A. Ansbach selbst betreffend.

I. Abschnitt.

Gründung des Klosters Onolzbach.

Wie die Herrscher des großen fränkischen Reiches, nachdem sich König Chlodwig zum Kreuze des Erlösers bekannt hatte, bemüht waren, das Christenthum nicht nur im eigentlichen Franken auszubreiten, sondern auch in den neuerworbenen Ländern: so war dies auch in Ostfranken der Fall, oder in demjenigen Lande, welches die Franken den Thüringern gegen Südwesten abgenommen hatten.

Hier faßte die göttliche Lehre zuerst festen Fuß in Würzburg, besonders durch die Bemühungen des Heidenbekehrers Kilian (Killena), welcher den westthüringischen Herzog Gozbert daselbst bekehrte, aber i. J. 688 auf Anstiften seiner Gemahlin Gailana ermordet wurde. Gleichwohl verbreitete sich von

Hauptquellen: 1) Regesta sive Rerum Boicarum autographa a regni scriniis fideliter in summas contracta, juxtaque genuinam terrae stirpisque diversitatem in Bavarica, Alemannica et Franconica synchronistice disposita. Monaci 1822—1849. XII. Vol. 4. 2) C. H. de Lang Regesta Circuli Rezatensis. Opus posthumum. Norimb. 1834. 3) Regesten zur Geschichte der Stadt Ansbach in der Vorzollerischen Zeit von 750—1331 im XXXIII. Jahres-Bericht des hist. V. von Mittelfranken für 1865. 4) F. von Falckenstein, Antiquitates et memorabilia Nordgaviae Suabac. 1734—1788 in 4 Theilen, wovon der 4. die Urkunden und Zeugnisse vom achten Säculo bis auf gegenwärtige Zeit enthält. 5) Sinold, genannt von Schütz, Corpus historiae Brandenburgicae diplomaticum. I. Theil. Zeit von 1164—1420 in 4 Abtheilungen. Schwabach 1754. 6) G. Stieber, hist. u. top. Nachricht von dem Fürstenthum Brandenburg-Onolzbach. Schwabach 1761.

Würzburg aus das Licht des Evangeliums und erleuchtete mit seinen himm=
lischen Strahlen die heidnische Nacht ringsum. Allerwärts entstanden christ=
liche Kirchen, so daß König Karlmann schon im Jahre 770 dem Bischofe
Burchard zu Würzburg, der seinen Sitz und Widumhof zu St. Salvator
hatte, wo die Gebeine des hl. Kilian ruhten, und der bis dahin mit seinen
kirchlichen Bedürfnissen an den Zehnten der Gläubigen und ihre frommen
Schenkungen und Stiftungen gewiesen war, das Einkommen von 25 anderen
Pfarreien schenken konnte, worunter Karlstadt, Hammelburg, Melrichstadt,
Iphofen, Gollhofen, Wielandsheim, Windsheim und viele andere waren. [1]

Während Bischof Burchard aus den Ueberschüssen seiner neuen Einkünfte
im Jahre 784 fünf Klöster errichtete (Neuenstadt im Spessart, Homburg am
Main, Amorbach, Murhard und Schlüchtern), gründete ein sehr reicher Vasall
des Kaisers Karl d. Gr., Namens Gumbertus, in dem noch wenig bevöl=
kerten Rangau vor dem Jahre 786 aus eigenen Mitteln am Einflusse des
Onoldisbaches in die Retratanza (jetzt Holzbach und Rezat) ein Kloster, und
weihte dessen Kirche der hl. Jungfrau Maria.

Sowohl in uralten Urkunden, als auch in vielen, besonders älteren Ge=
schichtswerken ist dieser Gumbertus als Stifter des Klosters Onolzbach ange=
geben [2]; das Siegel des Klosters zeigte sein Bild [3]; seine sterblichen Ueber=
reste ruhten in der Kirche daselbst und Theile seines h. Leichnams wurden
jährlich an seinem Todestage (Mittwoch nach Reminiscere) und am Feste der
Erhebung (dies translationis, den 15. Juli) mit großen Feierlichkeiten von
der Kloster= in die Johannis= oder Stadtkirche zu Ansbach getragen; fast alle
Schenkungen und Vermächtnisse wurden ausdrücklich den Ueberresten des heil.
Gumbertus geweiht (ad reliquias oder ad altare S. Gumberti Confessoris);
und selbst die Kirche, obwohl der h. Jungfrau geweiht, erhielt nicht wie sonst
den Namen „Frauenkirche“, sondern St. Gumbertus=Kirche, und wird noch
heutigen Tages so genannt.

---

1) v. Lang, Bayerns alte Grafschaften und Gebiete. Nürnberg 1831. S. 260.
Rudhart, älteste Geschichte Bayerns und der dazu gehörigen Provinzen Rheinland
und Franken, Hamburg 1841, S. 411 theilt ebenfalls mit, daß — als Burchard von
Bonifacius am 22. Oct. 741 auf der Salzburg konsekrirt worden war, das neue Bisthum
Würzburg zu seiner Ausstattung unter Anderem erhielt: Im Rangau die Martinskirche
der Villa Winedisheim (Windsheim); im Gollachgau die dem hl. Johannes dem Täu=
fer geweihte Kirche zu Gullahaoba (Gollhofen); im Iffigau die Kirche Johannes des
Täufers zu Iphofen und die Martinskirche in der Villa Weolandesheim.

2) J. Reinhard, Historia Pontificat. Herbipol. fol. 3 lit. b. Lorenz Frieß,
Historie der Würzburger Bischöfe in Ludewig, Sammlung der Geschichtschreiber
v. d. Bischofthum Würzburg, mit den Bildnissen der Bischöfe. Lpz. 1713, fol., S. 385.
Hoßmann, Beschreibung aller Stiftungen und Klöster des Burggrafthums Nürnberg
unterhalb Gebürgs. Manuscript des histor. Vereins zu Ansbach aus d. J. 1612.
Pachhelbel von Gehag, Summarischer Bericht von der Stadt Onolzbach 1708.
v. Faldenstein, Antiquit. Nordgav. vet., T. I., §. 21, p. 260. Sinold, gen.
von Schütz, Corpus hist. Brandenb. diplomaticum, P. I., S. III., p. 5. Strebel,
Franconia illustrata, p. 83. Stieber, Nachricht von dem Fürstenthum Brandenburg=
Onolzbach 1761. Fischer, Beschreibung der Stadt Ansbach 1786. Büttner
Franconia 1813.

3) Strebel, Franconia illustrata, T. I. p. 104.

Gleichwohl haben einige Geschichtsforscher nicht blos die von einzelnen Historikern behauptete Abstammung Gumberts von den westthüringischen Herzögen zu Würzburg in Zweifel gezogen und nicht weniger seine Ahnherrnschaft der einstigen Grafen von Rothenburg, wie sein nahes Verhältniß zu Bischof Burchard von Würzburg und zu Kaiser Karl d. Gr. [1]); sondern man hat sogar die Stiftung des Klosters zu Onolzbach durch Gumbertus in Frage gestellt, und behauptet, daß die Mönche das Alles erdichtet hätten, um ihrem Kloster mehr Bedeutung zu verschaffen und größere Einkünfte zu erzielen.

Am geringschätzendsten von Allen hat Bensen über Gumbertus und seine Stiftung geurtheilt. Er sagt: „Vor dem Jahre 911 ward in dem Walbgrund von Onoltespag ein Klösterlein der Benedictiner erbaut;" und spricht die Stiftung desselben dem Gumbertus mit den Worten ab: „die Gründer waren ohne Zweifel die Besitzer des Grund und Bodens, die Bischöfe von Würzburg." [2]) Dafür ward ihm aber auch eine, mit attischem Salze gewürzte Zurechtweisung zu Theil, wie selten einem Schriftsteller.

Diese glänzende Ehrenrettung Gumberts und seiner Stiftung, und gewissermaßen der Stadt Ansbach selbst, zu deren Gründung Gumbertus Anlaß gab, verdanken wir dem Scharfsinn und der Gelehrsamkeit Dr. Huscher's in Neustadt a/A. [3]) Er hat mit ausgezeichneten historischen Kenntnissen vor Allem die Aechtheit des überaus wichtigen, noch im Jahre 1563 im Originale vorhandenen Schutzbriefes des Kaisers Karl d. Gr. dargethan, den derselbe i. J. 786 zu Aachen ausstellte, und in welchem er das von Gumbertus gestiftete und ihm übertragene Kloster zu Onoldisbach in seinen besondern Schutz nahm, ihm alle Abgaben und Leistungen erließ, dasselbe von weltlicher Obrigkeit befreite und den Mönchen das Recht verlieh, ihren Abt aus ihrer Mitte zu wählen. [4])

Alle Zweifel, welche in neuester Zeit, namentlich von Dr. Bensen gegen die Aechtheit dieses Diploms (das sich übrigens schon in einer Urkunde des Erzbischofs Werner zu Mainz v. J. 1282 erwähnt findet) erhoben wurden, hat Huscher für jeden Unbefangenen beseitigt, und gezeigt, daß höchst wahr-

---

1) Eckhart (de Eccard), Comment. de rebus Franciae Orientalis. Tom. I. Wirceb. 1729. J. B. Sollerius, Commentarius praevius ad Vitam S. Gumberti Confessoris Anspachii exhibitus in Actis sanctor., T. IV., p. 61 sqq. Abgedruckt im Urkundenbuch zu Strebel, Franconia illustrata, 1761, Nr. I., p. 151 sqq.

2) Bensen, Histor. Untersuchungen über die ehem. Reichsstadt Rotenburg. Wzb. 1837, S. 49.

3) Huscher, Ist denn wirklich St. Gumbertus, der Stifter des ehemaligen Benedictinerklosters in Ansbach, eine bloße mythische Person gewesen? Im IX. Jahr-Bericht des Histor. Vereins für Mittelfranken für 1838, Beilage IV., S. 107 ff.

4) Diese wichtige Urkunde ließ besonders abdrucken und beleuchten: Georgi, Diploma Caroli Magni 1732. Abgedruckt ist sie in Strebel, Franconia illustrata, T. I., p. 5 und 23, und v. Falckenstein, Antiqq. Nordgav., T. I., S. XXI, p. 60, und T. III., p. 3. Hauptstelle, ausgezogen in den Regesten zur Geschichte der Stadt Ansbach im XXXIII. Jahr-Bericht des histor. Vereins f. Mittelfr. für 1865, S 131: Ideoque notum sit omnium Fidelium Nostrorum Magnitudini, qualiter Vir Venerabilis Guntbertus Episcopus Monasterio aliquo in Pago Rangow, infra Vualdo, qui vocatur Vircunnia Rastas quatuor intra duo flumina, quae nuncupantur Rethradenza et Onoldisbach in loco, ubi simul confluunt. Vgl. II. Jahr-Ber., S. 45.

scheinlich die markgräfliche Regierung selbst die wichtige Urkunde mit den Immunitäten verschwinden ließ, damit nicht etwa die Bischöfe von Würzburg Ansprüche an Ansbach darauf gründen möchten.[1]) Auch wäre das ein großer Trugschluß, wenn man aus dem Nichtvorhandensein eines Diploms folgern wollte, daß es nie dagewesen wäre.

Ebensowenig darf man sich daran stoßen, daß in der Urkunde von 786 dem Gumbertus der Titel „Bischof" beigelegt wird; denn ausgezeichnete Vorstände von Klöstern, besonders in heidnischen Gegenden, erhielten in jener Zeit den Ehrentitel Abbas mitratus, Abbas infulatus, wie z. B. die Aebte Baltherich und Petto in Scheftlarn in den Jahren 776 und 806, von denen der erstere ebenfalls Stifter und erster Abt des Klosters war.[2]) Auch kann man heute noch einen der Aebte des Benediktinerklosters zu Auhausen an der Wernitz mit bischöflichen Insignien auf seinem Grabesmonument abgebildet sehen.

Mit Recht stellt daher das Siegel der ältesten, in dem Kloster Onolzbach selbst ausgestellten Urkunde vom 22. August 993, in welcher ein gewisser Otbrath seine Leibeigenen diesem Kloster schenkte, den Stifter dieses Klosters mit der Bischofsmütze (mitra) dar, und hat die Randschrift: Sanctus Gumbertus Episcopus.[3])

Diejenigen Bedenken, welche man gegen den Ort (Aachen) und die Zeit der Ausstellung der mehrerwähnten Urkunde vom 29. März 786 vorbrachte, hat Huscher in der trefflichen Abhandlung im dreiunddreißigsten Jahresberichte des historischen Vereins von Mittelfranken gründlich widerlegt, und überzeugend dargethan, daß Kaiser Karl der Große recht wohl von Attiniacum (Attigny) aus, wo er 785 das Weihnachtsfest und 786 das Osterfest feierte, in der Zwischenzeit einen Ausflug nach Aachen machen konnte, zur Erledigung eines Regierungsgeschäftes, wo er dann Gumbertus persönlich empfing[4]), und ihm den erbetenen Schutz- und Immunitäts-Brief für seine Schenkung ausstellte.

Auch Styl und Schreibweise mit ihren Eigenheiten und Mängeln stimmt ganz mit den übrigen Diplomen dieses Kaisers aus der frühern Regierungsperiode überein; und was die von Benseu angegriffene Form des sogenannten Chris-

---

1) Wilhelm von der Lidt läugnete in einem Briefe vom 11. Sept. 1725 an den Hofrath Schneider die Aechtheit dieses Diploms und sagte: „Das bewußte Diploma halte nicht allein vor erdichtet, sondern auch vor schädlich, bevorab in Ansehung der darinnen befindlichen Passage, daß Kayser Carl das hiesige Stift sammt allen Ihm dabei zustehenden Rechten dem Bischof von Würzburg durch Tausch übergeben hab; woraus, wenn es eclatiren und mit der Zeit gefährliche Conjunkturen sich ereignen sollten, dem hochfürstlichen Hause gar leicht ein Verdruß zuwachsen dürfte. Wie nun zu wünschen wäre, daß nie nichts davon wäre gedacht worden, also erfordert das herrschaftliche Interesse, daß die Unrichtigkeit dieses falschen diplomatis gezeigt werde u. s. w. (Der Wink für den Aufbewahrer dieses Diploms war deutlich genug.) S. Huscher a. a. O. S. 113 und Strebel Franc. illustr. S. 131.

2) Monumenta Boica V. VIII. p. 365 und 369. Vgl. XXXIII. Jahr.-Bericht Beilage IV. S. 114. Anmerkg. 2.

3) de Lang, Regesta Circ. Rez. p. 16: Otbrath quidam sui proprii juris famulos tradit ad reliquias sancti Gumberti in Onoldespach in pago Rengowe.

4) Daß Gumbertus in Aachen eine Audienz bei Karl d. Gr. hatte, scheint daraus hervorzugehen, daß es in dem Diplome von 786 heißt: Ubi adserit, non parvam habere congregationem monachorum etc.

mons (des Beginnes der Urkunde im Namen Christi) betrifft, so läßt sich
darüber gar nicht mehr urtheilen, weil das Original abhanden kam.

Zu diesem Allen kann noch hinzugefügt werden, daß sich auch der letzte
Einwurf gegen die Aechtheit des Karolingischen Schutzbriefes v. J. 786, welcher
von angeblich falscher geographischer Lage hergenommen wurde, leicht beseitigen
läßt. Man darf nur die Worte quatuor rastas (vier Meilen) auf das Vor-
hergehende beziehen, auf die Entfernung des Klosters Onolzbach vom Birngrund
(bei Dinkelsbühl), nicht auf das Folgende, die beiden Flüsse Rezat und Onolzbach; so ist die Lage des Klosters O. ganz richtig angegeben, nämlich da, wo
diese beiden Flüsse zusammenfließen. [1] Oder sollten die Mönche so thöricht
gewesen sein, die Unächtheit des von ihnen gefertigten Diplomes gleich durch
die falsch angegebene Lage des Klosters zu verrathen?

Ferner zeigt Dr. Huscher die vollkommene Uebereinstimmung des Inhaltes der wichtigen Urkunde vom Jahre 786 mit den Angaben, die sich in
Egilward's Lebensbeschreibung Burchard's, ersten Bischofes zu Würzburg
finden, woselbst ein besonderes Kapitel von „Gumbertus, seiner Bekehrung und seiner
Frömmigkeit" handelt, wie nicht minder mit den wesentlichen Angaben in der
Vita S. Gumberti, deren Verfasser zwar ungenannt ist, deren Aechtheit aber
nichts destoweniger beglaubigt wird. [2]

Zur vollen Gewißheit aber wird die Stiftung des Klosters Onolzbach
von Gumbertus durch das Original-Diplom des Kaisers Ludwig I., genannt
des Frommen, vom Jahre 837, dessen Glaubwürdigkeit bis jetzt noch Niemand
zu erschüttern gewagt hat.

In dieser gleichfalls sehr wichtigen Urkunde wird ein Gütertausch zwischen Kaiser Karl d. Gr. und dem Bischof Bernwelf (Berowelpus) von Würzburg bestätigt, und gesagt, daß der Kaiser für die Kirche des hl. Martinus
im Grabfeld mit allen Zugehörungen dem Bischofe diejenigen Güter gegeben
habe, welche er von einem gewissen Vasall Namens Gumbertus von dessen
Eigenthum in verschiedenen Gauen und Orten geschenkt erhalten hätte; und
zwar werden unter andern Besitzungen auch die Gumbertischen Güter in dem
Dorfe Bürgel im Rangau und in demselben Gau in einem gewissen Walde
ein Ort Onolzbach genannt. [3]

---

1) Die Stelle heißt: in Pago Rangow infra Vualdo, qui vocatur Vircunnia
Rastas quatuor inde duo flumina, quae nuncupantur Rethradenza et Onoldisbach
in loco, ubi simul confluunt, was offenbar heißt: „Im Rangau, vier Meilen unterhalb
eines Waldes, welcher der Birngrund genannt wird, zwischen zwei Flüssen, welche Rezat
und Onolzbach heißen, an der Stelle, wo sie zusammenfließen." Und das Gumbertuskloster lag etwa 100 Schritte davon. Vgl. de Lang, Reg. Circ. Rez. p. 2. In den
Regesten zu den Monumentis Boicis konnte er jedoch den Haupt-Inhalt dieser Urkunde
nicht wiedergeben, da man derselben die Aufnahme aus obigen unbegründeten Zweifeln
ihrer Aechtheit versagt hatte. Um so größer ist das Verdienst, das sich Dr. Huscher
erworben hat.

2) Huscher, „Ist denn wirklich St. Gumbertus eine bloße mythische Person
gewesen?" Am a. O. S. 110 und 111.

3) Vollständig in Strebel, Franc. ill. I. 144 und de Eccard, Commentarii
de rebus Franciae Orientalis. Tom. II. Wirceb. 1729. p. 884. Auszug in de
Lang, Regesta Circ. Rez. p. 9 und 10: Ludovicus Imperator confirmat commuta-
tionem bonorum, per quam Bernwelfus quondam Wirceburgensis Episcopus Huon-
rogo, comiti misso regio, contradidit basilicam sancti Martini in pago Graffelt

Für die Gründung des Klosters Onolzbach von Gumbertus, wie für das hohe Alter dieser Stiftung spricht auch die noch vorhandene Original=Urkunde v. J. 911; denn es werden in derselben von Kaiser Konrad I. dem Gumbertuskloster (Sancto Gumberto, Confessori Christi) auf Bitten des Bischofs Dito von Würzburg gewisse, ihm gehörige Güter in dem Gau Volkfeld (in pago Folchfeld in Comitatu Hessi) in dem Ort Viereth (Fihuriod bei Bamberg) mit den übrigen slavischen Orten und Besitzungen (una cum ceteris Slavienis oppidis, curtibus, vinetis, aedificiis etc.) übergeben. [1]) Da die Bestimmung beigefügt ist, daß Bischof Dito von Würzburg über diese Orte und Güter dieselbe Macht haben solle, wie über die andern Güter, die von alten Zeiten her zu dem Kloster des vorgenannten hl. Gumbertus gehörten [2]); so geht daraus hervor, daß das Kloster Onolzbach schon im achten Jahrhundert gegründet worden sein muß; was wieder mit dem, 837 bestätigten Gütertausch Karl des Großen mit Bernwelf übereinstimmt, weil dieser im Jahre 800 als dritter Bischof zu Würzburg starb.

Daß Gumbertus in der Schenkungs=Urkunde vom Jahre 911 Confessor Christi genannt wird, beweist abermals das hohe kirchliche Ansehen, in welchem er stand; denn dieser Titel (ursprünglich den Märtyrern beigelegt) wurde später nur Männern ertheilt, die sich nicht nur durch Eifer für die Sache Jesu auszeichneten, sondern auch durch Heiligkeit des Wandels.

Daß das Kloster O. nicht — wie Bensen annahm — von einem der Bischöfe zu Würzburg, sondern wirklich von Gumbertus gegründet wurde, geht auch aus einer Urkunde des Bischofs Reinhard v. J. 1183 hervor; denn es wird darin gesagt, daß der Dekan der Kirche zu Onoldesbach mit Zustimmung des Bischofs Reinhard von Würzburg von neuem in den Besitz des Weilers Ottenhofen getreten sei, welchen der selige Bekenner Herr Gumbertus der Kirche geschenkt habe, die er selbst in Onoldsbach erbaut habe (quam ipse in Onoldesbach construxerat). [3])

Somit war es unzweifelhaft G u m b e r t u s, ein sehr reicher Herr von hoher Abkunft und Vasall des Kaisers Karl b. Gr., welcher im Rangau, wo er große Ländereien besaß, das Kloster Onoldsbach stiftete, und es später mit Allem, was dazu gehörte, dem Kaiser Karl b. Gr. übergab oder aufließ, um dafür jenen Schutz= und Freiheits=Brief aus Aachen v. J. 786 zu erhalten, dessen Aechtheit mit Unrecht und übertriebener Kritik bezweifelt wurde.

(Grabfeld) pro villis a quodam homine Gumberto resignatis et genitori Imperatoris (Vater Karl) delegatis nomine Filohonbiunte (Bilchband) in pago Badengau (Babenachgau) Bargilli (Bürgel) in pago Rangau et locum O n o l d z b a c h in quadam silva in eodem pago etc.

1) de L a n g, Regesta. Tom. I. p. 31.

2) Ebendaselbst: Que ab antiquis temporibus ad predicti Gundberti coenobium pertinere videbantur.

3) Kurzer Auszug dieses Diplomes in den Reg. Boic. T. I. p. 323 und in den Regest. Circul. Rez. p. 72; vollständig im IX. Jahr.=Bericht, Beilage IV., S. 124 und 25 Anmerkung: Sententia Rinhardi, Wirceburgensis ecclesie Antistitis, super villam Ottenhoven, quam Beatus Confessor Dominus Gumbertus ecclesie, quam ipse in Onoldesbach construxerat, cum omni donavit integritate, facta vero posteaquam sacrilega invasione durante tumultu bellico permutatione dictam villam prenominate ecclesie Decanus nunc de novo obtinuit.

Dr. Huſcher ſucht auch zu beweiſen, daß wir in jenem Salvator-Kloſter neben den Fluthen der Rethratanza, welchem ein Graf Ekkibert nach einer Urkunde v. J. 810 ſeine Güter im Rangau unterhalb der Wüſte bei dem Zuſammenfluß der beiden Bibert ſchenkte,[1] nicht das Kloſter Schwarzach an der Biber, ſondern unſer Kloſter Onolzbach an der Rezat zu erblicken haben, weil die Rezat in älteſter Zeit Rethratenza hieß, die Kirche in Onolzbach der hl. Jungfrau geweiht war, und das Kloſter daſelbſt wahrſcheinlich urſprünglich monasterium S. Salvatoris et S. Mariae hieß, ſo daß auch die Bezeichnung der Empfänger der Schenkung auf Ansbach paſſen würde. Ohnehin iſt bekannt, daß Gumbertus die Kirche zu O. „aus Liebe zu unſerem Herrn Jeſu Chriſto und zu Ehren der Gottgebärerin Maria" ſtiftete, und ſie mit Reliquien des Heilandes und der Jungfrau Maria ausſtattete. Auch machte ein gewiſſer Helengoz i. J. 1006 eine Schenkung zu den Reliquien des hl. Erlöſers und der hl. Maria und des hl. Gumbertus.[2]

Die in dieſer Urkunde genannten beiden Bibertflüſſe (Piparodi) hält der genannte Geſchichtsforſcher für die, nicht ſehr weit von Ansbach fließende, und ſich bei Großhabersdorf mit der Haslach vereinigende Bibert, und vermuthet, daß letztere vielleicht in älteſter Zeit ebenfalls Bibert hieß, wie wir ja auch zwei Flüſſe Namens Rezat und mehrere mit dem Namen Aurach beſitzen.

In dieſer Schenkungs-Urkunde an das Salvator-Kloſter an der Rezat v. J. 810 wird auch ein Gumbertus erwähnt, durch deſſen Ländereien der, von Graf Ekkibert abgeſandte Deotbert auf ſeiner Reiſe dahin kam, um dem Abt Adalwin dieſes Kloſters, der ebenfalls Biſchof titulirt wird, die neue Schenkung zu übergeben,[3] und geſagt, daß er nebſt einem gewiſſen Hurih und Gozmar Anfangs bei Abmarkung der Beſitzungen Schwierigkeiten gemacht hätte. Dieſer jüngere Gumbertus kann recht wohl ein Anverwandter des hl. Gumbertus geweſen ſein, der eben ſo reich, als vornehm war.

Sein großer Reichthum geht ſchon aus den bedeutenden Schenkungen hervor, die er machte. So erhielt z. B. der Biſchof von Würzburg das für ſeine Zeit prächtige Schloß Eltmann bei Bamberg, zunächſt der Kirche des hl. Salvator geſchenkt. Gumbertus hatte Beſitzungen in mehreren Gauen Oſtfrankens, namentlich im Rangau. Sein Biograph ſagt, daß er eine zahlloſe Menge Landgüter beſaß;[4] Gamans verſichert, daß er die Kirche des heiligen Kilian reich beſchenkte und das Bisthum Würzburg bereicherte.[5]

---

1) Hauptſtelle: De rebus proprietatis meae, quas habere visus sum in pago, vocabulo Rangewi, infra ipsum heremum, quidquid mihi in eodem loco traditum fuit, ubi duo flumina, quae vocantur Piparodi, confluunt. Siehe IX. J.-B. Beilage IV. S. 125.

2) Helengoz ad reliquias S. Salvatoris et S. Mariae et S. Gumberti tradit ancillam suam Diepurgam hac lege, ut, per singulos annos ad missam Sancti Burchardi tres denarios persolvens, sit genua. Vgl. Strebel, Franc. ill. p. 235.

3) Die Stelle heißt: De commarca vero ex orientali parte usque in commarcam Gundperti, ubi ipsi signum fecerunt et perrexerunt in commarcam Gundperti et contradixit Gundbertus Adalwino episcopo et Deotberto partem quandam inter flumina duo, nomine Piparodi. IX. J.-B. Beil. IV. S. 126.

4) Cum praediorum infinita possessione polleret etc. in der Vita Gumbertina.

5) Joh. Gamans ſagt: Praediis quoque, quibus non mediocriter, ut diximus, abundaret, beatissimi martyris Kiliani ecclesiam honestissime locupletavlt,

Die hohe Abstammung Gumbert's läßt sich sogar aus Urkunden bewei=
sen. In dem Stiftungs = Diplome des Klosters Prüm v. J. 762 ist seine
Zeugen=Unterschrift, als Gumbertus comes, eine der ersten, bald nach der
Unterschrift des Bischofs Megingaud (Maingut), den Rudhart für seinen Bruder
hält. [1] Der kaiserliche Immunitätsbrief von 786 führt ihn auf als Vir Venerabilis Gumbertus Episcopus. Egilward nennt ihn in der Lebensbeschreib=
ung des Bischofs Burchard einen sehr erlauchten, durch Seelen= und Geburts=
Adel gleich ausgezeichneten Mann. [2] Sein eigener, obwohl ungenannter Bio=
graph bestätiget dieß mit den Worten, daß er einem eblen Stamme entsprossen
sei, einen hohen Rang behauptet habe und sich vornehmer Verwandten hätte
rühmen können. [3]

Dr. Veit Hoßmann, der die Vorrede zu seiner Beschreibung aller
Klöster und Stifter des Burggrafthums Nürnberg unterhalb Gebirgs i. J.
1612 unterzeichnete, theilt mit, daß auf einem, damals schon alten, aus dem
breizehnten oder vierzehnten Jahrhundert stammenden Pergament die Bemerkung
stand, daß die erste Gründung (prima fundatio) des Klosters zu O. dem
Sancto Gundperto, königlichen Stammes in Frankreich, zugeschrieben werde,
von denen man in alter Zeit auch die ostfränkischen, eigentlich westthüringischen
Herzöge ableitet. Dieselbe Behauptung findet sich bei Hutter und in einer
Bemerkung vom Jahre 1517 zu dem Evangelien=Kober, der jetzt in der Uni=
versitäts=Bibliothek zu Erlangen aufbewahrt wird. [4]

Aeltere Geschichtschreiber hielten Gumbertus für den jüngeren Sohn des
westthüringischen Herzogs Gozbert I. zu Würzburg, und für einen Bruder
Gozbert II.; und fügen bei, daß Gumbertus zur Abfindung Rothenburg an der
Tauber erhalten habe, und dadurch Stammvater der in alter Zeit berühmten

quin imo et ipsum episcopatum copiose adauxit — Omnium vero bonorum suorum
facultate prudenter in Dei nomine distrubuta, tantum sibi vir sanctus praediorum
adhuc retinuerat, quantum ad aedificationem monasterii in Onolspach (Herbipolensis Dioecesis) quam in mente tum (diu) praeconceperat, sufficere credebat. Siehe
P. Joh. Gamans, Vita S. Gumberti. Abgedruckt in Strebel, Franc. ill. Tom. I. p.
197 und 198.

1) Dr. G. H. Rudhart, Aelteste Geschichte Bayerns. Heidlbg. 1841. S. 484.
Huscher sagt (S. 139): „Ausgemacht ist es, daß Gumbertus jener ostfränkische Graf
war, welcher den Stiftungsbrief des Klosters Prüm 762 unterzeichnete.

2) Egilward, Virum religiosum, conversum, illustrissimum, universa mo-
rum ac nobilitatis honestate praeclarum, qui olim in secularium dignitatum fasti-
bus se probaverat strenuum. Siehe Strebel, Franc. illustr. I. p. 80. Vgl. IX.
J.=B. S. 131.

3) Vita St. Gumberti: Beatus Gumbertus alta sanguinis linea — su-
perbo sanguine etc. nobilium parentum stirpe progenitus, admodum locuples vir
illustris qui tunc inter orientalis Franciae magnates viros magni erat nominis
magnaeque potestatis, qui superbi elatione sanguinis inter superbos affines rite
gloriari potuisset etc. cf Sollerius, Commentarius praevius, ad vitam S. Gumberti in Actis Sanctorum etc. T. IV. p. 61 ff. Vgl. Strebel a. a. O. S. 80.

4) Irmischer, Diplomatische Beschreibung der Manuskripte, welche sich in der
k. Universitäts=Bibliothek zu Erlangen befinden. Thl. I. S. 227 ff. Temporis nunc
vetustate abrasus, ut cernitur, codex, quem circiter 800 annos illustris et clarus
Princeps Gumbertus regum Francie stirpe progenitus, imparante glorioso Carolo
magno, dulcissimo amico suo, velut bulla testatur — conscribi fecit. Vgl. IX.
J.=B. S. 132.

Grafen von Rothenburg geworden sei. Allein es gab weder einen Gozbert II.,
denn der Nachfolger Gozbert des Ersten war Hetan, der 717 in der Schlacht
bei Vinschy mit seinem Sohne Thuring fiel, worauf der Mannsstamm in ge-
rader Linie erlosch; noch konnte das Alter des Gumbertus bis in das siebente
Jahrhundert hinaufreichen. Aber ein Seitenverwandter dieser Herzöge kann
er gewesen sein. Rubhart hält ihn für einen Sohn des Grafen Rudolph
und sagt: „Sehr wahrscheinlich war Gumbert, der Stifter des Klosters
Onolbisbach am Zusammenfluß der Rezat und des Onolbesbach (Bach des
Onold's, Holzbach) um's Jahr 786, des Würzburgischen Bischofs Bruder, also
des Grafen Rudolph's Sohn, der — die Welt verlassend — seine beträchtlichen Güter der Kirche schenkte und in der Einsamkeit des von ihm gestifteten
Klosters, als dessen Vorstand, sein Leben beschloß.[1]

Auch Dr. Huscher, der über Gumbertus Studien gemacht hat, wie
kein Anderer, hält denselben für einen Seitenverwandten des letzten westthüringischen Herzoges Hetan, der recht wohl zu seinem Unterhalt das uralte
Rothenburg erhalten konnte, da dieses so dicht an der Gränze des Rangaues
lag, daß heute noch gestritten wird, ob es einst zum Gollachgau gehörte, oder zum
Mulachgau oder zum Rangau, in welchem Gumbertus so reich begütert war.[2]

Daß Gumbertus dem, von ihm gegründeten Kloster Onolzbach selbst
vorstand[3], und in demselben sein ruhmreiches Leben beschloß und dort begraben
wurde, läßt sich aus allem Vorhergehenden und seiner ganzen Geistesrichtung
schließen. Auch werden die von ihm gesammelten und erhaltenen Mönche,

---

1) **Rubhart, Aelteste Geschichte Bayerns.** Heidelberg 1841. S. 484.

2) **von Lang** rechnet in seinen Gauen (S. 84) Rothenburg zum Rangaue;
deßgl. **Haas**, der Rangau und seine Grafen. Erlangen 1853. S. 45. Dagegen **von
Sprunner** (Gaue S. 27) zum Gollachgau. Huscher hält den Gollachgau für einen
Untergau des Rangaues und rechnet deßhalb Rothenburg zum letztern.

Bensen sagt (S. 44 seiner historischen Untersuchungen): Rothenburg liegt nun
entweder so hart an der Gränze des Rangaues, daß nur die alte obere Stadt zu ihm
gehört, der untere Theil aber mit der Kirche zum heil. Geist, welche eine Filial von
Gebsattel war, schon im Mulachgau lag, oder — und dieses ist das Wahrscheinlichste —
erst aus spätern, rein kirchlichen Verhältnissen, wurde die Stadt zum fünften Archidiakonat gerechnet, während die alte Burg an dem äußersten Ende des Mulachgaues lag.

Einleuchtend ist die Ableitung des Namens Rothenburg, welche Huscher (Seite
135 des IX. hist. J.-B.) begründet. Er hält diese Burg für eine jener festen Orte,
welche der, von König Dagobert I. im Jahre 630 zum Herzog von Westthüringen ernannte Graf Ruodo gegen die Einfälle der Wenden erbaute, und später zur Steigerung
seiner eigenen Macht und Selbständigkeit den fränkischen Königen gegenüber noch mehr
befestigte und nach seinem Namen Ruodenburg nannte.

Fast lächerlich ist die Behauptung, daß es gar keine Grafen von Rothenburg
in der Zeit gegeben habe, in welcher das Kloster Onolzbach gestiftet wurde; denn in
einer Urkunde des Würzburger Archives v. J. 804 wird erwähnt, daß ein Graf von
Rothenburg die Schönburg zerstörte, welche Bischof Burchard 755 bei Bernheim (Burgbernheim) erbaut hatte, und in einer andern Urkunde v. J. 992 heißt es, daß Graf
Bernhard von Rothenburg zwei Kirchen in Bernheim gründete (Wibel, Histor. diploma-
matica T. IV. p. 87). Ueberdies hat Huscher (a. a. O. S. 137) eine Genealogie der
ältesten Grafen von Rothenburg zusammengestellt, woraus hervorgeht, daß sogar einer
der Bischöfe von Würzburg, nämlich Bernward (990 bis 995) ein geborner Graf von
Rotenburg uff der Tauber war.

2) **Huscher** sagt: „daß Gumbertus allerdings dem, von ihm gestifteten Klöster präsidirte." IX. J.-B. Beil. IV. S. 114.

nach Verleihung des Wahlrechtes von Karl d. Gr. im Jahre **786**, wohl keinen Andern zu ihrem Abte gewählt haben, als den frommen Stifter des Klosters selbst. Es wird aber diese Thatsache von Egilward, der gegen Ende des zehnten Jahrhunderts und zu Anfang des eilften als Mönch in Würzburg lebte, und das Leben des Bischofs Burchard beschrieb, ausdrücklich erwähnt, und sogar mit dem Beisatze, daß bisweilen Wunder an seiner Grabstätte geschehen, weßhalb Gumbertus später von der Kirche für heilig gesprochen worden sei. Wirklich wurde er auch am 15. Juli 1195 kanonisirt, wie Hoßmann berichtet. [1]

Der Verfasser der ältesten Lebensbeschreibung Gumbert's sagt ausdrücklich, daß er in dem, von ihm gegründeten Kloster mit großer Strenge herrschte; daß schon die Gegenwart des heiligen Mannes die Mönche zur Wachsamkeit ermahnte; daß seine eigene Gottseligkeit sie zu gleicher Gottseligkeit anspornte; und daß er — in das Greisenalter getreten — daselbst am **11. März** die Bürde des Fleisches niederlegte und seine überwindende Seele in die Hände ihres Schöpfers empfahl; auch seine irdischen Ueberreste in der von ihm erbauten Kirche beigesetzt wurden, und die daselbst geschehenden Wunder zeugten von der Größe seiner Verdienste. [2]

Wie hätten auch so viele und so alte Stiftungen zu den sterblichen Ueberresten desselben (ad reliquias S. Gundberti) gemacht und urkundlich beglaubigt werden können, wenn Gumbertus nicht in Ansbach bestattet worden wäre? Schon die Schenkungs-Urkunde Otbraths vom Jahre 993 erwähnt der Leiche Gumbert's. [3]

Allerdings kann das Jahr seines Ablebens nicht angegeben werden, weil es den Alten mehr um das Andenken und die Feier des Tages zu thun war, an welchem er das Zeitliche segnete, als des Jahres, und weil in den Todtenkalendern der Klöster überhaupt die Jahrestage des Ablebens, nicht die Todesjahre angegeben sind. Aber es läßt sich berechnen, daß Gumbertus gegen das Ende des achten Jahrhunderts starb, und jedenfalls vor dem Jahre **800** n. Chr., weil Bernwelf nur bis zu diesem Jahre dem Bisthum Würzburg vorstand. [4] Desto beglaubigter ist der Tag, an welchem der Stifter des Klosters O. starb, nämlich am **11. März.** Diesen Tag gibt der Verfasser der Vita S. Gumberti an, und eine Urkunde v. J. 1141 bestätigt es, indem sich darin eine gewisse Berta sammt allen ihren Kindern zu dem Altare und Bekenntniß des heiligen Gumbertus verlobet, und sich mit allen ihren Erben verbindlich macht, den Brüdern

---

1) Manuskript des Dr. Veit Hoßmann v. J. 1612, betitelt: Kurze Beschreibung aller Stift und Klöster des Burggraffthumbs Nürnberg Ober= und unterhalb Gebürgs.

2) Vita S. Gumberti, ganz abgedruckt in Strebel, Franc. illustr. T. I. 151 ff. Auszug im IX. Jahr.=Bericht S. 112.

3) Regesta Circ. R. p. 16: Otbrath quidam tradit ad reliquias sancti Gumberti etc.
Franciscus Jrenicus (Exegesis. Germaniae Lib. II. p. 201) sagt von Anolspach oder Onolspach: Ecclesiam hic S. Humbertus condidit et erexit, qui et illic ultimum diem claudens, suas reliquias seposuit. cf. Strebel l. c. p. 152 und 163.

4) Huscher a. a. O. S. 123 Ziffer 4 und 139.

dieser Kirche einen jährlichen Zins auf den Sterbetag des heil. Gumbertus, nämlich am 11. Martii, zu bezahlen[1]).

Die Gebeine des hl. Gumbertus, von denen man Haupt und Arm jährlich am Todestage in feierlicher Prozession von der Gumbertus= in die St. Johanniskirche trug, hatten zwar schon durch Bischof Hezelin, der 1141 starb, eine würdigere Stelle in der dritten Seiten=Kapelle erhalten, von welcher Zeit an ein zweites Fest zu seinem Andenken gefeiert wurde; aber als die alte Kirche abbrannte, und die neue Gumbertuskirche am 3. November 1165 von Bischof Herold von Würzburg eingeweiht wurde, da wurden die Gebeine des hl. Gumbertus von dem Stifts=Dekan Gottibold erhoben, und in einem steinernen Sarg auf den Altar gelegt. Am 8. Juli 1522 ließ Markgraf Casimir denselben öffnen und die Ueberreste Gumberts in einer eichenen Truhe in ein Gewölbe bringen, denn die Prozessionen hatten ein Ende. In demselben fand man sie noch unversehrt, als die Kirche im Jahre 1610 von außen und innen erneuert wurde.[2]) Am 29. Dezember 1612 wurden sie vollends von Markgraf Joachim Ernst dem Erzbischof von Köln zum Geschenke gemacht, weil man dort mehr Werth darauf legte, als in dem inzwischen reformirten Ansbach. Eine Abschrift des darüber aufgenommen, „annoch originaliter vorhandenen Protokolls" nebst Reliquien=Inventarium findet sich in der Franconia illustrata (T. I. c. III. p. 116—120) des Geheimen Archivars Strebel, welcher versichert, selbst noch im Jahre 1761 in einer eichenen Truhe eine silberne Chasse gefunden zu haben, weil das Haupt und der rechte Arm des hl. Gumbertus in Silber gefaßt waren, und in einem kleinen Kistchen noch eine Röhre von einem Achselbein, die vergessen worden zu sein scheint[3]).

Zum Schlusse wollen wir noch das Urtheil von zwei der hervorragendsten bayrischen Geschichtschreiber der neuesten Zeit mittheilen.

Rubhart sagt: „Sehr wahrscheinlich war Gumbert, Stifter des Klosters Onolbisbach am Zusammenflusse der Rezat und des Onolbesbach (Bach des Onolb's, Holzbach), ums Jahr 786, des Würzburgischen Bischofs Bruder, also des Grafen Rudolph's Sohn, der, die Welt verlassend, seine beträchtlichen Güter der Kirche schenkte, und in der Einsamkeit des, von ihm gestifteten Klosters, als dessen Vorstand, sein Leben beschloß.[4]) Contzen pflichtet dem bei und sagt: „Kostbare Stiftungen schmückten von früh an den Würzburgischen Sprengel." Darunter wird auch aufgeführt: „Ansbach, gegründet durch einen angeblichen Bischof Gumbert, sicher vor 837.[5])"

---

1) v. Schütz, Corp. hist. Brand. diplom. Sect. III. p. 7.

2) Dr. Hoßmann berichtet darüber, als Zeitgenosse, in seinen Annal. locorum sacrorum Burggrav. Nor.: „Wie derselbe Sarg auf dem Altar als man vor sechs Jahren die Kirchen in und außen verneuert und das Heilthum darinn gefunden worden." Er fügt auch bei, daß ein Pergament=Brieflein daneben lag, welches lautete: Anno dominicae incarnationis 1165 indictione tertia 3. Non. Nov. die dedicationis et altaris huius templi a venerabili Heroldo Würzburgensi Episcopo primo ordinationis anno reconditum est hoc corpus Sanctissimi antistitis et confessoris Gumberti regnante Friederico Rom. Jmperatore anno 14 regni et imperii ejus.

3) v. Schütz, l. c. III. p. 7.

4) Rubhart, Aelteste Geschichte Bayerns. S. 484.

5) Contzen, Geschichte Bayerns. Münster 1853. S. 287.

II. Abschnitt.

Benennung und Lage des Klosters Onolzbach.

So unsicher und widersprechend ehedem die Ableitung des Namens Onolzbach war, so wenig kann heutzutage mehr ein Zweifel darüber herrschen. Wir verdanken diese Gewißheit dem Fortschritte der Geschichts= und Sprach= forschung.

Jene hat durch Zusammenstellung des wesentlichen Inhaltes der vorhan= denen Urkunden dargethan, daß der ursprüngliche Name des Gumbertusstiftes und der Stadt nicht Onolzbach, sondern Onoldesbach war.

In mehr, als 200 Urkunden aus der Zeit von 786 bis 1331 heißt es Onoldesbach oder Onoldisbach, auch Onoldesbahe, Onoldesbac, Honoltesbach, Onoltsbach und, als Eigenschaftswort, Onoldesbacensis, Onolsbacensis; nur in 18 Urkunden, meist späterer Zeit, steht Onolzbach, mit dem Buchstaben z[1]).

Der erste Ansiedler scheint daher Onold geheißen zu haben — ein nicht selten vorkommender altdeutscher Name, den wir auch in anderen Orts= namen finden, z. B. in Haunoldshofen (einem Weiler bei Klein=Haslach, ein paar Stunden von Ansbach), deßgleichen in Onolzbach im Hessischen, Onoltes= vilare (Onoldsweiler im Elsaß?) Onoldsfeld bei Aalen, Onolzheim bei Crailsheim, wie auch Hunolteshoven, das in einer Urkunde v. J. 1169 mit Neuses, Neustadt, Sachsbach und andern Orten genannt ist, und dessen Name in Hundshofen verunstaltet wurde.[*]) — Nach Zeuß entstand Onold aus Aunold, wie Onulf aus Aunulf.

Erst in späterer Zeit wurde aus Onoldsbach Onolzbach, durch welche falsche Schreibweise man veranlaßt wurde, den Namen der Stadt von Holz= bach abzuleiten, als dem aus dem nahen Holze oder Wald kommenden Bache, während es der Bach des Onold war, der sich zuerst an seinem Einflusse in die Rezat ansiedelte und wahrscheinlich den Knollenhof baute.

Da der Geschichtschreiber Lang sich für die Ableitung von Holzbach entschied, und sogar geneigt war, den deutschen Namen Onolzbach aus dem slavischen olsowa (Erlbach) abzuleiten von olse (Erle)[3]); so widerlegte ihn Kaspar Zeuß, der keltische Sprachforscher, und wies dessen „slavische Gespenster auf bayerischem, wie fränkischem Boden" zurecht. Derselbe sprach sich über die Abstammung des Namens Onolzbach also aus:[4])

---

1) XXXVII. Hist. Jahres=Bericht für 1865, Beil. VI., S. 130 ff., woselbst sich die schätzenswerthen Regesten zur Geschichte der Stadt Ansbach bis zum Jahre 1331 finden.

2) de Lang Reg. boic. I. 269 und Circ. Rez. p. 68. Im Basler Allgem. hist. u. geogr. Lericon, 3. Aufl. mit den Suppl. von Beck und Burtorff heißt es auch Tit. I. Fol. 439: Ansbach oder Onoltzbach an dem kl. Flusse Rezat, welcher hier den Onolkbach, von dem die Stadt ihren Namen haben soll, zu sich nimmt.

3) II. Historischer Jahres=Bericht für 1831 in der Abhandlung: Blicke vom Standpunkte der slavischen Sprache auf die älteste deutsche, besonders fränkische Geschichte und Topographie.

4) Dr. K. Zeuß, die Herkunft der Bayern von den Markomannen. München, 857 b. Gg. Franz. S. XXV. Anmerkung.

„Der Sprachkenner, welcher die ursprünglichen urkundlichen Formen die=
ser Namen einsieht, kann auch keinen Augenblick zweifeln, daß sie alle rein
deutsch sind: Onolbesbach, Bach des Onold (häufiger altdeutscher Mannesname,
wie Onulf, aus älterem Aunold, Aunulf, Aonulfus bei Eugippius), ursprüng=
lich der Name des dortigen Baches, jetzt Holzbaches umgedolmetscht, dann, wie
häufig auf diese Weise, des anliegenden Ortes.“

Diesem Urtheile stimmt auch der altdeutsche Sprachforscher Ernst Förste=
mann bei, indem er[1]) in seinem Onomastikon sagt, unter Onolbesbach, Ansbach pag.
Hrangavi: „Während der Name der Stadt in neuerer Zeit zu Ansbach cor=
rumpirt wurde, erlitt der Name des Baches, von dem die Stadt benannt
war, eine noch stärkere Verunstaltung, indem er jetzt der Holzbach ge=
nannt wird.“

Die allgemeine Umwandlung des Namens Onolzbach in Ansbach geschah
erst in der ersten Hälfte des vorigen Jahrhunderts.

Vermittelt wurde die Namensabänderung dadurch, daß man auch Onels=
bach und Anolspach sprach und schrieb. So heißt es z. B. in einer
Schenkungsurkunde vom 15. Januar 1321: „Ueber dem hoff der Herrn von
Onelsbach;“ und Sinold, genannt v. Schütz, sagt im Corp. historiae Brandenburgicae diplomat. Sect. III. p. 3, Nota 1: „Dessen gedenket Franciscus Irenicus Lib. XI. pag. 371 Exeges. German. Anolzspachium,
Anspach corrupto vocabulo dicitur, civitas quinque a Norimberga milli-
aribus distans inter Francos et Bavaros, sedes Marchionis Brandenburgen-
sis a fluvio parvo quodam nominata, qui civitatem praeterlabitur, Anolspach dicto.

Der Name Ansbach soll übrigens schon in der Reisebeschreibung des Ge=
sandten von Georg Podiebrad vorkommen, welchen bekanntlich die Böhmen in der
Mitte des fünfzehnten Jahrhunderts gegen Kaiser Friedrich IV. zu ihrem Kö=
nige wählten.

Sinold v. Schütz führt als Grund der Namensänderung an: „Der
neuen zierlichen Welt mag die Benennung von Onspach nach der gemeinen
Landaussprach nicht annehmlich genug geklungen haben; es hat also derselben
beliebt, solche auf einen andern Wortlaut, und zwar auf Anspach, nach der
jetzt eingeführten gemeinen Rede= und Schreibart zu versetzen.“[2]) Gegen Ende
des vorigen Jahrhunderts wurde die Schreibweise Ansbach allgemein, weil die
k. preußische Regierung sie für alle amtlichen Erlasse befahl.

Wo stand das alte Kloster zu Onolzbach? Wenn man von
dem jetzigen Schlosse aus über die Reitbahn geht, kommt man am Ende der=
selben an einen Schwibbogen. Das war höchst wahrscheinlich das Eingangs=
thor ins Kloster, und rechts und links davon schloß sich die Umfassungsmauer
desselben an. Später wurde auf dieses Thor und die Mauern rechts und
links ein Gebäude errichtet; jetzt Lit. A Nr. 136. Als aber der Besitzer des=
selben, Verwalter Schnürlein, vor einigen Jahren in das Erdgeschoß die schönen
Läden einrichten ließ, die sich jetzt zeigen, fand man, daß es nicht Quader

---

1) Dr. E. Förstemann, Altdeutsches Namenbuch. Nordhausen, b. Ferdinand
Förstemann. 1859. B. II. S. 134.

2) v. Schütz, l. c. p. 3.

waren, worauf früher das Haus gebaut worden war, sondern schwaches Gestein und Mörtel, wie es eben in uralter Zeit zu einer Klostermauer genügte.

Die Klosterkirche stand zwar auf dem Platze der jetzigen Gumbertus-Stiftskirche, allein sie war viel kleiner und reichte nicht so weit in den untern Markt hinein als jetzt. Aus der Urzeit der Klosterkirche scheint dem Verfasser dieser Schrift derjenige Theil der jetzigen Stiftskirche unversehrt erhalten zu sein, welcher dem Schiffe derselben parallel läuft, und jetzt durch zwei Gitterthore abgesperrt ist. Dies war wahrscheinlich die Martinskapelle, in welcher die letzten Vögte von Dornberg begraben wurden, und die auch zu Markgrafszeiten als Gruft für adelige Familien diente, besonders für die Schwanenritter, weßhalb sie die Ritterkapelle genannt wurde. Noch sieht man Seiten-Altäre der Kapelle, und der mit Backsteinen gepflasterte uralte Fußboden ist so ausgetreten, wie es nur an den besuchtesten Orten zu geschehen pflegt[1].

Gegenüber der jetzigen Stiftskirche und fast in der Mitte des gegenwärtigen unteren Marktes zog sich das sogenannte Langhaus hin, die Zellen der Mönche und wahrscheinlich auch das Refectorium (den gemeinsamen Speise-Saal) enthaltend[2].

Den Schluß gegen Süden bildete ohne Zweifel das Haus Lit. A Nr. 134, früher Kaufmann Deuffel, jetzt Zeugschmied Behringer gehörig. Man darf nur in den Hof treten und den kleinen Thurm mit den Gallerien ringsum sehen, so drängt sich die Ueberzeugung davon auf. Sogar noch Ueberreste des alten Klostergartens sind hinter diesem Hause vorhanden.

III. Abschnitt.

Einrichtung und älteste Geschichte des Klosters bis zu seiner Umwandlung in ein Kollegiatstift.

Der fromme Gumbert weihte die zwischen dem Onoldsbach und der Rezat gebaute Kirche der heiligen Jungfrau Maria[3], sein Kloster aber unterwarf er der Regel des heiligen Benedictus von Nursia. (In Berlin sind die „Statuta Divi Gumberti" noch vorhanden, und sollen dem Historischen Verein in Ansbach mitgetheilt werden.) So strenge die Gelübde des Gebetes, der Arbeit, der Keuschheit und Zurückgezogenheit, wie des unbedingten Gehorsams

---

1) Denselben gepflasterten Backsteinboden findet man noch jetzt in einer Seitenhalle der ehemaligen Klosterkirche in Anhausen, während der übrige Theil derselben mit Platten belegt ist, einer spätern Zeit entstammend.

2) Zur vorläufigen Notiz diene, daß dieses Langhaus wegen Baufälligkeit im Jahre 1735 weggerissen wurde, wodurch man nicht nur Platz gewann, die Stiftskirche um die Hälfte hinauszurücken, sondern auch noch Raum für den sog. unteren Markt.

3) In der oben genannten Urkunde vom 29. März 786 heißt es: Qualiter vir venerabilis Guntbertus Episcopus Monasterium aliquod in Pago Rangowe, ubi duo flumina, Retheradenza et Onoldisbach, confluunt, Nobis per testamentum donationis, pleniter cum omni pertinentia visus est, tradidisse, ubi asserit, non parvam habere Congregationem Monachorum S. Benedicti etc. Vgl. Regesten im XXXIII Histor. J.-Ber. für 1865, S. 131.

und beständigen Verweilens im Kloster waren, welche der älteste und damals noch einzige geistliche Orden seinen Gliedern auflegte, so wurden sie doch von Gumbertus und seinen Brüdern gewissenhaft erfüllt; ja es muß der Stifter des Klosters Onolzbach die Genossen seiner Einsamkeit mit einem auf die späteren Zeiten wirkenden Geiste der Zucht und Frömmigkeit erfüllt haben.

Beweis dafür ist, daß, wie man annimmt, Bischof Heinrich I. von Würzburg die Benediktiner-Mönche von Onolzbach ihres eingezogenen Lebens wegen in das St. Stephansstift nach Würzburg verpflanzte, und die Chorherren desselben nach Ansbach verwies, damit die rein gehaltenen Räume der Benediktiner sie mit einem neuem Geiste erfüllen, und zu einem heiligeren Leben anspornen möchten[1]). Es kann aber auch das ein Beweggrund zur Umwandlung des Klosters Onolzbach in ein Stift gewesen sein, daß man dasselbe abhängiger von Würzburg machen wollte, als es bei einem Kloster sein konnten, dessen Abt die Mönche selbst wählen durften.

Ueber die Zahl der Mönche in Onolzbach ist nichts bekannt, doch dürfte sie nicht gering gewesen sein, da es schon in dem Schutzbriefe des Kaisers Karl d. G. vom Jahre 786 hieß, daß sich eine ziemliche Anzahl Mönche, nach Gumbertus Angabe, unter seinem Hirtenstab versammelt habe[2]).

Daß Gumbertus der erste Abt des Klosters war, wurde oben bewiesen und geht auch aus dem Siegel desselben hervor, welches das Brustbild des hl. Gumbertus mit dem Hirtenstab darstellt und der Randschrift: S. (Sigillum) Capituli ecclesie Onolsbachensis. Mit der linken Hand hält Gumbertus das aufgeschlagene Evangelienbuch; auf der Brust den Namen Sanctus Gumbertus, und das Haupt desselben ist auf dem Siegel mit einer Mitra geschmückt, woraus zu schließen ist, daß Gumbertus für seine großen Verdienste von Rom aus mit der Würde eines Bischofs bekleidet wurde, wie das bei manchen Aebten der Fall war[3]).

Das Andenken an den Stifter und ersten Abt des Klosters wurde in jedem Jahre an seinem Todestage mit großen Festlichkeiten gefeiert. An diesem Tage zogen die Benediktiner, nach Beendigung der Feierlichkeiten in der Klosterkirche, in Prozession in die inzwischen gebaute St. Johannis- oder Stadtpfarrkirche, das Haupt und den rechten Arm des hl. Gumbert, in Silber gefaßt, vor sich hertragend.

---

1) v. Lang sagt: „Diese wegen ihrer guten Zucht sehr berühmten Mönche wurden in's Kloster St. Stephan nach Würzburg berufen und dagegen die weltlich gesinnten Kanoniker daselbst nach Ansbach versetzt. S. IV. Jahresbericht für 1833, S. 25. Uebrigens war die Umwandlung in Klöster nichts Seltenes. Herrieden und Feuchtwangen wurden auch umgewandelt. Vgl. Jacobi Geschichte der Stadt und des ehemaligen Klosters Feuchtwangen, Nürnb. 1835, S. 8 u. S. 186, NB. 25.

2) In dem Diplom vom 29. März 786 wird von Guntbert gesagt: ubi (nämlich in pago Rangowe intra Retratenza et Onoldisbach) asserit, non parvam habere congregationem monachorum sibi subditam. Vgl. Strebel, Franconia illustrata I. p. 95. Desgl p. 137. — Förstemann, Altdeutsches Namenbuch 1859, Th. I., S. 1170, sagt ebenfalls, daß der Flußname Retratanze die Rezat bedeute und mit der Rednitz zusammenhänge.

3) In der ehemalgen Klosterkirche zu Auhausen ist auch ein Abt mit der Bischofsmütze (Inful) abgebildet.

Später, als Bischof Hezelin von Würzburg die irdischen Ueberreste Gumberts an eine würdigere Stelle in der dritten Neben=Kapelle hatte bringen lassen, wurde ein zweiter Festtag dem Andenken des hl. Gumbertus geweiht, nämlich der 15. Juli, als Dies translationis (Versetzungstag), während der Mittwoch nach dem Sonntage Reminiscere als Dies obitus (Todestag) gefeiert wurde.

Außer dem heiligen Leibe des Gumbertus, dem bei der Erbauung des neuen gothischen Chores nach dem Jahre 1501 ein noch würdigeres Grabmal gesetzt wurde (die jetzt noch vorhandene Gumbertus=Kapelle), besaß das Kloster Onolzbach auch einige Reliquien, die von der heiligen Jungfrau Maria und von dem Heilande selbst abstammen sollten [1]).

Zu ihnen wallten die Gläubigen aus nah und fern, besonders auch die Kranken, die man gegen eine reiche Spendung aus dem Schädel des heil. Gumbertus trinken ließ [2]).

Und solcher Spendungen bedurfte das Kloster; denn seine Besitzungen waren für die spätere Zeit unzureichend, und die Gaben in der menschenleeren, wenig bebauten Gegend gering. Darum kauften die Bischöfe in Würzburg viele Grundstücke in der Nähe Onolzbachs und schenkten sie dem Kloster. Bischof Erbold von Würzburg sprach es in einer Urkunde v. J. 1166 offen aus, daß die Gumbertusstiftung nicht hinreichend ausgestattet sei, nnd er sie zu heben gedenke. [3]) Deshalb beglückten auch die Bischöfe von Würzburg das Kloster mit Ablaßbriefen und erwirkten solche von Rom aus. Laurentius Laelius berichtet wörtlich: „Allhier zu Onolzbach finden sich zween Stein; der eine außen an der Pfarrkirchen (St. Johannis=Kirche) an der Seiten oder Ecke gegen dem oberen Thor, so jetzt mit einem Dächlein eingefaßt ist. Der andere im Stift in der dritten Nebenkapelle, beede gleicher Form: nemlich es ist darin gehauen, wie Papst Gregorius Meß hält, nebst allen Instrumenten der Passion und dabei Christus, wie er nach seiner Geiselung und Krönung dem Volk ist vorgestellt worden. Darunter ist geschrieben: „„Wer vor dieser Figur knieet und betet fünf Paternoster und fünf Ave Maria, der hat auf 24,000 Jahr Ablaß aller seiner Sünden vom Papst Gregorio.““

Die Bischöfe von Würzburg legten auch bei den deutschen Königen Fürbitte für Onolzbach ein. So z. B. Dioto bei Konrad I.; denn in einer Urkunde vom Jahre 911 ist gesagt, daß der König auf dessen Bitten dem heil. Gumbert (Sancto Gumberto Confessori Christi) einige Güter im Volkfeld schenkte [4]).

Die Geschenke und Stiftungen, welche das Kloster im Rangau selbst erhielt, scheinen nicht bedeutend gewesen zu sein. In Urkunden wird nur die oben angeführte Stiftung einer gewissen Berta erwähnt, und die eines gewissen Otbrath und Helengoz. Otbrath übergab drei Leibeigene mit gewissen jährlichen Zinsen dem hl. Gumbert im Jahre 993, und zwar in einer, im Kloster Onolzbach aufgenommenen und 1761 im Stifts=Archiv noch vorhandenen

---

1) Strebel, Franc. illustrata I., p. 115.
2) Bensen, Histor. Untersuchungen, März 1837, S. 51.
3) Quia in ipsa dedicatione dotem ecclesiae minus plenam et honestam cognovimus. Urkunde, abgedruckt bei Strebel, a. a. O. I., S. 109.
4) Eckhart, Diplom. Wirc. p. 899. Vgl. Bensen a. a. O. S. 49.

Original-Urkunde, welche von Burchart auf Befehl des Bischofs Berenward von Würzburg aufgenommen wurde. Und Helengoz schenkte in einer Urkunde vom 14. Oktober 1006 seiner Leibeigenen Dieparga die Freiheit unter der Bedingung, daß sie jährlich dem Kloster drei Denare verabreiche.

Die beschränkten Verhältnisse des Klosters gereichten jedoch den Bewohnern desselben, wie der Umgegend, zum Segen. Denn während die reichen Stiftungen anderer Klöster die Ordensbrüder zur Ueppigkeit und Hoffart verleiteten, blieben die Mönche von Onolzbach einfach, demüthig, fleißig und gottesfürchtig. Sie schämten sich nicht, selbst Hand anzulegen und den Boden urbar zu machen. Ein Beweis ist der von ihnen angelegte Ort Pfaffenreut auf einem der Hügel, die Ansbach umgeben.

Ebenso ließen sich die Benediktiner in Onolzbach angelegen sein, diejenigen, welche sich in der Umgegend ansiedelten, dem Christenthum zuzuwenden. In Eyb bauten sie eine Wallfahrtskirche. Eine Kolonie Sachsen, welche auf Karl des Großen Befehl in das Rezatthal verpflanzt wurden, bekehrten sie und bauten ihnen eine Kirche in dem noch heute nach diesen Ureinwohnern genannten Dorfe Sachsen. Den Wenden, welche, wie ein vorgeschobener Posten zur menschenleeren Zeit in den Rangau gedrungen waren, und die Orte Dautenwinden, Bernhardswinden, Egloffswinden, Mainhardswinden, Brotswinden, Wolfartswinden, Razenwinden (Rezatwenden) u. s. w. gegründet hatten, wandten sie die gleiche Sorgfalt zu, und wurden nicht müde, alle diese Niederlassungen von Onolzbach aus zu pastoriren, bis sich die größeren und entfernteren Orte später zu selbstständigen Pfarreien erhoben, wie Weihenzell mit dem Filiale Wernsbach, der Ort Forst, Petersaurach mit der Kaplanei Dettelsau, Neunkirchen mit dem Filiale Schalkhausen.

Ungerecht und undankbar wäre es, wollte man nicht die wenigen Namen, welche sich noch von Ansbachs Klosterbrüdern erhalten finden, der Nachwelt überliefern.

In der ältesten, im Kloster Onolbesbach selbst aufgenommenen Stiftungs-Urkunde des obengenannten Otbrath vom Jahre 993 finden sich als Presbyter aufgeführt: Gagenhart und Gotebrath, dann als Zeugen: Dietprecht, Wolfpero, Marcolt, Recko, Wingero, Bolderich, Hiso, Harth, Hadebraht, Sidegelt und Richart. Die andere Stiftungs-Urkunde von Helengoz, am 14. Oktober 1006 ausgestellt, nennt Bernolt als Presbyter und Engilgoz, Sigenhart, Meginhart, Baldewin, Wolphrat, Rapret, Wichart, Huno, Gelfrid ꝛc. als Zeugen [1]. Die dritte Stiftungs-Urkunde einer gewissen Berta vom Jahre 1141 nennt Adelhalmus mit dem Beisatze: Decanus.

Daß sich kein Abt mit Namen aufgeführt findet, dürfte zu der Vermuthung Anlaß geben, daß sich — wie das nicht ungewöhnlich war [2] — die Bischöfe von Würzburg die Abtwürde von Onolzbach selbst vorbehielten, wie das z. B. Bischof Erhold von Würzburg in einer Urkunde vom Jahre 1166 mit der Würde eines Propstes zu Ansbach that [3].

---

1) Strebel, Franc. ill. I. p. 235 et 236.
2) Bensen a. a. O. S. 50.
3) Praeposituram ejusdem loci cum episcopatu ad manum nostrum tenebamus. Strebel l c, P. I. p. 109.

Wie jedes Kloster die Vertretung in weltlichen Dingen und den Schutz nach Außen gegen gewisse Reichnisse und Nutznießungen einem benachbarten Edelmann übertrug; so wählte das Kloster Onolzbach die Herren von Eyb, von Scalkehusen (Schalkhausen), später von Dornberg, zu Advokaten oder Schirm= Vögten des Stiftes, und veranlaßte dadurch, daß dieses Rittergeschlecht sich je länger je mehr zu Herren von ganz Onolzbach aufwarf.

Drei Jahrhunderte mochten die ehrwürdigen Benediktiner daselbst gewirkt, und die großen Ereignisse mit angesehen haben, die sich unter der Regierung der Karolinger, Sachsen und ersten Kaiser aus fränkischem Geschlechte, Kon= rad II. und Heinrich III. oder Schwarzen, zutrugen; als plötzlich von Würz= burg der Befehl eintraf, sich in das St. Stephansstift nach Würzburg zu be= geben, und ihr Kloster den bisherigen Chorherren dieses Stiftes zu überlassen. Mit welchen Gefühlen die ehrwürdigen Väter unter dem letzten Abt Friedrich Onolzbach verließen, hat keine Feder berichtet; aber erfolgreich war ihr Scheiden für den Ort und seine Bewohner.

IV. Abschnitt.

Umwandlung des Klosters in ein Kollegiat=Stift und älteste Geschichte desselben.

Die Thatsache der Umwandlung des Klosters Onolzbach in ein Stift ist unleugbar; aber keine Pergamentrolle sagt uns, wer sie vollendet, noch wann sie vollzogen wurde. Die Einen nennen Bischof Heinrich von Würz= burg, einen gebornen Grafen von Rothenburg, (wie Stieber in seiner histor. und top. Nachricht vom Fürstenthum Onolzbach, S. 205), die Andern Bischof Adelbero, Grafen von Lambach an der Traun [1]). Das bischöfliche Archiv zu Würzburg allein könnte genügenden Aufschluß ertheilen. Da in einer Schenkungs=Urkunde vom Jahre 1040 schon ein Propst Einhard von Onolz= bach genannt wird, so muß die Umwandlung vor 1040 geschehen sein [2]).

Der alte markgräfliche Archivar Strebel nimmt für die Umwandlung das Jahr 1057 an. Bensen setzt sie zwischen 995 und 1018; Huscher deß= gleichen [3]). Gewiß wissen wir nur, daß schon vor 1058, statt eines Klosters mit einem Abte, ein Kollegiatstift mit einem Propste in Onolzbach war, weil noch das Stiftungs=Diplom einer gewissen Azila vorhanden ist, in welchem Mezilin als Propst und Walthard als Scholastiker aufgeführt sind [4]). Auch

---

1) Joh. Müller, Würzburger Chronik. S. 363. Lorenz Frieß, Chro= nicon Würzeburgence. p. 460.

2) Regesta Circ. Rez. p. 27: Factum tempore Brunonis Wirceburgensis Episcopi, Einhardi Praepositi et Ebonis Advocati. Dieser Bischof Bruno starb 1045.

3) Huscher im IX. J.=B. S. 109. also während des Episcopats von Heinrich, wegen seiner kleinen Statur genannt Hezelinus.

4) De Lang, Regesta Circuli Rez. Sect. I. p. 30. Alberone felicis me-

in dem Stiftungsbriefe eines vornehmen Mannes, Namens Abelbero, vom 2. Oktober 1064, werden als Zeugen aufgeführt: Enhardus Praelatus, Warchardus Decanus, Wileboldus custos, Volcalt presbiter, Gotescalc presbiter[1].

Der Propst war der eigentliche Vorstand des Stiftes und der Vertreter desselben nach Außen. Er stand unmittelbar unter dem Bischof von Würzburg, der ihn ernannte, und ihm (wenn er es nicht schon war) zugleich die Würde eines Domherrn von Würzburg und des Archidiakons vom Rangau verlieh. Den Dechant wählten die Chorherren aus ihrer Mitte. Er stand den inneren Angelegenheiten vor, leitete die Gottesdienste, sorgte für Ordnung im Stift, wie für Zucht und Sitte im Leben der Chorherren, verwaltete die Stiftsgüter und war der Stellvertreter des abwesenden und die rechte Hand des anwesenden Propstes. Der Custos hatte die Aufsicht über den Kirchenschatz, die Reliquien, die Gebäude, die heiligen Gefäße, das Archiv und die Büchersammlung. Einen gelehrten und lehrfähigen Kanoniker machte man zum Scholastikus, und übertrug ihm das Schul- und Erziehungswesen. Wer recht musikalisch war, wurde Kantor und hatte für Einübung und Leitung der Kirchengesänge zu sorgen. Für einen guten Trunk endlich sorgte der Cellarius oder Kellermeister.

Die Zahl der übrigen Chorherren ohne besondere Aemter, deren Thätigkeit sich nur auf die Gottesdienste erstreckte, stieg mehr und mehr, so daß das Stift zuletzt 20 Chorherren besaß.

Der erste Propst des Ansbacher Stiftes, der sich in einer Urkunde vom Jahre 1040 erwähnt findet, hieß Einhard. Dann wird ein Propst Mezilin als Zeuge aufgeführt in einer Schenkungs-Urkunde vom Jahre 1058. Darauf erscheinen noch als Urkundenzeugen die Pröpste Megenhard und Gebehart in den Jahren 1094, 1111 und 1147. Der bedeutendste von allen Pröpsten war Herold von Hochheim, genannt in Urkunden von 1157 und 1163. Er bestieg den bischöflichen Stuhl zu Würzburg und kam zurück nach Ansbach, um am 3. November 1165 die in eine große Kollegiatkirche umgebaute (im Jahre 1280 abgebrannte) Kirche einzuweihen, nachdem er vorher, als Probst, den Bau derselben geleitet, und sie mit reichen Stiftungen und Schenkungen bedacht hatte. Dieser Bischof Herold, der in den ersten Jahren die Vorstandschaft des Kollegiatstiftes zu Onolzbach beibehielt[2], war es auch, der die Kanoniker des Stifts aus dem Verbande mit den Rural-Kapiteln löste und 1168 dem jeweiligen Propst in Onolzbach für immer die Würde eines Archidiakonus im Rangau verlieh[3] — eine Würde, die auch spätere Bischöfe von Würzburg und selbst Päpste bestätigten. Derjenige Propst, welchem diese Würde zuerst

---

moriae Episcopo Wircnburgensi. Testes: Ebo Advocatus ejusd. altaria. Mezilin Praepositus. Vgl. v. Faldenstein, Urkunden-Sammlung, S. 18.

1) Ebendaselbst S. 31 und 32.

2) Eine Urkunde vom Jahre 1166, worin Wolfram de Scalkehusen als Zeuge unterschrieben ist, beginnt: Heroldus, Episcopus Wirceburgensis, ceu Praepositus ecclesiae in Honoltesbach, v. Lang, Regesta. p. 65.

3) Heroldus Wirceburgensis Episcopus, ecclesiae in Onoldesbach praeposituram et archidiaconatum inseparabiliter inter se connectit. v. Lang, Regesta Circ. Rez. p. 66. Testes: Heinricus Praepositus de Onoldesbach.

verliehen wurde, hieß Heinrich. Derselbe kommt auch in Diplomen aus den Jahren 1169, 1170, 1171 und 1172 als Zeuge vor.

Ihm folgte ein Theoborich, der seinen Namen in drei Urkunden des Jahres 1189 auf dreierlei Weise unterschrieb: Dithericus, Titericus, Dittericus — zugleich ein Beweis, wie schwankend selbst die Schreibweise der Eigennamen in jener Zeit war [1]). In den Jahren 1192 und 1194 unterzeichnete er sich, wie 1184, Theodoricus, dagegen zweimal 1198 Dietericus.

In dem letztgenannten Jahre erscheint noch als Urkundenzeuge Propst Arnold. Seine Unterschrift tragen mehrere Urkunden aus der Zeit von 1205 bis 1221. Im Jahre 1230 war er auch Dombechant in Würzburg und Erzdiakon im Oberland (Arnoldus decanus Majoris ecclesiae Herbipolensis etc.)

Arnold's Nachfolger war Markward von Kastell (1243 Markwardus, Marchwardus, Marquardus de Castele unterschrieben, 1244 de Kastelle.) Im Jahre 1276 war — laut Zeugen-Unterschrift — Hartmannus de Heldrungen Propst in Onolzbach, 1278 und 1280 Hermannus und 1286 Rudolfus. Eine hervorragende Persönlichkeit muß Propst **Andreas de Gundelvingen**, der von 1297 und 1299 als Urkundenzeuge und 1301 als Sigillator vorkommt, gewesen sein; denn er durfte am 29. August 1303 den bischöflichen Stuhl in Würzburg besteigen, den er noch eilf Jahre inne hatte. Zwei Grafen von Oettingen machten den Schluß der Pröpste in der ältesten Zeit: Conradus, auch Chunradus comes de Oetingen unterschrieben 1305, im Jahre 1323 auch Propst von Feuchtwangen (praepositus ecclesiarum Onolspacensis et Fiuhtwangensis [2]) und nach dem Tode desselben Eberhardus de Oetingen, 1328 gewählt. Dieser Propst Eberhard findet sich in der Urkunde vom 1. Februar 1331 als Consigillator mit unterzeichnet, in welcher Graf Ludwig von Oettingen (sein Vater) das Patronat der Kirche zu Lentersheim dem Kloster Heilsbronn schenkte [3]). Er stand somit dem Stift Onolzbach vor, als Graf Cunrad von Oetingen am 22. März 1331 die Burg Dornberg und die Stadt Onolzbach mit Leuten und Gütern seinem Oheim, dem Burggrafen Friedrich von Nürnberg, um 23.000 Pfund Heller verkaufte.

Die zweite Würde im Stift bekleidete der Dechant (decanus.) Mit dieser Würde erscheinen in den ältesten Urkunden, theils als Zeugen, theils erwähnt: Warchard 1064, Ernst 1094, Luitolf 1113, Adelhalm 1139 und 1141, Gozwin 1147, Godebold in sieben Urkunden von 1165 bis 1195, Edelgar 1203, Otto 1222 und 1223, ein zweiter Edelger, auch Elgherus unterzeichnet 1231 und 1233, Hermann 1244 und besonders Heinrich von Ellwangen, welcher — nach dem Tode Burchards — 1297 vom Kapitel gewählt, 31 Jahre lang die inneren Angelegenheiten des Stiftes leitete, bis er

---

1) Regesten zur Geschichte der Stadt Ansbach im XXXIII. Jahr.-Ber. des hist. Vereins von Mittelfranken. 1865. S. 138.

2) de Lang, Regesta. Tom. VI. p. 89.

3) Ludovicus comes de Oetingen senior monasterio in Halsprunne ius patronatus ecclesiae in Lentersheim dioecoes. Eystet. donat. Consigillatores: Eberhardus praepositus eccl. Onolzbacensis et Ludovicus, filii sui. Datum in castro suo Wazzertruhendingen cf de Lang, Regesta, T. VI. p. 354.

am 25. August 1328 in jene bessere Welt abgerufen wurde [1]). Sein Nachfolger Thomas bekleidete die Würde eines Dekanes, als Onolzbach 1331 an
das burggräflich Nürnbergische Haus kam, denn er starb erst am 7. Juli
1352.

Die dritte Würde im Stift war die eines Kustos oder Aufsehers über
das gesammte bewegliche und unbewegliche Eigenthum des Gumbertusstiftes.
Als Urkundenzeugen erscheinen, mit dieser Würde bekleidet: Wilebold 1064
und Friedrich 1223 Genannt werden: Fridericus, custos de Uonolspach
1244 und Heinricus custos 1249.

Als Scholastiker oder Lehrer findet man unter den Zeugen in alten
Diplomen: Elgerus 1223 und Magister Sifridus scolasticus Onolzbacensis
in der Schenkungs=Urkunde über das Patronatsrecht zu Lentersheim vom
1. Februar 1331 [2]).

Kantoren waren Rubeger und 1311 Heinrich (Heinricus canonicus
et cantor).

Von den Kellermeistern ist Ulrich der Vergessenheit entrissen. Ihm
verkaufte 1203 Dekan Ebelger sein Landgut in Wirschendorf [3]), auch unterzeichnete er als Zeuge die Uebergabs=Urkunde der Jlliza vom Jahre 1223 mit
dem Beisatze: Ulricus cellerarius cum novem reliquis canonicis Onoldinis [4]).
Somit zählte das Stift im Jahre 1223, außer den sechs Würdenträgern, 9
Kanonifer oder Chorherren (canonici). Mit Namen können aus der ältesten
Zeit angeführt werden: Sigefried, Engelhard, Dietmar, Gottschalk, Heinrich,
Otto, Ludwig und Misco, welche sich als Zeugen in einer Urkunde vom Jahre
1141 unterschrieben finden [5]); Gebehard (1203, 1227, 1233, 1240, 1249
und 1257), Hermann, zugleich Notar 1219, Henricus dictus de Urach 1226,
Ebelin, in der Verkaufs=Urkunde v. J. 1239 genannt: Ebelinus, canonicus
in Onolsbach et Minister capellae in Buschheim [6]); deßgleichen: Heinrich,
zugleich Notar (1242, 43, 44 und 48) und Arnold, zugleich Pfarrer (plebanus) in Westheim (1253). In einer zu Würzburg im Januar 1259 in
Gegenwart des Bischofes Iring aufgenommenen Urkunde sind als Zeugen unterschrieben: Apelo scriptor und H. de S. Georgio, Canonici in Onolzbach.
Rudiger von Urach verkaufte seine Güter in Onolzbach am 2. Febr. 1307
dem Kanonifer Bricius von Gundelfingen daselbst. Ein Heinrich von Hoch-
steten unterschrieb sich 1319: „Chorherre ze Onolspach", ein Heinrich wird
1324 genannt: Heinricus plebanus in Steinach nec non canonicus ecclesiae Onolspacensis; und 1326: „Ulrich Pfarrer zu Insingen und Chorherr
zu Onolzbach."

Mit dem Titel Presbyter erscheinen: Bernolt 1006, Volcalt und
Gotescalc (Gottschalk) 1064, Lutholt, Adelbrecht und Berenger 1094. In der

1) Hoßmann, Kurze Beschreibung aller Stift und Klöster des Burggrafthums
Ober= und unterhalb Gebirgs. S. 120.
2) Regesten zur Geschichte von Ansbach. Siehe XXXIII. J.=B. S. 165.
3) de Lang, Regest. T. II. p. 11.
4) Ebendaselbst S. 139.
5) de Lang, Regest. T. IV. p. 746.
6) Strebel, Franc. illustr. T. I. p. 202.

letztgenannten Urkunde von 1094 stehen am Schlusse der Zeugen: Dyaconi: Ebo, Hiltebrant, Regenbolt.

Endlich gab es im Stifte zu Onolzbach auch Vikarier. Die erste Vikarei wurde für die St. Martins-Kapelle errichtet von Vogt Rudolph von Dornberg und seinem Bruder Wolfram am 24. Mai 1277, und zwar als Grabstätte ihres Vaters — mit den Einkünften von Strüt ausgestattet (ex proventibus villae Strut). Wolfram selbst, der Letzte seines Stammes, vermachte dieser Martinskapelle unter dem 8. Juni 1288 (also kurz vor seinem Tode) 6 Pfund Heller jährlich (pro sepultura sua electa in capella S. Martini), und zur Wiedererstattung dessen, was er dem Stift, als Vogt, unrechtmäßig entzogen hatte, auf 10 Jahre die Einkünfte seiner Güter in mehreren benachbarten Orten [1]).

Für die zweite Vikarei am Altare der hl. Katharina trat Graf Ludwig von Oettingen Senior, am 27. Juli 1311 die Gutsherrschaft über den Weiler Hennenbach ab (dominium villulae dictae Hennenbach), anerkannt von Bischof Andreas von Würzburg (früher Propst in Onolzbach) am 3. September 1311 [2]).

Die dritte Vikarei für den Altar des hl. Johannes und Jakobus errichtete Dekan Heinrich am 26. März 1323 und dotirte sie aus eigenen Mitteln mit dem großen und kleinen Zehnten in dem Weiler und der Markung Diebach, einer 3 Tagwerk großen Wiese bei Weihenzell und dem neuangelegten Fischwasser bei Hennenbach, genannt cygenbach (wahrscheinlich Ziegenbach).

Die vierte Vikarei im Chor am Hauptaltar gründete der Kanoniker Heinrich, zugleich Pfarrer in Steinach, und trat ihr seine Einkünfte in Mittelbach, Oberbach, Windischenschneitbach, Wolfartswinden u. a. O. am 7. Dezbr. 1324 ab [3]).

Seinem Beispiele folgten andere Chorherren und errichteten in der nächsten Periode für die ihnen übertragenen kirchlichen Funktionen Vikariate, so daß zuletzt ebenso viele Vikare da waren, als Kanoniker [4]), und diesen die Möglichkeit gegeben wurde, ihre Zeit am Hofe des Burg- und Markgrafen, oder auch an andern Höfen zuzubringen, zumal die späteren Chorherren meist adeligen Geschlechtern entstammten.

Genannt werden jedoch in den ältesten Urkunden nur die Vikare: „Phaffe Cunrat der gruze vicariar ze Onolzpach" (5. Juli 1319); Priester

---

1) Pro solutione omnium debitorum suorum, ad MDCCCCXL libras computatorum, ad X annos deputat reditus bonorum suorum in Deuswinsdorf, Bernoltswinden, Minhartswinden, Kurzendorf, Eltwinsdorf, Lengenvelt, nova villa Steinhardsdorf, ex molendino in Hennenbach, ex bonis in Tutenwinden (Dautenwinden) Butenloch, Niwenbrunnen et Enkenlitten. Vgl. de Lang, Reg. Tom. IV. 1. p. 375. XXXIII. J.-B. S. 152.

2) XXXIII. Jahr.-Ver. des hist. V. für 1865. S. 158.

3) Ebendaselbst S. 163.

4) Strebel, Kurzgefaßter Begriff der Historie des St. Gumprechts-Stiffts zu Onolzbach. 1738. S. 7 § 9. Stieber, hist. und topogr. Nachricht von dem Fürstenthum Brandenburg-Onolzbach. 1761. S. 205 sagt sogar, daß das Stift nach und nach mit 28 Vicareyen oder Altären versehen worden sei.

Cunrad, genannt Hurrer (27. Juli 1321); Conrad, zugleich Pfarrer in Crey=lingen und Vikar Conrad von Lentersheim."

Von Pfarrern an der St. Johannis= oder Stadtkirche zu Ansbach wurde nur einer als Zeuge unterschrieben gefunden: „Phaffe Walther, Pfarrer ze Onolspach" (5. Juli 1319).

Waren einst die sparsamen Benediktiner kaum im Stande, mit den ge=ringen Einkünften des Klosters auszureichen, wie hätten die lebenslustigen Chorherren die mancherlei Bedürfnisse des Stifts bestreiten können, zumal ihre Zahl so vermehrt und neben ihnen so viele Vikariate errichtet worden waren? Die Pröbste suchten zwar die Einkünfte zu mehren durch gesteigerte Verehrung der irdischen Ueberreste des hl. Gumbertus und anderer Reliquien (aufgezählt in Strebels Franconia illustrata p. 115). Von den Päpsten Cölestinus III., Innocentius IV., Alexander IV., und in der späteren Zeit von vielen andern Päpsten erschienen erneute Ablaßbriefe.[1]) Auch einige Stiftungen wurden in den Jahren 1309 und 1311 von Richenza, der Wittwe Wolfram des Jüngeren von Dornberg und von Graf Ludwig von Oettingen gemacht, später auch von dem Custos Friedrich von Steinhauß (1319) und dem Dekan Stephan Scheu, wie Hoßmann S. 115 seines Manuskripts der Beschreibung aller Stifft und Klöster des Burggrafthums Nürnberg berichtet. Allein nichts vermochte zu verhindern, daß Ansbachs Stift in Schulden gerieth, und sich 1233 genö=thiget sah, zur Deckung derselben von den wenigen Gütern, die es besaß, das Dorf Wirsendorf den Kanonikern Ulrich, Cellarius und Gebhard zu ver=kaufen [2]).

Die Haupt=Einkünfte des Stiftes bestanden in dem Zehnten, das größte Vermögen in Waldungen. Den Zehnten erhob das Stift von Ansbach selbst, dann von Kammerforst, Weihenzell, Forsthof und Petersdorf, Rammersdorf, Volkersdorf, Steinbach, Nieder=Eichenbach, Wengenstadt, Ratzen=winden, Pfaffenkreut, Kaltenkreut, Buch, Sulzbach, Berndorf und andern Or=ten, zusammen 181 Malter jährlich. Das nöthige Mehl wurde auf der Vog=genmühle gemahlen, welche 1157 durch Propst Herold von Bischof Gebhard in Würzburg den Kanonikern zugesprochen und 1163 und 1168 bestätiget wurde [3]). Holz lieferten zum Gebrauch und Verkauf: der Pfaffenforst, die Feuchtlach (feuchte Lache), der Zeilberg, die Haard, die kalte Klinge, der Orlas und der Strüther Buck. Mit Fischen wurde das Stift von der Rezat und von seinen Weihern bei Ansbach, Desmannsdorf und Brotswinden versehen.

---

1) Aufgeführt von Strebel in seinem kurzgefaßten Begriff der Historien des St. Gumprechts-Stifts zu Onolzbach. S. 7.

2) Strebel theilt in Franconia illustrata I. p. 206 die Verkaufs-Urkunde mit, wo die Schulden als Grund der Veräußerung angegeben werden: Noverint omnes, presens scriptura visuri, quod Fgo Edelgerus decanus Totumque Capitulum in Onoldesbach, considerantes ecclesiam nostram positam in Arduo et in Arto ex ho=nere (onere) debitorum illi salubriter obviare volentes, aliquo persolutionis Remedio mediante Villam dictam Wirsendorff vendimus Ulrico, Cellario et Gebe=hardo cannonicis nostris etc.

3) In der Urkunde von 1168 heißt es: Molendinum juxta pontem in usum fratrum transfert et silvarum usum et piscationem fratribus concedit. S. de Lang Circ. Rez. p. 66.

Leiber wurden die Geldkräfte des Stifts auch durch zwei Brände sehr in An=
spruch genommen. Im Jahre 1165 brannte die Stiftskirche nieder, wurde
aufgebaut und am 3. November desselben Jahres wieder eingeweiht von Bi=
schof Herold von Würzburg; ebenso wurde im Jahre 1280 das alte Stiftsge=
bäude ein Raub der Flammen. Zur Einweihung des neuen begab sich zwei
Jahre später sogar Werner von Mainz nach Ansbach, und beglückte das Stift
mit einem Ablasse, zur leichteren Bestreitung der Baukosten [1]). Auch in den
Jahren 1286 und 1290 wurden zur Reparatur an den Mauern, Dächern
und Nebengebäuden von den Bischöfen Berthold und Mangold Ablässe be=
willigt. [2])

Nicht unerwähnt darf bleiben, daß bei der Einweihung der wiederauf=
gebauten Stiftskirche am 3. Nov. 1165 durch Bischof Herold von Würzburg
die leiblichen Ueberreste des hl. Gumbertus in einen steinernen Sarg auf den
Altar des Chores (der jetzigen Gumbertus=Kapelle) gelegt, und bei der Oeff=
nung des Sarges i. J. 1522 auf Befehl des Markgrafen Casimir unversehrt
gefunden wurden, jedoch mit Ausnahme des Hauptes und rechten Armes, weil
man diese Theile abgelöst hatte, und in Silber fassen ließ, um sie bei den
jährlichen Prozessionen am 11. März, dem Todestag des Stifters, vortragen
zu können. Für heilig gesprochen wurde Gumbert am 15. Juli 1195 [3]).

Merkwürdig ist auch die Krypta oder unterirdische Kirche unterhalb des
Chores, der im gothischen Style gebaut ist. Die Krypta besteht aus einem
niederen, gedrückten Pfeilerbau, und hat große Aehnlichkeit mit der zu Roßtal.

Wie bemüht die Bischöfe von Würzburg waren, die Macht und den
Einfluß des Stiftes durch nichts in seinen Umgebungen schwächen zu lassen,
geht daraus hervor, daß, als die Pfarrer an der St. Johannis= oder Stadt=
kirche zu Ansbach eine selbständigere Stellung einnehmen wollten, Bischof Em=

---

1) Büttner, Franconia. T. I. p. 11.
2) Bertholdi episcopi Herbipolensis indulgentiae pro fabrica ecclesiae sancti
Gumberti in Onolspach in muris, tectis aliisque aedificiis ad dedicandum eam ne-
cessariis etc. dd. 8. Mai 1286 und in dem Ablaßbrief vom 15. Februar 1288: Indulgentiae pro ecclesiae S. Gumberti in Onolspach restauratione collapsis ex
nimia vetustate tectis, muro et circuitu. v. de Lang, Reg. T. IV. 1. p. 317
et 437.
3) Manuskript des Dr. Veit Erasmus Hoßmann, (Rath und Assessor in Onolz=
bach) betitelt: Annales locorum sacrorum Burggraviatus Norici, Kurze Beschreibung
aller Stift und Klöster des Burggrafthums Nürnberg ober= und unterhalb Gebürgs.
1617. Folio. S. 117. Derselbe berichtet, daß man 6 Jahre vor Abfassung seines Wer=
kes, also 1610, bei der Restauration der Stiftskirche den steinernen Sarg geöffnet und
dabei zwei Brieflein gefunden habe, wovon das erste gelautet: Anno dominicae incarnationis MCLXV indictione tertia 3 Non. Nov. die dedicationis et altaris hujus
templi a venerabili Heroldo Würzburgensi Episcopo primo ordinationis anno reconditum est hoc corpus sanctissimi antistitis et confessoris Gumberti in hoc sar-
cophago regnante Friederico Rom. Imperatore anno 14 regni et imperii ejus.
Das andere Brieflein ist ein, am 22. Oct. 1524 von dem Scholastiker und Syn=
dicus Joseph Feyerabent ausgestelltes Zeugniß über die am 8. Juli 1522 auf Befehl
des Markgrafen Casimir vorgenommene Oeffnung des Grabmals und Verwahrung der
Ueberreste bis zu einer späteren, feierlichen Translation. Die Reformation vereitelte
jedoch dieses, und am 29. Dezbr. 1612 wurden dieselben mit den andern Reliquien, auf
Befehl des Markgrafen Joachim Ernst, Balthasar Neu, dem geheimen Sekretär des
Erzbischofs von Köln übergeben. Das darüber aufgenommene Protokoll s. Strebel,
Franconia illustrata. T. I. c. III. p. 116.

bricho im Jahre **1139** bestimmt, daß nur ein Presbyter und Kanonikus des Stiftes, welchem er die Parochie in Onoltesbach schenkte, Pfarrer derselben sein könne, und daß derselbe verpflichtet sein solle, den übrigen Chorherren — gleichsam zur Entschädigung — 30 solidos jährlich am Embrichotage auszuzahlen [1]).

Ebenso verband Bischof Herold die Geistlichen des Landkapitels, welche das Archidiakonat des Rangaues bildeten, in einem Erlaße vom Jahre **1168** unzertrennlich mit dem Stifte (ecclesiae in Onoldesbach praeposituram et archidiaconatum inseperabiliter inter se connectit [2]).

Zu dem Archidiakonat des Rangaues gehörten vor der Säkularisation des Stiftes (1563) folgende 10 Parochial-Kirchen: 1. Die Parochie, d. i. der Pfarrsprengel in der Stadt Onolzbach nebst der Kaplanei zu Brotswinden (der Stadtpfarrer war in der Regel Dekan des Landkapitels). 2. Die Pfarr zu Sachsen mit der Kaplanei Immeldorf. 3. Die Pfarr zu Weihenzell mit der damaligen Filial Wernsbach. 4. Die Pfarr zu Forst. 5. und 6. Die Pfarr Petersaurach nebst der ehehin dazu gehörigen Kaplanei Dettelsau (Neu-Dettelsau). 7. und 8. Die Pfarr Schalkhausen, nebst der Kaplanei Neunkirchen. 9. Die Pfarr zu Eyb. 10. Die Pfarr zu Weidenbach mit der Kapelle Leubendorff (jetzt Leidendorf) [3]).

Zu den meisten dieser und einiger andern Pfarreien besaß das Stift das Patronatsrecht oder den Kirchensatz; und zwar konnte der Propst allein besetzen: Bettenfeld, Dettelsau, Diebach, Dühren, Eyb, Forsthof, Insingen, Jochsberg und Sachsen, wovon ursprünglich Brotswinden ein Filial war; dagegen wurde die Stadtpfarrei zu Ansbach, und die Pfarreien zu Weihenzell, was bis zum Jahre 1503 ein Filial von Wernsbach war, und Weidenbach (früher eine zu Ornbau gehörende Kapelle) von dem Stift in seiner Gesammtheit vergeben [4]). Das besondere Predigt- und Leseamt am Stifte, welches seine Einkünfte aus dem Zehnten von Röckingen bezog, wurde erst **1430** von Markgraf Friedrich gestiftet.

Die Verwaltungs-Aemter des Stifts waren nach dem Liber rationum v. J. **1346**: 1. Das Officium Raticennae, wozu Hirschbronn, Neunkirchen, Strüt, Kammersdorf und Witzleinsdorf gehörten. 2. Cellerariae. 3. Dambach. 4. Celle, d. i. Weihenzell [5]).

Bei einer solchen Fürsorge von Seiten der obersten Kirchenbehörde wäre es von dem Stifte Onolzbach undankbar und unklug gewesen, wenn es bei dem Kampe zwischen der geistlichen und weltlichen Macht auf die Seite der letzteren getreten wäre. Als daher Papst Johann XXII. den Kaiser Ludwig, genannt den Bayern, mit dem Banne belegte, trug das Stift Onolzbach kein

---

1) Embricho, Wirciburgensis ecclesiae minister, donat parochiam in Onoltesbach ad altare Sancti Gumberti ea conditione, ut nullus hanc parochiam habere praesumat, nisi qui fuerit presbyter et canonicus ejusdem ecclesiae, et ille in singulis annis confratribus suis anniversario Embrichonis, persolvat XXX solidos. de Lang, Regesta etc. p. 43.
2) Ebendaselbst S. 66.
3) Strebel, Kurzgefaßter Bericht ꝛc. S. 8. §. 10.
4) IV. Jahr.-Ber. 1833. S. 26.
5) IV. Jahr.-Ber. ꝛc. S. 25.

Bedenken, die Bannbulle öffentlich anschlagen zu lassen. Doch dadurch reizte es den Zorn des Kaisers. Er erschien im Jahre 1326 vor seinem Zuge nach Rom vor Onolzbach, forderte 200 Mark Silber und ließ den Dechant Heinrich von Ellwangen und den Kustos Marquard von Norbenberg nebst andern Personen des Stiftes verhaften. Zwar erlangten sie später wieder durch Verwendung des Erzbischofs Matthias von Mainz ihre Freiheit [1]); aber es geschah dies erst i. J. 1328, und so mochte auch dieses Ereigniß dazu beigetragen haben, daß das Stift es gerne sah, als Onolzbach i. J. 1331 an das mächtige Haus der Burggrafen von Nürnberg überging, weil von einem solchen Landesherrn eher Schutz und Hilfe zu hoffen war, als von kleinen Dynasten. Hatte es sich doch davon in dem Streite mit Graf Friedrich von Hohenloh überzeugen können, als dieser die Wirthschaftspächter des Stiftes zu Ottenhofen vor sein Gericht in Bergel lud, und nicht eher nachgab, bis Kaiser Rudolph selbst am 12. Juli 1281 den Streit zu Nürnberg schlichtete [2]). Auch in dem Streite mit Ritter Ramung von Vestenberg in den Jahren 1319 und 1320 wegen des Patronatsrechtes der Pfarrei Forst bei Ansbach mochte das Stift die Hand eines kräftigen Schirmvogtes vermissen, der das Urtheil vollzog, welches der bischöfliche Richter in Würzburg (Officialis curiae herbipolensis judex) gefällt hatte [3]).

Schließlich darf nicht unerwähnt bleiben, daß sich das Ansbacher Stift eines guten Rufes erfreute. Fischer theilt mit: „Vor uralten Zeiten wurde das Stift zu Ansbach für das edelste, das zu Herrieden für das gelehrteste und das zu Feuchtwangen für das unruhigste gehalten [4]).“

V. Abschnitt.

Entstehung der Stadt Onolzbach und älteste Geschichte derselben.

Als der fromme Gumbert mit seinen Brüdern sich am Einflusse des Onoldsbaches in die Rezat niederließ, standen der Sage nach, schon drei Höfe in diesem Kesselthale. Es waren der Voggenhof, Raben- und Knollenhof — jedenfalls uralte, umfangreiche Niederlassungen, von denen einzelne Theile heute noch die alten Namen tragen.

Der Voggenhof stand am äußeren Ende der Oberen Vorstadt, unmittelbar an der Rezat. Später wurde mit ihm eine Mühle verbunden, die noch

1) Büttner, Franconia. I. S. 15.

2) Regesten zur Geschichte der Stadt Ansbach. Siehe XXXIII. J.-B. des hist. Vereins. 1865. S. 151.

3) Ebendaselbst S. 161.

4) J. E. Fischer, Einführung des Christenthums im Königreiche Bayern Agsbg. 1863. S. 579. Anmlg. 1.

die Voggenmühle heißt[1]). Der Rabenhof stand da, wo jetzt die Hürner'sche Bierbrauerei in der Schloßvorstadt steht (Lit. C Hs.-Nr. 16), und der Knollenhof, welcher auch Buhlsbacher- oder Viehhof hieß, ist da zu suchen, wo sich jetzt die stattliche Löwenwirthschaft in der Herrieder-Vorstadt, befindet (D Nr. 20). Jedoch war sein Umfang bedeutender, und ging wahrscheinlich auf der einen Seite bis zur jetzigen Däubler'schen Wirthschaft, genannt „Zur Stadt Würzburg" (D Nr. 398).

Daß Gumbertus bei der Gründung seines Klosters schon die Anfänge eines Ortes und den Namen desselben vorfand, läßt sich schon daraus schließen, daß er seine Stiftung nach dem, durch nichts ausgezeichneten Anpflanzer Onold und seinem Bache benannte. Hätte die Niederlassung, die Gumbertus vorfand, noch keinen bestimmten Namen gehabt, wäre es ihm gewiß nicht in den Sinn gekommen, sein Kloster „Onolbsbach" zu nennen, sondern es würde einen ganz andern Namen erhalten haben, der mehr dem Zwecke einer kirchlichen Stiftung entsprochen hätte.

Der Bau des Klosters lockte neue Ansiedler nach Onoldsbach. Sie traten zum Theil in eine gewisse Abhängigkeit vom Kloster, zum Theil blieben sie unabhängig von demselben. Schon die Aufführung der Klostergebäude machte es nothwendig, daß Handwerksleute aller Art, wie auch Taglöhner und Handlanger sich dort bleibend niederließen. Ihnen mußte das Kloster bei Herstellung von Wohnungen, und was sonst nöthig war, zu Hilfe kommen. Dafür blieben sie und ihre Nachfolger dem Kloster und nachmaligem Stifte zu gewissen Leistungen verpflichtet, und wurden „stiftisch" genannt, zum Unterschied von den andern, völlig freien Einwohnern.

Die einstigen Wohnungen der sogenannten Stiftischen werden wir wohl in denjenigen, natürlich inzwischen verbesserten Häusern zu suchen haben, welche sich in der Nähe der Stiftskirche befinden, und im Raum, besonders in Hof- und Nebengebäuden beschränkt sind. Die übrigen Einwanderer dürften sich an den Straßen angebaut haben, welche nach den beiden Städten führten, mit denen Kloster und Stift am meisten in Verbindung standen: nach Würzburg und Herrieden. In der Richtung nach dem letzteren, ebenfalls sehr alten Orte, entstand die erste Vorstadt Ansbachs, die Herriedervorstadt genannt, wo der Knollenhof lag, und gewiß sehr früh die Wirthschaft zum Zirkel entstand.

Im Innern des sich bildenden Ortes entstanden mehr Häuser, wenn auch nur von Holz und Lehm erbaut, und mit Stroh gedeckt[2]), durch die Umwandlung des Klosters in ein Stift, indem sich die Chorherren theils eigene Häuser bauten, theils vom Stifte bauen ließen, und zwar womöglich in der Nähe desselben. Wenn man von den späteren Stiftshäusern auf die früheren schließen darf, zumal die Bauart dieser Häuser mit denen der Chorherren in Feuchtwangen und Herrieden die größte Aehnlichkeit hat; so dürften folgende Gebäude

---

1) Der Voggenhof kommt schon 1163 urkundlich vor; (1. Regesten z. G. d. St. A. XXXIII. J.-B. S. 134.) Die Stadtmühle 1168, (molendinum juxta pontem. Ibid. p. 136. In einer Urkunde, die aus dem Jahre 1179 stammen soll, wird eine Rudolph-Mühle genannt (molendinum Rudolfi).

2) Hat doch Taubmann in dem Trauergedicht auf den Tod des Markgrafen Georg Friedrich, der 1603 starb, gerühmt, daß er die „Strohstadt Ansbach" so sehr verschönert habe.

einst Chorherrnhäuser gewesen sein, natürlich mit wesentlichen Verbesserungen in den späteren Jahrhunderten: 1) In der Pfaffengasse das Haus Lit. A Nr. 119, früher Rentamt, jetzt Müller'sche Weinhandlung. 2) Am untern Markt das Haus A 123, jetzt Junge'sche Buchhandlung, welches Haus die Dechanei hieß, weil der Stiftsdekan dort seine Amtswohnung hatte. Vielleicht gehörte auch das Haus Nr. 124 (jetzt Drechslermeister Steuerer) einst zum Stift. Das früher Seefried'sche, jetzt Seidel'sche Haus (Nr. 135 an der Reitbahn) hieß einst der Heilsbronner Hof, weil in demselben die Mönche von Kloster Heilsbronn ihr Absteigquartier hatten; das anstoßende jetzt Schnürlein'sche Haus (Nr. 136b) aber dürfte stiftisch gewesen sein. Beide Häuser sind zum Theil auf die alte Klostermauer gesetzt, durch welche hier die Einfahrt ging[1]).

Das älteste massive Haus in Ansbach ließen die Herrn v. Eyb bauen. Es heißt noch das Eyb'sche Haus und steht auf dem unterm Markt Lit. A Nr. 121. In Urkunden wird es ausschließend das steinerne Haus oder Steinhaus genannt — ein Beweis, daß außer ihm keines dieser Art in jener Zeit vorhanden war.

Wie die Benediktiner von Kloster Heilsbronn, so hatten auch die Barfüßer einen eigenen Hof in Onolzbach. Sonstige Häuser werden nur spärlich in Urkunden des vierzehnten und fünfzehnten Jahrhunderts erwähnt[2]). Gärten kommen 1227 zwei vor; der eine auf die obere Mühle zu, der andere auf dem Markt[3]).

Nach der kurzen, aber interessanten Geschichte Ansbachs, welche als Einleitung dem Adreß= und Firmenbuch der Kreishauptstadt v. J. 1865 vorgedruckt ist, und woraus obige Angaben zum Theil genommen wurden, ist auch das jetzige Sparkasse= und Leihhaus (A Nr. 290 in der Neustadt) an die Stelle früherer Stiftshäuser gesetzt worden (Seite XLII); und da es Seite XL ebendaselbst heißt: „Nr. 200, der schwarze Adler, früher Hutten'sches Freihaus", so muß auch die Adlerwirthschaft in der Utzenstraße ursprünglich ein Chorherrenhaus gewesen sein, denn nur Chorherrenhäuser waren sogenannte Freihäuser, mögen dieselben den Namen „Freihäuser" von der Befreiung von der Gemeindesteuer erhalten haben, oder davon, daß aus ihnen kein Angeklagter und Verbrecher geholt werden durfte.

Schon in dem noch vorhandenen, unzweifelhaft ächten Diplome vom 20. Dezember 837, in welchem Kaiser Ludwig der Fromme den Gütertausch des Bischofs Bernwelf von Würzburg bestätigte, wird Onolzbach ein Ort genannt in einem gewissen Walde im Rangau[4]).

---

1) Die erste Aufzählung der Stiftshäuser findet sich in der Magistrats=Rechnung vom Jahre 1529.

2) Monumenta Zollerana Tom. IV p. 373 u. 374. Tom. V. p. 33, 187 und 283.

3) de Lang, Regesta sive Rerum Boicarum authographa, Vol. II. p. 169: Hermanni Herbipolensis episcopi consensu, Gebehardus, canonicus in Onoldespach, et soror ejus Gertrudis ecclesiae S. Gumberti donant duos hortos, unum molendinum superius respicientem, et alterum domui ipsorum in fora adjacentem.

4) de Lang, Regesta ad annum 837: Bargilli (Bürgel) in pago Rangau et locum Onolzbach in quadam silva in eodem pago.

In einer Urkunde v. J. 1056 erscheint Ansbach als **Marktflecken,** indem darin gesagt ist, daß Bischof Adalberus von Würzburg, ein geborner Graf von Lambach, den mercatum (Marktzoll) zweier Märkte in Franken, zu Onolbesbach, und zu Geroldshoven nebst der Pfarrei: Tutenstetten (jetzt Gutenstetten bei Neustadt a/A.) zum bessern Unterhalt der Mönche in dem von ihm gestifteten Kloster zu Bambach bestimmte[1]. Jedoch entledigte sich die Stadt später dieser Zollabgabe. Um jene Zeit erhielt Ansbach auch seine ersten Thore; denn in der Urkunde vom Tage der Einweihung der wieder aufgebauten Stiftskirche 1165 wird unter den gemachten Schenkungen auch ein Hof bei dem Thor genannt (praedium suum juxta portam)[2].

In den ersten Jahrhunderten wurde die Gerichtsbarkeit über sämmtliche Bewohner Onolzbachs von dem Kloster ausgeübt. Das Stift setzte dieses fort. Als aber der Ort sich vergrößerte, scheint die Einwohnerschaft einen Vertreter und Beisitzer zu den Klostergerichten ernannt zu haben; denn es kommt in einer Urkunde vom Jahre 1094 unter den Zeugen aus dem Stande der Laien ein Ebo (ein Herr v. Eyb) vor, mit dem Titel tribunus. Auch in einer Urkunde von 1111 erscheint eine obrigkeitliche Person neben Bruno, der als advocatus altaris S. Gumberti aufgeführt ist.

Dagegen gelang es der Bürgerschaft nicht, die von ihr, wie Stieber angibt, schon 823 gebaute Johannis- oder Pfarrkirche, dem Stifte zu entziehen, vielmehr schenkte Bischof Embricho i. J. 1139 dem Stifte die Pfarrei der Gemeinde, und bestimmte, daß nur ein Presbyter und Kanoniker des Stifts Pfarrer an dieser Kirche sein könne.

Der Pfarrsprengel der St. Johanniskirche wuchs mit der Vergrößerung des Ortes. In einer Verpfändungsurkunde vom Jahre 1193 werden schon Stadt und Landgüter unterschieden[3], und in einer andern v. J. 1226 werden Schultheiß und Bürgerschaft von Ansbach erwähnt (Scultetus de Onoltespach et civitas; Scultetus ac Universitas Civium in Onoltespach)[3].

Als älteste Schultheißen kommen vor: Billungus, Scultetus de Onoltespach v. J. 1268. Ulricus Scultetus dictus Spiez, 1293 und 1299. Heinrich von Bruckberch, Schultheiß zu Onolspach 1308 und Heinricus de Vestenberg, Scultetus 1308[4].

Der Name „Stadt" (Oppidum) findet sich jedoch erst in dem Diplom v. J. 1299, durch welches der Bischof von Würzburg die Grafen von Oettingen mit Dornberg und der Advocatie über Onolzbach belehnte (de advocatiis oppidi in Onolspach et praepositurae Onolpacensis)[5].

---

1) de Lang, Regesta ad annum 1056: Addit duo quoque mercata in Francia, unum ad Onoldesbach, ad Geroldshoven alterum cum omni utilitate ad ipsa pertinente, et Parochiam, quae dicitur Tutenstetten.

2) Regesta Circ. Rez. p. 64.

3) Goteboldus sacerdos et decanus in Onoldesbach praedia sua tam urbana, quam rustica, pro C. talentis ecclesiae Onoldesbacensi obligat cf. Lang, Regesta ad annum 1193.

4) de Lang, Regest. T. II. p. 163.

5) v. Lang, Bayerns alte Grafschaften und Gebiete. Nürnb. 1831, S. 316 und Regesten der Stadt Ansbach im XXXIII. J.-B. 1865, S. 149, 153, 155.

6) Regesten z. G. d. St. A., ebendaselbst S. 154.

Hatte die Stadt an Umfang und Leben durch die Kanoniker des Stiftes gewonnen, so mag dasselbe auch durch den Aufenthalt der Vögte von Dornberg erhöht worden sein. Mit Gewißheit läßt sich das Schlößchen derselben nicht mehr angeben, doch ist es nicht unwahrscheinlich, daß sie, wie die Sage geht, das jetzt Scheitberger'sche Haus (Lit. A Nr. 173) in der sog. Langenweile bewohnten. Zum Beweis dafür wird in einem belehrenden Artikel des Ansbacher Morgenblattes[1]) über Kriegsgeschichtliches angeführt, daß an dieses Haus ein uralter, nach außen noch sichtbarer, runder Thurm angebaut sei, welcher zugleich die nordwestliche Ecke der Umfassungsmauer der Stadt bildete. Dieses Eckthürmchen steht noch, und zu ihm führt an der äußeren Seite des interessanten Hauses, deß Eingang ein altes steinernes Wappen mit drei über einander schreitenden Löwen ziert, der Rondengang der alten Stadtmauer, welche sich von da am rechten Ufer der Rezat hinabzog. Ein alter, merkwürdiger Thurm[2]) bezeichnete noch vor einigen Jahren die Stelle, wo die Mauer dicht am Ufer hinlief, bis zu den jetzigen Schloßstallungen. Die Mauer ist noch jetzt in Ueberresten erkennbar in den Gartenmauern am Altbach der Rezat. Auf der andern Seite nahm, von dem jetzigen Scheitberger'schen Hause aus, (A 173) die alte Stadtmauer, vom Oberen Thore durchbrochen, ihren Lauf hinter der Büttengasse hinauf zum jetzigen Gymnasium, wie mehrere Mauer=Ueberreste und der wenig ausgefüllte Stadtgraben noch heute zeigen. Jedoch zog sich die Mauer vor dem Eingangsthore des erst 1737 erbauten Gymnasiums vorbei, bis zu dem dicken, runden Thurme, welcher den südwestlichen Endpunkt der Mauer bildete, und auf die neueste Zeit zur Frohnfeste diente. Seine Erhaltung dürfte gesichert sein, da er Eigenthum des Gymnasiums wurde. Von diesem Thurm an ging die alte Stadtmauer auf das Herrieder=thor zu. Jedoch stand dieses weiter zurück, in die Stadt hinein, (etwa da, wo jetzt das Preiß'sche Gasthaus (A 244) oder das Haus Nr. 245 in der Utzenstraße steht). Von da zog sich die Mauer an der inneren Seite der jetzigen Neustadt hinab zum dritten Stadtthore, welches wohl dem jetzigen Salmstein'schen Hause (A 279) gegenüber stand. Der Anschluß an die nördliche Mauer am Rezatufer ging über die spätere Reitbahn hinüber bis an das jetzige Theater und die Schloßställe. Jedoch scheinen viele der vorhandenen Ueberreste der einstigen Stadtmauer einer späteren Zeit anzugehören, als der Dornbergischen.

Nach dem Maßstabe des alten, leider erst vor einiger Zeit weggerissenen Thurmes in dem Garten des Hauses Nr. 169 in der Langweile, war die erste Stadtmauer weder hoch, noch stark. Nach Erfindung des Schießpulvers aber scheint sie unter der Herrschaft der Markgrafen da, wo sie leichter anzugreifen war, erhöht, verstärkt und mit einem sogenannten Rondengange versehen

---

1) Jahrgang 1859, Sonntags=Beilage Nr. 28, S. 111.
2) Leider wurde dieser Thurm, der in dem Garten des Hauses Lit. A 169 in der Langweil stand, erst vor wenigen Jahren abgetragen, um einer Scheune Platz zu machen, und weder Alter, noch Wappen, noch die gemessensten Befehle von zwei Königen vermochten dieses städtische Alterthum vor der Zerstörung zu bewahren. Nur die beiden in Stein gehauenen Wappen, von denen das eine Greise und drei über einander schreitende Löwen darstellt, sollen noch vorhanden sein.

worden zu sein, der mit Backsteinen gepflastert, mit einem kleinen Giebeldache gedeckt, und mit Schießscharten versehen war für die Wall- und Hackenschützen. Noch steht ein Theil dieser Stadtmauer, und zieht sich vom Einflusse des Mühlbaches an, (bei dem Gymnasium) hinter der Büttengasse hinab bis zum oberen Thore. Auch an dem Herrieberthor-Thurme findet sich noch rechts ein Stück Wallmauer mit Rondengang angebaut, und zwischen dem Herrieberthor und dem erst 1730 durch die alte Stadtmauer gebrochenen neuen Thore sieht man heute noch von der Promenade aus zwischen dem, zur Neustadt gehören- den Häusern Nr. 265 und 266 einen, aus der ehemaligen Wallmauer her- vorspringenden, viereckigen Thurm [1]).

Den Wasserschutz bildete nördlich von der Stadtmauer die Rezat, die damals, wie alle Flüsse, wasserreicher, und noch nicht durch den übel ange- brachten Abzugskanal für die Mühle an der Schloßbrücke zu dem sumpfigen Altbach herabgesunken war, der sich nach Ueberdeckung sehnt und nach Um- wandlung in Promenaden. Außerhalb der andern Seiten der Stadtmauer war ein Stadtgraben angebracht, der sein Wasser zum Theil vom Holzbach erhielt und hie und da noch sichtbar ist, z. B. bei dem oberen Thore und dem Kronachersbuck, wo jetzt die Lederfabrik ist. Jenseit des Stadtgrabens war auch ein Wall angelegt. So bildete z. B. die Straße, welche jetzt vom Herrieberthor, zwischen den Prommenaden und den Gärten der Neustadt, zum Schloßplatz führt, den Wall, auf der einen Seite mit dem Stadtgraben, der erst 1721 und 22 ausgefüllt und in die jetzigen Gärten verwandelt wurde, und auf der andern Seite mit dem Ziegelhüttenbach, der offen zu Tage lag mit sich anschließenden Sümpfen, bis er vier Jahrhunderte später gedeckt, und in jene Promenaden umgewandelt wurde, welche eine der größten Zierden Ans- bachs sind.

So war für den Schutz Onolzbachs gesorgt; und auch innerhalb seiner Mauern entfaltete sich ein neues Leben. An die Stelle der ersten Benedik- tiner mit ihren schwarzen, weitärmligen Kutten und schwarzen, spitzigen Kap- pen, waren die heitern, lebenslustigen Chorherren getreten, die auch geritten, später gefahren kamen, die Jahrmärkte in Aufschwung brachten, und schöne Renten verzehrten. Gleichzeitig brachten die Herren von Dornberg, als Schirmvögte von Onolzbach, ein Leben anderer Art in die Stadt. Da gab es kriegerische Uebungen, Ritterspiele, Aufzüge, Gelage. Mit der Zahl der Vasallen wuchs die Macht und Bedeutung der Vögte von Dornberg, die sich am meisten mit ihrem Gefolge in Ansbach aufhielten. Da kamen die Herren von Lehrberg, Bruckberg und Vestenberg, von Eyb, Einhardeshof, Lichtenau und Burg-Oberbach, und erhöhten den Glanz der Feste [2]).

Doch der höchste Gast, den die Vögte von Dornberg in ihrer Burg zu Onolzbach bewirtheten, war der König Heinrich VI., ein Hohenstaufe, Ur- enkel Friedrich Barbarossa's. Ihn hatte sein Vater, Kaiser Friedrich II., dessen

---

1) Rentsch rühmt im Brandenburgischen Cedernhain 1682 S. 682, daß Mark- graf Georg Friedrich, der Erbauer des Residenz-Schlosses und des fürstlichen Kanzlei- Gebäudes, im Jahre 1590 den Wall um die Stadt Onolzbach in besserern Stand habe richten lassen.

2) von Lang, Grafschaften S. 316.

Gegenwart in Italien nothwendig schien, schon als jungen Prinzen zum deutschen König wählen und krönen lassen, und ihm, nach des Grafen Engelbert von Ysenburg Ermordung i. J. 1225, Herzog Ludwig von Bayern, als Vormund und Reichs-Vikar an die Seite gegeben. Wahrscheinlich war Heinrich, von seinem Herzogthume Schwaben aus, auf einer Reise begriffen, und berührte auf derselben Onolzbach. Wer hätte damals geglaubt, daß dieser hochgeehrte Prinz sich gegen seinen Vater empören, die Empörung mit dem Kerkertod in Sicilien büßen, und später seine eigenen beiden Söhne durch Gift, von Manfred beigebracht, verlieren würde?

Doch die Onolzbacher blieben zu allen Zeiten ihrem Kaiser und Herrn getreu; und wenn das Reichsheer aufgeboten wurde, so sammelten sich auch die Ritter des Rangaues mit ihren Reisigen und Mannen, und zogen unter Dornbergs Führung hinaus zu den Thoren Onolbias — ein kleines, aber tapferes Fähnlein, zu streiten für Kaiser und Reich.

VI. Abschnitt.
Die Vögte von Eyb oder die Ebbonen.

Seit es eine Geschichte von Ansbach gibt, wußte man nichts anders, als daß die Herren von Schalkhausen die ältesten bekannten Schirmvögte (Advocati) des Klosters daselbst waren, von denen der erste sich 1157 genannt findet. Allein es mußte jedem denkenden Leser auffallen, warum keine ältere Urkunde eines Vogtes von Onolzbach Erwähnung gethan, da das Kloster schon im achten Jahrhundert gestiftet worden war, und ohnmöglich vier Jahrhunderte lang ohne Schirmvogt gelassen werden konnte.

Nun hat der neueste Geschichtschreiber des Rangaues gefunden, daß schon 810 ein Erchanloh als Klostervogt des Gumbertusstiftes genannt sei [1]), und stellt die sehr einleuchtende Behauptung auf, daß jener Ebo, welcher neunmal nacheinander in Urkunden aus den Jahren 1040, 1058, 1064, 1078, 1079 und 1094 als Advocatus S. Gumberti vorkommt, Ywe oder Eib gewesen [2]) sei, und zwar derselbe, den als Dienstmann (Ministerialis) des Kaisers Heinrich III. eine Urkunde vom 19. Oktober 1079 nennt [3]).

Wirklich war auch nichts natürlicher, als daß den Herren von Eyb die Advokatur des Klosters Onolzbach übertragen wurde, da ihre Stammburg im

---

1) Haas, der Rangau und seine Grafen. Erlg. b. Palm. 1858. S. 94. Leider ist die Urkunde nicht näher bezeichnet

2) So schließt das Diplom von 1040: Factum tempore Brunonis, Wirceburgensis Episcopi, Einhardi Praepositi et Ebonis Advocati. Das vom Jahre 1058: Testes: Ebo Advocatus ejusdem altaris (St. Gumberti), und das von 1094: Ad altare S. Gumberti in Onoldespac per manum Ebonis Advocati contradidit etc. Siehe de Lang, Circ. Rezat, p. 27, 29, 34 ff. Reg. Boic. T. I. p. 83 für 1040. von Falckenstein, Codex Dipl. p. 19. N. XI. für 1094.

3) Die Stelle heißt: Heinricus Rex servienti suo Ebboni donat III mansos in villa Dieprehdesdorf in pago Nortgowe in Comitatu Heinrici.

Rezatthale kaum eine halbe Stunde entfernt lag, so daß sie die Thürme des Gumbertus-Klosters beständig vor Augen hatten. Ihr Haus war das älteste steinerne Haus in Ansbach, jetzt Lit. A. Nro. 121, noch heute das Eybische Haus genannt. Was die geringe Verschiedenheit der Namen und ihrer Schreibweise betrifft, so leitet Haas die Namen Ebo, Ebbo, Eppo, Ywe, Iwe und Eib[1] sämmtlich von Aue ab, und vermuthet, daß auch der Name des Stammschlosses der Grafen von Abenberg (jetzt Klein-Abenberg genannt), von Ave oder Aue herkommt, und daß die Adelinge von Eib Nachkommen jenes kinder- und enkelreichen Grafen Babo oder Pavo von Abenberg waren, welcher um die Jahre 1025 bis 1050 lebte.

Die Ebbonen, später Ybe oder Eybe genannt, bekleideten verschiedene Aemter in Ansbach. So kommt z. B. ein Ebo als Diakonus vor in dem kaiserlichen Diplome vom Jahre 1094, beßgleichen als tribunus 1113. Sie wurden unter die fränkischen Reichsritter aufgenommen und theilten sich in zwei Hauptlinien: in die Pilgram und die Pavones de Eyb. Die Pavonen, von denen in einer Urkunde von 1128 ein Decanus Pavo zu Würzburg und in einer andern vom Jahre 1294 ein Richter Pavo de Jwe zu Windsbach als Zeuge vorkommt, saßen zu Eyb bei Ansbach und in der Umgegend; die Pilgram aber, welche hauptsächlich in Nürnberg lebten und dort bedeutende Aemter inne hatten, erloschen mit Kraft von Eyb gegen das Ende des vierzehnten Jahrhunderts. Zwei Enkel des kaiserl. Oberst-Hofmeisters Ludwig von Eyb (Martin und Ludwig) gründeten die Vestenbergsche und Rundingische Linie. Jene erlosch mit Bischof J. Martin von Eyb zu Eichstätt, diese erhielt sich in verschiedenen Zweigen z. B. Rammersdorf, Eyerlohe, bis auf unsere Zeit[2]). Von dem gemeinschaftlichen Stammschloß zu Eyb bei Ansbach ist noch hinter dem Hause des Webers Babel ein Theil des kleinen Hügels übrig, worauf es stand. Dagegen entstand die Eibburg bei Lellenfeld, deren schöne Ruine wohl verdiente, erhalten zu werden, erst 1487 durch Ritter Ludwig von Eib auf dem Grunde einer Behausung, die er von dem Markgrafen erkaufte[3]). Das Schlößchen wurde von ihm neu aufgebaut, Eibburg genannt, 1622 aber an das Hochstift Eichstätt für 22,000 fl. verkauft.

VII Abschnitt.
Die Vögte von Schalkhausen und Dornberg.

Den Vögten von Eyb folgten in der Advokatie des St. Gumbertusstifts zu Onolzbach die Herren von Schalkhausen, nachdem aus der Zwischenzeit, und

---

1) Aehnlich ging der Vokal i in ei über in dem Namen Jpach, jetzt Eibach. Siehe Förstemann a. a. O. Thl. II. S. 850. Thl. I S. 769 sagt er von dem ib: „Ein sehr dunkler Stamm, der vielleicht, so wie auch die unter eb gesammelten Namen mit ab zusammengehört" und meint: Jbba, Jbo, Jppo, Jva, Jbald u. s. w. Also die Bedeutung: abwärts, was auf die Lage Eib's zu Ansbach passen würde.
2) Hocker, Heilsbronn. Antiq.-Schatz, S. 215 findet sich die ältere Genalogie dieses altfränkischen Geschlechtes.
3) IV. Jahr.-Ber. des hist. Ver. S. 47. VIII. J.-B. S. 7. X. J.-B. S. 43.

zwar aus den Jahren 1113 ein Bruno als Schirmvogt und zugleich ein Ebo, als Tribunus des Stiftes vorkommt, Beide als Urkundenzeugen [1]) (de Lang, Circ. Rez. p. 37).

Dieses Schalkhausen liegt drei Viertelstunden westlich von Ansbach. Sein Name wurde stets von Schalk (soviel als Knecht oder Diener) abgeleitet. Förstemann bestätigt dies mit den Worten: „Zum althochdeutschen scalc (servus), theilweise auch zu den dahin gehörenden Personen-Namen gehören: Scalches-hausen (Mon. Boic. c. a. 1030 VI. 21), Scalcobach (in Oestreich), Schalkesbach (in der Gegend von Fulda), Schalkesburg, Schalchenheim (Schalkheim, südwestlich von Passau), Scalcstadt (Schallstadt bei Freiburg im Breisgau), Scalkenthorp (Schalkendorf im Elsaß) u. s. w. [2])" Auch der Schalksberg bei Würzburg kann hier angeführt werden; deßgleichen der in einer Urkunde vom Jahre 1198 als Zeuge unterschriebene Harimundus de Scalkevelt [3]).

Wann der Uebergang der Schirmvogtei an die Schalthausen erfolgte, läßt sich nicht genau ermitteln, jedenfalls aber in der ersten Hälfte des zwölften Jahrhunderts, weil in einer Urkunde vom Jahre 1157 ein Wolfram, mit dem Beinamen junior, als zweiter Advokat des Stiftes Onolzbach vorkommt, während als oberster Schirmvogt, Friedrich, Sohn des Kaisers Friedrich II., Herzog in Franken, aufgeführt ist [4]).

Der ältere Wolfram, wahrscheinlich der Vater des ebengenannten jüngeren, scheint noch nicht mit der Schirmvogtei belehnt gewesen zu sein; denn er kommt in Urkunden aus den Jahren 1140 und 1144 noch mit dem einfachen Beisatze Liber vor, d. i. ein Edel-Freier oder Edelmann [5]). Somit wurden die Herren von Schalkhausen zwischen den Jahren 1144 und 1157 von den Bischöfen zu Würzburg mit der Schirmvogtei von Onolzbach belehnt. Später wurden sie auch zu Marschällen am Würzburger Hof ernannt; doch schrieben sie sich damals schon von Dornberg, statt von Scalkenhusen.

Man hat zwar geglaubt, die Träger dieser verschiedenen Namen als verschiedene Adels-Familien annehmen zu dürfen, und von Falckenstein nahm

---

1) Haas nimmt (S. 94) die Edelleute von Neuses (eine halbe Stunde von Ansbach) als Nachfolger der Ebbonen an, doch ohne einen andern Grund, als weil sich in der Stiftungs-Urkunde des Klosters Heilsbronn von 1132 ein Chunrad de Niusaze unterschrieben findet, von dem er glaubt, daß er Zentgraf der Rezataue und Advokat oder Schirmvogt von Onolzbach gewesen sein könnte. Sollte er aber dann nicht beigesetzt haben: Advocatus S. Gumberti?

2) Förstemann, Altdeutsches Namenbuch. Band II. S. 1230.

3) Matricula Nobilium in Jung, Miscell I. 5.

4) de Lang, Regesta ad annum 1157: Advocato Friderico, Regis Conradi filio; secundo Advocato Wolframo juniore de Scalkenhusen. Deßgleichen in dem Diplome vom Jahre 1164: Regnante Imperatore Frederico Duce Frederico existente advocato et sub eo Wolframo de Scalkehusen. Vgl. Denkwürdigkeiten von der Burg Dornberg und ihren früheren Besitzern in den bayerischen Annalen Jahrgang III. 1835. I. Hälfte. S. 395 ff., wo Wolfram als Verweser des wirklichen Vogts dargestellt wird.

5) de Lang, Bayerns alte Grafschaften und Gebiete. Nbg. 1831. S. 315. Die Urkunden sind in den Regesten. Darin in der vom 18. Oktober 1144: Wolfram de Scalchusen liberi. Data Würzburg in Synodo nostra. Chonrado Rege (Konrad III.) Boppone Comite. (Regesta Circuli Rezat. p. 47.)

sogar an, daß Dietmar, Sohn des Grafen Babo II. von Abenberg, der Stif=
ter des Geschlechtes der Herren von Dornberg gewesen sei [1]). Allein er scheint
die Onolzbachischen Dornberg mit dem Geschlechte der Grafen Dorenberg in
Bayern verwechselt zu haben. Ueberzeugend wies Büttner in seiner Franconia
nach, daß die Ansbachischen Dornberg Eines Stammes mit den Schalkhausen
waren [2]).

Ein Advocatus Wolframus de Scalkehusen kömmt auch vor in Ur=
kunden aus den Jahren 1164, 65 und 66 [3]). Später nannten sie sich meist
von Dornberg.

Die Veranlassung zur Namens=Aenderung bot ohne Zweifel die Aender=
ung des Wohnortes dar. Dem an Reichthum und Macht wachsenden Geschlechte
wurde die Burg in Schalkhausen zu klein und geringfügig. Sie stand auf
der unbedeutenden Erhöhung in der Nähe des jetzigen oberen Wirthshauses,
hinter dem Hause des Bauern Blümlein. Noch sieht man die Vertiefung,
welche dadurch entstand, daß 1737 der Grund des alten Thurmes der Burg
ausgegraben wurde, um Steine zu gewinnen [4]). Nach dem Umfang dieser
Vertiefung und des ganzen Hügels zu schließen, genannt der Hähnleins=Buck,
kann die Größe des Thurmes wie der Burg selbst nicht bedeutend gewesen
sein. Noch sieht man auf der östlichen Seite deutlich einen Theil des Gra=
bens und äußeren Walles, obwohl die Besitzer unausgesetzt daran arbeiten,
durch Abheben des Hügels und Herausbrechen der Gewölb= und Keller=Steine,
wie durch Ausfüllen des Grabens und der Vertiefungen die letzten Erinnerun=
gen zu verwischen [5]).

Eine Stunde von Schalkhausen aufwärts in demselben Thale des Holz=
baches liegt ein Hügel, wahrscheinlich einst mit Dornen bewachsen und deßhalb
von den Umwohnern der Dornberg genannt [6]). Auf diesem Hügel bauten

---

1) de Falckenstein, Antiquitates Nordgav. veteris Tom. I. cap. VI.
Abf. VII. Ihm folgt von Schütz a. a. O. Abschn. III. S. 112. Auch Haas nimmt
eine Stammesverwandtschaft zwischen den von Eib, Neuses, Schalkhausen und Dornberg
an, und leitet sie alle von den Grafen von Abenberg ab, die er für die Gaugrafen des
Rangaues hält.

2) Büttner, Franconia I. p. 10 und II. p. 94, 122. Dessen Materialien
B. I. Ansb. 1801. S. 49 ff. Stumpf, Hist. Archiv für Franken. Würzbg. 1804.
Heft I. Walther und Cunrat Schalkhausner, die sich 1264 und 1269 erwähnt finden,
waren wahrscheinlich Dienstleute der Vögte von Dornberg oder ihre späteren Burgmän=
ner in Schalkhausen. Endlich kommt noch 1562 ein Rapot von Schalkhausen vor. Vgl.
Bayrische Annalen. Jahrg. III. Hälfte I. S. 395 Anmerkung.

3) de Lang, Regesta Circ. Rez. p. 62, 63 et 65.

4) Stieber, Hist. und top. Nachricht rc. S. 697.

5) Gegenwärtig liegt wieder ein Haufen herausgebrochener Steine zum Verkaufe
bereit. Dem Verfasser wurde an Ort und Stelle am 3. Juli 1865 versichert, daß vor
etwa 30 Jahren die Gewölbe erst eingerissen und bei 25 Fuhren Gewölbsteine zum Bau
des Marodestalles für Chevauxlegers=Pferde verkauft wurden.

6) Förstemann leitet (II. 1388) alle Ortsnamen mit der Stammsylbe Dorn
oder Thurn von Dornen ab (dumus — Dornstrauch), z. B. Dornach, Dornbach, Dorn=
berg, Thornburg, Thurnifeld, Dornheim, Dornberf u. s. w. Es dürfte somit kein
Grund vorhanden sein, diesen Namen mit Haas (S. 93) von Thurm abzuleiten, was
wie er sagt, öfters soviel, als Beste bedeute. Die Anpflanzen gaben den nächsten Hügeln
u. s. w. einen Namen, und entstand daselbst eine Behausung, ein Dorf, eine Burg, so
behielt sie wohl den Namen, welchen Grund und Boden ursprünglich empfangen hatten,
es sei denn, daß man sie absichtlich umtaufte zur Erinnerung an den Gründer u. dgl.

sich die Herren von Schalkhausen wahrscheinlich in der ersten Hälfte des zwölften Jahrhunderts ein zweites, und — wie man noch vor fünfzig Jahren aus den Ueberresten der Grundmauern sehen konnte — größeres Schloß, das später im Bauernkrieg 1525 zerstört wurde. Jedoch wurde die Stammburg Schalkhausen nicht aufgegeben, sondern es hielten sich die Vögte von Dornberg zeitweise dort auf und schrieben sich dann noch Advokaten von Schalkhausen, oder es bildete sich daselbst durch Theilung eine Seitenlinie. Auf diese Weise allein läßt es sich erklären, wie man in Urkunden von 1246 und 1251 Rudolph von Dornhausen (wahrscheinlich ein Bruder Heinrichs von Dornhausen, welcher 1235 einem Turniere in Würzburg beiwohnte) einmal als Advocatus de Scalcenhusen, das andere Mal als Advocatus de Dornberg unterzeichnet findet [1].

Der schlagendste Beweis jedoch, daß die Dornberg und Schalkhausen ein und dasselbe Geschlecht waren, ist der, daß an derselben, im Jahre 1246 zu Würzburg ausgestellten Urkunde, in welcher sich dieser Rudolphus als Advocatus de Scalchusen unterzeichnete, sein Siegel hängt, mit der Umschrift: **Sigillum Rudolfi Advocati de Dornberc.**

Dieses Siegel war, nach Falckensteins Beschreibung, schildförmig und hatte einen schrägen, von der Linken zur Rechten gehenden weißen Balken. Das obere Feld war roth, das untere blau.

Der erste Dornberg, der genannt wird in einer Urkunde v. J. **1160,** hieß Konrad, und war Kastellan in Nürnberg (Chunrad de Dornberg, Castellanus de Nurnberg) [2]. Ebendaselbst starb auch im Franziskaner-Nonnenkloster ein Fräulein von Dornberg, die sogar als Gräfin (Comitissa de Dornberg) eingetragen ist [3], wahrscheinlich, weil Konrad von Dornberg auch Burggraf, d. i. ursprünglich Burghüter zu Nürnberg genannt wurde [4].

Brachten es die Dornberg auch nicht bis zur Grafenwürde, weil ihr Geschlecht zu bald erlosch, so vermehrten sie doch ununterbrochen ihre Besitzungen. Sie erwarben die alte Burg Lichtenau mit mehreren Ortschaften und Höfen, die Burg Vestenberg, wo sie sich am liebsten aufhielten, deßgleichen beträchtliche Güter in Deswinsdorf (Desmansdorf), Bernoldeswinden (Bernhardswinden), Elcwinsdorf (Elpersdorf), Nova villa (Neunkirchen), Steinhardsdorf (Steinersdorf), Teudenwinden (Dautenwinden), Mainhardswinden, Hennenbach, Strüth, Immeldorf u. a. O. Ja, sie waren im Stande, Jhring oder Ehring von Rheinstein, Bischof zu Würzburg, im Jahre 1259 die für die damalige Zeit namhafte Summe von 200 Mark Silber und 300 Pfund Heller vorzustrecken, wogegen sie die Einkünfte und Gefälle der Stadt und des Amtes Onolzbach verpfändet erhielten. Zu dieser Veräußerung hielten sich die Bischöfe von Würzburg berechtigt, weil Kaiser Otto III. in einem Diplome vom 30. Mai 1000, nach dem Erlöschen der Gaugrafen des Rangaues, diesen

---

1) Lang, Materialien zur Oettingischen Geschichte. B. III. S. 221.
2) Georgi, Uffenheimische Nebenstunden. Schwabach 1740. B. I. S. 636. Note C.
3) Oetter, Histor. Bibliothek. Thl. II. S. 44.
4) Bayrische Annalen für Vaterlandskunde und Literatur. 1835. Jahrg. III. Erste Hälfte. S. 395. Seite 397 sind ihre Besitzungen vollständig aufgeführt. Die gediegene Abhandlung ist von Ludwig Zenker in Schalkhausen verfaßt.

Komitat, nebst dem Komitat Waldsassen dem Bischofe Heinrich von Würzburg geschenkt hatte [1]).

Da keiner der nachfolgenden Bischöfe die Stadt Onolzbach mehr einlöste, so betrachteten sich die Vögte von Dornberg von jener Zeit an als die Herren derselben und ließen ihre Macht mehr und mehr der Stadt und dem Stifte fühlen.

Daß jenes Darlehen an Würzburg die Kasse der Dornberg nicht erschöpft hatte, geht daraus hervor, daß in demselben Jahre 1259 Wolfram von Dornberg dem reichen Ritter Albert Rindsmaul seine Güter zu Windsbach abkaufte, so weit sie Oettingische Lehen waren, und daß er für Geld von dem Grafen von Oettingen nicht nur die Oberlehensherrlichkeit über das Schloß, die Stadt und das Rindsmaulische Gut zu Windsbach erwarb, sondern auch im Jahre 1281 Alles an sich brachte, was sonst die Grafen von Oettingen als Eigenthum in Windsbach besaßen [2])

Veräußert wurde nur Petersaurach, welches 1281 an das, in der Dornberger Vogtei liegende Cisterzienser-Kloster Heilsbronn verkauft wurde.

Um sich sicher zu stellen gegen die wachsende Macht der Vögte, bewirkten die Chorherren durch Vermittlung des Bischofs, daß Kunigunda, die Wittwe Rudolph's, genannt Advocatissa de Dornberg, in einer Urkunde vom 1. Dezember 1259 zugleich mit ihren beiden Söhnen Wolfram und Rudolph versprach: „daß des Stiftes Güter, Waldungen und Gefälle in und außer der Stadt Onolzbach von ihr und den Ihrigen ungekränkt gelassen werden sollten, ohne die andern Rechte der Vögte zu schwächen [3])."

Diese Kunigundis, wie auch ihr Gemahl Rudolph wurden in der Martinskapelle des Gumbertusstiftes beigesetzt.

Die Söhne Beider waren Wolfram und Rudolph. Der Erstere vermählte sich mit Richenza, welche ihm drei Töchter gebar. Er änderte das Wappen und führte in einem dreieckigen Schild einen schrägen, weißen Balken im schwarzen Felde mit der Umschrift: Sigillum Wolframi advocati de Dornberc [4]).

Dieser Wolfram, der seinen Eltern in der, von ihm mit einer Vikarei versehenen Martinskapelle Jahrtage errichtete, soll später dem Stift Manches unrechtmäßig auferlegt oder entzogen haben [5]). Die Gewissensbisse, die er später darüber empfand, sollen ihn zu namhaften Stiftungen an dasselbe ver-

1) Otto III. Henrico, Episcopo Wirceburgensi, donat duos Comitatus Waltsassin (Waldsassen) et Rangowi (Rangau) in provinciae australis Franciae. Siehe de Lang, Regesta Boica. T. I. p. 103. Derselbe spricht jedoch in Bayerns Gauen nach den drei Volksstämmen, Nbg. 1830, S. 87 die Ansicht aus, daß unter dem Comitatus nur die Grafschaftsrechte über des Hochstifts eigene Güter um Ansbach und Bergel zu verstehen seien, weil auch nach dem Jahre 1000 noch Gaugrafen des Rangaues sich finden.

2) von Lang; Bayerns alte Grafschaften und Gebiete. Nbg. 1831. S. 315 ff.

3) Büttner, Franconia. T. I. p. 11.: Cunegundis advocata de Dornberg cum Wolframo et Rudolfo filiis canonicis Onolsbacencibus omnia jura sua in civitate Onolsbacensi et extra sibi corroborat. Vgl. de Lang, Regesta. T. III. p. 141.

4) Strebel, Franconia illustrata. T. I. p. 329. Stieber a. a. O. S. 329.

5) von Lang sagt auch, daß die bedeutenden Güter des Stifts um Ansbach und Bergel ihm zum Theil wohl durch seine eigenen erblich gewordenen Vögte, die Dornberger, allmählich wieder entzogen worden seien. (S. Bayerns Gauen ꝛc. S. 87.)

anlaßt haben, worauf er auf seiner Burg zu Vestenberg i. J. 1288 starb. Mit ihm erlosch der Mannsstamm der Vögte von Dornberg. Groß mochten die Feierlichkeiten gewesen sein, als man seinen Leichnam nach Onolzbach in die Martins= oder Ritter=Kapelle des Stiftes brachte. Ein Leichenstein, auf dem er abgebildet ist in voller Rüstung, bezeichnet die Stelle, wo er ruht. Die Umschrift ist verwittert, das Dornbergische Wappen aber ist noch erkenn= bar. Seine Gattin folgte ihm nach am Burkhardstage 1309 und wurde in derselben Kapelle zu Onolzbach an seine Seite gelegt [1].

Töchter und Schwiegersöhne erbten. Da zwei Töchter mit Grafen von Oettingen vermählt waren, so wurden diese mit der Vogtei belehnt, und Onolz= bach kam auf kurze Zeit unter Oettingische Herrschaft. Die Burg zu Dorn= berg aber verfiel, wurde im Bauernkrieg 1525 vollends zerstört und ihre Steine nach Ansbach gefahren [2], wo bald auch das Andenken an die einst mächtigen Vögte von Dornberg erlosch.

VIII. Abschnitt.

Die Grafen von Oettingen, als Vögte und Herren von Onolzbach.

In dem nicht fernen Rieß bildete sich, nach dem Erlöschen der uralten Gaugrafen, eine Grafschaft, wovon Oettingen und Wallerstein die Hauptorte waren. In der Zeit, in welcher der letzte Wolfram von Dornberg Herr des Stiftes und der Stadt Ansbach war, hatten sich in der Grafschaft im Rieß noch nicht die beiden Linien gebildet, sondern es herrschten Ludwig VII. und Friedrich I. als Grafen von Oettingen gemeinschaftlich. Beide wählten Töchter des letzten Vogtes Wolfram von Dornberg zu Lebensgefährtinnen; Ludwig die Anna und Friedrich ihre Schwester Elisabeth. Als Wolfram im Jahre 1288 am Ziele seines Lebens angelangt war, theilten die Genannten mit Wolframs dritter Tochter Kunigunde, welche an Gottfried von Heideck vermählt war, die hinter= lassenen Güter des Schwiegervaters, und gaben ihr, außer dem Gute in Windsbach, das sie als Morgengabe empfangen hatte, die väterlichen Güter in Vestenberg und Lichtenau [3]. Alles Uebrige fiel an Oettingen; und dieß veranlaßte Bischof Mangold zu Würzburg unter dem 29. März 1299, zunächst der Gräfin Elisabeth und ihrer Tochter Maria das Schloß und die Herrschaft zu Dornberg [4], dann die Vogtei zu Onolzbach und Propstei daselbst als

---

1) Diese Kapelle ist jetzt verschlossen; die Grabsteine sind in dem alten Chore auf= gestellt; die Särge meist verschwunden. Stammbäume siehe von Falckenstein, Nordg. Alterth. Th. II. S. 300. Stumpf, Histor. Archiv. Heft I. S. 155, woselbst diplomatische Nachrichten von der Dynastie Dornberg.
2) Büttner, Franconia. II. p. 121. Hist. Jahr.=Ber. VIII. S. 7. Bayer. Annalen. III. 2. S. 402. Stieber, Nachricht vom Fürstenthum Onolzbach. S. 329.
3) Lang. Grafschaften ꝛc. S. 317.
4) Unter diesen Dornbergischen Gütern sind auch Rügland und Weihenzell (genannt Rugelando et Celle). In Rügland, das schon 1170 erwähnt wird, besaß das Gumbertusstift mehrere Güter 1271. In Weihenzell war eine berühmte Wallfahrts= Kapelle, welche zur Parochie Wernsbach gehörte, bis Weihenzell zur selbstständigen Pfarrei erhoben wurde.

Mannlehen zu verleihen, und ihnen zu Lehenträgern die Grafen Ludwig und Friedrich beizuordnen.

Graf Friedrich trat das Erbe an und ließ sich huldigen; allein der Tod raubte ihm schon im Jahre 1305 Würden, Land und Leben. Auch sein Bruder Ludwig, in der Reihe der Oettingischen Grafen der VII., der Gemahl der Anna von Dornberg, schloß die Augen 1313; jedoch hinterließ er einen reichbegabten Sohn, gleichen Namens, der, als Ludwig VIII. von Oettingen so glücklich war, eine kaiserliche Prinzessin heimzuführen, nämlich Gutha, die Tochter des Kaisers Albrecht von Oestreich. Ihr Gemahl mußte sich Verdienste um Bischof Gottfried von Würzburg zu erwerben, indem er wesentlich dazu beitrug, daß die zwischen ihm und dem mächtigen Grafen von Henneberg ausgebrochenen Streitigkeiten beigelegt wurden. Mit größter Bereitwilligkeit belehnte daher dieser geistliche Fürst den Grafen Ludwig VIII. mit der Vogtei Onolzbach und gab ihm dazu — wie es heißt — „wegen der Dienste, die er dem Stifte geleistet", unter dem 7. März 1319 auch diejenigen Güter, Rechte und Einkünfte zu Lehen, welche das Hochstift Würzburg für sich noch in der Stadt und dem Amte Onolzbach besaß, und welche i. J. 1259 von Bischof Jhring für 200 Mark Silber und 300 Pfund Heller an die Vögte von Dornberg verpfändet worden waren [1]).

Da mit diesem Allen nicht blos Graf Ludwig VIII. belehnt worden war, sondern auch, wie es in der Urkunde von 1319 hieß, seine Vettern Ludwig und Friedrich und ihre Erben; so waren die Grafen von Oettingen in alle Rechte und Genüsse des Stiftes Würzburg zu Onolzbach getreten, und die Bischöfe hatten sich nichts vorbehalten, als die Lehensherrlichkeit.

Dessenohngeachtet scheinen die Grafen von Oettingen das neuerworbene Ansbach selten mit ihrer Gegenwart beehrt zu haben, sondern sie stellten Kastellane daselbst an, welche die Gefälle einzunehmen und den Vogtei-Bezirk zu verwalten hatten. Diese Kastellane bewohnten die Burg Dornberg, woher es kommen mag, daß man in einer Urkunde vom Jahre 1318 einen Dietericus de Spies als castellanus de Dornberc unterschrieben findet [2]).

Doch erscheint in späterer Zeit kein Kastellan von Dornberg mehr, da die Grafen von Oettingen Ansbach mit Allem, was sie von Wolfram geerbt hatten, i. J. 1331 an die Burggrafen von Nürnberg verkauften.

---

1) **Stumpf**, Historisches Archiv für Franken. Bamberg und Würzburg 1804. Heft I. S. 157. **Lang**, Materialien zur Oettingischen Geschichte. B. I. S. 87.

2) **Stieber** a. a. O. S. 329.

B. Andere alte Orte des nachmaligen Fürstengrafthums Ansbach betr.

I. Abschnitt.

I. Name und Umfang des Rangaues.

Der Name desjenigen Gaues, in welchem Onolzbach lag, findet sich in den ältesten Urkunden verschieden geschrieben, zuweilen sogar mit dem slavischen Vorschlag H, Hrangau (ähnlich wie Hradschin). Zur Zeit der Gründung des Bisthums Würzburg im Jahre 741 wird ein pagus Hramgaugiensis genannt (Rudharts älteste Geschichte Bayerns S. 548). In dem Diplome des Kaisers Karl des Großen vom 29. März 786, dessen Aechtheit oben nachgewiesen wurde, heißt der Gau, in welchem Gumbertus ein Kloster am Zusammenfluß der Rethratinza und des Onoldisbac gründete, pagus Rangowi. In dem Diplome des Kaisers Ludwig vom 20. Dezember 837 kommt vor: Bargilli (Bürgel) in pago Hragaui. In der Urkunde vom 22. August 993 liest man: Onoldespach in pago Rengowe (Regesta Boica T. I. p. 47); und die Schenkungsurkunde des Helengoz vom 14. Oktober 1006 schließt: Comite Eberhardo in Rangowe, woraus Rangau wurde, (Reg. Boica T. I. p. 57).

Diesen Namen Rangau hielten die älteren Historiker für eine Zusammenziehung aus Radenzgau (soviel als Rezatgau) und Racengau (woher noch Racenwinden) in Ranigau und Rangau[1]). v. Lang hielt den Namen Rangau für einen slavisch-deutschen Doppelnamen, entstanden aus ran (soviel als regio, (Gegend) und Gau[2]).

H. Haas will den Namen Rangau von den Rangen oder Ranken ableiten, womit man in Mittelfranken niedere, lang gestreckte Hügelreihen bezeichne, die sich zwischen Thalgründen und Auen hinziehen, und deren Zahl in dem wellenförmigen Hügelland des ehemaligen Rangaues namhaft sei[3]). Am wahrscheinlichsten aber ist die Ableitung des Namens Rangau von der Rannach, welche oberhalb Windsheim in die Aisch fällt. Die Einwanderung der Franken in diese Gegend geschah nämlich von Unterfranken aus. Zu den ältesten Anpflanzungen gehörten Windsheim und Burgbernheim an der Rannach. Wie nun nach dem Flüßchen Iff der Iffigau, nach der Wulach der Wulach-

---

1) Strebel, Franc. illustrata T. I. p. 7 und 8, übereinstimmend mit dem Chronicon Gottwicense.

2) v. Lang, Bayerns Gaue S. 84. W. v. Spruner, Bayerns Gauen, aus den Urkunden nachgewiesen. Bamberg 1831. Dr. von Lebebur, der Rangau. Berlin 1854.

3) Haas, der Rangau u. s. Grafen. Erlangen 1858. S. 27.

Gau, nach der Gollach der Gollachgau benannt wurde: so nach der Rannach der Rannachgau, zusammengezogen Rangau. Für diese Ableitung entschieden sich auch neuerdings Rudhart und Förstemann[1]). — Uebrigens soll auch der Name Brunngau für Rangau in einigen Urkunden und Diplomen vorkommen[2]).

Nach der Annahme des Geschichtsforschers von Lang, welcher überall die Diözesan- und ArchidiakonatsVerhältnisse zum Grunde legte, umschloß der alte Rangau im Allgemeinen das Land zwischen der fränkischen Rezat, Rednitz, und Aisch und reichte auf der westlichen Seite bis Rothenburg a/T., Habelsheim, Mörlbach, Ergersheim und Senheim. Im Süden ging er über Ansbach nach Lichtenau, Immeldorf, Dettelsau, Kloster Heilsbronn; östlich zog er sich bis Stein an die Rednitz, Kabolzburg und Herzogenauerach; und nördlich mochten Neustadt a/A., Langenfeld, Uhlstadt und Sugenheim die Gränze gebildet haben[3]). Demnach fiel der Rangau mit dem Bischöflich Würzburgischen Archidiakonat Onolzbach zusammen. Haas dagegen nimmt an, daß auch die Gegend um Abenberg, Spalt, Eschenbach, Orenbau, Herrieden, Rothenburg u. s. w. zum Rangau gehörte (S. 35); doch beruht seine Annahme mehr auf Vermuthungen und muß der von ihm versuchten neuen Eintheilung des Ranganes dienen, die allerdings von Freiherrn von Ledebur, Dekan Bauer[4]) u. A. stark angegriffen wurde.

II. Eintheilung des Ranganes.

Im großen Rangau unterschied man schon in den ältesten Zeiten einzelne Strecken Landes und gab ihnen verschiedene Namen, die sich zum Theil noch erhalten haben, z. B. der Aischgrund, Bibergrund, der Windsheimer und Uffenheimer Gau, der Ehgau (an dem Flüßchen Ehe, wo die Orte Uhlstadt, Deitenheim, Sugenheim u. s. w. entstanden), die Brünst (von Weißenkirchberg gegen Leutershausen) u. dgl.

Auch zerfiel der Rangau, wie jeder deutsche Gau, in eine Anzahl Marken oder Zenten, im Althochdeutschen huntari, auch huntara genannt, weil bei der ältesten politischen Eintheilung des Landes hundert einzelne ein-

---

1) G. Th. Rudhart, älteste Geschichte Bayerns, Hamburg 1841, S. 548, sagt: „Der Rangau hat seinen Namen vom Rann- oder Rannachbache erhalten, welcher Bach bei Pfaffenhoven entspringt und unfern der Stadt Windsheim in die Aisch mündet." Und Förstemann bezieht sich auf Dietz, De nonnullis Franconiae pagis, Altorfii et Norimbergae, 1799, und sagt (Band II. S. 768): Hrangani, westlich von Nürnberg, nach Dietz von der Rannach genannt, welche oberhalb Windsheim in die Aisch fließt."

2) Chronicon Gottwicense p. 735 nach Priess Chronic. Würzburgensis p. 714, vergl. Haas a. a. O.

3) v. Lang, Bayerns Gaue, S. 84 und dessen Karte von Bayerns alten Gauen mit Zugrundlegung der großen Karte der bayrischen Monarchie von Mannert, vergl. Rudhart, älteste Geschichte Bayerns, S. 442 und 444 mit Zugrundlegung von Spruners Gauen, S. 43 und dessen Karte von Francia Orientalis.

4) H. Bauer in der Zeitschrift des hist. Vereins für das Württembergische Franken, 1855, Heft IX. und im XXVIII. Jahresbericht des hist. Vereins in Mittelfranken 1860, S. 33 ff.

gefriedete Gehöfte (centum pagi) einen größern, zehn zusammen einen kleineren Bezirk (pagus) bildeten[1]). Solchen zehn Gehöften stand ein Zehntner (althoch= deutsch Zëhaninc), vor, und wurde nach Einführung der lateinischen Sprache Decanus genannt. Die Angelegenheiten der Zent leitete ein Zentgraf (cen- tenarius genannt), und sein Gerichtssprengel hieß centena. Der Verfasser der Schrift „der Rangau und seine Grafen" hat es gewagt, die 10 Zenten oder Marken und deren Umfang zu bestimmen, in welche nach seiner Meinung einst der Rangau zerfallen sein mag, wobei er von der Ansicht ausging, daß die bei der Stiftungs=Urkunde des Klosters Heilsbronn im Jahre 1132 unter= schriebenen 10 Zeugen aus verschiedenen Orten des Rangaues die 10 Zent= grafen desselben gewesen seien[2]) Derselbe Geschichtsforscher versuchte auch, die 10 ältesten freiadeligen Güter zu bezeichnen, welche die Zent gebildet haben mochten, und um welche, selbst mit keinem Herrendienst belastet (immunitates) sich weniger Bemittelte ansiedelten, die allmählich in größere oder geringere Abhängigkeit zu dem reichbegüterten Freien kamen, der sich später ein festes Schloß baute und sich nach demselben benannte. Solche Geschlechtsburgen (castra gentilitia), deren Bewohner zum Theil in einem gauerbschaftlichen Familienverhältnisse standen und sich gegenseitig beerbten, waren im Rangau z. B. die Schlösser: Kolmberg, Roßtal, Kabolzburg, Burgbernheim, Bergel, Hohenfeck, Virnsberg u. dgl.

Die Besitzer dieser großen Burgen hatten zur Vertheidigung die nach= gebornen Söhne anderer Adeligen, oder weniger bemittelte Edelleute als Burg= männer in ihre Dienste genommen, oder als Vasallen in ein gewisses Ab= hängigkeitsverhältniß gebracht, daher es in ihren Burgorten freie oder hörige Hintersassen gab.

Zwischen den Burgen und Immunitätsgütern der Adeligen entstanden auch Einzelhöfe, Weiler und Dörfer im Rangau mit freien Ansieblern und deren Nachkommen, welche größere oder kleinere Meiereien besaßen und nach Einführung der lateinischen Gerichtssprache villici genannt wurden (von villa, Landgut, woher das deutsche Wort Weiler entstand). Auch kaiserliche Kam= mergüter gab es im alten Rangau, die, wie überall, Freigüter waren, und von keinem Edelmanne belästigt werden durften.

Haas glaubt, daß die Marken und Zenten im Rangau wohl Auen geheißen haben mögen, und daß sie etwa folgende Namen gehabt haben können:
1) Die Rang=Au, als Zentgrafschaft auf der Haard, oder in den hohen
   Lohen (woher der Name Hohenloh stammen soll). Darin Rothenburg,
   Entsee, Nordenberg, Burgbernheim, Bürgel, Windsheim u. s. w.

---

1) Das Wort pagus bezeichnete jedoch bei den Römern auch größere Landes- districte. So sagt z. B. Cäsar von der Schweiz: Omnis civitas Helvetia in quatuor pagos divisa est, womit er offenbar die Kantone meint. Die umfriedete Besitzung eines Einzelnen, deren Aecker er mit einem Joche Ochsen bearbeiten konnte, hieß man- sus, und zwar hieß der Hof eines Freien mansus ingenuilis, der eines Hörigen mansus servilis. Curtis war eine gutsherrl. Besitzung und bestand aus mehreren Höfen nebst Wirthschaftsgebäuden. Curtis regia war eine königl. Domäne.

2) Sie finden sich in der Schrift aufgeführt: Der Rangau und seine Grafen von H. Haas, Erlangen 1853, S. 112 und 113, und sind genommen aus Hocker's Heilsbronner Antiquitätenschatz. Onolzbach 1731, S. 55 ff.

2) Die Aisch=Au mit Ickelheim, Ipsheim, Dachsbach u. s. w.

3) Die Aurach'sche Zent=Graffschaft, worin Herzogen= und Frauen=Aurach, Baiersdorf, Büchenbach, Möhrendorf, Neuhaus u. s. w.

4) Die Altmühl=Aue oder Hornau mit der Brünst, Oberbachstetten, Kolmberg, Leutershausen, Jochsberg, Neustetten u. s. w.

5) Die Eschen=Aue. Darin die Herrschaften und Freigüter: Sommersdorf, Burg=Oberbach, Orenbau, Triesdorf, Mittel=Eschenbach, Merkendorf, Stadt Eschenbach, Wassermungenau, Wernfels, Spalt ꝛc.

6) Die Brunnen=Aue, in welcher Birnsberg, Hoheneck, Ober= und Unter=Zenn, Markt Erlbach, Emskirchen mit Wilhelmsdorf ꝛc.

7) Die Lange Aue oder Lange Zente. Darin: Langenzenn, Dietenhofen, Leonrod, Großhabersdorf, Zirndorf, Kadolzburg, Burg=Farrenbach, Unter=Farrenbach, Bach, Wilhermsdorf.

8) Die Rezat=Aue mit Lehrberg, Onolzbach und Umgebung, Birkenfels, Flachslanden, Unter=Vibart u. s. w.

9) Die München=Aue. Die alten Immunitätsgüter darin: Windsbach, Lichtenau, Abenberg, Dürrenmungenau, Bertholdsdorf, Neuenbettelaus, Kammerstein, Schwabach, Rohr ꝛc.

10) Die Dotten=Au. In ihr: Buttendorf, Roßtal, Bruckberg, Großhaslach, Heilsbronn, Bürglein, Stein ꝛc.

Jedoch beruht diese nur beiläufig und willkürlich angenommene Eintheilung der Marken des Rangaus weder auf geschichtlichen Quellen, noch fremder Auctorität. Der Verfasser hat sie nur nach ihrer geographischen Aneinanderreihung mit entsprechend scheinenden Namen nach den Hauptflüssen benannt. Derselbe überläßt es — nach einer dem Herausgeber dieser Urgeschichte mündlich gegebenen Erklärung — den fortgesezten Studien Dritter, eine zweckmäßigere Eintheilung zu treffen, und glaubt überhaupt, daß die alte Gau=Eintheilung und Verfassung schon im Laufe des zehnten Jahrhunderts ihr Ende erreichte; daher im Einzelnen nicht mehr nachzuweisen sei.

III. Zent= und Gaugrafen im Rangau.

Mit historischer Gewißheit läßt sich kein Zentgraf im Rangau namentlich aufführen. Haas vermuthet, daß die zehn Zeugen, welche die Stiftungs-Urkunde des Klosters Heilsbronn von 1132 unterschrieben, die zehn Zentgrafen des Gaues gewesen seien. Er führt sie Seite 112 und 113 auf. Der achte davon ist Chunrad de Niusaz (Neuseß bei Ansbach). Ihn hält Haas für den Zentgrafen der Rezataue oder für den Stellvertreter der Vögte von Schalkhausen, weil sonst die Unterschrift des Schirmvogtes von Onolzbach gefehlt hätte.

Derselbe Geschichtschreiber vermuthet, daß die Ebbonen (Herren von Eyb) und ihre Nachfolger, nämlich die Herren von Schalkhausen und Dornberg, die alten Zentgrafen der Rezataue gewesen seien.

Was die Gaugrafen des Rangaues betrifft, so muß sich der Geschichtsschreiber meist auf Vermuthungen beschränken. Wahrscheinlich ist, daß in dem großen Rangau sich zwei Comitate bildeten. eines im nordöstlichen und eines im südwestlichen Theile des Rangaues.

Der Grafschaft im Nordosten, wohin sich allmählich das später errichtete Bisthum Bamberg ausbreitete, scheinen angehört zu haben: 1. Graf Abelhard, in dessen Grafschaft Büchenbach lag, welches Kaiser Otto III. unter dem 21. Januar 996 der Stephanskirche in Mainz schenkte (praedium in marca Buochinebach in Comitatu Adelhardi Comitis)[1]). 2. Graf Ernfried, genannt in der Urkunde vom Jahr 1019, wodurch Kaiser Heinrich II. dem Kloster Bamberg das Landgut Lanterishof schenkte; jedoch vermuthet Haas, daß dieser Erufried kein Graf des Rangaues, sondern des Rengaues war, d. i. des Königsgaues im Grabfeld um Königsberg in Franken, wo der Ort Lantereshof noch liegt. 3. Graf Albinus, von dem es in einer Urkunde vom 13. November 1021 heißt, daß Langenzenn in seinem Comitate lag (Ouraha et Zenni). Die Grafschaft desselben wird auch in dem Diplome vom 2. Sept. 1023 genannt, worin Kaiser Heinrich II. die Wildbahn des Bischofs von Würzburg am Steigerwald bestimmte[2]). Erst in einem Diplome des Kaisers Friedrich vom 14. Februar 1160 kommt wieder ein Graf im Rangau vor, und zwar Rapoto von Abenberg[3]). Es scheinen somit die Grafen von Abenberg, deren Stammschloß im Sualafeld lag, auch im nördlichen Rangau begütert gewesen zu sein; ob sie aber von jenem Grafen Albinus oder Albuin abstammen, dürfte schwer zu beweisen sein[4]).

Im südwestlichen Theile des Rangaues scheinen Eberhard und Bruno Gaugrafen gewesen zu sein. Die erste, in Onolzbach selbst am 14. Oktober 1006 ausgestellte Urkunde trägt die Unterschrift: Comite Eberhardo in Rangowe. Von diesem Eberhard können wohl die Ebonen abstammen, welche die ersten Advokaten oder Schirmvögte des Gumbertusstiftes gewesen zu sein scheinen; und H. Bauer hält den Namen Ebo für eine Abkürzung von Eberhard. Derselbe theilt mit, daß in einem Bezirke, der an den Würzburger Sprengel gränzt, am Anfange des zwölften Jahrhunderts wiederholt ein Graf Bruno auftritt, von dem er glaubt, daß er derselbe Bruno gewesen, der als Vogt des Gumbertusstiftes in einer Urkunde vom Jahr 1113 vorkommt, zugleich mit Ebo Tribunus[5]). Von dem 1006 genannten Gaugrafen Eberhard leitet Haas durch Graf Krafft im Ratenzgau (genannt 1058—1062) die Grafen von Hohenlohe ab, von denen Gottfried als tapferer Burgvogt oder Burggraf von Nürnberg erscheint (1105—1147)[6]). H. Bauer da-

---

1) de Lang, Regesta Circ. Rez. p. 17.

2) de Lang, Reg. Circ. Rez. p. 24. Donat bannum suum super feras in Comitatu Diethmari Comitis et cet. inde in Comitatu Albini Comitis perque Comitatum Gumberti Comitis (im Iffigau) 2c.

3) Ebendaselbst S. 59.

4) H. Haas nimmt dieses an, und läßt die Grafen von Abenberg durch den kinderreichen Grafen Babo oder Pavo von dem 1021 und 1023 genannten Graf Albinus abstammen (s. Stammtafel der Rangauischen Grafen). Aus diesem Geschlecht soll Konrad stammen, der von 1171 bis 1190 Burggraf in Nürnberg war.

5) de Lang, Reg. Circ. Rez. p. 37. Vgl. XXVIII. Jahresbericht 1860. S. 36.

6) Haas, Rangau, die Stammtafel.

gegen vermuthet, daß die Hauptlinie des Grafengeschlechtes der Eberharde, welche die Vogtei zu Onolzbach verwaltete, in die Hinterlassenschaft der alten Gaugrafen des Gollachgaues eingetreten sei und unter dem Namen der Grafen von Bergtheim fortlebte [1]).

Sowohl der Gaugraf, als die Zentgrafen hielten unter freiem Himmel Gericht und beriethen mit den freien Männern die Angelegenheiten unter einem Baume, in der Nähe eines Felsen oder sonst an einem durch seine Lage geeigneten Orte. Ein solcher Ort hieß Malstatt (mallum) [2]). Solche Malstätten konnten nach der Vermuthung von Haas gewesen sein: auf dem Petersberg bei Markt Bergel, im Wald bei Dachsbach, bei Tagstetten, welches den Namen davon erhalten haben soll, weil die Zent daselbst tagte, bei Kadolzburg, auf dem Heidenberg bei Schwabach, auf der spätern Schwedenschanz bei Eyb und später bei Ansbach selbst.

In Kriegszeiten sammelte der Gaugraf die freien Männer des Rangaues, führte sie dem Landesherrn zu, was nach der fränkischen Einwanderung der Herzog von Ostfranken war, der seine Residenz zu Rothenburg an der Tauber hatte. Der Gaugraf befehligte sie unter des Herzogs Oberkommando. Sammelte man sich zur Vertheidigung des Landes, so hieß es Landwehr, geschah es zu Einfällen in Feindesland, so war's der Heerbann.

Von Zeit zu Zeit und bei besonders wichtigen Veranlassungen erschien der Herzog von Ostfranken selbst im Rangau und saß zu Gericht. Ein solches Gericht hieß placitum, wobei auch allgemeine Angelegenheiten des Landes berathen und beschlossen wurden.

Unter den letzten Hohenstaufen sank die Macht der Herzöge von Schwaben und Franken. Mit ihnen auch die der Gaugrafen. Erbliche Grafen, Dynasten und Gutsherren traten an ihre Stelle, mehr oder weniger reichsunmittelbar und unabhängig. Große Macht besaß der Bischof von Würzburg im Rangau; denn es hatte Kaiser Otto III. unter dem 30. Mai des Jahres 1000 dem Bischof Heinrich von Würzburg das Komitat des Rangaues verliehen [3]). Sie betrachteten sich insbesondere als Herren von Onolzbach und belehnten mit diesem entfernten Orte benachbarte Edelleute, als erbliche Kastenvögte, und zwar die Herren von Eyb und dann von Schalkhausen und Dornberg.

Noch im Jahre 1299 verlieh Bischof Mangold den Tochtermännern und Erben des lezten Wolfram von Dornberg die Vogtei der Stadt Onolzbach und der Stiftspropstei daselbst auf den Aemtern zu Rügland, Celle und an der Rezat [4]). Später wurde die Macht der Bischöfe von Würzburg in diesem Gebiete immer mehr eingeschränkt. Was Ansbach insbesondere betrifft, so erwarben die Vögte von Dornberg und nach ihnen die Grafen von Dettingen

---

1) H. Bauer, in der gediegenen Abhandlung über die Grafen von Bergtheim im XXVIII. J.-B. von Mittelfranken 1866. S. 53.

2) v. Lang, Bayerns Gauen. S. 61.

3) Im Diplom heißt es: Otto III. Henrico, Episcopo Wirceburgensi, donat duos Comitatus Waltsassin et Rangowi in provincia australis Franciae (Waldsassen im Rangau in Ostfranken). de Lang, Regesta T. I. p. 51. Vgl. Bayerns Gauen S. 87.

4) Bayrische Annalen. Jahrgang III. Zweite Hälfte, S. 397, Ziffer 7. Die gutgeschriebene Abhandlung über die Vögte von Dornberg ist von Ludwig Zenker.

Hoheitsrechte. Der Name Rangau kommt zum Letztenmal vor in einer Ur=
kunde vom Jahr 1387, worin Graf Hohenlohe sein Schloß Endsee nnd einige
Besitzungen im Rangau an die Reichsstadt Rothenburg verkauft [1]).

IV. Klöster und Stifte im Rangau.

Um die noch heidnischen Einwohner des Rangaues mit dem Lichte des
Evangeliums zu erleuchten und sie allgemach auf eine höhere Stufe der Ge=
sittung und Bildung zu heben, auch durch ein gottgefälliges Werk die Hoff=
nung der Seligkeit fester zu begründen, wurden daselbst zwei Klöster gestiftet:

1. Onolzbach von Gumbert vor dem Jahre 786, nach der Regel des
hl. Benedikt. Dieses Kloster wurde noch vor dem Jahre 1040 in ein regu=
lirtes Chorherrnstift verwandelt, d. h. in ein solches, dessen Mitglieder oder
Stiftsherren (Canonici regulares genannt) an bestimmte Ordensregeln ge=
bunden waren und in Gemeinschaft mit einander lebten, während die welt=
lichen Chorherren (Canonici saeculares), wie die gewöhnlichen Priester und
Pfarrer, eigene Häuser bewohnten, und Andere, als Vikarier, für sie Messe
lesen und singen lassen konnten.

Wie das Letztere nach und nach auch in den Gumbertusstift zu Onolz=
bach eingeführt wurde, und welche Entwicklungsstufen Kloster und Stift da=
selbst durchzumachen hatten, bis Stadt und Stift an das Haus Zollern kam,
wurde oben ausführlich dargestellt.

2. Heilsbronn, gewöhnlich Kloster Heilsbronn genannt. Man
hat den Namen bisher von der ehemaligen Heilquelle daselbst abgeleitet. Ob=
gleich der neueste Erforscher der ältesten Geschichte dieses Orts [2]) behauptet:
„die Sage von der Heilquelle sei rein erdichtet", weil das Wasser keine be=
sondere Heilkraft habe, und der Ort nicht Heils=, sondern Halisbronn, Hals=
prunnen und dgl. in den alten Urkunden genannt werde, und S. 23 die Be=
merkung hinzufügt, daß man erst um das Jahr 1400 n. Chr. angefangen
habe, dem Namen eine etymologische Deutung zu geben und ihn in Fons
salutis zu übersetzen, und daß namentlich Hocker es gewesen sei, welcher den
anspruchlosen Konventionsbrunnen zu einer Heilquelle gestempelt habe: so
dürfte doch die alte weitverbreitete Ansicht die richtigere sein, daß es die Quelle
war, welche die Gründung des Klosters und Ortes veranlaßte, ähnlich wie
Feuchtwangen dem Tauberbrünnlein, und der Weiler Heilbronn in der Nähe
von Feuchtwangen der einst geschätzten Heilkraft seiner Quelle seine Entstehung
verdankt. Auch die Stadt Heilbronn am Neckar und das Bad Heilbrunn
bei Andernach, ohnweit des Rheines, entstanden auf diese Weise. Haas glaubt
sogar, daß die Quelle in Heilsbronn schon den Ureinwohnern heilig war, und
daß hier, wie bei dem Felsen zu Stein an der Rednitz, dem Zis, Dis, Ditt
oder Teut Opfer gebracht wurden [3]).

---

1) v. Lang, Bayerns Gauen S. 88.
2) Muck, Beiträge zur Geschichte vom Kloster Heilsbronn. Mit einer Abbldg.
Ansbach, bei Seybold 1859, S. 22.
3) Haas, der Rangan und seine Grafen, Erlangen 1853, S. 109.

Hat das Wasser auch heutzutage keine Heilkraft mehr, so folgt daraus nicht, daß sie dieselbe nie besaß, sondern einfach nur, daß sie dieselbe im Laufe so vieler Jahrhunderte verlor durch Zufluß wilder Wasser, wodurch schon so viele Mineralquellen abgeschwächt wurden und nach und nach ganz eingingen.

Und was die abweichende Schreibweise in den alten Urkunden betrifft, so erklärt sich dieselbe ebenso einfach daraus, daß man in jener Zeit gerade so schrieb, wie man sprach, und wie der gemeine Mann heute noch spricht, der in vielen Wörtern ein gedehntes **a** hören läßt, statt des Doppellautes **ei**. So hört man z. B. vom Ansbacher Landvolk: „die Wunde halet oder halt", statt heilt, „die Halung", statt Heilung; ein Lab Brod, statt Laib Brod, die Safen, statt Saife, die Aer, statt Eier u. dgl. Mit ähnlicher Lautverschiebung nannte das Volk vor sieben Jahrhunderten die Quelle den H a l s b r u n n e n, und darum schrieben die Mönche den Namen ihres Klosters so, und nahmen einen Brunnen mit drei Becken in ihr Wappen auf.

Der vaterländische Geschichtschreiber Stieber sagt auch S. 437 von Heilsbronn: „Dieses erhielt — wie jedermänniglich sogleich in die Augen leuchtet — den Namen von dasigem Heil- oder Gesundbronnen"; und nachdem er andere Ableitungen des Namens widerlegt, fährt er fort: „So möge doch obige, von dem Heilbronnen genommene Benennung so gewisser sein, da solche durch das älteste Kloster-Wappen und durch die in so vielen vorhandenen alten Original-Dokumenten vorkommenden Worte: Hailsprunne, Halesprunnen, Haholdesbrunnen u. s. w. offenbar bestärkt wird."

Den schlagendsten Beweis aber, daß es die Quelle war, welcher das Kloster zu Heilsbronn Entstehung und Namen zu verdanken hat, ist der, daß die herrliche Klosterkirche nicht, wie es sonst üblich war, auf einem erhöhten Platz gesetzt wurde, deren es ringsum gab, sondern in die Tiefe und gerade oberhalb der Heilquelle, so daß sie heute noch mitten in der restaurirten Münsterkirche unter dem Grabmal der Kurfürstin Anna von Brandenburg, wohl gefaßt, sprudelt, und den überraschten Beschauer einladet, zu ihr hinabzusteigen und sie zu kosten.

Die Veranlassung zur Gründung des Klosters Heilsbronn gibt Sinold von Schütz nach einem, in dem Augustiner-Kloster zu Marienburg in Preußen aufbewahrten Manuscript also an[1]): Die Grafen Rapotonus und Conradus von Abenberg (dem heutigen Klein-Abenberg, drei Stunden von Heilsbronn) seien einst in den Krieg gezogen. Einer von ihnen habe eine Wunde am Fuße erhalten, und mußte in die Heimath zurückkehren. Nicht weit davon entfernt, sei er an einen Brunnen gekommen, mit Wasser gefüllt, so klar wie Krystall. Anfangs sei er vorbeigeritten, dann aber, der großen Schmerzen am Fuße wegen, zurückgekehrt. Sie zu lindern, habe er einen Strumpf in das Wasser getaucht, die Wunde damit ausgewaschen und frisches Wasser aufgelegt. Gar bald stellte sich Heilung ein. Aus Dankbarkeit habe er gelobt, hier ein Kloster zu stiften. Sein Bruder sei damit einverstanden gewesen; deßgleichen ihr Vetter, Bischof Otto von Bamberg, ein geborener Graf von Andechs. So sei das Kloster Heilsbronn entstanden. Damit stimmt auch

---

1) Corpus historiae Brandenburgicae diplomaticum P. I. Sect. III., p. 137.

der Inhalt einer in der ehemaligen Klosterkirche daselbst aufgehängten Tafel überein, welche das Abenberg'sche Wappen zeigt mit der Umschrift: **Arma et insignia Comitum de Abenberg**, hujus monasterii fundatorum fidelium.

Auch findet sich in einem Nekrolog des Klosters Heilsbronn aus dem dreizehnten Jahrhundert ein Jahrtag für einen Grafen Rapoto, wozu eine spätere, aber doch sehr alte Mönchshand den Zusatz machte, daß er ein Graf von Abenberg und unser Gründer sei[1]).

Ausgestattet wurde das Kloster hauptsächlich mit Gütern der Grafen von Abenberg daselbst, von denen viele dort begraben liegen. Aber auch der Bischof Otto von Bamberg, für den es von Interesse sein mußte, seinen Sprengel auch nach dieser Richtung hin zu erweitern, überließ dem neuen Kloster, wie die Stiftungsurkunde angibt, Güter, welche er in der Nähe besaß, z. B. Erlehe (Müncherlbach bei Heilsbronn), welches er um 195 Mark erworben hatte, deßgleichen ein Allodialgut (praedium) bei Halsprunnen, welches er um einen annehmbaren Preis (digno pretio) von Graf Adelbert unter Zustimmung seines Bruders Konrad und seiner drei Schwestern erkauft hatte, von denen der neueste Erforscher der Geschichte von Heilsbronn nachweist, daß sämmtliche Geschwister der gräflich Abenberg'schen Familie angehörten[2]).

Die Geschichtsforscher Sinold, Hocker und Stieber nehmen ebenfalls an, daß die Grafen Rapotho und Konrad von Abenberg wenigstens Mitbegründer des Klosters waren, wenn auch dem Bischof Otto von Bamberg, der Pommern-Apostel genannt, die Hauptehre gebühre. Damit stimmt auch die Inschrift einer Gedächtnißtafel überein, wenn dieselbe auch einer späteren Zeit angehört[3]).

Daß auch die Grafen von Heideck zur Dotation des Klosters beitrugen, ist wahrscheinlich, weil Glieder ihres Hauses dort ihre Ruhestätte fanden, und die Sage geht, daß auch ein Graf von Heideck durch die Heilsbronner Quelle vom Fieber befreit worden sei, und eine Kapelle dort erbaut habe. Dieser Heideck'schen Kapelle und des Kaplanes Berthold wird auch in einer Urkunde vom Jahre 1300 Erwähnung gethan, in welcher Gottfried von Heideck die Vogtei über Alt-Dettelsau dem Kloster verkaufte. Gegründet wurde das Kloster Heilsbronn im Jahre 1132 zur Zeit des deutschen Königes Lothar aus dem Hause der Sachsen[4]); eingeweiht konnte es jedoch erst am 1. Mai 1136

---

1) Dr. Kerler in Erlangen theilte dieses Necrologium im XXXIII. Jahresbericht des hist. Vereines für 1865 mit, wo es S. 126 heißt: XI. Kal (22. M.) Obijt Rapoto comes mit dem Beisatze: de Abenberg, fundator noster.

2) Muck, Beiträge zur Geschichte von Kloster Heilsbronn, Ansbach 1859, S. 11.

3) Haec domus Ottonem colit et comitem Rapothonem. Presul fundavit Comes hanc opibus cumulavit. Qui Comes Abenberg fuit hic presul quoque Bamberg. His jungas Comitem dominum Conrad juniorem, Mechthildie socia conjungaturque Sophia. C. F. v. Schütz c. p. 137 und Hoßmann, Beschreibung aller Stifter und Klöster des Burggrafthums Nürnberg — Manuscript des hist. Vereins in Ansbach, S. 54.

4) S. Fundationsbrief in Hockers Heilsbronnischem Antiquitätenschatz, Onolzbach 1731, p. 55. Vergl. Klingsohr, kurze Geschichte des ehemaligen Klosters Heilsbronn und Biographie der in der Münsterkirche daselbst beigesetzten Fürsten und Kurfürsten aus dem Hause Hohenzollern. Nürnberg, 1806. Deßgl die hist. Jahres-Berichte Nro. II., IV., VII., und VIII.

werden. Die Einweihung geschah auf die feierlichste Weise durch den Eich=
stättischen Provisor Burchard in Gegenwart der Bischöfe von Bamberg und
Würzburg, mehrerer Aebte und zehn adeliger Gutsherren aus dem Rangau,
welche Haas für die zehn Zentgrafen des Rangaus hält [1]).

Die päpstliche Bestätigung erfolgte unter dem 16. März 1141 von
Innocentius II., in welcher Bulle auch die Zugehörungen des neuen Klosters
aufgeführt sind, worunter Adeldorff (Abelmannsdorf), Bonendors (Bonhofen)
und Tetelesowe (Dettelsau, und zwar Alt=Dettelsau) und Heilsbronn in
päpstlichen Schutz genommen wird. [2])

Das Kloster wurde in dieser Bulle dem Cisterzienser=Orden übergeben.
Die Zahl der Mönche stieg nach und nach auf 80. Sie zeichneten sich durch
musikalische Bildung, besonders im cantus romanus und später im Orgel=
spiel aus.

Schon in einem bischöflichen Zehnt=Befreiungsbrief aus der Zeit der
Gründung des Klosters wurde Halspruun ein Weiler (villa) genannt. Die
Grafen von Abenberg scheinen auch ein Schlößchen (castrum) daselbst gehabt
zu haben, was sie dem Kloster überließen, jedoch mit Vorbehalt des Genuß=
und Gebrauchsrechtes. Darauf gründeten später die Burggrafen von Nürn=
berg, welche 1333 von Kaiser Ludwig dem Bayern die Schutzvogtei über
Heilsbronn erhielten, das Recht, sich zeitweise mit ihrem Gefolge dort aufzu=
halten und gehörig bewirthen zu lassen. Sie ließen sich auch von Burggraf
Friedrich I. an, 1218, nebst den Markgrafen, bis Joachim Ernst, der 1625
starb, in Heilsbronn begraben, so daß die drei ersten Churfürsten von Bran=
benburg dort ruhen; und die hochherzige bayrische Regierung ließ jüngst auf
Staatskosten die herabgekommene, zum Theil verunstaltete Klosterkirche (eine
Basilika mit Chor=Ausbau und vielen Säulen, nebst höchst werthvollen Monu=
menten, Todtenschilden, Epitaphieen und Gemälden) als würdiges Mausoleum
der Ahnen des königlich preußischen Herrscherhauses, wieder herstellen.

Das Kloster Heilsbronn wurde so reich an Gütern, daß es zur Ver=
waltung derselben mehrere Aemter errichtete: 1. Bonhofen (Sommeraufent=
halt des Abts) mit Münchzell (villa Cella) Altbettelsau, Petersaurach (von
den Dornbergen erkauft), Weißenbronn (von den Dietenhofen erworben), Am=
merndorf, Großhaßlach (von den Bruckbergen und Westenbergen), das Castrum
oder Castellum Burgelin (Bürglein), ursprünglich den HH. v. Stein (de
Lapide) gehörig und 1268 dem Abt Rudolph von Heilsbronn verkauft) mit
einzelnen Gütern in Immeldorf, Rohr und andern Orten. 2. Merken=
dorf mit Häusern und Gütern in Orenbau, Klaffheim, Hirschlach, Tyrol=
fesdorf (wahrscheinlich Triesdorf) Stabeln u. f. w. 3. Neuhof mit Gütern

---

1) Haas, der Rangau und seine Grafen u. f. w. Erlangen, 1853, S. 112.

2) Innocentius Papa primum statuit, ut in monasterio Haholdesbrunnensi
ordo monasticus secundum Benedicti regulam et institutionem fratrum Cisterti=
sium inviolabiliter conservetur, de einde confirmat Rabotoni, Abbati illius mona=
sterii, et fratribus suis locum ipsum cum suis appendicüs Adeldorff, Bonendors,
Tetelesowe, cum omnibus suis Decimationibus et appendicüs curiam et Vineas in
Würceburc et in Hasuisen; et ita monasterium praedictum in suam recipit pro=
tectionem Cf. Reg. boic. III. 711.

an verschiedenen Orten und der Ecclesia parochialis sammt dem Zehnten.
4. Randersacker, wo das Kloster schon vor 1260 einen Weinberg von den
Hohenlohe-Braunecken zu Uffenheim erkauft hatte. 5) Waizendorf mit den
Gütern zu Bechhofen, Heinersdorf, Königshofen, Dambach und Beuerberg
(jetzt Beyerberg geschrieben). Endlich der Nürnbergerhof, zur Verwaltung der
Güter und Rechte daselbst. Im Markgrafthum Ansbach hatte das Kloster
Heilsbronn das Besetzungsrecht der Pfarreien: Ammelbruch, Bürglein, Großhaß=
lach, Langensteinach, Lentersheim, Markt Erlbach, Merkendorf, Petersaurach
und Trautskirchen [1]).

Die 40 Aebte dieses Klosters finden sich mit ihren Lebensbeschreibungen
bei Hocker [2]). Der erste war Rapotho von 1136—1147 (vielleicht gar Graf
Rapotho von Abenberg, der Stifter und wunderbar geheilte Kriegsmann
selbst?). Der letzte Abt hieß Johannes Mehlführer und starb 1640, lange
nach der Aufhebung des Klosters und Umwandlung desselben in ein Gym=
nasium mit Alumeum, später nach Ansbach verlegt.

Die Klostergebäude, in Kreuzgangform erbaut, wurden 1770 abgetragen [3]);
die Kirche aber, ein prachtvoller Münster im byzantinisch=gothischen Styl mit
Chor=Ausbau, einem höchst werthvollen Hauptaltar und vielen Monumenten,
Todtenschilden, Epitaphien und Gemälden, wurde auf Anregung des Königs
Friedrich Wilhelm IV. von Preußen restaurirt, und ist jetzt das würdigste
Mausoleum seiner Ahnen [4]).

V. Adels= und Ritter-Geschlechter im Rangau.

So dünn die Bevölkerung des Rangaues in den Jahrhunderten war,
welche dem, für die Geschichte Ansbachs denkwürdigen Jahre 1331 unmittel=
bar vorhergingen, so ragten doch mehrere Edelfreie darin hervor; und hießen,
wenn sie sich zum Heerbanne stellten, oder zum Kampfe auf Turnieren in
Harnisch und mit goldenen Sporen erschienen, Ritter, und ihre Schlösser
Burgen.

Jedoch blühen von dem altfränkischen Adel im ehemaligen Rangau, so=
weit derselbe zu dem spätern Fürstenthum Ansbach kam, nur noch die Ge=
schlechter von Eyb, von Leonrod und von Seckendorf. Die meisten starben im

---

1) Aus dem vierten Jahresbericht des hist. Vereins für 1833, S. 30, genommen.
2) Hocker, Heilsbronnischer Antiquitätenschatz, p. 71—176.
3) Muck, Beiträge 2c. S. 11.
4) Die Kosten der Wiederherstellung des Münsters trug die bayrische Staats=
kasse. Nach der Vollendung derselben im Jahre 1866 wurden von König Wilhelm I.
von Preußen 12,000 Thaler, laut Stiftung seines höchstseligen Bruders, dem k. Ober-
Konsistorium übergeben, um mit den Zinsen des Kapitals die Monumente zu erhalten,
die Besoldungen des Geistlichen, des Lehrers und des Kirchners aufzubessern u. s. w.
Die Hälfte der Zinsen soll 20 Jahre lang abmassirt, und dann zu Stipendien und
Schulzwecken für Heilsbronn verwendet werden. Gewiß eine königliche Stiftung —
ehrend den hohen Stifter, wie den bereitwilligen und mächtigen Executor. Vergl.
(Klingsohr) kurze Geschichte des ehemaligen Klosters Heilsbronn und Biographie der
in der Münsterkirche beigesezten Fürsten und Kurfürsten aus dem Hause Hohenzollern,
Nürnberg, 1806.

Laufe der Jahrhunderte aus; so die Vögte von Schalkhausen und Dornberg, die Edlen von Neuses, Lehrberg und Birkenfels, die Herren von Bruckberg, Vestenberg, Kadolzburg und Wilhelmsdorf, die Poß von Flachslanden, die Herren von Berg (Altenberg, Veste bei Zirndorf), von Kolmberg, Jochsberg, Dachstetten u. s. w.

Was der Verfasser dieser Urgeschichte über die älteste, beglaubigte Geschichte dieser Adels- und Rittergeschlechter im nachmals Anbachischen Theil des alten Rangaues fand, folgt im nächsten Abschnitte bei den historischen Nachrichten über die ältesten Orte, Schlösser und Burgen des Rangaues [1]).

VI. Aelteste Orte, Schlösser und Burgen des Rangaues, welche später zum Fürstenthum Ansbach kamen.

a. Im obern Rezatgrund, von Haas die Rezataue genannt, an der Südgränze des Rangaues.

Da Onolzbach eine der ältesten fränkischen Niederlassungen im Rangau war, und sein Gumbertuskloster frühzeitig berühmt wurde, so läßt sich schon hieraus schließen, daß das Flußgebiet der oberen Rezat in uralter Zeit bevölkert wurde. Es reichen aber auch die urkundlichen Nachrichten hoch hinauf. Da findet man erwähnt:

1. Eyb, eine halbe Stunde von Ansbach, an der Rezat. Schon 1043 wurde daselbst dem hl. Lamprecht zu Ehren eine Kapelle erbaut, zu welcher viele Wallfahrten von Ansbach aus unternommen wurden. Hier war die Stammburg der Herren von Eyb, welche wahrscheinlich die frühesten Schirmvögte des Klosters zum hl. Gumbertus waren [2]). Noch sieht man hinter dem Hause des Webers Babel den Hügel, worauf einst das Schlößchen der alten Ebbonen stand. Jedoch ist die alte Wallfahrtskapelle, welche im Jahr 1352 durch einen Chor vergrößert wurde, nicht mehr vorhanden, da 1480 der Grund zur jetzigen Kirche gelegt wurde, deren ganzer Bau in jener gelderarmen Zeit nur 224 Gulden 38 Pfennig kostete.

2. Neuses, eine halbe Stunde oberhalb Ansbach, ebenfalls an der Rezat, eigentlich der neue Sitz (Ninsaz), die neue Niederlassung. Ein Chunrad de Niusaze unterschrieb 1132 die Stiftungsurkunde des Klosters Heilsbronn als Zeuge [3]). Auf dem großen Acker der Anhöhe, welche man den Burgstall nennt, lag ohne Zweifel die alte Burg.

v. Lang hielt die Herren von Neuses (1320 geschrieben Niusez) für ministeriales oder Burgmänner der Vögte von Schalkhausen und Dornberg; Haas aber für die Vorgänger derselben, doch ohne tiefere Begründung; denn

1) K. F. Jung (Rath und geheimer Archivar in Ansbach) Miscellanea 1739. Tom. I. p. 1 ff. Matricula Nobilium, desgl. T. III. p. 23 ff. u, Tom. IV. p. 70. s. q. q.

2) Vergl. oben, die Vögte von Eyb, Abschnitt VI, desgl. IV. Jahresbericht des hist. Vereins, S. 25, und X. Jahresbericht, S. 43.

3) de Falckenstein, Codex diplom. p. 20. Vergl. VI. Jahresbericht des hist. Vereins, S. 40 zu 1132. Haas, Rangau S. 92.

wenn der Urkundenzeuge Chunrad de Niusaze Schirmvogt von Onolzbach gewesen wäre, würde in einer so wichtigen Urkunde gewiß die nähere Bestimmung nicht fehlen: Advocatus S. Gumberti.

3) Schalthausen am Holzbach wurde der Stammsitz des für jene Zeit ziemlich mächtigen Dynasten-Geschlechtes der Schalthausen und Dornberg. Sie scheinen von den Bischöfen von Würzburg, in deren Hofdiensten sie als Marschälle standen, in der ersten Hälfte des zwölften Jahrhunderts mit der Advokatur des St. Gumbertusstiftes belehnt worden zu sein. Urkunden von 1140 und 1144 nennen einen Wolframus de Schalkhausen Liber; eine von 1157 Wolframus junior als Advocatus.

Ueberreste des Burghügels nebst Graben und Steinen aus den Gewölben sind noch jetzt zu sehen hinter dem Hause des Bauern Blümlein. Auf der Erhöhung des Grasgartens vor dem obern Wirthshause in Schalkhausen standen wahrscheinlich die Vorwerke. Man will noch heutzutage wahrnehmen, daß unter demselben Gewölbe sind. Die Kirche, der h. Jungfrau und dem h. Nikolaus geweiht, war ursprünglich ein Filial von Neunkirchen; doch schon im Jahr 1264 erweiterten die Vögte von Dornberg die Kirche ihres Stammortes und erhoben sie zur selbstständigen Pfarrei, auch bauten sie das erste Pfarrhaus in Schalkhausen[1]).

4. Dornberg, aufwärts an dem, bei Ansbach in die Rezat mündenden Holzbach. Erkennbar ist noch im Orte der Hügel, auf welchem einst Ansbach's uralte Schirmvögte und Herren saßen. Ihre Burg ward im Bauernkriege zerstört, nachdem das mächtige Dynasten-Geschlecht 1288 mit Wolfram im Mannesstamm erloschen war[2]).

5. Hennenbach. An dem kleinen, nach Ansbach rinnenden Hennenbache erhob sich schon in ältester Zeit eine Gutsherrschaft gleichen Namens, welche ein castrum hatte. Im Kloster Heilsbronn wurde der Todestag des Ernst de Henenbach und seiner Gattin Agnes gefeiert. Viele Güter daselbst waren noch im Jahre 1300 Würzburgische Stiftslehen. Ein Wolfram de Hennenbach vermachte 1288 seine Mühle daselbst dem Gumbertusstift zu Onolzbach. Im Jahre 1300 verkaufte Raneboldus de Onolzbach seine Güter in Hennenbach dem Albertus de Nurenberg, einem Sohne Friderici, Advocati de Onolzbach, und 1311 schenkte Graf Ludwig der Aeltere von Oettingen den kleinen Weiler (villulam) Hennenbach dem Altare der h. Katharina im Gumprechtsstift zu Onolzbach, zu welchem der Canonicus und Cantor Heinricus, Notar des Grafen Ludwig von Oettingen, eine Vikarstelle gestiftet hatte.

6. Racenwinden, von eingewanderten Wenden an der Rabenz oder Rezat angelegt, eine Stunde von Ansbach, wird in einer Urkunde von 1111 genannt. Egloffswinden, gleichfalls wendische Ansiedlung, 1171, erwähnt bei Schenkung zweier Höfe (mansos) daselbst an das Stift[3]). Dauten-

---

1) Stieber, hist. top. Beschreibung, p. 699. VIII. hist. J.-B. S. 7 ff. Vgl. oben, Abschnitt VII., die Vögte von Schalkhausen und Dornberg.
2) Vgl. was oben über die Vögte von Dornberg gesagt ist, Abschnitt VII.
3) IV. hist. Jahr.-Bericht S. 23.

winden, eine Stunde von Ansbach, ebenfalls ursprünglich wendisch, dann germanisirt, genannt im Testament des letzten Vogtes von Dornberg, 1288 [1]).

7. Lehrberg, anderthalb Stunden von Ansbach im Rezatthale, am Fuße einer Reihe von Hügeln, deren einer Lerchenberg geheißen haben soll, woher durch Zusammenziehung der Namen Lehrberg, Lerpur, entstanden sei. Schon am 15. Juni 1059 wurde die Kirche daselbst von Bischof Gundecar II. von Eichstätt, stellvertretend für Bischof Adalbert von Würzburg, wohin es mit Onolzbach gehörte, geweiht [2]). Dieselbe wurde durch Wallfahrten berühmt und durch 12 Ablässe aus den Jahren 1288 bis 1511 bereichert.

Das Schloß der Gutsherren daselbst stand auf dem Berge und neben ihm eine Kapelle, von welcher noch jetzt der Thurm aus alter Zeit herniederschaut. Eine Urkunde von 1265 führt einen Burchardus de Lerpur junior auf, eine andere von 1268 nennt Burkhard von Lehrberg als decanus oder Schultheiß von Obernzenn. Die Herren von Lehrberg waren gleichen Geschlechtes mit denen zu Birkenfels, welche 1399 erloschen. Erst 1540 gelangte Lehrberg mit andern Gütern und Rechten durch Kauf an das markgräfliche Haus [3]).

8. Birkenfels. Der Ort erhielt seinen Namen offenbar von einem mit Birken bewachsenen Felsen [4]) und wurde in ältester Zeit nur durch die daselbst wohnende Adelsfamilie in weitern Kreisen bekannt. Es unterschrieb sich als Zeuge in den Jahren 1285 und 1294 ein Bruno, miles de Birckenvels (also Ritter), 1330 ein Melchior von Pirkenfels und 1338 Heinrich und Friedrich von Birkenfels. Sie besaßen auch Güter in Ober-Dachstetten, Mittel- und Nieder-Dachstetten und waren gleichen Stammes mit denen zu Lehrberg. Dies geht daraus hervor, daß sich 1401 ein Burkhardt von Pirkenfels zu Lerpaur unterzeichnet findet und 1435 ein Friedrich Pirkenfelser von Lerber u. s. w. Eine Urkunde von 1476 hat sogar die Unterschrift: Stephan und Paul von Pirkenfels, Gebrüdern zu Lehrberg.

Indessen besaß die Familie schon im vierzehnten Jahrhundert ihren Stammort nicht mehr, denn 1398 verkauften ihn die Herren von Seckendorf an die Grafen von Hohenlohe, von denen Birkenfels zuletzt an die Burggrafen von Nürnberg kam. Das Schloß zierte noch am Anfange dieses Jahrhunderts den Ort als Ruine, wurde aber abgetragen und zur Verbesserung der Straße verwendet [5]).

9. Flachslanden, auf der Hochebene erbaut, oder dem flachen Lande

---

1) v. Schütz, Corp. dipl. Tom. I. Sect. III. p. 111.

2) Fischer, Einführung des Christenthums in Bayern, 1863, S. 600, geschrieben ist hier der Ort Lerenburen.

3) Regesta Boica T. III. p. 303. Vgl. II. hist. Jahr.-Bericht S. 24, und IV. S. 27. Nach einem Necrologium des Klosters Heilsbronn aus dem 13. Jahrhundert war daselbst ein Jahrtag gestiftet für Burchardus, der Lerpaur. (XXXIII. Jahresbericht S. 129.)

4) Förstemann leitet alle ähnlichen Namen, als Birkenau, Birkenfeld, Birkenheide, Birklar, Birka u. s. w. von dem althochdeutschen bircha ab, neuhochdeutsch Birke (betulla) s. Th. II p. 230 ff.

5) IV. hist. Jahresbericht S. 27.

auf dem Berge[1]). Daher unterschrieb sich einer ihrer Edelleute im Jahr 1296 Heinrich von Flache. Zwei Jahre vorher schenkte Burggraf Conrad junior von Nürnberg das Patronatsrecht der Kirche zu Vlaslanden dem Stifte zu Spalt. Dem Stammgeschlecht folgten die Poß, von denen sich aus dem Jahre 1381 Hans Pozz, gesessen zu Flachslanden, unterzeichnet findet; später Ulrich, Konrad und Wilhelm Poß zu Flachslanden. Diese Familie war auch in Windsbach begütert; denn man zeigte ehemals daselbst einen runden Wappenschild, mit einem weißen Ochsenkopf in blauem Felde und der Randschrift: „Anno Domini 1398 starb der Erbar vest Ulrich Poß," der sich bei der Grabstätte desselben in der Kirche befand[2]). Mit Conrad Poß zu Flachslanden, Hauptmann zu Kulmbach, erlosch das Geschlecht 1552, und die Lehngüter fielen an den Markgrafen von Ansbach zurück[3]).

10. Vestenberg, nordöstlich von Ansbach, war eine alte Dornbergische Burg, die Veste auf dem Berge (von Großhaslach aus gesehen). Der Vogt dieses Geschlechtes, Wolfram v. Dornberg, vollendete hier 1288 den Lauf seines Lebens. Die alten adeligen Vestenberg nannten sich Reichs-Burgmannen (Ministeriales Imperii). Ihnen gehörte in ältester Zeit auch Rügland (Rugelanden), woselbst auch das Gumbertusstift begütert war. In einer Stifts-Urkunde von 1168 heißt es: Rugelanden cum villa, quae dicitur Frohnhof.

Als spätere Burgmannen von Vestenberg, die als Dornbergische Vasallen daselbst saßen, werden als Urkundenzeugen genannt: Chunrad Cropf de Vestenberch, militaris 1282 und 1284. Ramungus, nobilis, dictus de Vestenberg, Hermannus et Albertus, fratres, dicti de Vestenberg vom Jahr 1295 und ein Albertus, miles, dictus de Vestenberg (lauter Ritter). Von Frauen kommen vor: Jutha, Alberts von Vestenberg eheliche Hausfrau, Felicitas, Albrechts Tochter und Cunrads von Bruckberg Wirtin (Gattin). Auch Geistliche gab es aus diesem Geschlechte. So erscheint z. B. Engilhardus de Vestenberg 1349 als Kanoniker des Stifts zu Ansbach.

Im Jahre 1285 erhielten die Vestenberg das Patronat der Kirche zu Munchenau abgetreten, und 1291 ließ Bischof Mangold von Würzburg durch den Stiftsdekan von Ansbach den Edlen Konrad v. Vestenberg in den Besitz der Kirche zu Forst bei Ansbach einsetzen. Ihm gehörte auch Dettelsau, welches später zwischen den Vestenberg und Seckendorf getheilt wurde. Im Jahre 1293 war auch ein Konrad von Vestenberg Butigler (Kastner) in Kornburg.

Bei der Theilung der Dornberg'schen Güter erbte Gottfried v. Heydeck das Schloß Vestenberg. Seine Nachfolger trugen es (statt Lichtenau) dem Hochstift Würzburg zu Lehen auf. Im Jahre 1308 war Heinricus de Vestenberg Schultheiß zu Onolzbach. Später (1435) kam Vestenberg mit

---

1) Für diese Ableitung spricht auch die Annahme Förstemanns (II. 505), daß Flachau bei Salzburg (Flachowa) und Flachsland im Elsaß (Flachlantisse marca) von flah, flach (planus) abstamme.

2) Stieber a. a. O., S. 963, Anmerkung.

3) IV. hist. Jahresbericht S. Nr. 7. Regesta Boica T. IV. 569, 573 und 627. Vgl. Haas a. a. O. S. 95.

den Hohenlohe-Brauneck'schen Gütern an die Herren von Eyb, welche 1518 das Rittergut und 1724 das übrige nutzbare Eigenthum daselbst den Markgrafen verkauften, nachdem die Bischöfe von Würzburg das Ober-Lehenseigenthum an dieselben abgetreten hatten. Zuletzt wurde das alte Schloß niedergerissen (1759), daß es spurlos verschwand [1].

Zu den ältesten Ansiedelungen

b) **östlich von Ansbach** in der Mitte des Rangaues, wo — wie Haas meint — die Mark- und Centgrafschaft den Namen Dottenau oder Dettenau geführt haben mag. Hier ragten aus den ältesten fränkischen Ansiedlungen folgende Orte hervor:

1. **Roßtal**, ältester befestigter Ort im Rangau, höchst wahrscheinlich Sitz alter Gaugrafen. In Urkunden Horsadal und Rossadal genannt, scheint der Name das rossenährende Thal zu bedeuten (vallis equorum). Noch heißt im Englischen das Roß hors; im Althochdeutschen hros von hru, laufen [2]. Schon als Kaiser Heinrich I. gegen die plötzlich einbrechenden Ungarn die Anlegung von Burgen und befestigten Städten empfahl, scheint Roßtal seine Mauern erhalten zu haben, sonst hätte sich Herzog Ludolph von Schwaben, im Jahre 953 von seinem Vater, Kaiser Otto I., mit Heeresmacht verfolgt, auf seinem Zuge nach Regensburg nicht in Roßtal so vertheidigen können, daß das kaiserliche Heer sich außer Stand gesetzt sah, den Ort zu nehmen [3].

Der Abt Wittekind von Corvey nennt in seinen Annalen zum Jahre 953 Roßtal schon eine Stadt, doch Lambert von Aschaffenburg nur eine Veste (castellum). Diese alte Veste wurde jedoch zerstört, wie man vermuthet, von denselben Ungarn (genannt Hunnen) welche in das deutsche Reich zu rufen, Ludolph verrucht genug war. Doch half er auch, reumüthig, sie 955 auf dem Lechfelde bei Augsburg zu besiegen und fiel zur Sühne in der Völkerschlacht. Als Strebel seine Franconia illustrata im Jahr 1761 schrieb, war noch der Grund der runden Thürme der Ringmauer aus jener uralten Zeit zu sehen.

Kaiser Ludwig der Bayer, der große Beförderer des Bürgerthums, ertheilte bereitwilligst am 22. April 1328 dem Burggrafen Friedrich IV. von Nürnberg, an dessen Haus Roßtal im Jahre 1292 durch Kauf von den Herren von Heydeck gekommen sein soll, von Rom aus das Privilegium, Roßtal zur Stadt zu erheben und aufs Neue zu befestigen; und Kaiser Karl IV.

---

1) Regesta Boica T. I. p. 103. Groß, Burg- und Markgräflich-Brandenburgische Landes- und Regenten-Historie S. 213 und IV. hist. Jahresbericht S. 26 und 28 bei Dettelsau.

2) Förstemann leitet diesen Ortsnamen ebenso ab, und sagt (Th. II. S. 785): Horsadal, Roßthal zwischen Nürnberg und Ansbach, wobei er folgende Schreibweisen anführt: Bei Widukind (P. V. 450 und 456) Horsadal, bei Saro (P. VIII., 611) Horsedal; und bei Lambert von Aschaffenburg Rossadal. v. Lang führt eine Urkunde an, etwa aus dem Jahre 1047, wo der Ort Rossestal genannt ist, woher der jetzige Name Roßstall. (S. Regesta sive verum Boicarum autographa, Monaci 1822 Vol. I. p. 85.)

3) Rex autem sequens filium, urbem offendens, quae dicitur Horsadal, obsedit eam. Facta autem pugna, durius certamen circa murum nemo unquam viderat. Multi ibi ex utraque parte caesi, plures sauciati, noctis tenebrae proelium dirimere. Saacius ancipiti bello postera luce ducitur exercitus trium dierum iter proinde ad Reinspurg (Regensburg) cf. Reg. Circ. Rez. p. 15.

erneuerte 1355 dieses Privilegium; allein die eingerissenen Mauern entstanden nimmer, selbst dann nicht, als der hochweise Rath den Befehl ertheilt hatte, daß Jeder, der einen Fluch ausstoße, zur Strafe eine Fuhr Steine für die Stadtmauern herbeischaffen müsse [1]).

Um jedoch den Ort in guten Vertheidigungsstand zu setzen, legten die Burggrafen mehrere Ritter sammt ihrem Gefolge, als Burgmänner, hinein, die sich daselbst anbauten. So z. B. die Wolmershausen, die Zedwitz und Andere. Wahrscheinlich ist, daß diese Burgmänner mit andern benachbarten Rittergeschlechtern im Gauerbschafts-Verbande standen, wie mit den Herren von Leonrod, von Heydeck u. s. w.

Uralt ist auch die große und schöne, von Irmengard, der Gemahlin des geächteten Herzogs Ernst II. von Schwaben, erbaute Kirche in Roßtal mit einer sogenannten Crypta oder unterirdischen Kirche, ähnlich der unter der Gumbertuskirche in Ansbach. In der oberen Kirche zu Roßtal wurden Herzog Ernst II. von Schwaben und seine Gemahlin Irmengard (Schwester der Kaiserin Kunigunde) beigesetzt. Sie lebten hier in der Verbannung, weil Roßtal ein Allodialgut der Babenberg war, aus welchem Geschlecht Irmengard abstammte. Am 11. August 1627 wurden jedoch beide Grabmäler in Folge eines durch Blitz entstandenen Brandes zerstört [2]). Auch alte Burggrafen von Nürnberg sollen hier ihre Ruhestätte gesucht und gefunden haben.

Im Jahre 1047 wies Bischof Hartwich von Bamberg seinen Chorherren gutsherrliche Rechte in Roßtal an. Die Vogtei über die Kirche zu Roßtal gab Graf Friedrich von Frensdorf im Jahre 1189 dem Domstift in Bamberg zurück (Fischer S. 582). Auch gab der Bischof von Bamberg im Jahr 1281 dem Burggrafen von Nürnberg diejenigen Güter zurück, welche er zu Roßtal dem Hochstift Bamberg verpfändet hatte.

Zu den freien Edelmannssitzen (Immunitätsgütern) in dieser Gegend des Rangaues gehörte auch:

2. Bruckberg. Es ist natürlich, daß sich in alten Dokumenten nicht Hörige oder Hinterfassen, sondern Herren von Bruckberg als Zeugen aufgeführt finden; so z. B. ein Friderich de Prukeberc in der zu Regensburg erfolgten Bestätigung des Herzogs Luipold von Bayern vom Jahre 1140 [3]); ein Conradus de Bruggberg vom Jahre 1252 u. s. w.; sein Bruder Friedrich von 1295. Conrads Ehewirtin Felicitas, eine geborne Vestenberg, mit denen wohl die Bruckberg verwandt waren, wird ebenfalls genannt. 1302 wieder ein Conradus de Bruggeberg und Andere mehr. Sie nannten sich, wie die Vestenberg, Reichs-Ministerialen, **Ministeriales Imperii**, und hatten, wie diese,

---

1) Stieber, hist. top. Beschreibung des Burggrafenthums Onolzbach, S. 672.

2) Siehe die treffliche Abhandlung von Dr. Huscher über die Frage: wer der zu Roßtal begrabene Herzog Ernst gewesen sei? im IX. Jahr.-Bericht S. 24 ff. Auch v. Lang war der Ansicht, daß es Ernst II., Herzog von Schwaben, war, Sohn der Kaiserin Gisela aus ihrer ersten Ehe und somit Stiefsohn des Kaisers Konrad II., viel besungen und gefeiert in den alten Heldenliede. Deßgl. Stälin, der berühmte Geschichtsschreiber Würtembergs (Band II, S. 483). Damit wurde auch Professor Böttiger widerlegt mit dem, was er im VIII. J.-B. Beilage L, S. 30, behauptete.

3) Monument. Boic. T. XIII. p. 171.

ein Schlößchen in Hasela (Großhaslach). Auch unter den Ordens=Brüdern von Heilsbronn findet sich ein Niklas von Bruckberg.

Der Name dürfte wohl von Brücke abzuleiten sein, von dem gemeinen Mann in dieser Gegend noch jetzt Brucken genannt[1]).

Im vierzehnten Jahrhundert erlosch das alte Geschlecht, und ihre Güter kamen an die Herren von Rotenhan, von Eyb und von Crailsheim, bis sie der Markgraf von A. im Jahre 1715 kaufte, und das neue Schloß in Bruck=berg, als Prinzen=Aufenthalt, herstellen ließ.

3. Großhaslach, in Urkunden genannt Hasela, auch Haselach, wahr=scheinlich vom althochdeutschen hasal, hasala, neuhochdeutsch Hasel. So leitet nämlich Förstemann (II. S. 691) eine Menge ähnlicher Ortsnamen ab. Die nähere Bezeichnung Großhaslach erhielt der Ort erst später, als ein anderer gleichen Namens in der Nähe entstand, welcher Kleinhaslach genannt wird.

Im Jahre 1144 trug Abt Rabboto vom Kloster Heilsbronn dem Hoch=stift Würzburg die Kirchen zu Großhaslach und Markt Erlbach zu Lehen auf für den Zehnten auf seiner curtis Adelsdorf (Adelmannsdorf) und seiner villula Bondorf (Bonnhof). Sowohl die Bruckberg, als die Vestenberg hatten ein Schloß zu Haslach. Auch die Vögte von Dornberg waren daselbst begütert. Nach und nach kam Alles an das Kloster Heilsbronn, theils durch Kauf, theils durch Schenkung, besonders eines Conrad de Haselach im Jahre 1212. Die Vestenbergischen Güter zu Großhaslach wurden 1295 vom Kloster erworben, welchen Kauf Kaiser Rudolph von Habsburg am 4. Mai 1295 bestätigte[2]).

Im Jahre 1300 wurde durch Bischof Mangold von Würzburg die Pfarrei Haslach mit allen Rechten und Zugehörungen dem Kloster Heilsbronn einverleibt, wozu später auch die Kapellen zu Kettelndorf und Reut kamen. Die jetzige Kirche zu Großhaslach wurde jedoch erst 1496 erbaut.

c. Gegen die Ostgränze des Rangaues, wo nach der Vermuthung von Haas eine Centgrafschaft gewesen sein mag, welche den Namen „die lange Cent" oder „Lange Aue" führte, treten aus der Dunkelheit des Alterthums hervor:

1. Langenzenn, am Flüßchen Zenn gelegen. In alten Urkunden Cenna, auch Cinna genannt. Es erhielt später, zum Unterschied von Ober= und Unter=Zenn, welche ebenfalls an der Zenn liegen, den Namen: das lange Zenn oder Langenzenn, ähnlich wie Langenschwalbach am Schwalbach, das sich auch nach der Länge des Thales hinzieht[3]).

---

1) Förstemann führt a. a. O. (II. 300 ff.) mehrere Ortsnamen auf, wie Brügge in Flandern, ein Bruck in Kärnthen und eines südöstlich von München, Bruckern (Pruckarn) in Steiermark, Brüggen in Friesland u. s. w., die er sämmtlich von brucca, Brucken (pons) ableitet.

2) Regest. boica. T. I. p. 173. Tom. IV. p. 593. Vgl. Haas, Rangau. S. 108. Jung führt in seinen Miscell. I. 6. einen Fridericus et Kunradus de Ha-selach als Zeugen auf. Verschiedene Käufe und Verkäufe daselbst im dreizehnten und vierzehnten Jahrhundert aus dem Codex Documentorum des Klosters Heilsbronn siehe VII. J.=B. 1836. S. 27 und 28.

3) Stieber leitet den Namen ebenso ab (S. 540). Haas sagt (S. 9„): Der Ortsname Langenzenn berechtigt zu der Annahme, daß die Cente wegen ihrer weiten Aus=dehnung das Prädikat der langen Cente geführt. Durch sie führt auch die alte frän=kische Land= und Heeresstraße, der Rennweg genannt.

Ehe noch die Herren von Seckendorf ihre Schlösser in Ober= und Unter=
zenn bauten, war Langenzenn schon ein namhafter Ort; denn die beiden An=
nalisten Witichind und Lambert, welche den obenerwähnten Angriff des Kaisers
Otto I. auf Roßtal im Jahre 953 berichten, fügen auch bei, daß vorher eine
Unterredung zwischen dem Kaiser und seinem aufrührerischen Sohne Ludolph in
Cinna stattfand, jedoch erfolglos [1]).

Unter dem 13. Nov. 1021 wurde Langenzenn nebst Herzogen = Aurach
in der Grafschaft Alwin's von Kaiser Heinrich II., genannt dem Heiligen,
dem Chorherrnstift zu Bamberg übergeben (praedium, Cenna dictum, s. Lang,
Reg. Circ. Rez. p. 24). Im Jahre 1158 wurden Langenzenn und Herzo=
gen=Aurach von Kaiser Friedrich Barbarossa dem Grafen Rapoto gegen den
Bischof von Würzburg zuerkannt, als zu seiner, im Rednitzgau liegenden Graf=
schaft gehörig. Von dem edelfreien Geschlechte daselbst findet sich Pertoldus
de Cenne als Zeuge in einer Urkunde vom Jahre 1191 unterschrieben [2]).

Später kam Langenzenn an die Herzöge von Meran. Von diesen erb=
ten den Ort die Burggrafen von Nürnberg, und errichteten 1329 ein Land=
Kapitel und 1409 ein Augustiner=Chorherrenstift daselbst. Nach Hoßmann
(S. 103) wurde das Collegium Canonicorum regularium ordinis S. Augusti
daselbst am Gallustage 1414 gestiftet, und zwar von Burggraf Friedrich VI.,
als Kurfürst von Brandenburg Friedrich I., und seiner Gemahlin Elisabeth,
Tochter des Herzogs Friedrich von Bayern=Landshut. Die Dotation bestand
in einem „Bischwasser, samt dem Cammerholz, Frühmeß und Pfarr Lauben=
dorf, damit sie desto mehr Pfarrer und Priester gehaben mögen." Im Jahre
1442 hieß der Propst daselbst Peter. Im Jahre 1432 wurde Langenzenn
zur Stadt erhoben, nachdem seit 1361 die burggräfliche Münzstätte dort gewe=
sen war, bis diese gegen Ende des fünfzehnten Jahrhunderts nach Schwabach
verlegt wurde.

2. Kadolzburg, die bedeutendste Stadt nach Ansbach, im alten
Rangau. Man sucht den Namen von einem Gründer Karl abzuleiten, so daß
Kadolzburg soviel wäre, als Carolus=Burg oder Karolsburg. Sinold v. Schütz
dagegen vermuthet, daß Kadoltus, ein natürlicher Sohn Kaisers Arnulph, des
Besiegers der Normannen bei Löwen, die Burg erbaut, und ihr den Namen
gegeben habe [3]).

Uralt ist wenigstens Kadolzburg und hatte sein eigenes Rittergeschlecht,
dem der Bau der Burg zugeschrieben werden muß. Es findet sich urkundlich
ein Helmericus de Kadoldesburc vom Jahre 1157, mit dem Beisatze, daß
er Schirmvogt der Kirche zu Erlbach sei (advocatus ecclesie Erlebacensis),

---

1) Daß dieses Cinna unser Langenzenn ist, geht aus dem ganzen Bericht hervor;
denn es heißt darin: Factumque est, ut pax daretur usque in XVII kal. Julii et
locus esset apud Cinnae rationis dandae et responsionis reddendae. Rex appro-
pinquante quadragesima eo profectus est; at filius inclinari non poterat, quatenus
patri subderetur. Proxima nocte ergo Liudulfus cum suis a Rege discedens urbem
Reinesburg (Regensburg) cum exercitu petebat. Rex autem sequens filium, urbem
offendens, quae dicitur Horsadal (Roßtal) obsedit eam &c. &. Witichind. Corb. Annales apud Meibom. T. III. p. 652 cf. Regesta Circ. Rez. ad annum 953.

2) Matricula Nobilium von Jung (Miscell. I. 4).

3) Corpus diplomaticum III. p. 93.

nämlich Markt Erlbach[1]). Haas vermuthet, daß dieser Helmricus, der ursprüng=
lich Walhelm von Haußen (bei Langenzenn) hieß, der Erbauer von Kadolzburg
gewesen sei, und daß der Ort Anfangs Helmrichsburg oder Helkenburg geheißen
habe. Allein wie konnte dann Kadolzburg in demselben Jahre 1157 schon
als Markt aufgeführt werden[2])? Ein Heinricus de Kadolspurch war Ca=
nonicus des Stiftes zu Onolzbach und zwar in den Jahren 1223 und 1226.
Noch aus dem Jahre 1333 kommt ein Reinboto von Cadolzburg vor.

Inzwischen war der feste Ort (castrum), wie Langenzenn, an die, auch
in Franken reich begüterten Herzöge von Meran gekommen, und nach dem
Erlöschen derselben im Jahre 1248 an den Burggrafen Friedrich III. von
Nürnberg, der ein Schwiegersohn des letzten Herzogs Otto II. von Meran,
genannt des Großen, war.

Die Burggrafen von Nürnberg erhoben das nicht weit entfernte, stolz
und trotzig auf einem Hügel sich erhebende, in jener Zeit schwer anzugreifende
Kadolzburg zu einer wahren Festung und zugleich zur zweiten Residenz. Aus
diesem Grunde besetzten sie es mit vielen Burgmannen. Da saßen die Herren
von Seckendorf, die Herren von Jagsdorf, die Wolfertshausen von der Veste,
die Bembach, die Zedwitz von Rostal, die Hetzelsdorf und die Schenken von
Schenkenstein, welche sich zwischen dem Burggraben und der Burghut der Herren
von Wolfertshausen fest angebaut hatten[3]). Bald nach dem Schlusse dieser
Periode (1349) wurde das kaiserliche Landgericht nach Kadolzburg verlegt und
blieb daselbst bis 1386, in welchem Jahre es durch König Wenzel nach Neu=
stadt a. A. kam.

In der Nähe von Kadolzburg stand auch das wohlverwahrte Schlößchen
Deberndorf, nach Zautendorf gepfarrt, welches 1676 durch Kauf an
das Haus Brandenburg-Ansbach gelangte.

Merkwürdig sind auch die germanischen Alterthümer, welche man im
Jahre 1838 bei Eröffnung eines Steinbruches in der Nähe der Schwabermühle
bei Kadolzburg fand, und welche in mehreren menschlichen Gerippen, Ringen
von Silberdrath, Glasperlen, einer langen silbernen Haarnadel, alten Messern
u. dgl. bestanden, und den Platz als altdeutsche Grabesstätte bezeichnen[4]).

3. Wilhermsdorf, nordwestlich von Kadolzburg, an der Zenn. Es
blieb ein Edelsitz bis auf die neueste Zeit. Die Reihe der historisch beglau=
bigten Gutsherren eröffnet Uto de Willihalmesdorf, genannt in einer Urkunde
aus dem Jahre 1118, als Bürge des Kanonikers Otto in Bamberg, dann
1124 Vto de Willihalstorf; (Jung, I. 1.) und 1132 als Zeuge in der
Stiftungs-Urkunde des Klosters Heilsbronn[5]). Ein Marcavart de Willehal-
mesdorff erscheint 1157, ein Herrmann 1163 und wieder ein Markwart von

---

1) Detter, Gegründete Nachrichten von dem ehemaligen Brandbg. Residenzschloß
Kadolzburg, Erlg. 1785. S. 10. Vgl. von Hormayer, Historisches Taschenbuch.
1830. Siehe Burgen.
2) Haas a. a. O. S. 85.
3) Vierter Jahresbericht. S. 36.
4) Ausführlich beschrieben im IX. Jahr.-Bericht des histor. Vereins für 1838.
S. 38 ff.
5) Hocker, Heilsbronner Antiquitätenschatz. Th. II. S. 59.

Wilhermsdorf 1174. Im Jahre 1280 unterschrieb sich Ludovicus miles de Wilhelmsdorf, war also Ritter.

Der Gründer des Stammes und Ortes hieß unzweifelhaft Wilhelm [1]). Später wurde es der Burgsitz der Herren von Burgmichlingen bei Langenzenn. Die Kirche war eine Filiale von Markt Erlbach.

4. Großhabersdorf an der Bibert. In einer Zehnt=Urkunde des Bischofs Cunrabus von Eichstätt vom Jahre 1169 wird der parochia Hadewartesdorf Erwähnung gethan [2]). Später wurde der Ort Hadmansdorf, zuletzt Habersdorf, und im Gegensatz zu Kleinhabersdorf bei Dietenhofen, welches bei den Theilungen zum Burggrafthum Nürnberg oberhalb Gebürgs kam, Großhabersdorf genannt. Als Zollstätte auf der alten Handelsstraße von Nürnberg nach Rothenburg, hob sich der Ort und bekam ein Gericht, welches unter dem Oberamt Kadolzburg stand. Die Güter, welche die Herren von Leonrod hier besaßen, gingen im fünfzehnten Jahrhundert an die Burggrafen über.

5. Leonrod an der Bibert. Der Name mag aus dem althochdeutschen liut (Volk populus), woher liudic (publicus, dem Volke gehörig, öffentlich). So leitet Förstemann wenigstens die ähnlich lautenden Namen Leonding, Leonsberg, Leoprechting u. s. w. ab (Th. II. S. 934 ff.); ähnlich Leodium (Lüttich), Leodiensis u. dgl. Die dritte Sylbe von Leonrod ist ohne Zweifel von dem althochdeutschen riutjan, reuten (radices evellere) abzuleiten, so daß der Ort auf einem, der Cent=Gemeinde gehörenden, urbargemachten Platze entstanden zu sein scheint. Förstemann führt (II. 1194 und 1195) eine große Zahl von Ortsnamen mit der Endung roda, rode und roth auf, meist aus Hannover und Hessen.

In Urkunden kommt vor, daß Edelknaben von Leonrod 1218 auf ihr Eigen zu Veldbrecht bei Markt Erlbach verzichteten, das an das Kloster Heilsbronn kam. Rudolph von Leonrod, Ritter, verkaufte an dasselbe Kloster Kelmünz 1235. Im Jahre 1259 erscheint Otto de Leonrod, auch Buttendorf genannt, als Burggräflich Nürnbergischer Vasall. Daß die Familien von Leonrod und von Buttendorf zu Einem Geschlechte gehörten, geht aus einer Urkunde von 1277 hervor, in welcher Gottfriedus de Buttendorff et frater ejus Johannes de Leonrod unterschrieben sind. Dieselbe Familie besaß auch Dietenhofen an der Bibert. Das Jahr 1297 nennt Irmengarde von Leonrod; 1382 unterschrieben sich Ulrich von Leonrod und George von Leonrod sein Bruder [3]). 1429 war Margaretha von Leonrod Aebtissin des Klosters Frauenaurach [4]). Simon von Leonrod war Kommenthur des Deutschordens zu Oettingen von 1420—1424; 1562 bekleidete Johann von Leonrod dieselbe Würde. Leider erschoß Philipp Friedrich Adam von Leonrod am 4. Mai 1678 seinen Bruder Franz Adolph in ihrem Schlößchen zu Dietenhofen. Da er aus dem

---

1) Wiebel, Historische Beschreibung von Wilhermsdorf. Nbg. 1742.
2) Regesta Circ. Rez. p. 66 und 67.
3) Groß, Burg- und Markgräfl. Brandenburgische Landes- und Regenten=Historie. S. 152 Anmerkung.
4) Jung, Matricula nobilium in Miscell. T. IV. p. 73.

Lande floh, wurden seine Güter, als verwirktes Lehen (ob feloniam) vom Markgrafen eingezogen [1]).

Bei der Theilung des Burg= und Markgrafthumes im Jahre 1726 blieb Leonrod bei Ansbach, Dietenhofen aber fiel an die Linie Kulmbach, später Baireuth. Im ersteren Orte steht noch jetzt das alte Schloß als großartige Ruine und ziert die Gegend.

6. Seckendorf, am kleinen Farrnbach zwischen Kadolzburg und Langenzenn, war einer der ältesten fränkischen Edelsitze im Rangau, zugleich das Stammschloß jenes noch jetzt in zwei Linien blühenden Geschlechtes, das sich einst in eilf Linien, von denen einige in den Freiherrn= und Grafenstand erhoben wurden, über mehrere deutsche Staaten verzweigte [2]), und nicht nur dem Markgrafen von Ansbach die mächtigsten Minister, sondern auch andern Fürsten hervorleuchtende Staatsmänner und Feldherren und selbst der Wissenschaft Gelehrte gab. Man denke nur an den Geschichtsforscher Veit Ludewig von Seckendorf, an den Dichter Karl August und den österreichischen Feldmarschall Alexander von Seckendorf, den unbeugsamen Gegner Napoleon I. im Kabinet und auf dem Schlachtfelde. [3])

Der älteste Seckendorf, der 1154 urkundlich genannt wird, ist Heinricus de Seckendorf [4]). Er war Vasall der Burggrafen von Nürnberg und mit anderen Rittern bestimmt, das nahe Schloß Kadolzburg (castrum Chadolspurch) zu vertheidigen. Noch 1411 kommt ein Konrad von Seckendorf, genannt Egerstorf, als Burgmann von Kadolzburg vor. Die Herren von Seckendorf erwarben viele Orte und Burgen oder legten sie selbst an, wie die Schlösser in Obern= und Unternzenn. Sie besaßen auf längere oder kürzere Zeit das alte castrum Diesbeck, den Markt Emskirchen, Sulzbach, Jochsberg und viele andere Orte.

Im vierzehnten Jahrhundert stiegen sie zu Erbtruchsessen und später auch zu Erbmundschenken der Burggrafen empor. Noch blüht das edle Geschlecht in den zwei Linien Aberbar und Gutend; doch der Burgstall des Stammschlosses ist längst verfallen [5]).

---

1) Groß a. a. O. S. 378 und 79. Abbildungen und Inschriften der Grabmonumente der altadeligen Familie in Dittenhofen, verfertiget von Benedict, siehe im VII. Jahr.=Ber. des hist. Vereins für 1836 S. 19, woselbst auch ein Leonrod'scher Stamm=Baum.

2) Jul von Rotenhan theilt in der Schrift „Die staatliche und sociale Gestaltung Frankens von der Urzeit an bis jetzt"; Baireuth 1863, S. 40 aus einer alten Chronik folgenden Vers mit:

Seinshemii antiquissimi	Seinsheimer die Aeltesten,
Einhemii superbissimi	Einheimer die Stölzesten,
Grumbachii mollissimi	Grumbacher die Weichsten,
Et Seckendorffii numeralissimi.	Und Seckendorffer die Meisten.

3) von Falckenstein, Eichstättische Historie. Absatz 79. S. 212—250.

4) Hocker, Antiquitätenschatz. S. 211.

5) Ueber die Ableitung des Namens konnte der Verfasser nichts finden. Aehnliche Ortsnamen, wie Seckbach (bei Frankfurt a./M., Seckipach, Seckibach), Seck (im Nassauischen) und Seckach bei Mergentheim (Seggaha und Sekaha in Urkunden geschrieben), leitet Förstemann (II. 1248 ff.) von der Wurzel scut ab, verwandt mit dem angelsächsischen scyd, was nach Leo (Rectitudines singularum personarum p. 97) soviel als „angeschüttet", angetrieben bedeuten mag. Vielleicht entstammt der Name Seckendorf dergleichen Wurzel, wie Seckenheim am Neckar (Siggenheim und Sickenheim) und Se=

7. **Ammerndorf.** Der alte Name war Amelratdorf, so daß wohl ein Amelrat der erste Anpflanzer daselbst war [1]). Im Codex Documentorum des ehemaligen Klosteramtes Heilsbronn heißt es Seite 59: „Friedrich, genannt Hofmann zu Amelratdorf, überläßt seine Erbgerechtigkeit auf einen Hof daselbst dem Kloster wieder, anno 1259"; und Seite 65: Friedrich Burggraf von Nürnberg überläßt Decimam Novalium juxta Amelratdorf dem Kloster völlig anno 1301, renunciatque omni Jure et dominio [2]). Die älteste Erwähnung von Ammerndorf findet sich 1246 unter den Burggrafen Konrad und Friedrich von Nürnberg, welche auf Ammerndorf zum Besten des Klosters Heilsbronn verzichteten [3]). Bischof Iring von Würzburg erlaubte 1256 dem Abte Otto von Heilsbronn die Pfarre Ammerndorf mit einem Vikar zu besetzen und die Pfarr-Einkünfte einzuziehen, wozu Papst Alexander IV. die Genehmigung ertheilte [4]).

8. **Altenberg und die Alte Veste bei Zirndorf.** Auf den Höhen, welche das Thal des kleinen Biberflusses begränzen, lagen einst — zwei Stunden von Nürnberg — zwei Burgen einander gegenüber, deren Schicksal innig verbunden war, weil sie einem und demselben Geschlechte gehörten. Die eine Burg (wahrscheinlich die ältere) hieß der alte Berg oder Altenberg und die andere kurzweg „der Berg" und später die Alte Veste [5]).

Die Bewohner beider Burgen hießen die Herren von Perg oder Berg, auch Hertings- oder Hartungsberg genannt. So finden sich z. B. als Urkundenzeugen vom Jahre 1234: Eberhard von Berg, Ebirlin und Henricus de Monte; deßgleichen von den Jahren 1235, 1237 und 1242 Eberhard von Hertingsberge und Andere mehr [6]).

Das Berg'sche Geschlecht war begütert, errichtete auf Altenberg ein Reuerinnen-Kloster und zweigte sich ab in die Gründlacher, welche nicht nur in Gründlach selbst, sondern auch in Frauenaurach ein Kloster stifteten; in die Henfenfelder und in die Lehminger, die in Lehmingen bei Oettingen saßen, Vasallen der Grafen von Truhendingen, dann der Bischöfe von Eichstätt und der Grafen von Oettingen waren, und sich zuletzt „von Lummingen" schrieben.

Schon im Jahre 1267 übergab Heinrich von Perg den Schwestern des St. Clara-Klosters in Nürnberg wegen seiner Schwester Hussela, die in das Kloster gegangen war, zwei Höfe. Im Oktober 1279 schenkten Eberhard von Hertingsberg, Ritter des heiligen Grabes, und seine Gemahlin Guta alle ihre

---

dingen am Rhein (Sifflinga, Seckhinga u. s. w.), welche Förstemann von dem althochdeutschen siga, Sieg (victoria) ableitet (Th. II. S. 1250 und 51).

1) Von Amal sind die Ortsnamen Ammelbruch, Amorbach, Amarlant, Amerang u. s. w. abzuleiten. Siehe Förstemann, Onomastikon. Th. II. S. 59.

2) VII. Jahres-Bericht des hist. Vereins 1836. S. 26 und 27.

3) Detter, Versuch einer Geschichte der Herren Burggrafen zu Nürnberg. Frankfurt und Leipzig 1751. Th. I. S. 296.

4) Stieber, Nachricht rc. S. 197.

5) Dr. Fronmüller, Geschichte Altenbergs und der Alten Veste bei Fürth, sowie der zwischen Gustav Adolph und Wallerstein im dreißigjährigen Krieg bei der Alten Veste vorgefallenen Schlacht. Nach den urkundlichen Quellen bearbeitet. Fürth 1860.

6) Regesten des Berg'schen Rittergeschlechtes von Dr. Fronmüller im XXVIII. Jahr.-Ver. des hist. Vereins für 1860. Beilage IV. S. 60.

Güter demselben Kloster mit Ausnahme der Mauern und Steine ihres Schlosses zu Altenberg[1]), weil die Mutter mit ihren drei Töchtern Gutta, Leutgard und Agnes nebst der Schwägerin Hedwig den Schleier nahm, und der Vater in das Barfüßer-Kloster zu Nürnberg ging, nachdem der Orden der Reuerinnen i. J. 1274 von Papst Gregor X. aufgehoben worden war. Noch vor dem Jahre 1285 erhielt das Klara-Kloster auch die Mauern und Steine des verödeten Schlosses Altenberg zur Erweiterung des Klosters[2]).

Bald verlor auch das andere Schloß, genannt „Berg", später „Alte Veste", seine Bewohner, indem Heinrich von Berg unter Zustimmung seiner Gemahlin Peterse oder Petrissa und seines Sohnes Heinrich, i. J. 1306 Burg, Berg und viele andere Güter an verschiedenen Orten seinem Lehnsherrn Burggraf Friedrich IV. von Nürnberg verkaufte. Darunter waren auch die Besitzungen in Zirndorf; und so kam auch dieser Ort, schon 1157 Cirindorf genannt, an das burggräfliche Haus; und die beiden Kirchen, die er bauen ließ, zeigen, wie sehr er sich gehoben.

In einer Urkunde vom 17. Juli 1318 kommt noch ein Heinrich vom Perge unter den Zeugen vor, welche den Verkauf der Burg Kolmberg und der Stadt Leutershausen von den Grafen von Truhendingen an den Burggrafen Friedrich IV. von Nürnberg verbürgten[3]). Im Jahre 1367 verpfändeten die Burggrafen gegen das Recht der Wiedereinlösung die Alte Veste an Seckendorf; allein am 17. September 1388 wurde sie von den Nürnberger Bürgern aus Haß gegen den Burggrafen in dem sog. Städtekrieg ausgebrannt und geschleift. Der sich jetzt an ihrer Stelle erhebende hohe Thurm wurde im Jahre 1836 von der Stadt Nürnberg zum Andenken an die von Gustav Adolph am 8. September 1632 vergebens versuchte Erstürmung des großen verschanzten Lagers der Kaiserlichen daselbst unter Wallenstein errichtet[4]).

Daß die Alte Veste auch Schauenburg geheißen habe, beruht auf einer Verwechslung derselben mit Schönberg, welches ebenfalls von den Nürnberger Bürgern zu gleicher Zeit, wie die Alte Veste, genommen wurde[5])

d) Im östlichen Theile des Rangaues und zwar in der obern Altmühlgegend erscheinen als älteste Niederlassungen folgende Orte:

1) Leutershausen an der Altmühl, zuerst genannt in einem Diplome des Kaisers Otto III. v. J. 1000 als villa Luttershusen[6]). Dann kommt der Ort vor in der Schenkungsurkunde eines gewissen Gerboto v. J. 1180, in welcher er einen Theil seiner Güter in Bermetesbach (partem fundi sui in Bermetesbach) dem St. Gumbertusstift in Ansbach, den Rest aber der Kirche zu Leutershausen zuwendete (reliquam autem ecclesiae in Liuthershu-

---

1) Fronmüller, Geschichte Altenbergs. Urkunde Nr. V.

2) Regesten des Berg'schen Rittergeschlechtes im XXVIII. Jahr-Bericht des hist. Vereins 1860 S. 68, theilen aus dem Verzeichnisse der Benefactoren des St. Klara-Klosters und der Kloster-Urkunde die Schenkung „des gemeuers in's schloß und wonung" mit „zu dem gepew und wonung unßers closters".

3) Regesten S. 63. Nr. 24.

4) Hist. Jahr.-Ber. Nr. VII. S. 19.

5) Nachgewiesen in der trefflichen Monographie von Dr. Fronmüller. S. 31.

6) Stieber, Nachrichten vom Fürstenthum Onolzbach. S. 564. De Lang, Regesta sive autographa etc. T. 1. p. 49. Circ. Rez. p. 18.

sen)[1]). Zur Stadt erhoben, und mit den noch vorhandenen Mauern, Thür=
men und Gräben sammt Veste geschützt, nahm es ein Haus mit Thürmchen in
sein Siegel auf und die Umschrift Sigillum Opidi de Lutershusen. Der
Name dürfte am einfachsten von Lothar abzuleiten sein, und auf einen frühen
Ansiedler dieses Namens hindeuten, wie auch der Name Luther bekanntlich aus
Lothar entstand. Das alte Luttershusen war also so viel, als Lotharshausen,
ähnlich wie der Name Gunzenhausen offenbar von Kunz oder Konrad dem er=
sten Anpflanzer stammt. Haas sagt zwar (S. 63): „Leutershausen war wahr=
scheinlich ein sog. Läuterding, ein bedeckter Gerichtsraum, ein Haus, wo geläutert
wurde (leuteratio), und hatte daher seinen Namen, oder es stammt von Lob=
bing oder Louding (placitum legitimum) ab; allein der Ort dürfte wohl schon
längst vorhanden gewesen, und, wie jeder vorhandene Gegenstand, benannt worden
sein, ehe man ihn zum Gerichtssitze erkor. Förstemann leitet diesen Ortsnamen
von liut (Volk, Leute) und hus (Haus) ab[2]), so daß es Volkshausen bedeutet.

Leutershausen gehörte ursprünglich zur Hohenlohe'schen Burg Bernheim,
kam an die Grafen von Truhendingen und wurde im Jahr 1318 von
Friedrich von Truhendingen, zugleich mit der Veste Kolmberg, an Burggraf
Friedrich IV. von Nürnberg für 6200 Pfd. Heller verkauft. Die Belehnung
damit erfolgte im nächsten Jahr durch Kaiser Ludwig, genannt der Bayer.

Das bedeutendste Geschlecht darin waren in ältester Zeit die Schenken
von Leutershausen, verwandt mit den Schenken von Ahrberg, den Schenken
von Schenkenstein, sowie mit dem heut noch blühenden Geschlecht der Schenk
von Geyern. Auch die Herren von Seckendorf waren begütert daselbst und
hatten Antheil an der Veste.

2) Zwischen Leutershausen und Kloster Sulz dehnte sich ein großer
Urwald aus. Um ihn leichter auszurotten, wurde er — wie das heute
noch oft in Amerika geschieht — stellenweise niedergebrannt. Auf solchen aus=
gebrannten Stellen wurden Wohnsitze angelegt, die nach und nach zu 22
Weilern herangewachsen sind, welche man zusammen die Brunst oder Brünst
nennt. Der Hauptort heißt insbesondere Brunst und liegt am Fuße vom
Weißen=Kirchberg. Sieben, meist zu dieser Pfarrei gehörige Weiler haben
heute noch einen Wald, der mehrere hundert Morgen groß ist, und die Brünster
Nutzung heißt.

In dem Todten=Kalender des aufgelösten Franziskaner=Klosters zu Nürn=
berg findet sich aufgezeichnet, daß am 25. April 1271 daselbst starb Geuta
de Vestenberg. uxor militis de Brunst[3]). Somit hatte sich auch ein Ritter=
geschlecht daselbst hervorgethan. Ein noch früheres Dokument vom Jahre 1222
erwähnt eines Pfarrers von Kirchberg: Heinricus, plebanus in Brunst. Wie
Kirchberg in die Hände der Grafen von Graisbach kam, läßt sich nicht er=
mitteln; gewiß aber ist, daß Burggraf Johannes II. den Ort im Jahre 1336

---

1) Regesta Circ. Rez. p. 70.
2) Förstemann (Altdeutsches Namenbuch, Nordhausen 1859, Thl. II.) führt
unser Leutershausen als Liutherashusun S. 937 auf mit dem Beisatze: westlich von
Ansbach und südöstlich von Rothenburg. Deßgl. S. 815 erste Kolumne unter den un=
zähligen, sich auf hausen endigenden Ortsnamen.
3) Oetter, hist. Bibliothek. Th. II. p. 47,

von Graf Berthold von Graisbach kaufte[1]), woselbst später das Ansbach'sche Aemtchen Brünst errichtet wurde.

Noch ist zu erwähnen, daß Burggraf Friedrich V. im Jahre 1379 Schloß, Stadt und Amt Kolmberg und Leutershausen an Konrad von Kirchberg verpfändete, und daß noch 1434 ein Adam von Kirchberg Amtmann in Feuchtwangen war[2]).

Unweit der von Hornau herabkommenden und nach Leutershausen fließenden Altmühl erhob sich schon in grauer Vorzeit:

3) Kolmberg. Der Berg, worauf sich hier eine adelig freie Familie ein festes Schloß baute und sich nach ihm benannte, hieß der Kolbenberg, von den kolbentragenden Binsen so genannt, die heute noch in dem nahen Kolbenweiher wachsen, und der Jugend zu Spielen dienen. Aus diesem Geschlechte sind bekannt: Godevridus de Culmberc, Urkundenzeuge 1198[3]); Domina Sophia de Kolbenbergk, deren Jahrtag im Kloster Heilsbronn gefeiert wurde; und Sophia advocatissa de Cholbenberc, die in Urkunden von 1269 und 1284 vorkommt. Für diese alte Schreibweise und Ableitung des Namens spricht auch das Siegel des Ortes, welches drei grüne Berge darstellt, mit drei schwarzen Kolben an grünen Stengeln auf dem mittleren Berge. Haas dagegen leitet den Namen davon ab, daß vielleicht das Kampf- und Kolbengericht dort gewesen, oder wenigstens der gerichtliche Zweikampf der Parteien dort vorgenommen worden sei[4]).

Burg und Ort Kolmberg waren ursprünglich ein Besitzthum der Grafen Hohenlohe und gehörten mit Leutershausen zu dem Hauptgut Burgbernheim. Von ihnen kamen Kolmberg und Leutershausen an die Grafen von Truhendingen, von denen sie durch Graf Friedrich und seinen Sohn Konrad von Truhendingen im Jahr 1318 an Burggraf Friedrich IV. von Nürnberg um 6200 Pfd. Heller verkauft wurden. Kaiser Ludwig der Bayer machte die Veste Kolmberg zum Reichslehen, und die Burggrafen sorgten dafür, daß dieselbe — obwohl sie von ihnen öfters verpfändet wurde — doch eine zahlreiche Burgmannschaft zur Vertheidigung hatte. Hier saßen die Seldeneck, die Geißendorf, die Zobel, die Falken und fanden alle Raum innerhalb der hohen, mit starken Thürmen versehenen Mauern, die heute noch ungebrochen und stolz herabschauen.

4) Jochsberg, eine alte Ritterburg an der obern Altmühl unweit Leutershausen. Das Dorf entstand wahrscheinlich aus der ersten Niederlassung eines gewissen Jakob an dem Berge und hieß Jakobsberg, woraus Jobsberg wurde, da man den Namen Jakob in Job und Jobst zu verkürzen pflegte. Auf diese Weise erklärt wenigstens Förstemann den Namen Jakobsberg (Jacobesperc) bei Wasserburg. Jochsberg und Jochawa leitet er von dem Flußnamen Jaz ab. (II. 862.) Von dem Geschlechte, das hier auf freien Gütern saß, sind uns aufbewahrt: Gerbot von Jochsberg vom Jahre 1302; Lupolt der Taube

1) Groß, Brandbg. Landes- und Regenten-Historie p. 198. Pistorius, Franconia rediviva p. 413.
2) Jacobi, Geschichte von Feuchtwangen. Nürnberg 1833, S. 217.
3) Matricula Nobilium bei Jung, Miscell. T. I. p. 5.
4) Haas, Rangau und seine Grafen, Erlangen 1853, S. 63.

von Jochsberg, der unter Zustimmung seiner ehelichen Wirthin Heydewig und seines Sohnes Lupolt seinen Zehnten in Frometsfelden im Jahre 1324 an das Kloster Sulz verkaufte; endlich Walburg, Wittwe Wilhelms von Jochsberg, aus dem Jahre 1500.

Nach dem Erlöschen dieses Geschlechtes belehnten die Burggrafen die Seckendorf damit, zuerst Burkart von Seckendorf, der Vogt zu Onolzbach war 1334.

5) Oberdachstetten, nördlich von Kolmberg, in der Nähe der Rezatquelle. Es ist neuerdings die Vermuthung ausgesprochen worden, daß hier die Stätte war, wo die Cent tagte, oder ihre Volksversammlungen hielt, weßhalb der Ort Tagstetten genannt worden sei, und später, zum Unterschied von Mittel= und Nieder=Dachstetten, Ober=Dachstetten. Das edle Geschlecht, das hier saß, mag eine hervorragende Stellung eingenommen haben, weil der erste Zeuge, welcher im Jahre 1132 die Stiftungs-Urkunde des Klosters Heilsbronn unterzeichnete: Adelbert de Tagestetten war [1]). In einem 1140 zu Nürnberg aufgenommenen Diplome sind als Zeugen unterschrieben: Albero de Dagestetten et filius ejus Albero [2]). Ein Herbo de Tagestetten kommt in einer Urkunde von 1157 vor (Stieber S. 307). Für Meinlochus de Tagestetten, seine Frau und seinen Sohn waren Jahrtage im Heilsbronner Kloster gestiftet [3]); beßgleichen für Ruodegerus de Tagestetten vom Jahr 1208 an, und die Urkunde ist noch vorhanden, in welcher Adalbero de Thagenstettin im Jahre 1165 unter Zustimmung des Bischofs Herold von Würzburg dem Gumbertusstift zu Ansbach den dritten Theil seines Blutzehntens und den ganzen Fruchtzehnten zu Ottenhofen (bei Windsheim) schenkte (Donatur tertia pars decimarum de animalibus et tota de frugibus in Ottenhofen) [4]). Selbst das Jahr 1225 nennt noch einen Advocatus in Tagestetten.

Die Dachstetten scheinen Vasallen der in dieser Gegend so mächtigen Grafen v. Hohenlohe gewesen zu sein. Von ihnen, und zwar von den Grafen Albrecht und Ludwig, die zu Uffingen (Uffenheim) saßen, erwarben die Burggrafen Konrad II. und Friedrich II. von Nürnberg Burg und Güter zu Dachstetten, zugleich mit der Herrschaft Virnsberg und Egenhausen um 550 Pfund Heller, und zwar am St. Galli-Tag 1259. [5])

Außer diesen alten Edelsitzen gab es in dem ehemaligen Rangau noch andere uralte Orte, die frühe schon Ansbachisch wurden. Dazu gehörten:

1) Kammerforst, ursprünglich der Name eines nahen, geschlossenen Waldes, ähnlich wie Strüth und Orlas oder Orles. Schon in einer Koblenzer Urkunde von 1153 heißt es: Confirmamus etiam vobis silvam, que Camervorst dicitur. Man nannte ihn auch den kleinen Orles. Der Ort

---

1) Hocker, Heilsbronner Antiq.=Schatz, Th. II. S. 59.
2) Monum. Boica, T. XIII, p. 171, cf. Reg. C. R. p. 43.
3) Jung, Miscellanea, Tom. II., p. 36 und 119. Dr. Kerler im XXXIII. Jahr.=Bericht 1865, S. 126, wo aus einem Todtenkalender des dreizehnten Jahrhunderts als Jahrtag mitgetheilt ist: VIII. idus maij Pater et mater Meinlochi de Tagestet.
4) Regesta Boica, T. I p. 257 und T. II. p. 431.
5) Rentsch, Brandenburgischer Cedernhain, S. 285, woselbst bemerkt wird, daß die Original-Urkunde noch vorhanden sei.

gleichen Namens wurde in der Nähe des Waldes von den Benedictinern oder Chorherren zu Onolzbach angelegt, weßhalb die Haus- und Grundbesitzer daselbst verschiedene Abgaben an das Gumbertusstift zu liefern hatten. In einer Urkunde von 1293 wird er praedium genannt (ein Herrschaftsgebiet)[1]).

2) Eglofswinden, bei Ansbach, eine wendische Niederlassung, schon 1171 genannt, als villa Egelolveswinden[2]). Da Förstemann (II 16) den Namen Eglofsheim bei Regensburg (Egilolfesheim) von dem Personennamen Agil ableitet, so dürfte auch Eglofswinden auf Agil und Agilolf zurückzuführen sein.

3) Nieder- und Ober-Reichenbach (bei den Eichen am Bache), jenes 1249, dieses 1311 in einer Urkunde erwähnt.

4) Pfaffenreut, eine halbe Stunde von Ansbach, erhielt seinen Namen davon, daß die Pfaffen oder Mönche hier zuerst das Land urbar machten; weßhalb auch die Bewohner, denen man das gereutete Land überließ, dem Stifte — statt der Zinsen — den Zehnten zu reichen hatten. Genannt 1342.

5) Rügland, ohnweit der Biber, fand schon in einer Stifts-Urkunde vom Jahr 1168 Erwähnung (Rugelanden cum villa, quae dicitur Frohndorf). Da Förstemann nicht blos die Insel Rügen (Ruginin) in Verbindung setzt mit dem deutschen Volksstamme der Rugier, die unter Odoaker nach Rom zogen, sondern auch Rügenwalde an der Wipper, Rügheim bei Schweinfurt (Rugiheimono marca), Rugehusen bei Weimar und Rugiland in Ober-Ungarn, so dürfte die Vermuthung nicht zu gewagt sein, es könnten einige Rugier, die auf dem Zuge ihres Volkes nach Italien hier zurückblieben, die Gründer unseres Rüglands gewesen sein[3]) Später wurde Rügland Eigenthum der Herren von Crailsheim, von denen sich eine der Hauptlinien in Franken darnach benennt und das mittelalterliche Schloß im besten Stande erhält.

6) Forst auf einer Anhöhe zwischen Weihenzell und Bruckberg. Seine Kirche ist alt. Schon am 8. April 1303 schenkte Bischof Mangold von Würzburg das Patronatsrecht oder den Kirchensatz derselben dem Gumbertusstift zu Onolzbach[4]). Ramung von Vestenberg wollte dies nicht anerkennen, wurde am 18. Juni 1319 von dem bischöflichen Richter durch die Pfarrer in Onolzbach und Flachslanden vorgeladen (ut predictum Ramungum ad suam praesentiam peremtorie citent), und unter dem 14. April 1320 verurtheilt, jedoch wurde der Streit erst durch die Vermittelung des Abtes von Heilsbronn und seines Bruders Leupolt von Weiltingen am 4. August 1323 beigelegt[5]).

7) Weihenzell, ursprünglich nur Zell genannt. In einer Urkunde vom Jahr 1299 kommt es mit Rügland vor (Rugelande et in Celle). Am Anfange des vierzehnten Jahrhunderts schon bildete es eine eigene Pfarrei mit

---

1) de Lang, Regesta Circ. Rezat, p. 68.
2) Strebel, Franconia illust. T. I. p. 18.
3) Förstemann, altdeutsches Namenbuch, 1859, Th. 8, S. 1200.
4) de Lang, Regesta S. V. p. 45: Manegoldus episc. herbipolensis decano et capitulo ecclesiae onolsbacensis donat parochialem ecclesiam in Forst.
5) Regesten z. Gesch. v. Ansbach im XXXIII. J.-B. S. 161 ff.

einem plebanus, d. i. Pfarrer; 1380 wurde dieselbe mit dem Archidiakonat im Rangau vereinigt, welchem der jedesmalige Probst des St. Gumbertus-stiftes in Ansbach vorstand. Erst später wurde der Ort zum Unterschied von Wasserzell und Rauhenzell „Weihenzell" genannt. Ein ehemaliger Soldat, Andreas Bergmüller, entdeckte im Jahre 1680 die Heilquelle daselbst, welche jedoch versiegte [1]).

8) Elpersdorf, eine Stunde westlich von Ansbach, kommt in dem Testament des letzten Wolfram von Dornberg aus dem Jahre 1288 unter dem Namen Eltwinsdorf vor, woraus später Elbersdorf, zuletzt Elpersdorf wurde. Die uralte Kirche wurde dem h. Laurentius geweiht [2]).

II. Abschnitt.

Gaugrafen und älteste Orte und Edelsitze des Fürstenthums Ansbach im alten Mulachgau.

Der große Mulachgau (pagus moligaugius), westlich vom Rangau, erhielt seinen Namen von der Mulach oder Maulach (Mulaha), welche ober-halb Kirchberg in die Jart fällt, und begriff das Gebiet der Tauber und Jart in sich. Er wurde urkundlich bei der Gründung des Bisthums Würz-burg, 741, erwähnt [3]). Von seinen Gaugrafen kommt in Urkunden nur einer mit Namen vor, nämlich comes Heinricus 1024, welchen Lang mit Recht für einen Hohenlohe hält, die reichbegütert daselbst waren.

Zum Markgräflich Ansbachischen Gebiet kamen folgende Orte im alten Mulachgau:

1) Insingen. Nach Rudhart soll sich dieser Ort schon in dem Diplome vom 17. August 817 erwähnt finden [4]). Unzweifelhaft kommt er in zwei Schenkungs-Urkunden vor, von denen die eine in das Jahr 1090 gesetzt wird, die andere dem Jahre 1171 angehört. Förstemann leitet den Namen dieses Ortes von dem Personen-Namen Inco ab [5]), woher die Ingaevones stammen, der nordwestliche unter den drei ältesten Stämmen der Deutschen, von Tacitus Ingaevones genannt [6]). Auf diesen Inco führt Förstemann auch die Ortsnamen Ingenheim, Ingeleben, Ingweiler, Ingolstadt, Ingelfingen u. a. zurück. Dagegen ist Lang der Ansicht, daß der Name unseres Insingen von Ingesinde abzuleiten sei, und dieses von dem auf fremdem Eigenthum woh-nenden Gesinde [7]), ähnlich wie die Inquilini (incolini) bei den Römern und

---

1) Dr. Loelius, Hygia Weihenzellensis oder Weyhzellischer Heil- und Wun-derbrunne, Onolzbach 1681. Vgl. IX. J.-B. S. 10.
2) Strebel, Franc. ill. I. p. 21.
3) Rudhart, älteste Geschichte Bayerns, S. 569.
4) Rudhart, älteste Geschichte Bayerns, 1841, S. 569.
5) Förstemann, altdeutsches Namenbuch, B. II. S. 848.
6) Tacitus, Germania Cap. II.
7) Schmitthenner erklärt Ingesinde: mittelhochdeutsch ingesinde, das zu dem Hause gehörige Gesinde (K. deutsches Wörterbuch, 1837, S. 229).

das Inknechta, von welchen die Diutiska im II. Bande handelt[1]). Für die
Etymologie Lang's spricht auch die älteste Schreibweise des Ortes: Ingosingen[2]).

Wirklich muß auch das Gumbertusstift namhafte Besitzungen in Insingen und der Umgegend gehabt haben, weil es eigenes Kastenamt daselbst
hatte. Jedoch waren auch die Küchenmeister von Norbenberg dort begütert.
Von dem erloschenen edelfreien Geschlecht ist nur Ritter Lupolt von Insingen
aus dem Jahre 1310 und Guta, seine eheliche Wirthin bekannt. Zur Zeit Stieber's
(also vor hundert Jahren) war noch das, mit doppeltem Wassergraben versehene Schlößchen der alten Gutsherren in der Nähe des Amtshauses vorhanden[3]).

2) Diebach, in ältester Zeit Dyepach geschrieben. Von dem adeligen Geschlechte dieses ist nur Orthep de Dyebach bekannt aus einer Urkunde vom
Jahr 1318; der Name seines Bruders ist unleserlich (Stieber S. 316). Der
Ort war bis 1363 ein Filial von Insingen und erhielt nach seiner Erhebung
zur eigenen Pfarrei Faulenberg als Filial.

3) Kreglingen an der Tauber. Aehnliche Namen pflegen von dem
althochdeutschen chraja oder krâa, die Krähe, abgeleitet zu werden. Förstemann aber glaubt, es müsse einen gleichlautenden Stamm für Personen=Namen
gegeben haben, und zu diesem gehöre namentlich Kreglingen bei Mergentheim[4]).
Dieses Cregelingen hatte schon in alter Zeit eine Ritterburg (castrum), bewohnt von Ministerialen oder Dienstmannen der Herren von Brauneck, Hohenlohe'schen Stammes. Sie schrieben sich nach ihrer Burg. Daher findet man
schon 1169 einen Gozwin de Kreglingen[5]) und aus den Jahren 1306 und
1313 einen Heinrich und Ludwig von Kregelingen. Auch 1314 Ludwig
Stuhse, genannt von Kreglingen[6]).

Zur Stadt wurde es jedoch erst durch das Privilegium von Kaiser
Karl IV. im Jahr 1349 erhoben, und zwar mit den Freiheiten, wie Rothenburg an der Tauber. Bei Strafe von 40 Mark löthigen Goldes solle Niemand Kreglingen daran hindern[7]). Nach dem Aussterben des Brauneckischen
Mannesstammes wurde es von den Erben nebst den sog. Maindörfern für
24,000 fl. 1448 an Markgraf Albrecht Achilles verkauft. Gegenwärtig
gehört es zur Krone Württemberg.

4) Crailsheim, an der Jart im sogenannten Virngrund, einst mit
der Stammburg der Herren von Crailsheim in der Nähe, die bis zum Jahre
1848 den Zehnten von Crailsheim bezogen, noch im Genusse gutsherr=

---

1) IV. Jahresbericht des hist. Vereins für 1833, S. 13.
2) In der ersten Urkunde (um das Jahr 1090 verfaßt) heißt es: Haec sunt
praedia, quae Dominus Wignandus tradidit ad altare S. Nicolai .... II mansos
in Ingesingen; in der zweiten Urkunde vom Jahr 1171: Heinricus Praepositus
in Onoldesbach fratrum S. Gumberti in Onoldesbach usibus indulget duos mansos
in villa Egelolveswinden (Eglofswinden) V mansos in Ingesingen, Rugelanden
(Rügland) u. s. w. de Lang, Regesta Circ. Rez. p. 34 und 68.
3) Stieber, hist. und top. Nachricht von dem Fürstenthum Brandenburg=
Onolzbach, 1761, S. 516 ff.
4) Förstemann a. a. O. Th. II. S. 383 und 84.
5) Jung, Miscellanea Tom. I. 3.
6) Georgi, Uffenheimer Nebenstunden B. II. S. 102.
7) v. Schütz, l.c... P. I. Sect. III. p. 138,

licher Rechte daselbst sind, und in Franken in den beiden Linien Rügland und Sommersdorf blühen. Förstemann ist geneigt, den Namen Crailsheim von dem altnordischen kraka (cornix) abzuleiten, denn er setzt (Th. II. S. 386) zu dem aus dem Codex Laureshamensis diplomaticus des achten Jahrhunderts genommenen Creizheim die Frage: „Wahrscheinlich Crailsheim an der Jart, verderbt?" Die Stadt bestand ursprünglich aus 8 Höfen, welche theils nach Diesenbach, theils nach Altenmünster gepfarrt waren, und stand nach Wibels Mittheilung unter der Herrschaft der Stadt Augsburg [1]). Im Jahre 1289 erkauften es die Grafen Ludwig und Konrad zu Dettingen. Die Kaiser Ludwig der Bayer und Friedrich der Schöne von Oesterreich belehnten 1314 den Grafen Kraft von Hohenlohe damit; und da Kaiser Ludwig, aus Wittelsbachischem Stamme, ein Freund der Bürger war und die Bürger als dritten Stand neben Adel und Geistlichkeit emporzubringen suchte, so ertheilte er auch Crailsheim 1338 die Rechte einer Stadt, gleich Hall in Schwaben. Im Jahre 1388 brachte es der Landgraf Johann von Leuchtenberg an sich, jedoch nur, um die Stadt mit Altenlohr, Gerabronn, Flügelau, Blaufelden u. a. O. eilf Jahre später an die Burggrafen Johann III. und Friedrich VI. von Nürnberg für 36,000 rheinische Gulden zu verkaufen [2]). Wie Kreglingen erhielt auch Crailsheim ein Ansbachisches Oberamt und kam empor; am Anfange dieses Jahrhunderts gelangte auch diese uralte Stadt, die ihre Entstehung bis auf Kaiser Karl den Großen zurückführt, weßhalb sie lateinisch Carolshemium heißt, mit ihren Umgebungen an das neugebildete Königreich Württemberg.

III. Abschnitt.

Gaugrafen und älteste Orte und Adelsgeschlechter des Fürstenthums Ansbach im Gollachgau.

Der Gollachgau (Gollingowe) war nach Lang ein Untergau des großen Iffigaues; [3]) nach Schütz und Stieber aber war er ein Untergau des Rangaues. [4]) Rudhart, der Spruner folgt, behandelt ihn ebenfalls selbstständig und sagt (S. 569): „Es reichte der Gau von der Ranquelle bis zur Iphmündung und von diesem Punkte südlich bis zur Tauber." Er erhielt seinen Namen von der kleinen Gollach, welche der Tauber zueilt, und wurde ur=

---

1) M. Wibel, Hohenlohe'sche Kirchen= und Reformations=Historie, Thl. I. S. 136 und IV. S. 90.
2) Stieber a. a. O. S. 300 ff. Groß, Brandenburgische Landes= und Regenten=Historie p. 248.
3) v. Lang, Bayerns Gauen, Nürnberg 1830, S. 90.
4) v. Schütz a. a. O. I. Sect. III. p. 239. In der zweiten Anmerkung beruft er sich auf Schannat, Corpus Traditioneum Fuldensium, wo es p. 284 heißt: Adelbrecht comes et frater ejus Eggibrecht tradiderunt Sancto Bonifacio XXX. villas, juxta fluvium Gollaha Tubere in pago Baduegowe (Badenachgau) et Rangowe et mancipia sine unauro. Deßhalb stimmt auch Stieber für den Rangau (p. 833)

kundlich zum ersten Male 741 bei Gründung des Bisthums Würzburg er= wähnt. Mit Bestimmtheit werden als Gaugrafen dieses Bezirks genannt: Kunibert 779, dann ein Eberhard, deßgleichen Gernugus aus den Jahren 962 und 973 und Gumbertus von 1017 und 1023. Von den alten edel= freien Geschlechtern dieses Gaues überragten die Hohenlohe, seit 1178 be= kannt, alle übrigen, erwarben in mehreren Gauen und Grafschaften eigene Herrschaften, und schwangen sich um die Mitte des vierzehnten Jahrhunderts zur Würde der Grafen und endlich der Fürsten empor. Am frühesten trat der Hohenlohesche Zweig der Freien von Weikersheim hervor, erlosch aber zu Anfang des dreizehnten Jahrhunderts. Eine andere Linie nannte sich nach ihrer Burg „von Hohelohe" und zerfiel seit 1220 in 2 Zweige: 1) In die Hohenlohe auf Hohenlohe und zu Uffenheim, zu welchem Zweige auch die Herren von Speckfeld gehörten; 2) in die Hohenlohe auf Brauneck[1]). Die Herren von Seckendorf waren ihre Truchseßen, und die von Leutershausen ihre Schenken. Die Speckfelder Linie starb 1412 aus, die Brauneckische zu Ende des vierzehnten Jahrhunderts,

Ansbachisch wurden im alten Gollachgau: 1) Uffenheim an der Gollach. Den Namen suchte Georgi (einst Dekan daselbst) in seinen Uffen= heimischen Nebenstunden, Bd. I. S. 4, von Opferhain abzuleiten, welches man „Uff dem Hayn" ausgesprochen habe, woraus dann der Name Uffenheim geworden sei. M. Wibel dagegen stellte in Oetter's Sammlung verschiedener Nachrichten aus allen Theilen der historischen Wissenschaften (Stück I. Nr. III. S. 52), die Vermuthung auf, daß der Erbauer dieser Stadt (soll wohl heißen: erster Anpflanzer) Uffo oder Offo geheißen habe, und bringt Belege bei, daß dieser Personenname nicht ungewöhnlich gewesen sei, und daß ein Deutsch=Ordensritter unserer Gegend 1275 Offo de Arberch hieß[2]). Auch schrieb sich das adelige Geschlecht daselbst in den ältesten Urkunden Offenheim, z. B. Gebeno de Offenheim um das Jahr 1136, Wasmont de Huffenheim vom Jahr 1161. Noch 1240 Ludewicus et Godefridus de Offenheim und 1250 Albertus et Arnoldus de Offenheim.[3])

Die Burg derselben stand auf der Anhöhe vor dem Wald gegen Utten= hofen, das alte Schloß genannt. Die Bewohner derselben waren Hohenlohe'= schen Geschlechtes und scheinen von ihrem, nur zwei Stunden entfernten Stammschlosse Hohenloh, jetzt Hohlach, in das durch Feldbau, Gewerbe und Handel emporkommende Uffenheim gezogen zu sein. Sie selbst aber haben auch das Ihrige zum Aufblühen der Stadt beigetragen, und namentlich scheint es Luz (d. i. Ludwig) von Hohenlohe gewesen zu sein, der — nachdem ihm Uffenheim mit Speckfeld, Landsberg (Hohelandsberg), Frankenberg und einigen anderen Orten bei der Erbtheilung im Jahr 1330 zugefallen war — den Ort mit Mauern umgab und dadurch zur Stadt erhob; denn in einer im Jahr

---

1) Leo, die Territorien des deutschen Reiches im Mittelalter seit dem 13. Jahr= hunderte. Halle, 1865. B. I. S. 240 ff., wo sich auf S. 242 der Hohenlohe'sche Stammbaum findet.

2) Vgl. Förstemann a. a. O. II. 1429, wo eine Menge Ortsnamen aufge= zählt sind, welchen der Personenname Uff zum Grunde liegt.

3) Jung, **Miscellanea**, Tom. I. p. 6 und 7.

1349 ausgefertigten Urkunde wird Uffenheim schon **oppidum** (Stadt) genannt, und in einer andern des Bischofs Albert von Würzburg, der selbst ein geborner Graf von Hohenlohe war, geschieht der Mauern Uffenheims Erwähnung (**extra muros oppidi in** Uffenheim).

Diese Stadt verdankt den Grafen von Hohenlohe auch Stiftungen, nicht nur zur Johanniskirche, deren schon 1291 Erwähnung geschieht, sondern Gerlach von Hohenlohe und seine fromme Gattin Margaretha gründeten auch 1360 das Armen-Hospital mit Kirche und Nebengebäuden. Leider scheinen sie dabei über ihre Kräfte gethan zu haben, denn neun Jahre darauf mußte Graf Gerlach schon Güter in Uffenheim an drängende Gläubiger abtreten, und im Jahr 1378 sah er sich genöthiget, Schloß und Stadt Uffenheim sammt Allem was dazu gehörte, an Burggraf Friedrich V. um 24,000 fl. ungarischer Währung zu verkaufen, und ließ in den Kaufbrief die Worte setzen: „von nothiger unser Schulde wegen." Die Hauptursache dazu soll die verschwenderische Pracht seiner Gemahlin gewesen sein, welche eine Prinzessin des Kaisers Ludwig IV., des Bayern, war.

Die Umgegend von Uffenheim wurde **plaga** Uffenheim genannt, und heißt heute noch der Uffenheimer Gau.[1])

2) **Welbhausen.** Dieser Ort war eine der ältesten Anpflanzungen an einem in die Gollach mündenden Bache. Schon in einem Diplome des Kaisers Heinrich II. des Heiligen vom Jahre 1017 wird seiner in Verbindung mit **Rodheim** gedacht. (In **Golligowi in comitatu Gumperti comitis Wallibehusen et Rodheim**); ebenso in einer Urkunde vom Jahr 1023. (**Wallibehusen et Rodehein in pago Gollingowi**); beßgleichen in einer Urkunde von 1180. Die Grafen von Hohenlohe belehnten damit die Herren von Ehenheim und Biebern. 1345 besaß den Ort der Hohenlohe'sche Vasall Erckinger von Welbhußen und 1354 Apel von Welbhausen. Die Kirche in Welbhausen wurde 1015 dem Kloster Michelsberg in Bamberg übergeben[2]). Später wurde der Ort ein Ansbachisches Schutzdorf. Dasselbe Schicksal hatte:

3) **Walmersbach**, eine Stunde von Uffenheim.[3]) Es hatte ursprünglich ein Rittergeschlecht. Georgi führt einen **Marquardus dictus Strezo** in Walmersbach als Verkäufer eines Gutes an das Hospital zu Rothenburg auf 1261 und einen **Gotfridus de Walmarspach, miles** (Ritter) als Bürgen der verkauften Burg zu Ergersheim 1291.[4])

Detter nennt einen **Albertus de Walmarsbach** als Zeugen in dem Schenkungsbrief des Grafen Gottfried von Hohenlohe an das Kloster Scheffersheim 1288[5]); und Jung einen **Heinricus de Walmarsbach** aus dem Jahr 1306[6]).

---

1) Georgi, Uffenheimische Nebenstunden. Schwabach 1740—1754. 2 Bände.

2) Georgi a. a. O. Band II., S. 635 und 652.

3) Fischer, Einführung des Christenthums in Bayern. 1863. S. 581.

4) Vielleicht von dem althochdeutschen walah abzuleiten, soviel als **peregrinus** (von einem fremden Volke stammend), woher auch das Wort wälsch, soviel als ausländisch. Förstemann führt (II. 1459 ff) auf: Walahpah, Walabroch, Walaburi (Walbur im Koburgischen) Walaheim, Walahusa u. s. w.

5) Detter Sammlung aus allen Theilen der hist. Wissenschaften, Th. I. S. 57.

6) Jung, **Miscellanea T. I. p.** 19.

Nach dem Erlöſchen dieſes Geſchlechts oder auch ſchon früher kam Wal=
mersbach an die Herren von Ebenheim im Iffigau und zuletzt als Schutzdorf
an die Markgrafen von Ansbach.

4) **Ergersheim.** Die älteſte Schreibart ſoll Archiſesheim, dann
Angarenheim und Angernheim geweſen ſein. 1201 kommt aber ſchon ein
Ulricus de Ergersheim vor. Auf ihrer Burg, welche dem Ort gegenüber auf
einer Waldhöhe lag, ſaßen die Ritter von Ergersheim als Vaſallen der Grafen
von Hohenlohe, welche die Burg dem Johanniterorden um 450 Pfd. Heller
verkauften. Im Gebiete der Markgrafen von Ansbach war Egersheim ein ſog.
Schutz= und Schirmdorf, wie auch Gollachoſtheim, Robheim, Senheim u. ſ. w.

5) **Ulſenheim,** am Urſprung der Gollach, kommt urkundlich ſchon im
eilften Jahrhunderte vor, wie in der Bavaria (B. III. Abth. II. S. 1115)
behauptet wird. Georgi weist aus einer Urkunde der Karthauſe Tückelhauſen
einen Marcold de Ulſenheim von dem Jahre 1161 nach.[1]) Die Mutter
des Marchüllſſen von Ulſenheim, Namens Adelheid, und ſeine beiden Schweſtern
Hedwig und Gertrub gingen in das St. Marrenkloſter in Würzburg und
übergaben dieſem ihre Leute und Güter in Ulſenheim; jedoch vertauſchte ſie
das Kloſter 1248 an Biſchof Hermann gegen andere, näher gelegene Orte.
Noch 1288 kommt in einer Hohenlohe'ſchen Urkunde Bruggenar de Ulſenhain
als Zeuge vor.

In der Nähe lag die Burg **Wildberg,** welche das Stammſchloß der
Grafen von Wildberg geweſen ſein ſoll.

6) **Gollachoſtheim** wird ſchon 1136 als Oſtheim an der Gollach
erwähnt, im Gegenſatze zu Kraut=Oſtheim im Iffigau (Crutheim 889, alſo
uralt).

7) **Lipprichhauſen,** ebenfalls an der Gollach, wurde urſprünglich
Lippurghauſen genannt und geſchrieben, und hatte Hemmersheim zum Filial.
1368 gehörte es den Herren von Renn, ſpäter den Truchſeßen von Balbers=
heim, zuletzt den Markgrafen, nebſt ſeinem Filiale **Pfahlenheim,** das ſchon
vor 1263 vorkommt. Jung erwähnt als Urkundenzeugen vom Jahr 1299
einen Otto de Pfalheim (Misc. I. 17) und eine Ut von Pfahlheim, eheliche
Hausfrau des Arnold v. Seckendorff, zu Trießdorf geſeſſen 1386 (IV. **74**).
Die älteſten Schlöſſer aber im Gollachgau waren:

8) **Hohlach,** ſonſt Hohenlohe (Hohinloch) genannt, am Anfang des
zwölften Jahrhunderts und **Braunecк** (Brunekke, 1230) die beiden Stamm=
burgen der einſt ſo mächtigen Grafen von Hohenlohe.

9) **Gülchsheim** an der Gollach, ſcheint ſeinen Namen ebenfalls von
der Gollach erhalten zu haben, da es in einer Urkunde vom Jahr **1119**
Gullichesheim genannt wird. Jedoch kann dieſer Ortsname auch von Gülle
abgeleitet werden. Weigand leitet z. B. Gullinen oder Gullen (Dorfgüll, ſüd=
öſtlich von Gießen) von Gülle, ſo viel als Lache, Pfütze ab;[2]) deßgleichen
De Smet Gulleghem in Flandern.[3]) Erſt ſpäter ſchrieb man Geilichsheim;

---

1) Georgi, Uffenheimer Nebenſtunden, B. I. S. 203.
2) Weigand, Oberheſſiſche Ortsnamen, Archiv für heſſiſche Geſchichte und Alter=
thumskunde. B. VII. Heft II. Darmſtadt, 1853, S. 249 ff.
3) De Smet, Essai sur les noms des villes et communes de la Flandre
orientale. 1849, p. 21. Vgl. Förſtemann II. S. 613.

dann Gülchsheim. Der Ort, welcher Marktgerechtigkeit erhielt, gehörte ebenfalls zu der Hohenlohe'schen Herrschaft Brauneck und wurde 1369 den Gläubigern des Grafen Gerlach von Hohenlohe übergeben. Im Jahre 1383 verkaufte Hohenlohe Schloß und Markt Gülchsheim an Würzburg u. s. w. Zuletzt ging es an Ansbach über.

10) Herrenbergtheim, gewöhnlich nur Bergtheim genannt, soll das Stammschloß der Grafen von Bergtheim sein.[1] Wirklich werden in zwei Schenkungsbriefen eines Ritters Pillung als Zeugen aufgeführt: Berchtoldus Comes de Berchtheim und Arnoldus Comes de Berchtheim[2]. Graf Berthold von Bergtheim, welcher 1155 starb, schenkte dem Kloster Michelsberg, Trabelshof und Danzenheid. Drei Brüder sollen die Orte Reinhardshofen, Rappoldshofen und Gerhardshofen angelegt und nach ihren Namen benannt haben. Im Jahre 1180 erlosch das Geschlecht. Es saß aber auch ein Zweig der Hohenlohe'schen Vasallen von Ehenheim in Bergtheim, mit dem Beinamen die Grumaten von Herrnbergtheim. Ihnen folgten die Fronhofen, welche ihre Güter daselbst an die Reichsstadt Windsheim verkauften, von welcher sie an das Markgrafthum Ansbach gelangten.[3]

11) Tauberzell, Hohenlohisch, 1397 an das Stift Herrieden verkauft, später das ganze Amt um 38,000 fl. von Ansbach erkauft.

IV. Abschnitt.

Gaugrafen und älteste Ansbachische Orte im Badenachgau.

Der Badenachgau, (pagus badenachgaugius) welcher in kirchlicher Beziehung in uralter Zeit das Kapitel Ochsenfurth bildete und durch den Lauf des Mains ebenso vom Kapitel Kitzingen, wie vom Gotzfeld geschieden war, erhielt seinen Namen von der Babnach (jetzt Thierbach genannt) und gränzte gegen Westen an den Taubergau. Der älteste Ort war Ochsnofurt (Kloster Ochsenfurt, schon 725), der bedeutendste Chunigeshofe (Königshofen im Gau) 741 und 823 genannt. Von Gaugrafen kommen vor: Adilbrecht, Egilbrecht und Egino 887 n. Chr. Die ältesten Orte dieses Gaues — sofern sie später zum Fürstenthum Ansbach kamen — waren;

1) Enheim, sonst Ehenheim genannt. Dies war der Stammsitz des Hohenlohe-Brauneckischen Vasallen-Geschlechts, welches 1645 mit Christoph von Ehenheim erlosch. Schon früher jedoch (1448) kamen die Ehenheimischen Besitzungen mit Brauneck, Kreglingen, Steft und mehreren andern Orten an den

---

1) Förstemann ist geneigt, den Namen Bergtheim von dem Personennamen Beraht abzuleiten, gesteht aber (II. 209), daß dieser Name nicht ganz klar sei, da ihm das Kennzeichen uneigentlicher Komposition mangle. Ueber die Grafen von Bergtheim s. die gründliche Abhandlung des Dekans Bauer zu Künzelsau im Jahresbericht des hist. Vereins in Mittelfr. Nro. XXVIII. 1855. S. 53 ff.

2) Wibel, Hohenlohesche Kirchen- und Reformations-Historie, Th. IV. in Suppl. Seite 22.

3) IV. Jahresbericht 1833, S. 40.

tapfern Markgrafen Albrecht Achilles von Ansbach, der sie um 24,000 fl. kaufte.[1]) Dies war auch der Fall mit

2) Gnodstatt, welches eines der 6 Maindörfer war. Das Rittergeschlecht, welches dasselbe ursprünglich besaß und das sich nach ihm schrieb, saß gewöhnlich auf seiner Veste Rüdenhausen oder in Schwarzach, auch in Schnodsenbach, (Knozsambach genannt). Es kommen urkundlich vor: Otto de Gnotstatt aus dem Jahr 1247, Arnold von Gnodtstatt, Ritter, der 1365 seine Veste Rüdenhausen dem Burggrafen Friedrich von Nürnberg öffnete. Conz von Gnodtstatt 1391 und 1404 und Andere; auch ein Doktor des päpstlichen Rechts Nicolaus von Gnottstatt, bis auch dieses Geschlecht mit Hanß junior von Gnottstatt, dessen Gemahlin Anna, eine geborne von Seckendorf aus der Linie Gutend zu Oberzenn war, im Jahr 1533 erlosch.[2]) Rüdenhausen fiel an die Grafen von Kastell; Gnotstatt aber blieb bei dem Markgrafthum und kam empor.

3) Ober-Ickelsheim an der kleinen Ickel, die bei Markt Breit in den Main fällt, gehörte zur Herrschaft Brauneck und gelangte mit dieser 1448 an das Haus Brandenburg-Ansbach.

4) Martinsheim, früher Mertesheim, Merzenheim und sogar Mensheim genannt, kam ebenfalls von Brauneck zu Ansbach und gehörte mit zu den sog. 6 Maindörfern.

5) Obernbreit am Braitbach hatte dasselbe Schicksal.

V. Abschnitt.

Gaugrafen und älteste Ansbachische Orte im Iffigau.

Der Iffigau (Yphigaw) umschloß die alten Kapitel Iphofen und Schlüsselfeld, und gehörte mit dem Mulach- und Rangau zu den 16 ostfränkischen Gauen, deren Zehnten K. Arnulph durch Urkunde vom Jahr 889 dem Bisthume Würzburg verlieh.[3])

Wie die meisten Gaue ihre Namen von ihren Flüssen erhielten, so erhielt auch der Iffigau seinen Namen von der kleinen Iff, die bei Marktbreit in den Main fällt (Förstemann Th. II. S. 850). Die älteste Schreibweise in Urkunden aus den Jahren 889 bis 923 ist Iffigewe, Iphgewi, Ibfigewe und Iphigowe.[4])

Als Gaugraf im Kapitel Iphofen kommt Megingoz vor, der ein geborner Bayer gewesen sein soll. Er stiftete schon 816 n. Chr. das nach ihm benannte Kloster Megingodeshausen am Leimbach (vielleicht Altmannshausen bei

---

1) Groß, Burg- und Markgräflich-Brandenburgische Landes- und RegentenHistorie, S. 295.
2) Biedermann, Geschlechts-Register der fränkischen Ritterschaft Orts Steigerwald, Tabelle Nro. 209 und 210, woselbst sich nach Stieber eine vollständige Genealogie der Herren von Gnotstatt befindet.
3) Bavaria, III. Abth. II. S. 1114.
4) Mon. Boic. T. XXVIII. Vgl. Förstemann II. 850.

Bibart, später nach Schwarzach versetzt).[1]) Nicht unwahrscheinlich, daß von ihm die Grafen von Kastell abstammen, deren Grafschaft sich im Gebiete seines Gaues bildete, ebenso wie die Grafen von Schlüsselfeld oder Hochstädt wahrscheinlich Abkömmlinge der alten Gaugrafen des Iffigaues waren. Von diesen ist aus der Zeit des Kaisers Konrad II. vom Jahr 888 bekannt: Ramwold, Egino und sein Sohn gleichen Namens, deßgleichen Ernest vom Jahr 912.

Was vom Iffigau zum Kapitel Iphofen gehörte, wurde später Würzburgisch, was dagegen zum Kapitel Schlüsselfeld gehörte, wurde Bambergisch. Zum Markgrafthum Ansbach kamen im Laufe der Zeit folgende Orte:

1) Mainbernheim, ursprünglich, wie Burgbernheim, einfach Bernheim genannt (villa Bernheim), scheint seinen Namen von den im nahen Steigerwald hausenden Bären erhalten zu haben. Für diese Ableitung entscheidet sich wenigstens Förstemann.[2]) Auch führt die Stadt einen aufrecht stehenden schwarzen Bären im Wappen und auf dem schönen Brunnen des Marktplatzes steht ein aus Stein gehauener Bär. Schon Kaiser Friedrich I. genannt Barbarossa nahm die villa Bernheim am 19. April 1172, als Reichsdorf, in seinen besondern Schutz[3]) und viele nachfolgende Kaiser bestätigten dies. Noch im Jahre 1382 war es jedoch nur ein Dorf (villa genannt und seine Bewohner villani). Erst der Landgraf von Leuchtenberg, der Mainbernheim in seinen besondern Schutz nahm, umgab dasselbe mit Mauern und Graben und erhob es dadurch zur Stadt. Landgraf Wilhelm von Hessen kaufte dieselbe, überließ sie aber dem Markgrafen Friedrich von Brandenburg, weil sie von seinem Lande zu entfernt lag. Getraide, Obst und Weinbau machten die Stadt wohlhabend und angenehm.

2) Markt Steft, im schönen Mainthal gelegen zwischen Markt Breit und Kitzingen, scheint seinen Namen vom hl. Stephanus abzuleiten, dem die älteste Kirche geweiht war, und den auch das Wappen mit einem Palmzweig in der rechten Hand darstellt.[4]) Im Jahr 1225 war Steft schon angelegt, da des Kaisers Friedrich II. Sohn Heinrich, als der VII. seines Namens zum deutschen Könige erwählt, in diesem Jahr sich anheischig gemacht haben soll, die Vogtei über Steft, Frickenhausen und Sickershausen, als Lehen vom Bischof Hermann von Würzburg zu übernehmen. Gewisser ist, daß Steft zur Hohenlohe-Brauneckischen Herrschaft gehörte, und mit Brauneck, Kreglingen, Gnodstatt, Ober- und Nieder-Breit, Sickershausen und andern Orten an die einzige Brauneckische Erbtochter Margaretha kam, deren Sohn Michael, Graf

---

1) Bayerns Gauen nach den drei Volksstammen von Ritter von Lang, Nürnberg 1830, S. 90. Rudhart, älteste Geschichte Bayerns, S. 550.

2) Förstemann, altdeutsches Namenbuch, Nordhausen 1859, Th. II., S. 202, wo Burgbernheim und Mainbernheim von dem althochdeutschen bero (ursus) abgeleitet werden, wenn auch vielleicht durch Vermittlung eines Personennamens. Dieser konnte etwa Bernhard sein, Berinhard von bera, berin, der Bär, s. Förstemann Th. I., S. 231, ähnlich wie bei Burgbernheim, das seinen Namen dem Bischof Bernhard von Würzburg verdanken soll.

3) Rudhart a. a. O. S. 551.

4) Aehnlich werden Steffersbach bei Geislingen (Stevenesbach) Stefelberg in Untersteiermark (Stepiliperc) von Förstemann (II. 1312 und 13) von Stephanus abgeleitet.

von Harbeck und Burggraf zu Magdeburg im Jahre 1448 diese ganze Braunecksche Herrschaft, wozu auch Martinsheim, Enheim, Ober-Ickelsheim gehörten, um 24,000 rheinische Gulden an die Markgrafen von Brandenburg-Ansbach verkaufte, die bemüht waren, durch Hafenbauten und Privilegien den Ort emporzubringen, als den einzigen Hafen des Fürstenthums an der damals belebten Wasserstraße des Mains.

3) H o h e n f e l d am linken Mainufer, auch Hohefeld genannt, reicht mit seiner Geschichte ziemlich hoch in das Alterthum hinauf. In einem Diplome des Kaisers Friedrich Barbarossa vom Jahr 1165 wird schon ein Eberhard de Hoovelt als Zeuge aufgeführt und 1281 hatte Hohenfeld schon eine selbstständige Pfarrei, und ihr Seelsorger hieß Otto.

Daß aber auch am Fuße des gegen den Main hin liegenden Berges ein Mönchskloster und auf dem Berge selbst, wo jetzt der Gottesacker ist, ein Nonnenkloster gestanden habe, ist höchst unwahrscheinlich, da nirgends von Hohenfelder Klöstern die Rede ist. Vielmehr dürfte die alte Burg der Herren von Hoevelt auf diesem Hügel gewesen sein, und der unterirdische Gang, den man gefunden und für eine geheime Verbindung zwischen beiden Klöstern gehalten, dürfte ein Ueberrest der Burggewölbe und Keller sein, wie sie z. B. erst vor 30 Jahren in Schalkhausen bei Ansbach aus einer kleinen Anhöhe gebrochen wurden, auf welcher einst die Burg der Schirmvögte des Klosters Onolzbach gestanden. Erst spät, nachdem die Herren von Seckendorf, von Crailsheim und von Furtenbach Hohenfeld besessen, kam es 1662 durch Kauf an Markgraf Albrecht von Ansbach.

4) M i c h e l f e l d, auf der fruchtbaren Hochebene zwischen Markt Breit und Mainbernheim, hat seinen Namen unzweifelhaft von Michael abzuleiten, und war ursprünglich der Sitz des Rittergeschlechtes dieses Namens. Daß der Ort alt ist, geht schon daraus hervor, weil schon 1216 ein Cunradus miles (Ritter) von Michelnvelt vorkommt. Eine Urkunde vom Jahr 1288 erwähnt der Jahrtage einer „Gertrud von Binawe, Heinrichs seligen wilunt von Michelwelt eelichen Wirtin", welche im Stift zu Oehringen in Schwaben gefeiert wurden. Im Jahre 1307 war Wolframus de Michelvelt Chorherr im Stift zu Oehringen. Auch eine Adelheidis de Michelfelt liegt mit mehreren Gliedern dieses Stammes daselbst begraben. Nachdem der Ort an einige andere adelige Familien gelangt war, kam er durch das Erlöschen des Mannesstammes der Herren von Bamberg an das Markgrafthum Ansbach.

5) S i c k e r s h a u s e n, zwischen Mainbernheim und Kitzingen freundlich gelegen, dürfte einem Sighart Gründung und Namen zu verdanken haben. Wenigstens werden die verwandten Ortsnamen Sickershofen (bei Dachau), Sickerhausen im Landgericht Freising und Siegersleben, (Sigerslevo bei Mansfeld) von Sigehart, d. i. dem Siegkühnen abgeleitet.[1] Sickershausen wäre demnach aus Sighartshausen entstanden. Das Alter dieses Ortes reicht zwar nicht so hoch hinauf, als seine Nachbarorte; Sickershausen gehörte aber doch schon zur alten Hohenlohe'schen Herrschaft Brauneck und wurde von den Lan-

---

1) Vgl. Förstemanns Onomastikon II. 1262, bei dem Stamme Sig vom althochdeutschen sigu (victoria). Vgl. Schmitthenner, kurzes deutsches Wörterbuch, 2. Auflage, Darmstadt 1837, S. 444.

desherrn zuerst an die Grafen von Kastell verpfändet, dann 1340 wieder eingelöst, 1448 aber mit den übrigen 5 sogenannten Maindörfern (Gnodstatt, Enheim, Martinsheim, Ober= und Unter=Ickelsheim) und der ganzen Herrschaft Brauneck von den Allodial=Erben dieser Hohenlohe'schen Linie an den Markgrafen Albrecht von Ansbach, genannt Achilles, verkauft.[1]) Später fanden zahlreiche Wallfahrten zu einem Heiligenbilde daselbst statt, weßhalb nicht nur eine Kapelle zu Ehren der h. Jungfrau Maria daselbst gebaut wurde, sondern auch die Einwohnerschaft in ihr Ortswappen einen Pilgrim oder Wallfahrer aufnahm, der in der Rechten einen Pilgerstab, in der Linken eine Muschel hält. Das Schlößchen, in welchem sich auch Christoph von Ehenheim aufhielt, wurde im Bauernkrieg zerstört.

6) Kleinlangheim, nördlichste Besitzung desselben Markgrafen in milder, fruchtbarer Gegend. Im Gegensatz zu Großlangheim, welches Würzburgisch war, wie zu dem Bambergischen Cisterzienser=Kloster Langheim, welches Bischof Otto von Bamberg 1132 unter Kaiser Lothar von Sachsen gründete, und das 1401 von Graf Oßwald von Truhendingen an Burggraf Friedrich von Nürnberg verkauft wurde, nannte man diesen Ort Kleinlangheim (auch Kleinlancheim). Der Name ist von lang, (longus) abzuleiten, und Förstemann führt diesen Ort unter dem Stamm Lang namentlich auf; außerdem Langenberg, Langenau, Langenbach, Langensee u. s. w., wie auch Lengfeld, Lengfurt und viele andere Orte.[2])

Die Endsylbe heim (gothisch haims) bedeutet Haus, Wohnsitz, Dorf und wird weder an Alterthum, noch an Zahl von einem anderen Element deutscher Ortsnamen übertroffen. Förstemann zählt (II, 639 ff.) 1132 Orts=namen mit der Endung heim auf. Die meisten in Flandern, im Rheinthal und bei uns in Franken.[3]) Beide Langheim hatten Edelfreie.

Eberhardus, Henricus, Hermannus und Boppo setzten 1250 ihrem Taufnamen bei: de minori Lancheim. Diese Edlen von Lancheim waren wahrscheinlich Vasallen oder Burgmannen der Grafen von Kastell. Graf Hermann von Kastell und seine Gemahlin Adelheid verpfändeten Burggraf Friedrich III. von Nürnberg, dem Vater der Gräfin Adelheid, im Jahr 1283 das Schloß Kastell mit Kleinlangheim. Das Stammschloß wurde später an den Grafen von Kastell wieder abgetreten, Kleinlangheim aber blieb bei dem Markgrafthume Ansbach und wurde der Sitz eines Oberamtes.

7) Prichsenstadt, an der nördlichen Gränze des Iffigaues, trug in seinem alten Siegel mit dem Löwen und dem Thurm den Namen Prissendorf (Sigillum civitatis in prissendorf). Man findet es auch Briesendorft und Prichendorff geschrieben, bis der Name Prichsenstadt allgemein wurde. Wahrscheinlich hieß der Gründer der Stadt Briso oder Brisolf. Von diesem

---

1) Ueber die Linie Hohenlohe=Brauneck s. Haas a. a. O., S. 235.

2) Förstemann II. 899: Lancheim (im neunten Jahrhundert genannt): 1) Langheim, östlich von Würzburg, südlich von Schweinfurt, 2) Langheim, nordöstlich von Bamberg, bei Lichtenfels.

3) Diefenbach, gothisches Wörterbuch, B. II., S. 499 ff. verfolgt nach Förstemann's Urtheil am vollständigsten die verschiedenen Formen des Wortes heim durch mannigfache Sprachen und Dialekte (II. 638).

Namen leitet wenigstens Förstemann (II. 294) die Ortsnamen Britheim, Brizzingen, Brizzenheim, Briznach, Brirlagg u. s. w. her. Bei dem untern Thor an der Mauer stand ehemals eine Ritterburg, die zur Hälfte in die Stadt hereinging. Die Rechte einer Stadt erwarb der Ort in den Jahren 1367 und 1381; konnte aber seine Mauern erst 1419 aufführen und sein Rathhaus erst 1489. Im Jahr 1381 verkaufte Kaiser Wenzel die Reichsstadt Prichsenstadt an den Burggrafen von Nürnberg. Von 1467 an hatte Prich=senstadt markgräfl. Ansbachische Amtleute. Auch war es eine Freiung oder Freistätte für diejenigen, welche sich eines nicht beabsichtigten Todtschlages schuldig machten (jus asyli) vom Kaiser bestätigt.

8) Diesbeck, wo später ein markgräfliches Amt gebildet wurde aus dem heimgefallenen Lauffenholzerischen Lehen zu Neustadt a/A. Der Name mag durch Zusammensetzung der altdeutschen Worte diota (aus dem gothischen thiuda, Volk) und pah mit der Nebenform pecchi (Bach und Becken) ent= standen sein. Von diet, (Volk), leitet z. B. Förstemann (II. S. 1378) Die= telsheim, Dietweiler, Dietelhofen u. s. w. ab. [1]

9) Uehlfeld. Schon um das Jahr 1100 wird ein Ultevelt genannt, und 1189 kommt ein Diemar de Ulfevelt vor. Der Ort gehörte zur Graf= schaft Höchstadt; denn 1181 erscheint ein Dietmar von Ulefeld als Ministerial des Grafen von Frensdorf, und so nannten sich auch die Grafen von Höchstadt. Erst im Jahre 1592 fiel Uehlfeld mit 77 Unterthanen in Uehlfeld und andern kleinen Orten von den Truchsessen zu Wetzhausen dem Markgrafen von Ansbach heim. Der Name dürfte vielleicht von dem Flußnamen Ulvan abstammen, wie z. B. Ilvesheim in Rheinhessen; Ilbesheim am Neckar und und der in denselben mündende Ulvenbach. [2]

10) Münchsteinach. Albert von Steinach stiftete hier im Jahr 1102 mit Genehmigung des Bischofs Einhard oder Aynhard von Würzburg, eines geborenen Grafen von Rothenburg, eine Benediktiner=Abtei, woher man dieses Steinach das Mönchensteinach oder Mönchsteinach nannte. Die Schirmvogtei übten die Hohenstaufen als Herzöge von Franken aus, und König Konradin belehnte mit derselben im Jahre 1265 zu Lengenfeld den Burggrafen Fried= rich III. von Nürnberg. [3]

Zur spätern Verwaltung des Klosters gehörte auch Schornweißach, Gutenstetten, Gerhardshofen u. a. O.

VI. Abschnitt.

Gaugrafen des Swalafeldes und älteste Orte und Gebiete darin.

Das Swalafeld oder Sualafeld, auch Schwanenfeld genannt, 1 im Süden nnd Westen vom Rieß umschlossen, gränzte gegen Norden an

---

1) Schmitthenner a. a. O. S. 112 und 48.
2) Förstemann, II. 1433.
3) Hoßmann, Beschreibung aller Stifter und Klöster im Burggrafthum Nürn= berg, Manuscript 1617, S. 107.

den Rangau und hatte gegen Often den Nordgau neben sich. Es umschloß somit den Hahnenkamm,[1] die Altmühl-Gegend und das Land zwischen der Altmühl und der obern Wernitz. Es gehörte ursprünglich, gleich dem Rieß, zur Diözese Augsburg, bis es zwischen 889 und 1053 von Schwaben ausgeschieden wurde.[2]

Der Name Swalafeld ist wahrscheinlich von Schwal abzuleiten, einem kleinen Bache bei Wembingen, (Womading), der bei Bühl (Buila) in die Wernitz fällt, und früher Sualana genannt wurde, weßhalb der Gau Sualafeld hieß.[3] Die Lage desselben und insbesondere des Hahnenkamms ist in einer Urkunde vom Jahr 1058 im Allgemeinen als zwischen Pappenheim und Oettingen befindlich angegeben (in Tittenbrunn in pago Sualeveld i. e. in Hahnenkamm, ut terra inter Pappenheim et Oettingen vocatur). Das Sualafeld gehörte bis zum Ende des neunten Jahrhunderts zu Alemannien, seit der Mitte des eilften Jahrhunderts aber zu Franken und in geistlicher Beziehung zum Bisthum Eichstätt.[4]

Als Gaugrafen des Sualafeldes (Sualafeldon, auch Sahfelt genannt) kommen vor: Helmoin im Jahr 793, Erloinus 802, Ernst 889 zc., Adelhard 996, Werner 1007, Chuno 1053 u. f. w. Die späteren Gaugrafen schrieben sich nach ihrer Veste Truhendingen und scheinen mit den älteren Gaugrafen gleichen Geschlechtes gewesen zu sein. Sie wurden Schirmvögte von vier Klöstern und nannten sich Vögte von Truhendingen; und nachdem ein großes Gebiet um Wassertrudingen und Gunzenhausen ihr Eigenthum, und mehrere Gutsherren ihre Vasallen geworden waren, Grafen von Truhendingen, welcher Titel seit 1268 ausschließend in Urkunden vorkommt.

I. Die Grafschaft Truhendingen.

a) Stammschlösser.

Drei Schlösser und Orte in der Nähe waren es, welche den Namen Truhendingen führten und abwechselnd von den Herren und Grafen gleichen Namens bewohnt wurden.

---

1) Spruner, Bayerns Gaue, S. 49, wodurch die Ansicht des Historikers v. Lang in seinen Gauen Bayerns nach den 3 Volksstämmen manche Berichtigung erhielt.
2) Vetter, Beschreibung des Oberamts Hohentrüdingen, 1732.
3) Chronicon Gottwicense P. II. L. IV. p. 785 und v. Falckenstein, Analecta Thuringo-Nordgav. Nachlese VIII. p. 168. Da Wembingen heute noch warme Heilquellen hat, so können die Worte Schwal und schwül wohl verwandt sein. Auch Schwalbach hat warme Quellen. Förstemann führt unter den von sval, alt- und mittelhochdeutsch swal, neuhochdeutsch schwall abgeleiteten Ortsnamen S. 1344 des II. Theiles seines altdeutschen Namenbuches auch den Gau (pagus) Sualafeld auf und setzt erklärend bei: „An den Quellen der Altmühl, um die Schwale, Nebenfluß der Wernitz.“ Vgl. K. Roth, kleine Beiträge zur Sprach-, Geschichts- und Ortsforschung, München 1850, B. I. S. 225. Von swal oder schwall sagt Förstemann (p. 1343) daß es ein, das Aufwallen des Wassers bezeichnendes, für Flußnamen besonders passendes Wort sei, sich beziehend auf Weigand's oberhessische Ortsnamen im Archiv für hessische Geschichte und Alterthumskunde B. VII. Heft II. Darmstadt 1853, S. 292.
4) Fuchs im Jahresbericht des hist. Vereins von Mittelfranken Nro. XVIII. Seite 5.

1) **Altentrübingen**, mit der uralten **Stammburg**. Es kommt schon 836 urkundlich vor unter dem Namen Truthmuntiga in dem Bericht des Presbyters Rudolfus, welcher mit andern Brüdern von dem berühmten Abte Rhabanus Maurus zu Fulda nach Italien gesandt wurde, um die sterblichen Ueberreste des h. Venantius nach Fulda zu bringen. Es wird erzählt, daß sie nach Uebersteigung der Alpen nach Bayern kamen und von da nach Solen=hofen im Sualafeld (in cellam, quae vocatur Suolenhus in regione Suvala-veldoni); darauf nach Holzkirchen im Rieß (in locum, qui vocatur Holz-kiricha, situm in Alamannia); weiter nach Truhendingen (in villam, quae vocatur Truthmuntiga) und am andern Tage nach Herrieden (venimus in locum, qui vocatur Hassarodt, in quo monasterium est monachorum.[1])

Dieses uralte Trübingen wird ferner genannt in dem Diplome des Kai-sers Heinrich III., genannt des Schwarzen, vom 17. Mai 1053, worin er dem Bischof Gebhard von Eichstätt einige Orte schenkt nebst einem Wildbann oder Jagddistrikt im Hahnenkamm und der Umgegend. Der Jagdbezirk solle angehen von Wächingen an der Wernitz (villa Wachingen im Rieß), nach Frankenhofen (Vranchenhof), Insingen bei Aufkirchen, Röckingen (villa Rochingen), Lentersheim (Lanteresheim) und zwischen Swiningen und Trohemotingen an den Orselbach nach Magerichesheim und Gnozes-heim, d. i. zwischen Schwaningen und Trübingen an den Orrabach nach Mögersheim und Gnozheim u. s. w.[2]) In dem Verzeichnisse der 126 Orte, wo Bischof Gundecar von Eichstätt Kapellen oder Kirchen weihte, kommt bei dem Jahre 1058 bis zum Juni 1059 vor: Trouhenmontingen. (Fischer S. 599.) Der Name Truhendingen wird verschieden erklärt. Die Stadt Wassertrübingen führt eine Truhe (einen Kasten) im Wappen, als ob davon die Stadt ihren Namen erhalten hätte. Sinold, genannt von Schütz, sagt:[3]) „Es haben diese Oerter — Hohentrübingen, Altentrübingen, Wassertrübingen — ihre Benennung von den Druiden erhalten. Die Beisatzwörter „Hohen=, Wasser= und Alten=" geben und zeigen nur die Oerter ihrer Lage nach an, und unterscheiden eines von dem andern. Druhendingen erkläret seine Benamsung von dem alten Worte Dinge, so nach der altdeutschen Sprache ein Gericht heißet, daher Dingetag so viel heißet als Gerichtstag, also Druhendingen der Druiden Gerichtstag, Gerichtsstatt, allwo sie Gericht zu halten pflegten." Der Sprach= und Alterthums-Forscher Förstemann da-gegen leitet den Namen Truhendingen von dem Personennamen Druht ab, im Althochdeutschen trût, soviel als Freund (B. I. S. 346), und der be-kannten Endung ing, ingun, ingen, welche gewöhnlich die Abstammung von dem väterlichen Geschlecht andeute (patronymisch). Derselbe erklärt das im eilften Jahrhundert vorkommende Truhenmotingen (s. Gundech. liber pontif. Eichstätt, P. IX, p. 247) für Wassertrübingen an der Wernitz, süd=östlich von Ansbach.[4])

---

1) de Lang. Regesta Circ. Rez. p. 9.
2) de Lang, Regesta Circ. Rez. p. 29.
3) Corpus historae Brandenburgicae diplomaticum, Abth. III. S. 69.
4) Förstemann, altdeutsches Namenbuch, Th. II. S. 438. Auf derselben Seite führt er ähnliche altdeutsche Namen als von dem Personennamen Druht ab=

Als die Herren von Truhendingen die Veste Hohentrübingen auf dem nahen Hahnenkamm bauten, ließen sie in ihrem Stammschlosse, das von nun an Alttruhendingen genannt wurde, Burgvögte oder Kastellane zurück. Mehrere derselben zwischen den Jahren 1252 und 1298 waren aus der Familie Willings. Noch 1303 kommen vor: Willingus de Bitersberg et Richerus, Comitum de Truhendingen homines proprii sive servi.

Darauf kam Altentrübingen mit Lentersheim, wovon es ein Filial war, an die Grafen von Oettingen-Wallerstein, die kleine Burg verfiel, und im Jahre 1371 baute Franz Amkorn von Wallerstein an die Stelle derselben die noch stehende Kirche in Altentrübingen. Daß er sich darin im Jahr 1380 begraben ließ, geht aus dem Epitaphium hervor, welches sich noch — wenn auch leider von Kirchenständen verdeckt — in der nördlichen Kirchenwand eingemauert findet und also lautet: Anno Domini MCCCLXXI. incepta est ecclesia ista per Franciscum Amkorn de Walrstain, Dominum in Lentersheim, qui hic sepultus est MCCCLXXX. Noch ist das Wappen mit einer Hand und einem Falken sichtbar, und in der obern Sakristei steht eine Statuette aus Holz, welche den Gründer der Kirche, mit dem Modelle derselben in der Hand, in büßender Gestalt zeigt. Der alte Grabstein, auf dem er in Lebensgröße ausgehauen war, ist leider verschwunden.

Die Kirche in Altentrübingen war in alter Zeit berühmt wegen eines wunderthätigen Marienbildes, das noch vorhanden ist, und die heilige Jungfrau sitzend, mit dem Leichname des Herrn auf dem Schooße, darstellt. Was den Gottesdienst in Altentrübingen betrifft, so wurde derselbe von Lentersheim aus versehen, bis dieses Filial im Jahre 1491 zur selbstständigen Pfarrei erhoben wurde.[1]

Schon im dreizehnten Jahrhundert wurde Altentrübingen mit Wassertrübingen, Lentersheim, Obermögersheim, Ehingen und Gerolfingen an die Grafen von Oettingen verkauft, dann von diesen an die Grafen von Hohenlohe, welche alle diese Orte im Jahre 1371 für 33,000 Pfund Heller an die Burggrafen von Nürnberg abtraten.

In diesem Altentrübingen saßen die Truhendingen in der ersten Zeit, da sie noch Gaugrafen des Sualafeldes waren. In der unter König Ludwig dem Kinde hereinbrechenden unruhigen Zeit aber hielten sie sich daselbst nicht sicher genug, zumal bei den räuberischen Einfällen der Magyaren oder Ungarn in das deutsche Reich; und wie tausend andere reiche Gutsbesitzer sich auf

---

stammend, auf z. B. Truthinga (Trichtingen, südwestlich von Tübingen), Truthesdorf (in der Gegend von Bonn), Truchteringa (Truchtering, östlich von München) Truthmaresheim (Drommersheim im Wormsgau), Truhtolfinga (Trochtelfingen) u. s. w. Seite 837 ff. ist eine Zusammenstellung von 1002 deutschen Ortsnamen, die sich auf ing, ingen, ung und ungen endigen. Förstemann sagt (S. 835): „Die natürlichste Deutung von ingo gibt Grimm (Grammatik Th. II. S. 349), indem er in Alamuntingen den Ort ausgedrückt findet, wo Alamunds Nachkommen wohnen. „Zuweilen ist der Endung ingen noch ein Wort angefügt, z. B. Hof, Haus, Weiler (wilari) Hugibertingahofa bedeutet also: zu dem Hofe der Nachkommen von Hugibert. Uebrigens verlangen nach Förstemann (II. 836) die einzelnen Verhältnisse des deutschen ing in Ortsnamen noch gründliche Untersuchungen.

1) **Stieber**, hist. und top. Nachrichten von dem Fürstenthum Brandenburg-Onolzbach aus zuverlässigen archivalischen Dokumenten 2c., Schwabach 1761, S. 191.

Bergen feste Schlösser bauten, so suchten auch die Truhendingen einen geeigneten Ort dazu. Was lag näher, als daß sie die römischen Befestigungen auf dem Hahnenkamm dazu wählten, die nur zwei Stunden von Altentrübdingen entfernt waren, und von denen heute noch der majestätische Römerthurm herabschaut, und gegen Süden den Ort der alte doppelte Wall mit gefülltem Graben umgibt? So entstand ein neues Truhendingen, das man später zum Unterschied das hohe Truhendingen (Hohentrübdingen) nannte, wenngleich die Herren desselben sich einfach Truhendingen fortschrieben.

2) Wann der Bau der Veste auf Hohentrübdingen bewerkstelligt wurde, läßt sich nicht genau angeben. Höchst wahrscheinlich aber war es Friedrich I. von Truhendingen, der nicht blos ein Zeitgenosse des Königs Heinrich I., genannt Städteerbauer oder Finkler, war, sondern der auch mitkämpfte in der siegreichen Schlacht bei Merseburg 933, in welcher die abermals eingefallenen Ungarn auf's Haupt geschlagen wurden.

Es war damals Graf Friedrich I. von Truhendingen mit den Rittern und Heerbannsmännern des Swalafeldes zu Herzog Berthold von Bayern gestoßen, der mit 300 Mann zu Pferd und 1000 Mann zu Fuß zum deutschen Reichsheere zog, und Truhendingen das Kommando über einen Theil seiner Truppen übertrug.[1]) War dieser tapfere Ritter nicht schon vor der Merseburger Schlacht auf den Hahnenkamm gezogen, so mußte er es nach derselben thun und sein neues Schloß gehörig befestigen, da er sich auf ihre Rache gefaßt machen mußte. Gewiß wäre dieselbe auch erfolgt, wenn nicht die Ungarn bei ihrem letzten räuberischen Einfall im Jahr 955 vor Augsburg abermals geschlagen und fast vernichtet worden wären. Dieser erste Friedrich aus dem Hause Truhendingen wohnte auch 5 Jahre nach der Schlacht bei Merseburg dem Turniere zu Magdeburg bei, welches König Heinrich I. ausgeschrieben hatte; aber seinem Beispiele der Treue folgte leider sein Sohn Ernst nicht. Dieser widersetzte sich Kaiser Otto I. oder Großen im Jahr 959 und verlor dadurch seine Güter zu Auhausen und Westheim, welche der Kaiser dem Schwager desselben, nämlich dem Grafen Hartmann von Lobdeburg, schenkte. Vor stärkerer Strafe wurde Graf Ernst durch seine Schwester bewahrt, welche als Kammerfräulein am Hofe der Kaiserin lebte und dem erzürnten Herrscher sich fürbittend zu Füßen warf. Zur Sühne erhob Graf Ernst und Hartmann, der Gemahl der Fürsprecherin, die 958 gestiftete Kapelle in Auhausen zu einem Kloster.

3) Außer der Veste Hohentrübdingen bauten sich aber die genannten Grafen auch ein festes Schloß an der Wernitz, welches, zum Unterschied von den beiden andern, das Truhendingen am Wasser, Wazzertruhendingen, zuletzt Wassertrübdingen genannt wurde.

Schon zur Zeit der Gründung des Klosters Heidenheim durch Wunibald im Jahr 750 n. Chr. soll hier die Wahrheit des Evangeliums Eingang gefunden haben, und von Kaiser Karl dem Großen eine Kirche gebaut worden sein.[2]) Wirklich trat auch das Kloster Heidenheim zur Bestreitung der

---

1) Spangenberg, Sächsische Chronik, Cap. 124. Vgl. Sinold l. c. P. I. S. III. p. 162.

2) Fischer, Einführung des Christenthums in Bayern. Augsburg 1863, Seite 578.

kirchlichen Bedürfnisse in Wassertrübingen den britten Theil des Zehnten von Ursheim ab. Die von dem Eichstätter Bischof Gundecar II. im Jahr 1059 geweihte Kirche zu Trouhenmuotingen war wahrscheinlich die zu Wasser= trübingen.[1]) Da die Handelsstraße von Nürnberg nach Nördlingen und Augs= burg über Wassertrübingen ging, stieg der Ort empor, doch erst in späterer Zeit. Auch ein anderes abeliges Geschlecht besaß Güter daselbst, das sich die Fricken von Wassertrübingen nannte und im Vasallen=Verhältniß zu den mäch= tigen Grafen von Truhendingen stand, welche Schirmvögte einiger Klöster waren und eine große Anzahl von Rittern und Herren zu ihren Vasallen hatten.

b) Klöster.

1) Heidenheim. Diese reiche Benediktiner=Abtei soll im Jahr 750 (nach Rudhart S. 420 vor dem Jahre 741) von dem h. Wunibald gestiftet worden sein, dem Bruder des h. Willibald, für welchen Graf Suitger von Hirschberg, auf Veranlassung des h. Bonifacius im Jahr 740 in seiner Grafschaft mitten im großen Eichwald an den Ufern der Altmühl den Bischofssitz Eichstätt gegründet hatte.[2]) Als hier das Christenthum festen Fuß gefaßt hatte, wurden auch einzelne Seelen am nördlichen Saume des Hahnenkamms, eine Stunde von der ehemaligen römischen Festung entfernt, für die Lehre des Heilandes gewonnen, daß der Bischof von Eichstädt in dem großen Wald, den die Christen Heidenhain nannten, einen Platz kaufen und ein Kloster daselbst errichten konnte, welches von seiner Lage mitten unter den Heiden den Namen Heidenheim erhielt.[3])

Der erste Abt war Wunibald selbst. Von dem Einflusse der Frauen auf Familien überzeugt, ließ er auch seine fromme Schwester Walpurgis, die auf den Ruf des hl. Bonifacius vom Kloster Weinbrunn in Wesel nach Bischofsheim geeilt war und dort die Weihe erhalten hatte, nach Heidenheim kommen, um dem erbauten Nonnenkloster daselbst vorzustehen. Die frommen Geschwi= ster wirkten zusammen in ihrem heiligen Berufe, bis Wunibald im Jahre 760 in die himmlische Heimath zurückkehrte, Walpurgis ihm am 25. Februar 776 folgte, und das kaum gegründete Frauenkloster, das an der Stelle des jetzigen ersten Pfarrhauses stand, sich auflöste.

Die jetzt noch stehende Klosterkirche (eine Basilika in Kreuzesform mit zwei Thürmen) ließ Obgar bauen, der von 847 bis 880 auf dem bischöflichen Stuhle zu Eichstätt saß; der schöne Chor aber in gothischem Style wurde erst

---

1) J. Sax, Geschichte des Hochstifts und der Stadt Eichstätt, 1857, S. 467, läßt es unentschieden, ob es die Kirche zu Alten=, Wasser= oder Hohen-Trübingen war. Im letztern Orte war wahrscheinlich nur ein Schloßkapelle. Vgl. Fischer S. 599 Nota 2.

2) Fischer, Einführung des Christenthums im jetzigen Königreich Bayern, 1863, S. 578. Rudhart, älteste Geschichte Bayerns, 1841. S. 418.

3) So leiten Stieber (S. 475), von Schütz (III. p. 145, Nota 6) u. A. den Namen ab. Der Letztere sagt: „Ohnweit diesem Orte sieht man noch Rudera eines alten heidnischen Götzentempels und verschiedentliche Götzenbilder, welches die Muthmaßung umsomehr bestärkt, daß dieser Ort den Namen von den Heiden habe. Förstemann dagegen führt diesen Namen unter Haid auf, von welchem Stamm Per= sonennamen abzuleiten sind, welche Veranlassung zu Ortsnamen gaben. Vgl. Thl. II. 634, wo es heißt: „Heidenheim nordöstlich von Nördlingen, pag. Sualaveld.“

in den Jahren 1383 bis 1384 erbaut. Wie die ehemalige Klosterkirche noch gut erhalten ist, so auch Wunibalds Grabmal. Es stellt den frommen Heidenbekehrer als Abt dar, mit dem Hirtenstab in der rechten Hand, und dem Modell der Kirche in der linken. Der Wappenschild zu seinen Füßen zeigt drei über einander schreitende Leoparden[1]).

Der Leichnam Wunibalds scheint jedoch vom Bischof Otgar herausgenommen worden zu sein; denn derselbe ließ den Sarg nach Eichstätt führen, und als er zurückgekommen, soll er leer gewesen sein. Dieser Kirchenfürst ließ auch, nach eingeholter Erlaubniß des Papstes Hadrian II., im Jahre 850 den Leib der h. Walpurgis nach Eichstätt bringen, woselbst er in dem errichteten Walpurgiskloster beigesetzt wurde[2]). Theile davon kamen jedoch im Jahre 893 in die Klosterkirche nach Monheim; und auch andere Kirchen rühmen sich des Besitzes derselben. Ein Grabstein bezeichnet zu Heidenheim die Stätte, wo sie einst lag. Auf demselben ist sie in Lebensgröße abgebildet im Nonnengewande, in der einen Hand eine Oelflasche haltend (Zeichen der Wachsamkeit), in der andern das Evangelienbuch. Zwei Engel halten eine Krone über ihrem Haupte. Auf dem Sockel steht: Sepulchrum sanctae Walburgis. anno 1484.

Daß die alten Mönche des Klosters Heidenheim nicht blos die Herzen der heidnischen Vorfahren, sondern auch ihr Land urbar machten, ergibt sich aus den vielen Orten, die rings herum entstanden, und in denen das Kloster nicht blos Güter besaß und den Zehnten bezog, sondern auch das Recht hatte, die Pfarreien daselbst zu besetzen.

Güter, und gewiß die am frühesten gebauten, besaß das Kloster Heidenheim in dem Orte Heidenheim selbst, der ihm seine Entstehung verdankte, in Geilsheim, das später (1404) die Herren von Rechenberg kauften, in Westheim, Dittenheim, Berolzheim, Auernheim (dem höchsten Punkte des Hahnenkammes), in Döckingen (an seiner südlichen Abdachung), in Hechlingen, Hüssingen (wo das Kloster auch die Vogtei besaß), in Ursheim, Schobdach u. s. w.

Den Zehnten bezog das Kloster Heidenheim aus Obermögersheim, Gnotzheim, Pflaumfeld, Berolzheim, Kurzenaltheim, Röckingen (²/₉ Zehnten) u. a. O., woraus zu schließen, daß die Ureinwohner dieser Orte von den Mönchen Heidenheims bekehrt, und ihre Kirchenangelegenheiten von ihnen geordnet worden waren. Dasselbe ergibt sich daraus, daß sie die Pfarreien in Heidenheim selbst mit dem Filiale Degersheim, in Sammenheim, Sausenhofen, Wechingen, Ursheim mit dem Filiale Polsingen besetzen durften.

Mit frommen Stiftungen wurde das Kloster Wunibalds bedacht von Leobegar, Graf von Graisbach und Lechsgemünd, der in hohem Alter selbst als Canonicus Willibaldinus in das Kloster Heidenheim eingetreten sein soll; deßgleichen von den Grafen von Truhendingen, von welchen einige in der Klosterkirche beigesetzt

---

1) Die Inschrift lautet:
   Abbas hic Wunibaldus,
   Richardi filius almus,
   Regnum Anglorum
   Mox liquens. Hoc Monachorum
   Claustrum fundavit
   Benedictque normam rigavit
   Septingentesimo quinquagesimo denique fert anno.
2) Catalogus episcoporum Eichstet, ad annum 850 cf. Schütz l. c. T. I. p. 146.

wurden. So sieht man z. B. noch das Monument eines Ulricus de Truhe-
dingen und seiner Gemahlin, beide dargestellt im Sterbegewand, das Haupt
auf dem Todtenkissen ruhend. Unter den Füßen des Grafen ist der Wappenschild der Truhendingen sichtbar mit zwei Schwanenköpfen.

Wie in der folgenden laueren Zeit die Benediktiner-Klöster in Onolzbach, Feuchtwangen, Herrieden und vielen anderen Orten in weltliche Chorherren-
stifte verwandelt wurden, so versuchte man dies auch mit Heidenheim, und
zwar zweimal. Das erste Mal wurde die Sache rückgängig gemacht durch
Bischof Gebhard von Eichstätt, einen gebornen Grafen von Hirschberg, der mit
Genehmigung des i. J. 1145 den päpstlichen Stuhl besteigenden Eugen III.
die Chorherren „weil sie nicht geistlich lebten, daraus getrieben.“ Und das
zweite Mal hat Bischof Konrad, ein geborner Morßbeck aus Bayern, „die weltlichen
Priester ausgejagt und die Mönche sammt dem Abt wieder eingesetzt,“ nachdem
dessen Vorfahrer Bischof Burkhard dieselben 1148 zum zweiten Male vertrieben hatte,
von Rom aber deßhalb mit Absetzung bestraft worden war. Papst Eugen III.
nahm das Kloster Heidenheim darauf in seinen besonderen Schutz[1]) und be-
lobte 1152 Graf Adalbert von Truhendingen für seine Dienste als Kloster-
Vogt[2]).

2. Solenhofen. Der Einsiedler Sola, dessen Höhle in der Nähe
von Langenaltheim noch auf dem sogenannten Käppeleinsberg gezeigt wird, wo
die erste christliche Kapelle erbaut wurde, veranlaßte die Anlegung eines Hofes
im Thale, welcher der Solashof oder Solenhof genannt wurde, auch Solahaus. Nach und nach bauten sich mehrere gläubige Seelen in Solenhofen an,
zumal als der hl. Bonifacius, dessen Schüler Sola war, die Stiftung eines
Benediktiner-Klosters daselbst bewirkte, angeblich im Jahre 760. Die Grafen
von Graisbach, in deren Herrschaft Monheim der Ort Solenhofen lag, und
die sich früher auch Grafen von Lechsgemünd schrieben, trugen unstreitig viel
zur Gründung des Klosters Solenhofen bei; dennoch wurde nicht ihnen, sondern den Truhendingen, als Gaugrafen des Sualafeldes, die Schirmvogtei von
Kaiser Ludwig dem Frommen übertragen. Das Patronat aber über Solenhofen erhielt das Kloster (später Stift) Fulda, dessen Abt damals Rhabanus
Maurus war, mit dem Rechte, jedesmal den Abt von Solenhofen, und als
das Kloster in ein weltliches Kollegiatstift umgewandelt war, den Probst daselbst zu ernennen. Im Jahre 834 wurde die neue und geräumigere Klosterkirche daselbst eingeweiht[3]).

Als auf Veranlassung des berühmten Abtes Rhabanus Maurus der 847 den

---

1) Sinold l. c. I. 146.

2) Von dem später aufgelösten Kloster sind noch vorhanden: das Refettorium
(jetzt Holzlege) die Kreuzgänge mit Spuren von Gemälden, Zellen der Mönche, Gewölbe, Keller, Klosterhof, Garten mit dem Klosterweiher und besonders der sog. Heiden-
brunnen oder das Baptisterium mit seinem vortrefflichen Wasser, in welchem einst unsere heidnischen Vorfahren die Weihe des Glaubens empfingen. Auch das Gemach ist
noch da, wo die Täuflinge aus- und angekleidet wurden, mit den eisernen Stangen der
Vorhänge u. s. w.

3) J. E. Fischer, die Einführung des Christenthums im jetzigen Königreiche
Bayern. Augsburg 1863, S. 577. S. 602 wird mitgetheilt, daß Bischof Gundecar II.
(Gundacker) von Eichstätt zwischen den Jahren 1065 und 1071 ein Gotteshaus da-
selbst weihte.

päpstlichen Stuhl bestieg, i. J. 836 der Leib des hl. **Venantius nach Fulda** gebracht wurde, hielt der Zug in Solenhosen an (cella, quae vocatur Suolenhus in regione Suvalaveldoni). Der älteste Name war also Solahaus, statt Solahof.

Das Kloster Solenhosen hatte Güter in Langen= und Kurzenaltheim, in Pappenheim, Zimmern u. s. w.

Den Zehnten bezog es aus Uebermazhosen und Hagenau bei Pappenheim, wie auch aus Alerheim, Wernizostheim und Rudolstätten im Rieß. Die Pfarreien konnte es vergeben in Solenhosen selbst, und Alerheim mit den Filialen, Ostheim und Rudolstätten. Um die herabgekommenen Klostergebäude wieder in Stand setzen zu können, wurde 1283 für Alle, welche sich mildthätig hiezu erweisen würden, ein Ablaß ausgeschrieben von dem Stellvertreter des Bischofs zu Eichstätt.

3) Auhausen, am Fuße des Hahnenkammes, zwei Stunden von Hohentrübingen, am Eingange in das Rieß bei der großen Aue; daher der Ort Auhausen, die Mühle in der Nähe Aumühle, und ein Wald das Auwäldchen genannt wurde (nicht Anhausen, wie man auch gedruckt findet). Schon i. J. 959 fand der Ort Erwähnung als villa Ahuse.

Die Veranlassung zur Gründung eines Benediktiner=Klosters daselbst wurde oben angegeben. Sie geschah zwischen den Jahren 958 und 60. Jedoch wird nur Hartmann von Lobdeburg als Stifter anzusehen sein, da weder ein Truhendingen in der Kirche zu Auhausen begraben liegt, noch sich in der sog. Ritter=Kapelle des Klosters abgebildet fand. Die Namen der 15 Wohlthäter des Klosters, welche in knieender Stellung an den beiden Wänden der jetzt zerstörten Kapelle lebensgroß dargestellt waren, findet sich bei Schütz aufgeführt; man findet darunter vor Allen Hartmann von Lobenburg, (aus Lobeda bei Jena) als Stifter, dann einen Ritter Konrad von Lentersheim, Ritter Goßwein von Absperg, einen Erkinger Frich, (wahrscheinlich von Wassertrüdingen), Ritter Friedrich von Schweining (Schwaningen) und Andere; aber einen Truhendingen sucht man vergebens, obwohl sie die Schirmvögte des Klosters waren. Ohne Zweifel übten dieselben, wie überhaupt die Vögte, eine zu drückende Herrschaft über die Ordensbrüder aus, als daß diese sich veranlaßt gefühlt hätten, ihr Andenken im Kloster zu verewigen.

Der erste Abt hieß Marquard und starb 1103.[1] In Urkunden kommen vor: Henricus abbas de Ahúsen 1208 und Rupertus 1257.[2]

Dr. Veit Hoßmann führt 20 Aebte von Auhausen auf, darunter einen Albert, der 25 Jahre dem Kloster vorstand und im Jahr 1127 starb.[3]

Die geistig und irdisch kultivirende Thätigkeit der Benediktiner in Auhausen erstreckte sich weit um den Hahnenkamm und Hesselberg herum und tief in das Rieß hinein. Daher empfingen sie von mehr als hundert Ortschaften den Zehnten oder Gülten und Zinsen, von denen wohl nur ein kleiner Theil gestiftet sein mochte. Zu diesen Orten gehörten besonders: Au-

---

1) Groß, Brandenburgische Landes= und Regenten=Historie S. 206.
2) de Lang, Regesta Vol. II. p. 33 und Vol. III. p. 103.
3) Hoßmann, Beschreibung aller Stifter und Klöster des Burggrafthums Nürnberg, S. 9. Wörtlich aus diesem Manuskript genommen von Sinold, genannt von Schütz, in seinem Corp. dipl. historiae Brandenburg.

hausen, Westheim, Geilsheim, Schobbach, Obermögersheim, Ehingen, Gerol=
fingen, Dornstadt, Lochenbach, Lehmingen, Hainsfart, Ursheim und Ditten=
heim. Die Orte Frickenhausen und Segnitz in Unterfranken, wie Hohenacker
in Württemberg, hatten außer Gülten auch den Zehnten vom Weinbau nach
Auhausen zu liefern.

Das Patronatsrecht besaß das Kloster über die Pfarreien Au=
hausen, Trendel und Schwörsheim und die Frühmessen zu Ehingen und
Forndorf.

Im Jahr 1354 ertheilte Kaiser Karl IV. dem jedesmaligen Abte von
Auhausen den Titel: „Kaplan des Kaisers und des Reiches."

Von diesem Kloster Auhausen sind der Kreuzgang, die Ritterkapelle und
der Konventsaal ganz abgebrochen,[1] Refectorium, Zellen und andere Gebäude
verwandelt, und nur die Klosterkirche steht noch mit verschlossenem und ver=
bautem Portal da. Doch sind darin noch sehenswerthe Alterthümer, besonders
das erhöhte Grab des Stifters, der im Panzerhemd ausgehauen daliegt, mit
der Rundschrift: Anno 958 Hartmann Baro Lodenburgensis Fundator
monasterii Auhausensis.[2] Wahren Kunstwerth hat auch das Epitaphium,
welches der letzte Abt des Klosters, Georg Truchseß von Wetzhausen, der sich
bei dem Konfessions=Wechsel im Jahr 1530 nach Eichstätt zurückzog, seinem
Vorgänger Wilhelm Scheches, Edler von Pleinfeld, der 1499 starb, im Jahr
1521 hatte setzen lassen. Mit Meisterhand ist im feinsten Solenhofer Mar=
mor die Auferstehung des Herrn dargestellt mit der schlafenden Römerwache
im Augenblicke des Erwachens. Zur Rechten kniet der infulirte Abt mit In=
signien und Wappen; zur Linken steht der Tod mit Pfeil und Bogen und
spricht: Letali hoc telo te in dies peto (Täglich suche ich dich mit diesem
tödtlichen Pfeile). Der fromme Abt antwortet: Te contemno et graciam
resurgentis imploro (Ich verachte dich und rufe die Gnade des Auferstande=
nen an). Die eine Inschrift lautet: Frater Georgius Truchses sacrae
hujus aedis erector et Abbas ob memoriam sepulturae et resurrectionis
Dominicae suae recriminationis typum fieri fecit. Anno virginae partus
MDXXI.

Mit der Vogtei über die drei Klöster Heidenheim, Solenhofen und Au=
hausen waren die Grafen von Truhendingen noch nicht zufrieden. Sie stifteten
noch ein viertes Kloster:

---

1) Der Verfasser dieser Schrift sah noch in seiner Jugend diesen Saal, in
welchem 1608 von mehreren protestantischen Fürsten die Union geschlossen wurde.

2) Dieses Grabmal, das aus Unverstand vor etwa 30 Jahren in eine feuchte,
dunkle Nebenkapelle geschafft wurde, verdiente wohl aus Dankbarkeit gegen den Stifter
wieder in die Mitte der Kirche gebracht zu werden, und zwar in den großen freien
Raum zwischen den beiden Altären. Uebrigens ist dieses Monument eine Erneuerung
des uralten, was aus folgender Randschrift hervorgeht: „Als man zält nach Christi
geburt VIIIJ. hundert und LVIIJ. jar (958) starb der edel und wolgeborne her hart=
man dom. Lobdenburg freyher, stifter dies gozhaus dem gott genad. Anno 1542 ist
der stain erneuert worden. Gott sei lob." Auch sind uralte Grabsteine mit den Bild=
nissen ehemaliger Aebte an die Pfeiler gelehnt, die wohl verdienten, an passender Stelle
eingemauert zu werden. Ueberhaupt sehnt sich die alte, einst so schöne Klosterkirche nach
würdiger Erneuerung, wozu die Kirchenstiftung die Mittel nicht versagen soll, wenn
später das vorzuschießende Kapital refundirt wird.

4) Stachelsberg (Stahelsperg) am südlichen Abhange des Hahnen=
kammes, in der Gegend von Ursheim. Die Stiftung geschah im Jahr 1245
und für Klosterfrauen des Cisterzienser=Ordens. Doch war die Ausstattung
des Klosters nicht reich. Ein Rudolph von Hürnheim beschenkte dasselbe sieben
Jahre später reichlicher, jedoch unter der Bedingung, daß die Nonnen das ent=
legene Stachelsberg verlassen und sich auf seinem Landgute Zimmern (prae=
dium Zimbern) ansiedeln. Da folgten die Klosterfrauen seiner Einladung.
Zimmern im Rieß ward in ein Frauenkloster umgewandelt, zum Erbbegräbniß
für die Herren von Hürnheim bestimmt und, zum Unterschiede von Dürren=
zimmern, Klosterzimmern genannt; Stachelsberg aber verfiel, ward abgetragen
und bietet heutzutage nur eine öde Waldgegend dar.[1]

Schon aus diesen Kloster-Vogteien, wozu noch die über das Kloster
Schwarzach gekommen sein soll, wo Truhendingen begraben liegen, ergibt
sich die Macht derselben; sie läßt sich aber auch aus den vielen Ritterge=
schlechtern entnehmen, die ringsum im Sualafeld ihre Vasallen waren.

c) Vasallen.

**α. Solche, deren Orte später unter Ansbachische Landeshoheit
kamen.**

1) Die Herren von Rechenberg, zum Unterschied in den älteren
Urkunden Alt=Rechenberg genannt, weil die Burg derselben am Hahnenkamm
zwischen Hohentrübingen und Spielberg das Stammhaus dieses einst be=
rühmten fränkischen Rittergeschlechtes war. Darum übertrugen ihnen auch
die Grafen von Truhendingen das Truchsessenamt auf ihrem Schloßsitz, und
es erscheint in einer Urkunde von 1238 ein Konrad Truchses von Rechen=
berg, genannt der Ältere. Es ist sehr wahrscheinlich, daß ihre Burg schon
zur Zeit der Einfälle der Ungarn im zehnten Jahrhundert gebaut wurde,
gleichzeitig mit Hohentrübingen.[2]

Das am Fuße von Rechenberg liegende Ostheim, dessen Namen im
zwölften und dreizehnten Jahrhundert ein Rittergeschlecht trug, war nach dem
Erlöschen desselben Eigenthum der Herren von Rechenberg. Konrad von Ost=
heim ist 1163, Burgarius de Ostheim 1261 und Thiemo de Ostheim 1265
genannt. Im Jahr 1376 kaufte Konrad von Rechenberg den Ort Ostheim,
welcher damals Irmelgard von Merkingen gehörte, verheirathet an Erkinger
von Rechenberg. Derselbe stiftete 1389 für die Kapelle daselbst eine Früh=
messe Nach der Erwerbung der Truhendingischen Güter belehnten die Burg=
grafen von Nürnberg die Rechenberg mit dem Kirchensatz zu Ostheim und
der Kaiser im Jahre 1414 mit dem Halsgericht daselbst. Es ließen sich
auch mehrere von Rechenberg in Ostheim begraben, und noch jetzt sind wahre
Kunstwerke, als Epitaphien derselben, im feinsten Solenhofer Marmor in der
Kirche daselbst zu sehen, von denen leider ein Christus am Kreuze zu beklagen
ist, weil man ihn durch einen Kirchenstuhl fast ganz verbaut hat.

Im Jahre 1583 erlosch dieses Alt=Rechenbergische oder fränkische Ge=

---

1) Lang, Oettingische Materialien, B. III., S. 195. Urkundliche Nachricht von
dem ehemaligen Kloster Stachelsperg.
2) v. Falckenstein, Anabet. Nordgav. Nachlese V., I., §. 3, p. 353 ff.

schlecht im Mannesstamme mit Konrad, der auch Schloß und Gut Schwaningen besaß. Die Töchter wurden mit 78,000 Gulden abgefunden, und das Lehen fiel zurück an die Markgrafen von Ansbach, die später ein Verwalteramt daselbst errichteten. Jetzt sieht man noch hie und da Grundgemäuer der uralten Burg.

2) Die Fricken von Wassertrüdingen, Burgmänner der Grafen von Truhendingen, welche, wie Stieber sagt,[1] ohnfehlbar die ersten Erbauer und ältesten Besitzer des nach ihnen benannten Ortes waren. Wenn gleichwohl Marquard Frick in einer Urkunde von 1293 seinem Namen beisetzt: von Wazzertrüdingen, so that er dies wahrscheinlich zum Unterschiede von andern Linien; denn die Frick waren auch in Theilenhofen, Berolzheim, Geilsheim und andern Orten begütert. Unerklärlich aber ist es, wie die Grafen von Truhendingen zuerst von allen andern Besitzungen ihr Schloß zu Wassertrüdingen mit seinen Umgebungen an die Grafen von Oettingen abtreten mochten; denn es ist der Stiftungsbrief für das deutsche Haus in Oettingen von den Grafen Ludwig dem Aelteren und Jüngeren aus dem Jahre 1242 nicht in Oettingen, sondern in Wassertrüdingen ausgestellt.[2] Auch trugen die Grafen von Oettingen bei einem Vergleiche mit dem Bischof Philipp von Eichstätt wegen des Amtes Herrieden diesem nicht nur die Burg und Stadt Wassertrüdingen zu Lehen auf, sondern auch Lentersheim, Alttrüdingen, Obermögersheim, Gerolfingen und Ehingen mit den dazu gehörigen Forsten. Zwar lösten die Grafen von Oettingen diese Lehensbarkeit im Jahr 1362 wieder ab, indem sie die Burg Wallerstein dafür als neues Lehen stellten; allein schon im Jahr 1366 verkaufte Graf Ludwig junior von Oettingen Stadt, Schloß und Burg Wassertrüdingen mit allen Ein- und Zugehörungen an Georg von Hohenlohe, jedoch mit der Bedingung, daß die Wildbahn und andere Regalia der Grafschaft Oettingen vorbehalten bleiben sollten. Obwohl nun Georg's Brüder, Gerlach und Albrecht von Hohenlohe, sich gleichfalls zu dieser Ausnahme im Jahr 1367 verstanden; so gab es doch Anlaß zu Streitigkeiten, so daß Graf Ludwig von Oettingen die Hohenlohe bei dem schwäbischen Bunde verklagte. Dieß veranlaßte Gerlach und Gottfried von Hohenlohe, Burg und Stadt Wassertrüdingen mit Altentrüdingen, Obermögersheim, Lentersheim, Ehingen und Gerolfingen und was sonst dazu gehörte, dem Burggrafen von Nürnberg im Jahr 1371 für 23,000 Pfd. Heller zu verkaufen.[3]

1) Hist. und top. Nachricht von dem Fürstenthum Brandenburg-Onolzbach, S. 912. Den Namen Fricken, Frico und Fricco leitet Graff in seinem Althochdeutschen Sprachschatz von dem althochdeutschen freh (frech) ab; Förstemann dagegen (B. I, p. 419) sagt: „Ich sehe darin zugleich den Namen der Göttin Frikla."

2) Friedr. Oeffelein, Historiologia Oettingana, 1622, M. S. §. 142: „Wann und zu was Zeiten, auch welchermaßen die Veste und Stadt Wassertrüdingen an die Grafen von Oettingen von den Grafen von Truhendingen, als ihren nächsten Blutsverwandten, gekommen, ist nicht eigentlich zu erkundigen gewesen; aber hingegen so viel Berichts erhalten, daß solche Stadt 1242 nächstgenannte Grafen von Oettingen bereits inne gehabt."

3) Friedrich Oeffelein, Historiologia Oettingana, d. i. kurze, historische Beschreibung vieler denkwürdiger Sachen von den Grafen von Oettingen, auch der Grafschaft und Landen Oettingen, 1622, M. S. §. 145.

3) Das altadelige Geschlecht der Treuchtlingen, von denen die Herren von Mittelburg ein Zweig waren.[1]) Da Treuchtlingen in alten Urkunden auch Truhtlingen und Truchtlingen geschrieben ist, so hielten die Alterthums=forscher Doederlein, von Falckenstein und Wägemann dafür, daß der Namen dieses Ortes von den Druiden abzuleiten sei, wahrscheinlich aber kommt er von Druht (traut) her, wie Gertraub.[2])

Die vorgefundenen Ueberreste römischer Niederlassungen und Befestigun=gen mochten Veranlassung gegeben haben, zwei Schlösser hier zu bauen. Die obere Veste, außerhalb des sich bildenden Ortes, wohin die Hälfte desselben gehörte, wurde vor und nach dem Erlöschen der Treuchtlinge bald an die Herren von Lentersheim, bald an die Schenken von Geyern und Andere ver=pfändet und verkauft, bis sie 1453 an die Grafen von Pappenheim überging, als Lehensträger der Burggrafen von Nürnberg. Dieses hochgeachtete Grafen=geschlecht erwarb auch die untere Veste in Treuchtlingen mit der andern Hälfte des Dorfes, später Marktes um 3756 Gulden von den Herren von Seckendorf zu Jochsberg. Jedoch fielen beide Vesten nach dem Tode des zu=letzt damit belehnten Grafen (1647) an den Markgrafen von Ansbach zurück, der dann ein eigenes Verwalter=Amt daselbst errichtete, dem Oberamt Hohen=trübingen untergeordnet.

4) Die Herren von Mittelburg zu Röckingen, auch Roggingen geschrieben, weil es sich durch seinen Roggenbau ebenso auszeichnete, wie Din=kelsbühl heute noch durch seinen Dinkelbau.[3]) Der fruchtbare Boden am

---

1) v. Lang, Alt=Ansbachische Bestandtheile des Rezatkreises. S. vierter Jahres=bericht des hist. Vereins f. M. 1833, S. 57. Deßgl. Stieber (S. 944 Anm.), der sich darauf stützt, daß es in einer Urkunde vom Jahr 1425 heißt: Ulrich von Trucht=lingen, genannt der Mittelburger.

2) Döderlein, Nordgauisches Heidenthum, §. 34 2c. Förstemann dagegen würde ihn, wie Truhtinga (Trichtingen, südwestlich von Tübingen), Truchttheringa (östlich von München) und Truhenmuotingen (Wassertrüdingen), von dem altdeutschen Personennamen Druht ableiten (II. p. 438). Vermuthlich waren die Mittelburg, die in Röckingen saßen, verwandt mit den Truhenbingen, weil sie ein Zweig der Treucht=lingen waren, und im Namen der Unterschied so gering war.

3) Für diese Ableitung des Namens spricht auch das alte Wappen des Ortes, welches drei grüne Berge darstellt (die drei Höhen des Hesselberges) mit einer aufrecht stehenden Roggengarbe auf dem mittleren Berge, als der höchsten Spitze desselben. Zwar will Colshorn den Namen Röckingen von dem slavischen Personennamen Hroc ableiten, der zur Wurzel kruc (vociferari) im Sanskrit und rochou (rugire) im Alt=hochdeutschen gehört, und Förstemann führt in seinem Onomastikon (I. 713) die davon im Neuhochdeutschen abgeleiteten Wörter Roch, Rocke, Röck, Rogg auf, und von Ortsnamen Roggenberc, Roggingen u. a. Allein er setzt beschränkend hinzu: „wenig=stens theilweise gehörten diese Wörter hieher"; und im II. Band, S. 773 verwahrt er vor Uebereilungen und sagt bei den Ableitungen von diesem slavischen Stammworte (II. p. 773): „Doch ist zu überlegen, ob sich hiermit nicht eine oder die andere zum alt=hochdeutschen roggo, neuhochdeutsch Roggen gehörige Form vermischt hat." Bei Röckin=gen ist dieses offenbar der Fall, da sein Name ursprünglich Roggingen war, denn in der ältesten Urkunde, in welcher es vorkommt, nämlich vom 17. Mai 1053 steht villa Rochingen (de Lang Regesta Circuli Rezat p. 29). In den Monument Boic. (XXVIII. a. 65), kommt (nach Förstemann) zu dem Jahre 879 auch ein Rochinga vor und zu 973 ein Rokkinga, deßgleichen zu dem Jahre 1048 ein Roggenberc, wie auch ein Rochanburra (Roggenbeuren, nördlich vom Bodensee), sämmtlich vom Roggenbau abzu=

Fuße des Hesselberges und die sonnige Lage gegen Süden in einem Kesselthale mag schon zu den Zeiten der Römer Ansiedelungen veranlaßt haben, zumal die alten Deutschen ihre Hauptfeste, besonders die der Frühlingsgöttin Ostara, auf der Hochfläche des Hesselberges feierten, noch jetzt Ostarwiese genannt. Das Christenthum wurde von Heidenheim aus hieher verbreitet und Röckingen wahrscheinlich eine Klosterpfarrei, weil es Zehnten dahin entrichten mußte. Der Ort scheint ursprünglich ein Edelsitz gewesen zu sein, denn es kommt in dem Diplome des Kaisers Konrad III. vom 20. August 1150, worin er dem Kloster des h. Blasius den Berg Staufen zuspricht, als Zeuge ein Regenboto de Roggingen vor;[1]) und in dem Kloster Simmern wird aus dem Jahre 1358 ein Ordensbruder Konrad von Röckingen genannt;[2]) doch könnte dies auch nur Heimathsbezeichnung gewesen sein.

Die älteste urkundliche Erwähnung unseres Röckingen (dem Orte, wo diese Urgeschichte Ansbachs geschrieben wurde) findet sich in dem wichtigen Diplome, welches Kaiser Heinrich III. (genannt der Schwarze) unter dem 17. Mai 1053 zu Goslar über den Wildbann (eigentlich Wildbahn) ausstellte für den Bischof Gebhard von Eichstätt, wobei er ihm auch einige Orte (loca) darin schenkte. Der Bischof sollte jagen dürfen von Wechingen (villa Wachingen) aufwärts an der Wernitz bis zum Einfluß des Mulibach (des von der Hammerschmiede über Unterschwaningen und Altentrübingen nach Schobbach fließenden und bei der Aumühle in die Wernitz mündenden Mühlbaches); dann über den Forst nach Branckenhof (Frankenhofen), Ursinga (Irsingen, bei Aufkirchen), wieder in die Werinza (Wernitz), in die Furt Rintgazza (heute noch Rindgasse genannt, ein Fahrweg von Irsingen herab nach Reichenbach an der Wernitz), dann zum Bach, wo sich beide Provinzen, Schwaben und Franken, scheiden, (d. i. der Röckinger Bach, der bei der Schmalzmühle in die Wernitz fällt) nach villa Rochingen (Röckingen) u. s. f.

Röckingen gehörte auch in geistlichen Dingen nach Eichstätt, denn es war von Heidenheim aus christianisirt worden, weshalb es zwei Neuntel seines Zehnten dahin liefern mußte. Auch wurde die alte Kapelle daselbst, mit deren Material man 1740 die 1499 erbaute Kirche vergrößerte, von Bischof Gundecar II. von Eichstätt geweiht; denn es kommt unter den 21 Gotteshäusern, deren Einweihung er in den Jahren 1065 bis 1071 vornahm, auch Susenhoven, Wimirisheim, Wizzenburch und Rochingun vor[3]).

Im vierzehnten Jahrhundert saßen die Herren von Mittelburg zu Röckingen. Sie waren Vasallen der damals mächtigen Grafen von Truhendingen, welche 1404 einen Hans von Mittelburg zum Pfleger in Hohentrübingen hatten. Ulrich von Mittelburg wurde 1378 in der Kirche zu Röckingen begraben, und sein Todtenschild, in Stein gehauen, ist noch oberhalb der Thüre zu sehen, welche von der Sacristei in die Kirche führt. Noch im Jahre 1488

---

leiten. In dem alten Verzeichnisse der von Bischof Gundecar II. in Eichstätt geweihten 126 Kirchen und Kapellen kommt auch Rochingun vor, (unser Röckingen), mit Suaningun (Schwaningen), Lanteresheim (Lentersheim) u. a. O. (Fischer a. a. O. S. 605 u. 599).
1) de Lang, Regesta diplomatum etc. Sectio I. Norimberg 1837, p. 50.
2) Stieber, a. a. O., Seite 662, Anmerkung.
3) Sax, Geschichte des Hochstifts und der Stadt Eichstätt, 1857, S. 467 ff. Vgl. Fischer, Einführung des Christenthums in Bayern, S. 602.

stiftete Amaley (Amalie), Wittwe Erlingers von Mittelburg, eine geborene v. Schellenberg, für sich und ihre Kinder und Anverwandten einen Jahrestag und ein ewiges Licht für die Kirche zu Röckingen; und daß diese gutsherrliche Familie viel zum Baue der Kirche beitrug, welche i. J. 1499 in die Nähe der alten Kapelle gesetzt und dem hl. Laurentius geweiht wurde[1]), geht daraus hervor, daß ihr Wappen mit drei gezackten Balken, (ähnlich drei Hirschgeweihen) zweimal an der Decke des gothischen Chores angebracht ist.

Das von den Herren von Mittelburg und ihren Nachfolgern bewohnte Schlößchen ist jetzt das merkwürdige Haus Nr. 28. Thorhaus, Wendeltreppe, Gewölbe, Küche, vermauerte Fenster, eingezogene Wände und Decken, um die Gemächer zu verkleinern,[2]) und unverkennbare Schießscharten liefern den Beweis dazu. Es fehlt auch nicht der freie Raum vor der gewölbten Küche im untern Stock, wo einst das Gesinde seine Arbeiten verrichtete, noch der Vorplatz im obern Stock, wo sich die Gutsherrschaft jener Zeit aufzuhalten pflegte, und von dem aus man in die einzelnen Zimmer gelangte.

Das Seckendorfische Wappen an der Decke des Chores in der Kirche deutet an, daß auch dieses adelige Geschlecht in Röckingen begütert war; und es ist urkundlich beglaubigt, daß Hans von Seckendorf, genannt Nolt, i. J. 1468 seinen Theil an den Allodialgütern zu Röckingen dem Markgrafen Albrecht Achilles von Ansbach zu Lehen auftrug, und 1482 an Hans Schenk von Schenkenstein zu Hohenburg verkaufte. Die Nachkommen desselben erwarben 1530 auch den andern Theil und 1569 noch 7 Mannschaften, welche den Knöringen gehörten. Einen Theil des Zehnten von Röckingen scheinen die Markgrafen schon früher erworben zu haben, da Lang mittheilt, daß Markgraf Friedrich im Jahre 1430 ein eigenes Predigt- und Lehramt im Stift zu Ansbach errichtete und dazu den Zehnten von Röckingen verwendete[3]).

Noch vor dem Jahre 1572 wurde von Georg Wilhelm von Gundelsheim und seinem Stiefbruder Hanß Schenk von Schenkenstein das noch jetzt vorhandene sogenannte neue Schloß erbaut, mit Eckthürmchen versehen und mit einem Wassergraben umgeben. Allein im Jahre 1572 wurde in einem gegen den Hesselberg hin gelegenen Zimmer ein schauderhaftes Verbrechen verübt. Hanß Schenk von Schenkenstein ermordete darin seine Gemahlin Cäcilia, eine geborne von Rechenberg. Zur Strafe wurden ihm von Markgraf Georg Friedrich die Lehengüter entzogen (ex capite feloniae). Die Allodialgüter mit der ihm gehörenden Hälfte des Schlosses und was dazu gehörte, zog sein Stiefbruder Georg Wilhelm von Gundelsheim an sich, und er selbst wurde zu ewi-

---

1) Außen am Chor ist noch ein altes Basrelief, welches den Schutzheiligen, auf dem Roste liegend, darstellt, mit zwei Schergen und der Aufschrift: Sanctus laurentius ora pro nobis. Darunter in Mönchsschrift: aftermontag vor georg 1499. An der äußern Ostseite des Chores befindet sich auch eine kleine Statue des h. Laurentius, gut aus Stein gehauen. Der Kopf am Piedestal ist wohl der des Baumeisters, der sich auch am Chorgewölbe findet.

2) An dem Thorhause befindet sich sogar noch der obere Kloben zu dem ehemaligen Hofthore zwischen der Haupteinfahrt und den Nebengebäuden, welche jetzt dem Bauern Georg Tremel gehören. Auf beiden Höfen ruhten namhafte Leistungen an die Gutsherrschaft, woraus hervorgeht, daß sie ursprünglich nicht freies Eigenthum waren, wie andere Höfe.

3) v. Lang, im vierten historischen Jahresbericht, S. 26 und 48.

gem Gefängniß verurtheilt (ad perpetuos carceres)[1]). Bald darauf (1584) verkaufte Gg. Wilh. Gundelsheim das Schloß mit den Allodial- oder freieigenen Gütern und Rechten an Markgraf Georg Friedrich um 18,000 fl

Die Markgrafen errichteten ein Verwalteramt in Röckingen, wozu Altentrüdingen, Lentersheim, Ehingen und Reichenbach gehörten, ließen sich in die 1740 vergrößerte Kirche einen Fürstenstand bauen und hielten, wie Stieber versichert, öfter ihr Hoflager in Röckingen[2]).

Dieses Schloß, mit einem Graben umgeben, wurde unter der k. bayer. Regierung in einen Zehntspeicher verwandelt, und ist jetzt Eigenthum des sogenannten Schloß-Bauern, der auch darin wohnt.[3])

Zu den Vasallen der Grafen von Truhendingen gehörten, westlich von Röckingen, auch die Herren v. Reichenbach und östlich die von:

5. Lentersheim. Der entstehende Ort wird schon in dem Wildbanns-Diplome des Kaisers Heinrich III. vom 17. Mai 1053 villa Lanteresheim genannt[4]). Förstemann leitet den Namen von Land ab, ähnlich wie Landersdorf (nordöstlich von München), Landrichesheim (jetzt Landersum im Münsterschen) u. s. w.[5]) Wahrscheinlich geschah die Benennung des Ortes durch Vermittlung des Personennamens Lander oder Lender, welch' letzterer Name heute noch in der Gegend heimisch ist. Im Jahre 1059 weihte Gundecar II., Bischof von Eichstätt, die Kirche daselbst, eigentlich Kapelle[6]).

Lentersheim war auch die Mutterkirche von Altentrüdingen, bis sich hier 1491 eine selbständige Pfarrei bildete. Am 1. Februar 1331 erwarb das Kloster Heilsbronn das Patronatsrecht in Lentersheim; Graf Ludwig der Aeltere von Oettingen schenkte es dem Kloster[7]). Als die Gemeinde sich vergrößerte, wurde, unzweifelhaft auf Kosten des Klosters Heilsbronn, hinter der alten Kapelle eine Kirche gebaut. Die alte Kapelle erkennt man noch an der Bauart des kleinen Wohnhauses neben dem Schulhause, in welches sie verwandelt wurde. Als Urkundenzeuge erscheint 1332 Crafft von Lentersheim[8]).

Das Jahr 1336 nennt eine Anna von Lentersheim, und in der Rit-

---

1) Stieber, Nachricht ꝛc. S. 663.

2) Stieber a. a. O., S. 657.

3) Ueber die Sitten der Bewohner des Hesselberg-Vorlandes spricht sich die Bavaria (Band III., Abtheilung II., Seite 946) nachtheilig aus. Allerdings wirkte der öftere Aufenthalt des markgräflichen Hofes nachtheilig auf die Gemeinden, aber der Herausgeber dieses Werkes kann versichern, daß es besser geworden ist. Namentlich trifft Ehingen der Vorwurf nicht mehr, der ihm in der Bavaria gemacht wurde. Die Gemeinde benimmt sich jetzt musterhaft.

4) de Lang, Regesta Circ. Rez. 1837, p. 29.

5) Förstemann, (II. S. 895) führt aus dem Monument. Germaniae von Perz (Vol. IX. fol. 247) unter dem Stamme Land (terra) ein Lanteresheim auf, welches ohne Zweifel unser Lentersheim ist, da er in Parenthese beisetzt: Gundech. liber pont. Eichst., und Lentersheim zum Bisthume Eichstätt gehörte.

6) Fischer a. a. O., S. 599.

7) Ludovicus comes de Oetingen senior monasterio in Halsprunne ius patronatus ecclesiae in Lentersheim dioeces. Eystet. donat. Datum in castro suo Wazzertruhendingen Kalend. Februarii. S. de Lang, Regesta T. XI. p. 354, Regesten zur Geschichte der Stadt Ansbach. XXXIII. J.-B. 1865, S. 165.

8) Jung, Miscell. T. I. 26.

terkapelle zu Auhausen war Ritter Konrad von Lentersheim unter den Wohlthätern des Klosters abgebildet mit der Jahreszahl 1392 [1]). Die Herren von
Lentersheim scheinen jedoch frühe ihre Besitzungen und Rechte daselbst veräußert
zu haben; denn auf dem Epitaphium des Franz Amkorn von Wallerstein,
welcher 1371 die Kirche in Altentrübingen zu bauen begann und 1380 daselbst begraben wurde, wird er dominus in Lentersheim genannt. Nach ihm
erscheinen Rudolph und Rab von Gundelsheim und 1417 Cunrad Swainingen zu Swainingen als begütert daselbst. An das burggräflich Nürnbergische
Haus kam Lentersheim mit Wassertrübingen, Obermögersheim, Ehingen und
Gerolfingen i. J. 1371.

Das Schloß lag auf dem kleinen Hesselberge, welcher deshalb heute noch
Schlößleinsbuck genannt wird, und scheint, nach den vorhandenen Gräben und
Wällen zu schließen, einen bedeutenden Umfang gehabt zu haben. Wahrschein-
lich benützte der Erbauer die vorhandenen Ueberreste jener römischen Befesti-
gungen des Hesselberges, von denen noch so viele Spuren übrig sind. Im
Bauernkriege wurde es zerstört — wahrscheinlich von der Rotte, welche von
Dinkelsbühl über Wittelshofen und Wassertrübingen nach dem Kloster Auhau-
sen zog, und bei Ostheim geschlagen wurde, ehe sie Heidenheim erreichte.

Herren von Lentersheim lebten später am Hofe der Markgrafen von Ansbach [2]), von denen sie Lehengüter erhalten hatten, z. B. Alten- und Neuenmuhr,
an welch' letzterem Orte der letzte dieses Stammes i. J. 1799 mit Schild
und Helm begraben wurde.

Wie Altentrübingen ursprünglich ein Filial von Lentersheim war, so
war es auch:

Dambach. Die ältere Schreibweise „Tambach" scheint die Vermuthung
zu bestätigen, daß der Name des Ortes aus Tannenbach entstanden sei, weil
aus dem nahen Tannenwald ein Bach hervorkommt, jetzt Brühlgraben genannt.
Daß dieses Dambach, nördlich vom Hesselberg, der Stammsitz jenes Rudgerus
de Dambach gewesen sei, der als Zeuge in einem Donationsbrief des Jacobs-
Klosters zu Würzburg v. J. 1167 vorkommt, bezweifelt schon Stieber.

Ebenso wenig läßt sich die Sage begründen, daß Dambach im Besitze
eines Frauenklosters gewesen sei. Daß der Wald in der Nähe „Frauenholz"
genannt wird, und eine Stelle „Nonnenfurt" heißt, dürfte einfach dadurch zu
erklären sein, daß jener Wald den Klosterfrauen in dem nahen Königshofen
gehörte, und daß die sogenannte Nonnenfurt den alten Fahrweg von Wassertrübingen und Lentersheim zu den Nonnen in Königshofen bezeichnete [3]).

Im Jahre 1395 wurde auch Dambach eine eigene Pfarrei, und das
Kloster Heilsbronn mag das Seinige dazu beigetragen haben.

Zu den Vasallen der Grafen von Truhendingen gehörten auch:

---

1) v. Schütz a. a. O. Th. I., Abth. III., S. 71.
2) Ein Sigmund von Lentersheim, welcher 1518 starb, war Schwanen-
ritter und wurde in der Martinskapelle der Stiftskirche beigesetzt. Jetzt ist sein Grabstein
mit dem lebensgroßen Bilde in dem abgeschlossenen Chore der St. Gumbertuskirche
aufgestellt, und zwar als zweiter Ritter.
3) Ebenso heißt heute noch ein Wald bei Engelthal der Nonnenwald, weil er
ehemals zum Nonnenkloster daselbst gehörte.

6) **Die Herren von Schwaningen.** Nichts liegt näher, als den Namen dieses großen und schönen Dorfes von Schwan abzuleiten, der im Althochdeutschen swan hieß, und Förstemann ist dafür ein Gewährsmann, denn er führt einen Ort, Suaningun auf, und nennt dabei auch „Schwaningen bei Wassertrübingen, westlich von Eichstätt"[1]. Das neue Wappen, welches der Ort im Jahre 1599 erhielt, stellt auch einen weißen Schwan mit entfalteten Flügeln dar. Von dieser Zeit an findet man nur die Namen Ober- und Unterschwaningen, oder Niederschwaningen. Das hohe Alter von Unterschwaningen geht daraus hervor, daß F. Neugart im „codex diplomaticus Alemanniae" bei b. Jahre 912 Seweininga aufführt, und daß das bekannte Wildbanns-Diplom des Kaisers Heinrich III. oder des Schwarzen v. J. 1053 die Gränze des Jagd-Distriktes zwischen Swiningen und Truhentingen an den Orselbach und von da nach Magerichesheim (Mögersheim) bestimmt. Auch findet sich in dem Verzeichnisse der in den Jahren 1058 und 1059 von Bischof Gundecar II. von Eichstätt geweihten Kirchen und Kapellen Swaningun[2].

Von dem adeligen Geschlecht dieses Ortes finden sich urkundlich erwähnt: Heinricus de Sweiningen aus d. J. 1163. Unter den Wohlthätern des Klosters Auhausen, welche in dem Jahre 1304 in der sogenannten Ritterkapelle abgebildet wurden, erschien auch Heinricus de Sweiningen, Ritter, abgebildet mit zwei grünen Flügelwedeln auf dem Helme[3]. Auch Konrad von Schwaininngen schenkte seine Güter in Westheim demselben Kloster. Ein Konrad von Schwaninngen war 1399 Chorherr auf St. Willibaldschor zu Eichstätt[4].

Dieses edle Geschlecht, das auch in Lentersheim, Obermögersheim und Dentlein (jetzt Dennenlohe) begütert war, erlosch 1455 mit Hans von Schwaninngen. Dieser letzte Sproße hatte jedoch sein Stammgut schon vorher an seine Schwäger Konrad von Holzingen und Sigmund von Leonrod verkauft. Später kam es an Hanß von Gundelsheim, der 1511 die bisher eigen besessenen Güter daselbst dem Markgrafen Friedrich dem Alten als Lehen gab. Seine Söhne verkauften Schloß und Gut Schwaningen an die Rechenberg. Als die fränkische Linie dieses Geschlechts 1583 mit Konrad von Rechenberg ausstarb, fiel Schwaningen dem Markgrafen von Ansbach heim, welcher 1599 ein Ehehaftgericht daselbst errichtete und dem Ort das oben beschriebene Siegel gab.[5] Das später von den Markgräfinnen bewohnte Schloß wurde jedoch erst 1609 von Fuchs von Bimbach erbaut, der das alte Schloß als Ritter-Mannlehen um 8604 Gulden erkauft hatte und im Jahre 1626, als dänischer Kriegs-Obrister, in der Schlacht bei Lutter ohne männliche Nachkommen fiel.[6]

---

1) **Förstemann**, altdeutsches Namenbuch, B. II., S. 1346.

2) **Sax**, Geschichte von Eichstätt, 1857, S. 467. Vgl. **Fischer**, Einführung des Christenthums, 1863, S. 599.

3) v. **Schütz**, P. I., Sect. III., p. 71.

4) **Jung**, Miscellan. T. IV., p. 74 in der Matricul. nobil.

5) Jahresbericht des hist. Vereins v. Mittelfr. N. XXVIII. 1860, S. 111 ff.

6) A. M. **Fuchs**, Bruchstücke aus einer Sammlung von Beiträgen zur Geschichte der Stadt und des Markgrafenthums Ansbach im XXVIII. Jahresbericht des hist. Vereins v. Mittelfr. für 1860 S. 111.

Zu denjenigen Vasallen, welche die Grafen von Truhendingen ganz in der Nähe hatten, gehörten auch:

7) die Herren von Westheim. Der Ort liegt eine halbe Stunde westlich von Ostheim, daher der Name Westheim, ohne daß man nöthig hat, ihn mit Wägemann von dem germanischen Götzen Wistewohn abzuleiten.[1] Westheim gehört zu den ältesten Orten der Gegend. Es wird zugleich mit Hechlingen und Ursheim schon in einer Urkunde vom 1. Mai 899 genannt. Wahrscheinlich ist es das Westensten, welches Graf Ernst von Truhendingen, auf Kaiser Otto des Großen Befehl, zur Sühne mit andern Gut im Jahre 959 dem Kloster Auhausen überlassen mußte.[2] Bei den, von Bischof Gunbecar II. von Eichstätt 1061 geweihten Kirchen und Kapellen kommt es unter dem Namen Weistheim vor.[3]

Aus dem Rittergeschlecht dieses Ortes finden sich erwähnt: Hermannus de Westhain 1294 und Jrmela de Westheyn, begraben im Stift Oehringen. Später waren die Herren von Brunolzheim, von Bocksberg und Schwaningen daselbst begütert. Das Kloster Heidenheim bezog den Zehnten, übte das Patronatsrecht über die Pfarrei Westheim aus, und 1396 wurde dieselbe von Papst Bonifacius IX. dem Kloster Heidenheim ganz einverleibt.

8) Das Geschlecht der Mögersheim in Obermögersheim (sogenannt zum Unterschied von Megersheim im Rieß). Dieses Obermögersheim in der Nähe des Hahnenkammes ist gemeint, wenn Kaiser Heinrich III. oder Schwarze in der Urkunde von 1053 den Zug des Wildbannes für den Bischof Gebhard von Eichstätt bestimmt: „Von der villa Rochingen (Röckingen) nach Lanteresheim (Lentersheim) zwischen Swiningen (Schwaningen) und Truhenmotingen (Truhendingen und zwar Altentrübingen) am Orselbach (jetzt Orrabach) nach Magerichesheim.“ Ein anderes Mögersheim kann nicht gemeint sein, da die weitere Gränze des bewilligten Wildbannes so angegeben ist, daß sie von Magerichesheim nach Gnozesheim (Gnozheim) geht und dann (zwischen der Spielberger und Heidenheimer Markung) in die Rorach und von da abwärts durch den Forst wieder an die Wernitz läuft und ausdrücklich dabei steht: Alles in der Grafschaft Friederichs im Rieß und Chunos des Grafen im Sualafeld. Den Ortsnamen Mögersheim leitet Förstemann von Personennamen des Stammes Mag ab, führt Magersheim auf aus Perz und setzt bei: „Mögersheim bei Wassertrübingen, nordöstlich von Eichstätt.“[4] Aus dem Rittergeschlecht von Obermögersheim sind uns erhalten die Namen: Gerlocus de Mögersheim 1163, Heinrich von Mögersheim 1242, Cunradus de Megensheim 1280, Rudolphus de Megeresheim und Methildis seine Tochter 1292. Aber auch die Grafen von Truhendingen selbst waren begütert in Mögersheim, welches nach dem Erlöschen des Stammhauses an die Herren von Kemnat und dann unter burggräfliche Landeshoheit kam.

---

1) Wägemann, Druidenfuß an dem Hahnenkamm und an der Altmühl, Kap. III., S. 22.

2) Sinold v. Schütz, Corp. dipl. V. 3, p. 162. Dagegen berichtet derselbe Seite 251, daß Hartmann von Lobdeburg mit Westheim belehnt worden sei.

3) Fischer a. a. O. S. 601.

4) Perz, Monumenta Germaniae Vol. IX. fol. 247 (Gundech. lib. pontif Eichst.)

ohne daß dadurch dem Verkauf des Ortes an verschiedene adelige Familien, wie die Roßau, die Hörlheim, die Goldstein u. s. w. Schranken gesetzt wurden.

Daraus, daß Obermögersheim und Gnotzheim den Zehnten nach Heidenheim zu liefern hatten, ergibt sich, daß von daher ihnen das Licht des Evangeliums aufging. Noch steht auf der Anhöhe die alte Kirche in Obermögersheim mit ihrem Flügelaltare, welchen Bischof Gundecar II. (eigentlich Gundacker) von Eichstätt im Jahre 1058 selbst einweihte, [1] und dient jetzt zur Gottesackerkirche.

Oestlich vom Hahnenkamm erhoben sich im Altmühlthale noch mehrere Ritterburgen, zu deren Füßen durch die Fruchtbarkeit des Bodens und den Fleiß der Bewohner blühende und schöne Ortschaften entstanden, und deren Gutsherren gleichfalls Vasallen der mächtigen Grafen von Truhendingen waren. Dazu gehörten in fortlaufender Reihe:

9) Das längst untergegangene Geschlecht der Herren von Dittenheim, deren Burg vielleicht auf dem nahen gelben Berge stand, den schon die Römer befestigt hatten. Nach Falckensteins Dafürhalten soll daselbst Teut oder Dit göttlich verehrt worden sein, was zu dem Namen Tytenheim Veranlassung gab. [2] In diesem Dittenheim (Titenheim), wie in Weimersheim, (Wimeresheim), Pappenheim, Altheim, Pinzwang und Echineberg im Sualafeld hatte ein gewisser Etig Besitzungen und vertauschte sie gegen Sintipach (Sinbelbach) und Teiting am 23. Mai 914 an Bischof Tuto von Regensburg. [3] Der Vergessenheit wurde Heinrich, genannt Fuchs von Tithenheim, und seine eheliche Wirthin Mechtild dadurch entrissen, daß sich eine Urkunde vom Jahr 1250 vorfindet, worin ihnen vom Kloster Auhausen die Güter des Klosters zu Dittenheim gegen eine jährliche Abgabe an Wachs überlassen wurden. Auch Chunrad und Otho de Dytenheim findet man bei dem Jahre 1271 erwähnt. Uebrigens waren auch andere adelige Familien in Dittenheim begütert, wie die Herren von Appesberg (Abtsberg), von Lentersheim, die Grafen von Truhendingen und ein Ritter, Namens Menwart Frick, vermuthlich von Berolzheim.

10) Das Geschlecht der Gundelsheim, von dem sich Philipp von Gundolsheim, dessen Mutter eine geborne von Holzingen war, zur Bischofswürde in Basel emporschwang, und das erst 1683 mit Martin Joachim Christoph von Gundolsheim im Mannesstamm, und mit seiner Tochter Maria Helena Kath. 1750 gänzlich erlosch. Krafft und Marquard von Gundolsheim, zwei Brüder, werden schon um das Jahr 1154 genannt. Eine Ur-

---

1) J. Sax, Geschichte des Hochstiftes Eichstätt, 1857, S. 467 ff. Vgl. Fischer a. a. O. S. 599 u. 607, wo von der Einweihung einer Kirche in Magersheim durch Bischof Otto die Rede ist.

2) v. Falckenstein, Antiquit. et merorab. Nordgav. vet. T. I. Cap. III. p. 30. Doch kann dem Ortsnamen Dittenheim auch das Stammwort thiuda, althochdeutsch diota, Volk, zu Grunde liegen, wie den Namen Dietrich, Dieter, Ditmar, Dietkirchen u. s. w. Vgl. Förstemann II. 1374 ff., wo ähnliche Ortsnamen von diesem Stamm abgeleitet sind, wie Dietfurt, Dietkirchen, Diebenhoven, Titenhusen (Distanhusun), Diebelhofen (südlich vom Ammersee) u. a. O. Vgl. Schmitthenner, kurzes deutsches Wörterbuch, 2. Aufl., 1836, S. 112.

3) de Lang, Regesta C. R. p. 14.

kunde vom Jahr 1254 unterzeichnete als Zeuge Rudolfus de Gundolzheim, zugleich mit Cunradus Dapifer de Rechenberg[1]). Die Herren von Gundels=heim waren auch in Ursheim (Urrresheim) begütert, wo Bischof Otto von Eichstätt nach dem Jahre 1187 ein Gotteshaus weihte, obwohl sich ein ade=liges Geschlecht nach dem Orte nannte, z. B. Ulricus dictus de Urresheim um die Jahre 1252 und 1261 (Stieber, S. 873).

Wilhelm von Gundelsheim baute das noch stehende, ehemals von den Markgrafen öfters bewohnte Schloß zu Röckingen. Die älteste Schreibweise des Ortes war übrigens Gundoltesheim und Gundoldisheim, woraus zu schließen sein dürfte, daß der erste Anpflanzer Gundolt hieß.[2]) Bischof Otto von Eichstättt weihte nach dem Jahre 1187 eine Kirche in Gundoltesheim. Im Jahr 1345 besaß Walther von Seckendorf den Ort. Das Filial Wa=chenhofen, wo Bischof Otto von Eichstädt 1063 die alte Kirche weihte, war ursprünglich auch ein Edelsitz; denn es kommt bei dem Jahre 1169 ein Her=man de Wachenhofen vor.[3])

11) Die Herren von Alesheim, jedoch Olefsheim geschrieben, z. B. Vollant von Olefsheim, der noch 1349 in dem nahen Stopfenheim saß. Der Name Olefsheim kann aus Odolfesheim entstanden sein, wie Olrisheim aus Odoltesheim, Odelzhausen (nordwestlich von München) aus Otolteshusir u. dgl. (Vgl. Förstemann II. 131.) In Alesheim waren in alter Zeit auch die Treuchtlingen, die Velberg, welche ihre 6 Güter nebst dem Rudolphsberg dem Markgrafen von Ansbach verkauften, die Vestenberg und andere Ge=schlechter begütert. Zu den Truhendingischen Vasallen gehörten auch:

12) Die Trometsheim. Ulricus de Trumotsheim wird 1253 ge=nannt. Die Ferchen erscheinen als die Nautae von Trummenzheim (Schiffer der nahen Altmühl). Die Kirche daselbst, dem hl. Emmeran geweiht, wird in der ersten Hälfte des vierzehnten Jahrhunderts genannt als Ecclesia Parochialis in Trumotzheim. Später erscheinen die HH. v. Haußen und v. Lepfenburg (Lauffenbürg) daselbst begütert, wie auch das Kloster Wülzburg. Otto von Haußen war 1346 Patron der Kirche in Trometsheim. Viel ver=zweigt waren:

13) Die Herren von Holzingen. Sie saßen zu Salach (Burgsalach), zu Wiesenbruck (an der Wieset bei Orenbau), auf der Leffenburg (Lauffen=bürg bei Kronheim), in Unterschwaning, zu Turwang (Dürrwangen bei Feucht=wangen) u. a. O. Von zwei Brüdern von Holzingen wird aus dem Jahr

---

1) Matricula Nobilium bei Jung a. a. O. I. S. 7 u. 26.

2) Diese Vermuthung findet ihre Bestätigung bei Förstemann (II. S. 19 u. 20), wo mehrere ähnliche Ortsnamen zusammengestellt sind, wie Gundoltingen, Gundoltes=ruiti, Gundoltesvilace (Gundisweil in der Schweiz), Gundelfingen und auch Gundoldes=heim vorkommen und Gundolfesheim. Das Wurzelwort von allen ist Gund, soviel als Krieg, Kampf, daher Gundfano, die Kriegsfahne; Gundobald, der Kriegskühne. Vgl. Schmitthen er a. a. O. S. 198. Aus Gundilo wurde im Neuhochdeutschen Gundel, daher die Ortsnamen Gundelashusa (Gundelshausen) u. f. w. Vgl. Förste=mann im I. Band des Onomastikons S. 556. Zur Gewißheit wird dies dadurch er=hoben, daß sich in einer Urkunde des Jahres 1372 unterzeichnet findet: Friz von Gun=dolzheim, genannt Gundolt, f. Jung, Miscell. T. IV. p. 73, Matricula nobilium.

3) Jung, Matricula nobilium in Miscell. T. I. p. 4.

1303 berichtet, daß sie dem Kloster Heilsbronn die Auflage erließen, jährlich ein Paar Filzschuhe zu liefern. Die Kirche in Holzingen wurde vom Kloster Wülzburg versehen, welchem Burg und Ort Holzingen gestiftet wurde, und wo auch in der St. Stephanskapelle daselbst die Glieder dieses Geschlechtes beigesetzt wurden. Es erlosch 1502 im Mannesstamm mit Johann Sigmund von Holzingen, dessen Schwester Gertraud, vermählt mit Christ. von Königsfeld, in so bedrängte Verhältnisse gerieth, daß ihr, der Stiftung gemäß, Ort und Schloß zurückgegeben werden mußten, worauf sie beide an den Markgrafen von Ansbach verkaufte, 1531.

14) Die Kropf von Emezheim, wo die ältesten Ansiedler in das Erbe der großen römischen Gränz-Niederlassung daselbst traten.[1]) Aus der Zeit der heidnischen Bewohner, die hier einen heiligen Eichenhain hatten, den Karl der Große bei Anlegung des Kanales zerstören ließ, waren noch im vorigen Jahrhundert zwei Götzenbilder im Garten des Wirthes vorhanden, von denen nach der Meinung des Volkes das eine den Miplezeth[2]) darstellen sollte (den Priapus der Germanen), das andere die Jscha, sein Weib.[3]) Falckenstein hielt sie für bildliche Darstellungen der Sonne und des Mondes und verglich sie mit Osiris und Jsis.

Den Namen Emezheim sucht Wägemann in seinem Druidenfuß von einem Hain abzuleiten, der hier dem Manus (dem Sohne Teuts), geweiht war. Aus Manneshain sei durch schlechte Aussprache Emmenzheim geworden. Allein die älteste Schreibweise des Ortes ist Ehemutesheim, so daß man eher auf einen fränkischen Anpflanzer Ehemut schließen möchte, dessen Namen die fränkische Ortsendung heim (woher Heimath) angefügt wurde. Später veränderte sich der Namen in Ehmozheim, Emmötzheim u. dgl.

Die reichste Familie daselbst nannte sich Kropf und behielt den Namen auch nach der Aufnahme unter die edlen Geschlechter. Schon 1187 kommt ein Cunrat Kroph de Ehemutesheim vor, 1335 wird Hylprandt, der Kropf von Ehmozheim genannt, mit seiner ehelichen Wirthin Agnes, und zugleich sein Bruder Sigfrid der Kropf von Emolsheim mit Elsbet, seiner Wirthin. Ihr Schlößchen oder castrum stand auf der kleinen Anhöhe bei der Kirche, und war 1616 noch ziemlich viel zu sehen.

Ein Zweig der HH. von Emmezheim saß auf dem Flüglinger Berg. Daher findet man in einer Urkunde von 1255 Heinricus Cropf de novo castro Flugelingen, und noch 1342 Hans der Cropf von Flüglingen.

Zu Flüglingen gehörte Weimersheim am Fuße des Flüglinger

---

1) Stälin führt drei Inschriften von römischen Votivtafeln auf, die nebst vielem Gemäuer, Reliefs und Anticaglien bei Emezheim gefunden wurden (Württemb. Geschichte, 1841, I. S. 51, Nro. 211 bis 213). Die erste Votivtafel: I. O. M. SACR. IVL. VIATOR. V. S. LLM. (Votum solvit laetus lubens merito). Die zweite Inschrift: PRO SALUTE ANTONINI IMP. MERCURIO SACRUM FL. RAETICUS, OPTIO EQ. AL. (alae) AUR. (Aureliae) VSLLM (häufige Schlußformel). Die dritte Inschrift: SICCONIAE PAULINAE AEL. DECIUS CONIVGI KARISSIMAE.

2) M. Feuerlein, disputatio de Miplezetho cum primis memorabili. Emmenzhemio. Wittenb. 1700.

3) v. Falckenstein, Antiquit. et memorabil. Nordg. vet. Tom. I. c. III p. 87 squ.

Berges. Das Alter dieses reichen Ortes, ohnweit Weißenburg am Sand, reicht hinauf bis zum Jahre 914.[1]) Daß dieses Wimeresheim, wo ein gewisser Etig seine Güter vertauschte, unser Weimersheim in Mittelfranken ist, nimmt auch Förstemann als gewiß an. Er sagt mit Bestimmtheit: Wimeresheim (das im zehnten Jahrhundert vorkommt), ist Weimersheim bei Weißenburg, nordwestlich von Eichstätt.[2]) Ursprünglich war es ein Allodialgut der Babenberge, wie Weißenburg, Burgsalach, Roßtal ꝛc. Von dem ritterlichen Geschlecht daselbst kommt vor, und zwar in dem Diplome Kaisers Konrad II. des Saliers, vom Jahr 1029 über die Uebergabe der Stadt Weißenburg, durch Herzog Ernst von Schwaben: Wizo de Wimeresheim, als Ministerialis oder Vasallus dieses Herzogs genannt. Nach Jentsch in der Bavaria[3]) findet sich in den Schenkungsbriefen des Stiftes Obermünster und der Propstei Berchtesgaden als Zeuge aus der Zeit 1100 n. Chr. aufgeführt: Chonradus de Wimersheim; deßgl. Chunrat Kropf de Ehmundesheim. Die Kropf von Emezheim erwarben Weimersheim nach dem Erlöschen der Gutsherrschaft daselbst.

Conrad Kropff, auch de Struma geschrieben, (d. i. Kropf), verkaufte 1301 Schloß und Städtchen Kipfenberg an das Hochstift Eichstätt, und 1317 lebte noch Heinrich Kropf oder Struma als Kanonikus in Eichstätt und Pfarrer in Pfofeld.

Im Jahre 1363 wurde sowohl die Kirche zu Emezheim, als die zu Weimersheim mit einem päpstlichen Ablasse beglückt, was zur Hebung des Kirchenvermögens nicht wenig beitrug. Die Kirche daselbst war von Bischof Gundecar II. zu Eichstätt zwischen den Jahren 1065 und 1071 geweiht worden.[4])

Flüglingen und Weimersheim kamen zweimal an das Burg- und Markgräfliche Haus, bis dieses eine eigene Vogtei daselbst errichtete.

Am östlichen Abhange des Hahnenkammes lag auch

15) Berolzheim. Die hervorragendste, die Bevölkerung gleichsam vertretende freie Familie nannte sich nach dem Orte. So erscheint ein Conradus de Berolfesheim als Zeuge in einer Schenkungs-Urkunde aus dem zwölften Jahrhundert.[5]) Sie traten zu den mächtigen Grafen von Truhendingen in das Vasallen-Verhältniß, und gehörten zu den vorzüglichsten Adelsgeschlechtern derselben.[6]) Da sie sich auch von Bertolsheim schrieben, so mag der Name wohl von einem Berthold abzuleiten sein, der sich als frühester oder bedeutendster und in der Umgegend bekanntester Bewohner des Ortes auszeichnete. Er kann aber auch Berold oder Berolf geheißen haben, woher die Orte Beroldasheim, Perolteswilare, Berolfesbach,

---

1) Monument Boic. Tom. XXXI. a. 183, wo der Ort Wimersheim genannt wird, und bei Perz Monumenta Germ. P. IX. p. 247, Wimirisheim (Gundech. lib. pont. Eichst.)

2) Förstemann, Th. II. S. 1539. Vgl. oben den Tausch bei Dittenheim.

3) Bavaria, B. III., Abth. II. S. 1116.

4) Sax, Geschichte des Hochstifts Eichstätt, 1857, S. 467 ff. und Fischer, Einführung des Christenthums in Bayern, 1863, S. 602.

5) Ed. Jentsch in der Bavaria, B. III., 1865, S. 1116.

6) v. Lang, Bayerns alte Grafschaften und Gebiete, 1831, S. 305.

Berolfesheim (bei Mainz und eines bei Straßburg), Berolfestat (Berlstädt im Großherzogthum Weimar) u. s. w.[1])

Daß zwei Burgen hier standen, schließt man daraus, weil in Urkunden öfter vom untern Schloß die Rede ist. Vielleicht wurde eines derselben von einer andern adeligen Familie erbaut, woher es auch kommen mag, daß zwei Kirchen in Berolzheim gebaut wurden, eine obere und eine untere, mit völlig getrennten Pfarrsprengeln. Eine derselben wurde zwischen 1183 und 1195 von Bischof Otto von Eichstätt geweiht, wobei sich der Ort Beroltesheim geschrieben findet. Güter besaßen die Grafen von Truhendingen daselbst, wie auch die Edlen von Salach, (Burgsalach bei Reuslingen) und von Holzingen zu der Zeit, als das Geschlecht der Berolzheim noch blühte. Willing von Berolzheim verkaufte 1322 mit Zustimmung seiner Gattin Agnes und seiner Söhne sein Haus und Gesäß zu Berolzheim an den Ritter Erkinger Frick. Dies war wahrscheinlich das obere Schloß, welches nach mannigfachem Wechsel der Gutsherren im Jahr 1519 an Georg und Hans von Ems kam, welche auch das untere Schloß besaßen. Ihre Nachkommen verkauften das ganze Gut Berolzheim an Pappenheim, und von diesen kaufte es der Markgraf von Ansbach 1667 um 40,000 Reichsthaler und 1000 Reichsthaler Leihkauf, worauf der Ort dem Oberamt Hohentrübingen einverleibt wurde.

Auf die höchste Höhe des Hahnenkammes bauten sich:

16) Die Herren von Auernheim eine Burg. Gab man schon Berolzheim einen Bären in das Wappen, weil man den Namen von dem Aufenthalte der Bären in diesem weiten Altmühlthale ableitete, so wird es erlaubt sein, den Namen Auernheim, das in ältester Zeit Urnheim und Urenheim geschrieben wurde, von Ur, Auerochs, abzuleiten, der — überall verfolgt — hier in den Urwäldern des Hahnenkammes noch eine Zeit lang Ruhe und Sicherheit finden mochte.

Diese Ableitung hat jedenfalls mehr für sich und liegt näher, als die von Wägemann, wornach Auernheim seinen Namen von der weissagenden Aurinia erhalten haben soll, deren Tacitus erwähnt, und von welcher vermuthet wird, daß sie hier gewohnt habe. Für die von uns versuchte Ableitung spricht sich auch Förstemann aus.[2]) Das älteste Gotteshaus daselbst weihte Bischof Gundecar II. von Eichstätt ein, und zwar 1072 oder bald darauf.[3])

In einer Urkunde von 1253 wird Cunradus de Urnheim genannt. In einer andern vom Jahre 1390 werden 4 Güter erwähnt, die Ritter Winrich von Treuchtlingen zu Auernheim besaß. In der Bavaria heißt es zwar (Band III. Abth. II. S. 1116): „Ursheim, Auernheim zwischen Treuchtlingen und Heidenheim im Jahre 1000;" allein dieses Ursheim dürfte nicht Auernheim sein, sondern der alte Ort Ursheim bei Polsingen und Döckingen am Hahnenkamm.

---

1) Förstemann. altdeutsches Namenbuch, 1859, II., S. 207 u. 208.
2) Förstemann, altdeutsches Namenbuch, B. II. S. 1444, führt unter den von Ur (úro, bubalus, urus,) abgeleiteten Ortsnamen auch Urenhaim auf und fügt bei: „Auernheim, südöstlich von Heidenheim, nordöstlich von Eichstätt, wenn auch durch einen Personennamen vermittelt," eine Annahme, die jedoch hier nicht nothwendig ist.
3) Erh. Ftscher a. a. O p. 603.

Am südlichen Abhange dieses Waldgebirges saßen ebenfalls Truhen=
dingische Vasallen, nämlich:

17) Die Herren von See zu Polsingen. So alt dieser Ritter=
sitz war, so finden sich einzelne Ritter doch erst später erwähnt, z. B. die
Wittwe Johannes von See und ihr Schwager Konrad von See im Jahr
1400 bei der Stiftung einer Frühmesse in die Kirche von Polsingen, die
damals ein Filial von Ursheim war. Die Nachkommen derselben theilten
1488, und davon kamen später die Hälfte und der dritte Theil der andern
Hälfte an die Markgrafen, welche Polsingen dem Oberamt Hohentrüdingen
zutheilten. Einen kleinen Theil erwarben die Herren von Wölwart oder
Wöllwarth. Zwischen Polsingen und Ammerbacherkreut stehen die uralten
Thorsäulen, berühmt als germanisches Heiligthum.

Nachbarn der Herren von See zu Polsingen waren:

18) Die Ursheim. Auch dieser Ort, in dessen Nähe noch jetzt die
Gegend gegen Norden, auf dem Erlasberg gegen Hechlingen hin, rauh, felsig
und waldig ist, dürfte von der Heimath und den Schlupfwinkeln des
Ur seinen Namen empfangen haben, nicht, wie Wägemann meint, von
Orus, einer altdeutschen Gottheit, die hier besonders verehrt worden sei.[1]
Dem vaterländischen Geschichts= und Alterthums=Forscher Eduard Jentsch ver=
danken wir die obige Nachricht, daß Ursheim schon 1000 n. Chr. urkundlich
vorkommt, und das mit Ursheim zu einer Pfarrei verbundene Trendel um
das Jahr 1100, indem sich ein Manegoldus de Trenelun als Zeuge aufge=
führt findet. Von den Gutsherren Ursheims wird Ulricus miles (Ritter)
dictus de Urresheim genannt, und zwar in zwei Urkunden, von 1252
und 1261. Später erscheinen Holzingen und Gundelsheim dort begütert, von
denen Wolff von Gundolsheim, der zu Steinhard saß, seine Besitzung in
Ursheim 1514 an Markgraf Friedrich von Brandenburg=Ansbach verkaufte.

19) Nördlich von Ursheim entstand der einst an germanischen Alter=
thümern reiche Ort Hechlingen, wo theils die Grafen von Truhendingen
begütert waren, theils Burgmänner derselben, wie Ritter Willigen von Berolz=
heim, Konrad von Schwaimingen u. A. Doch besaß auch der Graf Berthold
von Graisbach, genannt Nyssen, Güter und Rechte daselbst.

Den Namen Hechlingen wollte man sonst von der altdeutschen Göttin
Hecka ableiten und dem Worte Klinge, was ein schmales Waldthal be=
deutet.[2] Der Ort liegt wirklich in einem sich verengenden Thale, von Berg
und Wald umschlossen, und hat in der Nähe einen Hügel, genannt Hunds=
rück, und eine Vertiefung, genannt Hundsloch, was mit der Göttin Hecka in
Verbindung gebracht wurde, weil ihr Hunde geopfert wurden.

---

1) Wägemann a. a. O. Kap. III. S. 22. Förstemann dagegen trägt kein
Bedenken, eine Menge ähnlich gebildeter Ortsnamen von ur (Auerochs) abzuleiten
(II. 1446). z. B. Uresheim (Ursenheim östlich von Colmar) Urlon, Ursingen, Ursbach,
Ursinperg, Ursinbusen, Ursilinga (Jrslingen bei Rottweil), u. s. w.
2) Förstemann belehrt uns dagegen (S. 632 seines Onomastikons), daß
Hachelingen (Hechlingen, nordöstlich von Nördlingen), von Hah oder Hag abstamme,
neuhochdeutsch Haag, Gehege, einem umschlossenen, eingefriedeten Raum, (S. 626)
zusammengesezt mit Wingen, welches aus dem alemannischen Wang entstand, das
einen eingehegten Waideplatz oder das Gefild bezeichnet. Vgl. Buttmann, deutsche
Ortsnamen S. 14.

Noch am Anfang des vorigen Jahrhunderts war auf einem, mit Graben eingeschlossenen Hügel in der Nähe von Hechlingen ein germanischer Opfer-Altar zu sehen, bestehend aus acht aufgestellten Steinen, auf dem der neunte, 10 Schuh lang und 4 Schuh breit, lag, versehen mit einer ausgehauenen Rinne, vom Volk die Blutrinne genannt, und unter derselben ein tiefes Loch, bestimmt, das Opferblut aufzufangen.

Daß hier in Hechlingen, mitten in einem Urwald des innern Hahnen-kammes, sich der heidnische Gottesdienst unserer Altvordern am längsten halten konnte, bedarf keines Beweises. Noch heißt ein Hügel das Druidenberglein und eine andere Stelle der Druidenfuß. Geheimnißvoll ist noch in unseren Tagen die unterirdische Höhle in der Nähe, welche der gemeine Mann das Weißloch nennt, die früheren Alterthumsforscher aber antrum vatum nannten, vermuthend, daß von hier aus die Druiden ihre Weissagungen ertheilten. Auch an Versteinerungen war sonst die Umgegend sehr reich, was Alles zur längeren Erhaltung des heidnischen Aberglaubens beitrug. Endlich gelang es den Mönchen zu Heidenheim, auch in diese Nacht der Finsterniß die Leuchte des Evangeliums zu tragen. Wir schließen dies daraus, weil das Kloster Heidenheim sowohl die Güter Heinrichs von Emendorf zu Hechlingen im Jahr 1334, als auch die von Konrad von Schwaningen 1345 und von Wilhelm von Cronheim 1483 an sich kaufte, während das Kloster Auhausen den Zehnten von Ursheim bezog und seine Missionsthätigkeit mehr auf diese Gegend gerichtet haben mag. Hechlingen kommt als Hachelingen und Urs-heim als Ursesheim, zugleich mit Westheim, schon in einem Diplome des Jahres 899 vor. Auch ein Hermannus de Hegelingen erscheint 1191 als Urkundenzeuge[1]. Im Jahre 1061 weihte Bischof Gundecar II. von Eichstätt eine Kirche in Hachelingen.[2] Hüssingen und Döckingen am Hahnen-kamm erscheinen gegen das Ende dieser Periode. In Hüssingen (Husingen), dessen Namen Wägemann, wie den Namen des Hesselberges, von dem alt-deutschen Gott Hesus ableitet, weihte Bischof Otto von Eichstätt 1185 eine Kirche. Die Edel- oder Hochfreien von Wollmershausen, von Gundelsheim und von Holzingen besaßen Güter daselbst, welche sie 1452 an das Kloster Heidenheim verkauften;[3] und Döckingen am Hahnenkamm, in ältester Zeit Teggingen geschrieben, gehörte ebenfalls zum Theil Truhendingischen Vasallen, nämlich den Herren von Swaningen, von Mittelburg, von Rechenberg und Stopfenheim, bis diese vier Geschlechter in der Zeit von 1326 bis 1398 sämmtlich ihre Güter zu Döckingen an das Kloster Heidenheim verkauften, mit dem der Ort zuletzt an die Markgrafen von Ansbach kam.[1]

Nördlich vom Hahnenkamm und Hesselberg hatten die Grafen von Truhendingen noch folgende Vasallen:

---

1) Matricula Nobilium in Jung, Miscell. T. I. p. 4.
2) Fischer, S. 601.
3) Stieber, Nachricht vom Fürstenthum Brandenburg-Onolzbach S. 50 ff.
4) Stieber, hist. und top. Nachricht rc. S. 320. Das Dechingen, in welchem Bischof Otto von Eichstätt zwischen 1183 und 1195 eine Kirche weihte, halten Sar, Fuchs und Fischer für dieses Döckingen am Hahnenkamm. (Einführung des Christen-thums rc. S. 608.)

20) Die Herren von Burk, zwischen Dorfkemmathen und Königshofen. Schon 1257 verkauften jedoch die Grafen von Truhendingen Burk und Königshofen an die Grafen von Hohenlohe.[1]) Die Burg, an deren Stelle jetzt die Wohnung des Revierförsters auf dem abgerundeten Hügel steht, gab ohne Zweifel zu dem Namen des Ortes Veranlassung, denn er wurde auch Burg, statt Burk, geschrieben. Von dem Rittergeschlechte daselbst kommen in Urkunden vor: Kunz von Burk 1430 und Wilhelm von Burk zu Ahrberg 1450. Jedoch besaßen auch die Herren von Zupplingen und von Holzingen Güter in Burk, welche sie 1393 und 1406 an das Kloster Heilsbronn verkauften, wohin auch der Ort in älterer Zeit gehörte. Da auch Lentersheim und Königshofen in kirchlicher Verbindung mit Heilsbronn standen, so scheint es fast, als habe sich die Missionsthätigkeit dieses Klosters bis in diese Gegenden erstreckt. Die 1838 gefundenen 156 alten Münzen gehören dem 15. und 16. Jahrhundert an (IX. Jahresbericht S. 39).

21) Die Herren von Laufenbürg, zwischen Ober-Mögersheim und Kronheim. Von der Stammfamilie sind uns namentlich bekannt: Bruno von der Lepfenburg aus dem Jahre 1338, Bruno Ammon von Lepfenburg 1349, Fritz Kropf zu der Lepphenburch 1369, Heinrich von Lepphenburg 1369 und Heinrich Ammon von Lepphenburg vom Jahr 1375, mit dem Beisatze „Ritter". Derselbe verkaufte seinen Antheil an die Wittwe Konrads von Hürnheim. Einen andern Theil erwarb Konrad von Rechenberg 1381, und dann folgte eine Menge Besitzer (v. Thannhausen, v. Emmetzheim, v. Kronheim, v. Holzingen, v. Schwaningen, v. Lentersheim), bis die Rechenberg die einzigen Besitzer von Laufenbürg wurden, und 1564 das neue, noch stehende Schloß bauten, welches jetzt die Herren von Falkenhausen besitzen.

22) Die Herren von Sammenheim. Der Ort entstand frühe an dem Fuße des gelben Berges, auf welchem sich heute noch Ueberreste römischer Befestigungen befinden. Von dem adeligen Geschlechte daselbst wird als Urkundenzeuge nur Conradus de Sammenheim aus den Jahren 1221 und 1223 erwähnt. Im Jahre 1249 wies Bischof Heinrich von Eichstätt die Einkünfte der Kirche zu Sammenheim dem Kloster Heidenheim zu.[2])

Da im Jahr 1335 Seyfried von Schwainingen als begütert in Sammenheim auftritt, und Keiner dieses Namens mehr vorkommt, so scheint das Stammgeschlecht frühe erloschen zu sein. Später besaßen die Grafen von Oettingen Rechte und Güter in Sammenheim, was zur Folge hatte, daß der Ort die Schicksale der nahen Veste Spielberg theilte, bis es zuletzt bei Ansbach blieb.

Zu den Vasallen der Grafen von Truhendingen scheinen ferner gehört zu haben:

23) Die Edlen von Saußenhofen. Wahrscheinlich war jener Konrad, Truchseß von Saußenhofen, der sich in einer Urkunde des Jahres 1333 findet, ein gräflich Teuhendingischer Truchseß; doch könnte er auch diese Würde von dem ansehnlichen Kloster Heidenheim zu Lehen getragen haben.

---

1) Leo, Territorien des deutschen Reiches im Mittelalter, 1865, S. 234.
2) Vgl. Fischer, Einführung des Christenthums im Königreich Bayern, Augsburg, 1863, S. 578 Note 1.

Was die Ableitung des Namens Susenhoven betrifft, wie er im elften Jahrhundert schon vorkommt, so leitet ihn Förstemann, wie den von Susenheim (Sausenheim, südwestlich von Worms), von dem Personen=Namen Suso ab.[1]) Zwischen 1065 und 1071 nahm der Eichstättische Bischof Gundecar II. die Einweihung eines Gotteshauses in Susenhoven vor.[2]) Nach Falckenstein gehörte Sausenhofen später den Herren von Lentersheim;[3]) aber auch die Familie von Zocha besaß Oettingische Lehngüter daselbst.

24) Die Herren von Steinberg, d. i. Gräfensteinberg, womit man das den Grafen von Truhendingen gehörige Steinberg bezeichnete, im Gegensatz zu dem nahen Kalbensteinberg, obwohl die Truhendingen dort ebenfalls begütert waren. Der Historiker v. Lang vermuthet, daß die Herren von Steinberg selbst Truhendingen waren.[4]) Die von Bischof Gundecar II. von Eichstätt zwischen den Jahren 1065 und 1071 geweihte Kirche zu Steinberc war wohl die zu Gräfensteinberg. Die andere, zu Kalbensteinberg, findet sich 1194 erwähnt.[5]) Den Namen Kalbensteinberg will Lang von dem alten Worte Kall ableiten, (soviel als alt), sonach Kalbensteinberg das alte Steinberg, ähnlich wie Altentrüdingen im Verhältniß zu Hohentrüdingen. Daher führte auch Lang nicht Gräfen=, sondern Kalbensteinberg als Burgsitz auf.[6])

Als Zeuge aus dem Jahre 1287 ist Hermannus Officialis de Steinberg bekannt. Die Steinbergischen Güter zu Kalbensteinberg wurden 1282 an das Kloster Roggenburg in Schwaben vergabt. Später kam Alles, was noch übrig war, an die Grafen von Oettingen, und von diesen an die Markgrafen von Ansbach, die großen Gräfensteinberger Waldungen aber erst 1766.

Endlich sind unter den Truhendingischen Burgmännern der bezeichneten Art noch zu erwähnen:

25) Die Herren von Muhr an der Altmühl. Ihr Schloß steht noch in Altenmuhr, wenn auch umgebaut. Der Ort gehört zu den ältesten der Gegend, denn er wird schon in einer Urkunde vom Jahr 888 Mura vicus genannt, zugleich mit Sommersdorf und Thann. Nach einem Todtenkalender des Klosters Heilsbronn aus dem dreizehnten Jahrhundert war für Ulricus de Mur ein Jahrtag gestiftet. In Jung's Adels=Matrikel (Misc. I. 10), finden sich auch 1273 Meinwardus de Mur, deßgleichen Ulricus senior et Ulricus frater ejus de Mur und 1287 Hermannus de Mur als Urkundenzeugen. Noch in einem Diplome vom Jahr 1311 heißt es: Ego Ulricus Miles de Mur et ego Sophia, ejus uxor.

---

1) Perz, Mon. Germ. P. IX. f. 247 (Gundech. lib. pontif. Eichst). Vgl. Förstemann (II. p. 1338), wo dieses Susenhoven gedeutet wird als Sausenhofen, Landgerichts Gunzenhausen, südlich von Ansbach.

2) Erhard Fischer, Einführung des Christenthums in Bayern, 1863, S. 602.

3) v. Falckenstein, Antiquit. Nordg. P. II. Cap. I. p. 126.

4) v. Lang, Grafschaften S. 306.

5) Fischer a. a. O. S. 601 Nota 3.

6) Vierter Jahresbericht des hist. Vereins S. 51.

β. Truhendingische Vasallen im Swalafeld, deren Orte nie, oder nur auf kurze Zeit unter Ansbachische Landeshoheit kamen.

1) **Spielberg** (Spilberg). Der Name könnte zwar von dem baumlosen, abgespülten oder kahlen Berge herkommen, auf welchem dieses Schloß gebaut wurde, während alle Höhen ringsum bewaldet sind; er dürfte aber wohl durch Zusammenziehung aus Spiegelberg entstanden sein. Spiegel bedeutet nach Förstemann specula, Warte — eine Ableitung, die vollkommen zu diesem Spielberg passen würde, da er, wie ein Vorgebirge des Hahnenkammes, in die weite Ebene tritt und die Gegend ringsum, wie in einem Spiegel, zeigt.[1]) Die Burg war ein Truhendingischer Schloßsitz, von dem sich einige Burgmänner „Vögte von Spielberg" schrieben. Mehrere derselben bekleideten bei den Grafen von Truhendingen das Schenken- und auch das Truchseßenamt. Später wurde Veste und Gut Spielberg von den Truhendingischen Erben an die Grafen von Oettingen verkauft und diente zur Bildung einer eigenen Linie. Erst im vorigen Jahrhundert wurde Spielberg auf kurze Zeit mit dem Fürstenthume Ansbach verbunden. Sammenheim, wonach jetzt viele Oettingische Lehen sind, gehörte wahrscheinlich zu dem Bezirk von Spielberg, den sich Oettingen bei dem Verkaufe der Truhendingischen Güter vorbehielt. Noch 1623 wurden die Herren von Zocha von dem Grafen von Oettingen mit Sammenheim belehnt.

2) **Arberg.** Der Ort mit einem alten Schlosse entstand auf dem äußersten Berge einer Hügelreihe, die sich in der Nähe der Wieset, welche bei Ornbau in die Altmühl fällt, erhebt. Der Name dürfte daher von ara abzuleiten sein, welchem weitverbreiteten Wortstamm, nach Förstemann (II. 88) die Bedeutung Fluß, Wasser beigewohnt haben muß. Arberg würde daher soviel bedeuten, als der Berg am Wasser. Diese Ableitung dürfte um so wahrscheinlicher sein, als im Frühjahre fast regelmäßig die ganze Gegend vor Arberg durch den Austritt der Altmühl von Wasser überschwemmt wird.[2]) Die Herren von Arberg waren Burgmänner der Grafen von Truhendingen, welche sie auch zeitweise mit dem Mundschenkenamt bekleideten. Ein solcher Schenk von Arberg kommt 1282 vor. Das Hochstift Eichstätt löste später nach dem Verarmen und Erlöschen der Truhendingen die Burghuten der Herren von Dietenhofen und Tann zu Arberg ab, und 1512 verkaufte Pankraz Schenk sein ganzes Anwesen daselbst. Das nahe Städtchen Ornbau an der Wieset, welches 1289, ohngeachtet des Widerspruches, welchen die Grafen von Oettingen erhoben, befestiget wurde, wurde von Kaiser Heinrich VII. im Jahr 1310 eingezogen und mit Herrieden dem Bischof von Eichstätt überlassen.

---

1) Förstemann II. 1289, wo es heißt: Spilberg M. B. c. a. 1060 (VI. 31) einer der zahlreichsten Oerter Namens Spielberg im südlichen Bayern. Vgl. K. Roth, kleine Beiträge zur Sprach-, Geschichts- und Orts-Forschung, München 1850, B. I. S. 223.

2) Förstemann führt die Aar, die Arl, Araberg am Rhein, Arahafelt, Aargau u. s. w. an.

Es ist ebenfalls alt, und mit Eschenbach schon 1058 genannt, aber nicht Ornbau, sondern Arnbau[1]) geschrieben, woraus geschlossen werden dürfte, daß es, wie Arberg, von ara, Wasser, abzuleiten ist, und den Anbau am Flusse bezeichnet.[2]) Auch Lellenfeld kam an das Hochstift Eichstätt, jedoch durch Kauf der Behausung des Friz Hofer daselbst, dann der Güter des Heinrich Hallerlob 1405, und der Taferne der Herren v. Leutersheim 1415. Doch saß noch 1519 ein Herr von Eyb zu Oberlellenfeld.

3) Wahrberg mit der Burghut Aurach und dem Stift Herrieben. Herrieden, (Hasareat, Harraruda, auch Nazaruda und später Harenrieb, Harrarieb genannt) führt seine Entstehung auf Kaiser Karl den Großen und den englischen Heidenbekehrer Deochar zurück. Gewiß ist, daß das Benediktiner-Kloster daselbst schon 798 bestand, weil es in einer Urkunde vom 24. Oktober 798 heißt: Ad monasterium, quod dicitur Hasareoda.[3]) In dem Verzeichnisse der Klöster, welches 817 dem Concilium zu Aachen vorgelegt wurde, wird auch ein Kloster Nazaruda nach den Klöstern Fruhelinwanc und Elehenwanc in Alemania genannt (Feuchtwangen und Ellwangen).[4]) Im Jahre 888 wurde Herrieden von Kaiser Arnulf dem Bischof von Eichstätt als Tafelgut übergeben, worauf das Kloster in ein Chorherrnstift verwandelt wurde. Außer seinen Gütern bezog das Kloster auch den Zehnten von Herrieben selbst, von Aurach, Neunstetten, Elpersroth u. s. w. und ließ den Gottesdienst an diesen Orten durch Vikarien versehen, woraus hervorgeht, daß die Missionsthätigkeit des Klosters Herrieben sich auf diese Orte erstreckte.[5])

Am Anfange des vierzehnten Jahrhunderts erscheinen Herrieben, Ornbau und Oberbach sammt ihren Vesten und Aemtern als Eigenthum des Grafen Konrad von Oettingen, welcher mit einer Schwester des Grafen Kraft von Hohenlohe vermählt war. Dieser ergriff die Partei Friedrich des Schönen gegen Kaiser Ludwig den Bayern. Sein Schwager stand ihm bei und räumte ihm noch dazu die Veste und Stadt Herrieden zum Waffenplatz ein. Die Folge war, daß auch Graf Konrad von Oettingen in die Reichsacht und seiner Besitzungen verlustig erklärt wurde. Die Vollstreckung des Urtheils wurde dem Bischofe von Eichstätt übertragen. Da derselbe Graf Konrad v. Oettingen schon im Jahre 1310 von Heinrich VII. in die Acht erklärt, und der Besitz von Arberg, Ornbau und Oberbach dem Bischofe von Eichstätt zugesprochen worden war; so zögerte dieser nicht, Besitz von diesen Orten, wie auch von Wassertrübingen und Herrieben zu ergreifen. Dagegen erhoben die Anverwandten des geächteten Grafen Protest, konnten aber nicht

---

1) Bavaria a. a. O. S. 1113.
2) Ueber die Erstürmung von Herrieben und ihre Uebergabe an Eichstätt f. Lochner, Geschichtliche Studien, Nürnberg 1836, Nro. 1 Kaiser Ludwig des Bayern Zug gegen Herrieben im Jahr 1316.
3) de Lang, Regesta Circ. Rez. 1837, S. 5. Förstemann erklärt dieses Hasareod mit: „Herrieden, zwischen Feuchtwang und Ansbach, pg. Swalafeld (im Gau Swalafeld) (Th. II. 694).
4) Mabillon Annal. Bened. T. II. ff. 437. Vgl. Jacobi, Geschichte der Stadt und des ehemaligen Stifts Feuchtwangen, 1833, S. 3 und 181.
5) Barth, Geschichte des Klosters Hasenried in Büttner's Franconia, Ansbach 1813. P. II. S. 24 ff.

mehr bewirken, als daß ihnen 1317 Wassertrüdingen mit den dazu ge= hörigen Ortschaften zurückgegeben wurde. Alles Andere blieb Eichstättisch; und weil Kaiser Ludwig so sehr aufgebracht über Herrieden war, daß er es ein verrufenes Räubernest nannte, wollte er, daß der Ort nie mehr eine burgmä= ßige Befestigung erhielte, und übergab unter dieser Bedingung dem Bischof von Eichstätt auch die im Jahre 1316 von ihm zerstörte Veste Wahrberg. Die Truchseße von Wildburgstetten verkauften ihre besonderen Burghuten daselbst 1355 und 1398.

Aurach war ebenfalls ein alter Edelsitz; denn der bayerische Geschichts= forscher Fentsch hält den Marchwart de Urah, der um das Jahr 1100 in dem Schenkungsbuch der Propstei Berchtesgaden als Zeuge vorkommt, für einen Herrn von Aurach bei Herrieden [1]). In späterer Zeit saßen die Edlen von Mösesheim daselbst, die es an Wollmershausen verkauften.

Noch besaßen die Grafen von Truhendingen einige andere Orte in Swalafeld.

d) Andere Truhendingische Orte, welche später zu Ansbach kamen.

1) Gunzenhausen. Manche wollten das Guntia der Römer darin erblicken, welches auf der sog. Peutingerischen Tafel genannt wird unter den Stationen der Römerstraße von Windisch nach Regensburg durch das südwest= liche Germanien; auch lief nicht nur der römische Grenzwall durch den Ort, sondern auf dem Hügel hinter demselben, der heute noch der Burgstall heißt, befand sich eine feste römische Verschanzung, von welcher der Verfasser noch Grundmauern sah.

Wägemann glaubt, die Stadt verdanke ihren Namen dem römischen Gotte Consus (sonst Neptunus equester genannt), der hier verehrt worden sei. Andere sind für deutsche Ableitung des Namens und zwar von Kon= rad, abgekürzt Kunz, so daß Gunzenhausen so viel bedeutet, als Konrads= hausen.

Förstemann verdanken wir die Aufklärung, daß der Ortsname Gun= zenhausen von einem Personen=Namen abstamme mit dem Grundworte Gund so viel als Krieg, Kampf [2]).

Jedenfalls ist die in neuester Zeit sichtbar aufblühende Stadt uralt. Schon zwischen 750 und 760 nach Chr. soll Wunibald von Heidenheim aus hier die Lehre vom Kreuze verkündet, und sein Landgut Gunzenhausen dem Klo= ster Ellwangen geschenkt haben (als ein praedium satis bonum et famosum [3]). Jedenfalls ist vor 823 das Kloster in Gunzenhausen gestiftet worden, denn Kaiser Ludwig der Fromme überließ in einem Diplome vom 21. August 823

---

1) Eduard Fentsch in der Bavaria, 1865, Th. III. Abth. II. S. 1113.
2) Förstemann (II. 616) erklärt: Gunzenhusen, Gunzenhausen an der Alt= mühl, südöstlich von Ansbach, pg. Sualafeld." Vgl. Riedel, Versuch eines Beitrages zur Landesgeschichte des Hauses Brandenburg=Onolzbach (Nürnberg 1780), Geschichte der Stadt Gunzenhausen enthaltend.
3) Gretser, div. tutelares ecclesiae Eichstett, p. 326.

dasselbe dem Kloster Ellwangen (monasterium Gunzinhusin in jus monasterii Elchenwang) [1]). Dieses Kloster soll da gestanden sein, wo sich jetzt der Gasthof zum blauen Wolf befindet. Bischof Otto von Eichstätt weihte auch (1183—1195) eine Kirche in Guncenhusen (Fischer S. 608).

Aus der ersten Hälfte des zwölften Jahrhunderts findet sich ein Rittergeschlecht daselbst. Es wird 1158 Engelmanus de Guncenhausen und 1238 Cunrad de Gunzenhusen genannt. Später findet man weder eine Erwähnung dieses Rittergeschlechts mehr, noch des Klosters. Dagegen erscheinen die Grafen von Truhendingen begütert in Gunzenhausen, und der Stadtpfarrer Wernhard daselbst unterschrieb sich in einer Urkunde vom Jahre 1287 als gräfl. Truhendingischen Notar [2]). Die Burg derselben stand zwischen dem gegen die Altmühl gerichteten Stadtthor und dem Hospital, am Ecke der Stadtmauer.

Bald darauf scheint jedoch Gunzenhausen an das Haus Oettingen gekommen zu sein, wie Lang vermuthet, durch Vermächtniß dieses Wernhard von Steinberg (nämlich Gräfensteinberg). Graf Albrecht v. Oettingen verkaufte im Jahre 1349 Gunzenhausen an Burkart v. Seckendorf zu Jochsberg, welcher sich i. J. 1352 durch Stiftung des Spitales ein bleibendes Verdienst um die Stadt erwarb, und in der Hospitalkirche begraben liegt. Das Monument am Eingang in den Chor, das ihn lebensgroß in voller Rüstung mit dem Löwen zu Füßen und dem Seckendorfischen Wappen darstellt, wird wohl noch vorhanden sein [3]). Sein Sohn Wilhelm verkaufte 1368 Alles, Burg und Stadt, mit seinen Gütern zu Asbach, Ober- und Unter-Wurmbach, Frickenfelden und Pfofeld an Burggraf Friedrich von Nürnberg um 20,000 Pfund Heller.

2. Geilsheim. Der Ort kommt schon im eilften Jahrhundert vor, und zwar unter den Orten des Bisthums Eichstätt, wo Bischof Gundecar II. von dem Jahre 1072 an Kirchen und Kapellen weihte [4]). Er wird da Giselesheim genannt, und Förstemann leitet den Namen von dem Personennamen Gisal ab [5]). In späteren Urkunden liest man Giselheim, Geyselzheim und Geiselheim. Da Geilsheim nebst seinem Filiale Schobbach an das nur eine Stunde entfernte Kloster Auhausen den Zehnten zu entrichten hatte, so ist kein Zweifel, daß es den Benediktinern daselbst die Predigt vom Kreuze zu verdanken hatte. In einer Urkunde des Jahres 1239 wird eine Pfarrkirche, Sanctae Crucis (zum heiligen Kreuze) genannt. Dies ist die untere Kirche, die obere war dem heiligen Andreas geweiht. Dadurch bildeten sich in Geilsheim zwei Pfarrsprengel, welche sich 1313 in Eine Pfarrei vereinigten [6]).

---

1) de Falckenstein, Codex diplomat. antiquit. Nordgav. p. 10; woselbst der Donationsbrief. Vgl. de Lang, Regesta Circ. R. p. 7.

2) Die Unterschrift lautet: Wernhardus, Notarius Friderici Comitis de Truhendingen et Plebanus de Gunzenhausen. Reg. IV. 337, Graffschaften S. 306.

3) Die Umschrift lautete: Anno dom. MCCCLXV. obiit Burchard de Seckendorff . . . requiescat in pace aèn (aeterna).

4) Perz, Monumenta Germaniae. Vol. IX. f. 247. Vgl. Fischer, Einführung des Christenthums in Bayern, 1863, S. 603.

5) Förstemann, altdeutsches Namenbuch, 1857, Th. II. p. 581.

6) Erhard Fischer, a. a. O., S. 603, Nota 1.

Von den Edelfreien des Ortes aus ältester Zeit kommt vor: Fridericus de Giselsheim, als Urkundenzeuge 1282, und derselbe erscheint in einer andern Urkunde desselben Jahres unterschrieben mit dem Beisatze: miles, d. i. Ritter.[1]) Es waren aber auch andere Adelsfamilien aus der Umgegend begütert in Geilsheim. So schenkte z. B. Kunigunda, Gemahlin Konrads, Truchseßen zu Spielberg, ihre Güter daselbst im Jahr 1278 dem Kloster Auhausen. Später besaßen auch die Frick von Wassertrübingen und Berolzheim Güter in Geilsheim und besonders die Herren von Rechenberg, deren Geschlecht in Franken ausstarb. Ihre Besitzungen gelangten durch Kauf an das Kloster Heidenheim und durch dieses an das Haus Brandenburg-Ansbach.[2])

3) Ehingen, am Fuße des Hesselberges gegen Norden, wo der Römergränzwall vorüberzog und noch der Pfahlweiher an ihn erinnert, wurde ebenfalls von Auhausen aus für die Lehre des Heiles gewonnen, und entrichtete dankbar dahin den Zehnten. Der jetzt große, schöne und reiche Ort wurde in den älteren Zeiten öfter Aehingen geschrieben. Mehrere Orte gleichen Namens, wie Ehingen oberhalb Ulm, Ehing am rechten Ufer der Salzach, Ehing nördlich von München, leitet Förstemann von eha ab, gothisch aihvus, angelsächsisch ehu, was Pferd bedeutet.[3]) Im Jahre 1370 war daselbst der Sitz eines Landkapitels; der Gottesdienst aber wurde einst in der untern Kirche gehalten, die jetzt die Stelle einer Kapelle vertritt, und — wie die Geilsheimer Kapelle — wohl verdient, erhalten zu werden.

Mit Wassertrübingen, Lentersheim, Altentrübingen, Ober-Mögersheim und Gerolfingen kam Ehingen an das Haus Oettingen, und wurde von demselben an die Grafen von Hohenlohe und von diesen im Jahr 1371 an die Burggrafen von Nürnberg verkauft, welche den Ort nebst Altentrübingen, Reichenbach u. s. w. dem Verwalteramt Röckingen zutheilten.

4) Beyerberg, auf einer Anhöhe nördlich vom Hesselberg, war in jener Zeit erst im Entstehen, und findet sich nichts vor, als daß das Patronatsrecht über die Kirche daselbst, zugleich mit dem Patronatsrechte über Königshofen, Burk und Wieseth vom Stift zu Eichstätt den Herren von Seckendorf zu Bechhofen zu Lehen übertragen wurde, doch erst im fünfzehnten Jahrhundert[4]).

Daß Einwanderer aus dem fruchtbaren Bayern auf diesem weitentfernten rauhen Berge sich ansiedelten, ist unwahrscheinlich. Da überdies die alte Schreibweise Beuerberg ist, so dürfte der Name wohl von dem althochdeutschen bur (habitatio, Wohnung) herkommen, und so viel als die Wohnung auf dem Berge bedeuten. Auch gebraucht der gemeine Mann oft das Wort

---

1) Matricula Nobilium in den Miscellaneen von Jung, Thl. I. S. 13.
2) Stieber, hist. und top. Nachricht von dem Fürstenthum Brandenburg-Onolzbach, aus zuverlässigen archivalischen Dokumenten, 1761, S. 389 ff.
3) Förstemann, altdeutsches Namenbuch, Nordhausen 1859, Th. II. S. 462, sagt bei dem Stamm eha: „Bereits Band I. zeigten sich mehrere Personen-Namen, die einen solchen Stamm enthalten. Doch wagte ich es damals noch nicht, sie zu vereinigen. Jetzt ist es mir kaum zweifelhaft, daß sie zu sanskrit açvus, lateinisch equus griechisch ἵππος, angelsächsisch ehu gehören, welches Wort im Gothischen aihvus gelautet haben muß." Die Ortsnamen Ehingas, Ehingun, Ehingon, Ehinga u. s. w. hat er Meichelbeck's Historia Frisingensis entnommen.
4) v. Schütz, Corpus diplom. P. I. Sect. III. p. 194.

Bau und Bäu für Gebäude, und in der Hochsprache haben wir noch das Wort Vogelbauer für Vogelhaus. Aber auch von buru (Quelle) könnte der Namen Beuerberg abgeleitet werden, weil eine starksprudelnde, einen großen Weiher bildende Quelle mitten auf diesem Berge dicht am Orte ist.[1]

5. Königshofen, früher mit dem Beisatze „auf der Heide", oder Nieder-Königshofen genannt, war ursprünglich eine kaiserliche Domäne, ein Hof des Königs. Die Grafen von Truhendingen unterließen nicht, auch hier Grundbesitz zu erwerben, und den entstehenden Ort ihrer Grafschaft einzuverleiben. Gleichzeitig mit ihnen besaßen auch die Herren von Dietenhofen und ihre Vasallen, die Herren von Holzingen, Güter bei dem Königshof (Kunigeshoven, von dem althochdeutschen cuning, für König, geschrieben). Sie verkauften sämmtlich ihre Güter daselbst an das reiche Kloster Heilsbronn; doch blieb Königshofen bei dem Bisthume Eichstätt, während Heilsbronn in geistlichen Dingen nach Bamberg gehörte.

Zu Ende des vierzehnten Jahrhunderts erbaute Anna, Marschallin von Pappenheim, im reinsten gothischen, d. i. altdeutschen Style, eine prachtvolle Kirche daselbst mit zwei vollendeten Thürmen zur Ehre der heiligen Jungfrau Maria.[2]

Sie selbst ließ sich im Jahre 1417 in dieser Kirche begraben, und der Geschichtsforscher Döderlein theilt mit, daß ihr schöner erhabener Grabstein die Inschrift trug: Anno 1417 obiit Domina Marschalkin de Pappenheim gebohrne von Preising, Stifterin des Gotteshauss.[3]

Durch Vermächtniß wurde die schöne Kirche zu Königshofen, welche viele Stunden weit die ebene Umgegend ziert, bereichert, besonders in den Jahren 1440 und 1444 durch den großen Zehnten von Wisat (Wieseth) und Lellendorf, wobei bestimmt wurde, daß eine Klaußnerin bei der Kirche wohnen solle. Zu ihr gesellten sich andere fromme Frauen und Mädchen, und dies gab Veranlassung zu einem Frauenkloster. Gewiß ist, daß 1447 fünf Schwestern beschlossen, ihre Wohnung in dem Kloster umzuändern, und die dritte Regel des hl. Franciscus zu befolgen.[4] Der edle Ritter Johann von Seckendorf zu Birkenfels, der begütert in Königshofen war, unterstützte sie dabei, und Bischof

---

1) Vgl. Förstemann a. a. O. II. 334.

2) Von dieser herrlichen Kirche brannte Alles nieder, was die Flammen verzehren konnten, als am 20. August 1632 die Kirche von 700 Kroaten in Brand gesteckt wurde, weil sich der Pfarrer Georg Könlein mit Frau und 10 Kindern, wie auch bei 100 Einwohnern dahin geflüchtet hatten. Sie fanden Alle ihren Tod in den Flammen. Obwohl jedoch die markgräfliche Regierung nach Aufhebung des Klosters alle Güter desselben an sich gezogen, wurde die Kirche doch erst 1658 nothdürftig wiederhergestellt und 1723 ausgebaut. Um aber die Reparaturkosten des einen starkbeschädigten Thurmes zu ersparen, trug man ihn ab, (s. Büttner's Franconia. B. II. S. 136 und 148); und jetzt zögert man mit der Reparatur des andern Thurmes so lange, bis auch er einfällt oder niedergerissen wird. So werden die Befehle von drei Königen zur Erhaltung der Alterthümer befolgt!! Doch soll neuerdings daran gebaut werden.

3) Döderlein, Mattheus a Pappenheim enucleatus Tom. I. cap. II. p. 103 Nota lit. c. Vgl. v. Schütz l. c. I. Abthl. III. S. 194.

4) Büttner, Franconia T. II. p. 136. M. Stein, diplomatische Nachrichten von dem ehemaligen Kloster Königshofen in Meusel, Geschichtsforscher, Bd. V. Vgl. Hoßmann, Beschreibung u. s. w. S. 101.

Wilhelm von Eichstätt bestätigte im Jahre 1478 das Kloster und bestimmte es für regulirte Chorfrauen unter der Regel des hl. Augustinus. Die Schirmvogtei über dasselbe erhielt dieser Wohlthäter Johann von Seckendorf für sich und seine Erben, nebst dem Patronatsrecht über Wieseth, Burk und Beyerberg, als Eichstätt'sches Lehen. Er starb 1495, und sein Grabmal befindet sich noch in der Kirche und stellt ihn, auf einem Löwen knieend, in voller Rüstung dar, mit dem Schwanenorden und dem Seckendorfischen Wappen[1]).

Der Grabstein der Stifterin Anna Marschalkin von Pappenheim aber scheint bei dem Brande der Kirche i. J. 1632 zerstört worden zu sein.

Die Zahl der Klosterfrauen mehrte sich so, daß i. J. 1495 mehrere in das Kloster Marienburg bei Abenberg versetzt wurden, deren Namen zum Theil noch aufbewahrt sind[2]).

Ein Filiale von Königshofen war schon in alter Zeit das nahe Bechhofen. Man schrieb es ursprünglich Pechhoven, in richtiger Ableitung von dem Hofe, der mitten in dem Fohren- oder Kieferwald (der sog. Heid) sich durch Sieden von Pech in der Umgegend bekannt machte. Nachkommen und neue Ansiedler vergrößerten die Niederlassung; und als Ritter Hans von Seckendorf, der daselbst ein Schlößchen besaß, im Jahre 1434 von Kaiser Sigmund das Privilegium erwirkte, daß in Pechhofen jährlich 6 Jahrmärkte gehalten werden dürften, nahm der neue Marktflecken in dankbarer Erinnerung an seine Entstehung zwei Pechfackeln in sein Wappen auf.

Als der letzte dieser Seckendorfischen Linie (Abel Friedrich von Seckendorf) 1617 im Zweikampfe gefallen war, zogen die Markgrafen, die inzwischen Landesherren geworden waren, das Mannlehen ein und schlugen den Markt Bechhofen mit dem nahen Sachsbach (1147 als Sahspach erwähnt) zu dem Vogtamt Forndorf (zwischen Bechhofen und Wieseth) das schon im vierzehnten Jahrhundert unter burggräflich Nürnbergischer Herrschaft stand.

6) Waizendorf an der Wieset gehörte in ältester Zeit ebenfalls zur Klosterpfarrei Königshofen. Der Ort hatte seinen Namen vom Waizenbau erhalten (wie Dinkelsbühl vom Dinkelsbau und Röckingen von Roggenbau); denn wenn man ihn auch Watzen- und Wotzendorf geschrieben findet, so muß man wissen, daß in unserer Gegend vom gemeinen Volke so gesprochen wird. Erkinger von Richenau (welchen Ort 1344 das Hochstift Eichstätt kaufte) verkaufte mit seiner ehelichen Wirthin Adelhaid seine Güter und Gefälle in Waizendorf im Jahre 1331 und 1335 an das Kloster Heilsbronn. Deßhalb zeigt das alte Gerichtssiegel einen Abtsstab auf dem Buchstaben W liegend, mit der Umschrift: Sigillum iudicij in wotzendorf.

7. Zu diesem Gerichtsbezirk gehörte auch Wieseth, an der Wieset[3]),

---

1) Die Inschrift lautet: A. Dm. MCCCC XCV a. mitwoch. nach. Sat. Jörge. dog. vschied. de chr. u. vest hans. vo. seckedorf. zu birckenfels. de. gott genedig sey.

2) v. Schütz theilt S. 194 mit, daß sich in einem alten Verzeichnisse des Klosters Marienburg die Nachricht findet: A. 1501 verschied Schwester Margaretha Denin, ist der Klausnerin eine gewes't, so von Königshoffen zu uns gekommen sind.

3) Der Name Wieset bezeichnet einfach den Wiesenbach, ohne daß man veranlaßt wäre, ihn aus dem Slavischen abzuleiten, von Wset, das Gesäete, wie in der Bavaria (B. III. Abth. II. S. 1109) geschieht.

welcher Ort ebenfalls dem Kloster Heilsbronn gehörte, wenn gleich die Herren von Thann und von Seckendorff einige Güter daselbst besaßen und der Zehnten von Wieseth (Wisat) nach Königshofen gestiftet worden war.

8. **Wettelsheim**, am östlichen Abhang des Hahnenkammes ohnweit der Altmühl. Schon im eilften Jahrhundert wird ein Wetelsheim genannt, das zum Bisthum Eichstätt gehörte, und wo Bischof Gundecar II. ein Gotteshaus weihte[1]) Auch hier besaßen die Grafen von Truhendingen Güter, jedoch nur lehensweise von Albrecht und Konrad von Emendorf. Friedrich von Truhendingen schenkte dieselben i. J. 1283 dem Kloster Wülzburg. Gleiches thaten Graf Ludwig von Oettingen und Graf Berthold von Graißbach, mit ihren Gütern von Wettelsheim in demselben Jahre. Nachdem der Ort, als Reichspfandschaft, an die Herren von Wembingen gekommen, und 1357 von Reinbot von Wembingen an Heinrich Marschalk von Pappenheim verkauft war, erwarb das Kloster Wülzburg 1364 Wettelsheim durch Kauf, von Kaiser Karl IV. und Kaiser Wenzeslaus bestätigt. Mit Wülzburg gelangte der Ort an das burggräfl. Haus.

e) Steigen, Sinken und Erlöschen der Grafen von Truhendingen.

Schon aus den hier aufgeführten Gütern, Ortschaften, Burgen, Schlössern und Vogteien ergibt sich die Macht der Truhendingen, deren Besitzungen im Swalafeld einen großen, ziemlich geschlossenen Komitatsbezirk bildeten. Sie besaßen aber auch in anderen Gauen Güter und Rechte; so in Dürrwangen, Weiltingen, Leutershausen, Burgbernheim, Kolmberg, Bischofsheim u. a. O., besonders viele Güter hatten sie im Rieß, wo auch die Herren v. Lehmingen ihre Burgmannen waren. Sogar die Stadt Stolhofen im Elsaß sollen sie besessen haben[2]) Dazu kam ihr Antheil an der Meranischen Erbschaft, der ihnen den Distrikt von Giech, Scheßlitz, Arnstein, Rodmannsthal und Neuhaus bei Holfeld zuführte.

Als Stammvater wird **Ernest** genannt, der um das Jahr 820 gelebt haben soll[3]).

Der eigentliche Begründer der aufblühenden Macht der Truhendingen war aber **Friedrich II.**, der treue Mitkämpfer Heinrich I. des Städteerbauers in der siegreichen Schlacht bei Merseburg 933. Er wohnte auch dem ersten von Kaiser Heinrich ausgeschriebenen Turniere zu Magdeburg (damals Meydenburg genannt), i. J. 938 bei.

---

1) **Perz**, Mon. Germ. IX. f. 247 (Gundech. lib. pontif. Eichst). Förstemann citirt diese Stelle und fügt bei: „Wettelsheim bei Dittenheim, Landgerichts Heidenheim, nordwestlich von Eichstätt." Fischer, Einführung des Christenthums rc. S. 599. Ueber die alte, noch nicht entzifferte Inschrift eines Taufbeckens in Wettelsheim f. die Erklärung im VII. Jahresbericht des hist. Vereins für 1836, S. 17 und die Abbildungen auf der Beilage zum V. J.-B.

2) v. **Lang**, Bayerns alte Grafschaften und Gebiete, 1831, S. 309.

3) Dr. J. v. **Rotenhan**, die staatliche und sociale Gestaltung Frankens von der Urzeit an bis jetzt. Bayreuth, 1863, S. 40.

Graf Friedrich II. v. Truhendingen, ein Mann von hoher Einsicht, wurde von Kaiser Konrad II. öfter zur Erledigung wichtiger Reichs-Geschäfte verwendet. Graf Philipp war am Hofe Kaiser Heinrich VI. beliebt und wohnte 1197 dem zu Nürnberg veranstalteten Turniere bei. Friedrich IV. v. Truhendingen wurde von dem großen Kaiser Friedrich II. aus hohenstaufischem Geschlecht mit mehreren Gesandtschaften betraut und focht tapfer in dem Turniere, welches die fränkische Ritterschaft im Jahre 1235 zu Würzburg abhielt. Endlich war Graf Otto v. Truhendingen der Vertraute des Kaisers Ludwig, genannt der Bayer, und begleitete ihn auf seiner erfolgreichen Reise nach Italien.

Glänzend müssen die Feste gewesen sein, die sie auf ihrer Stammveste Hohentrübingen veranstalteten mit wundervoller Aussicht über den Hahnenkamm, das Rieß und alte Swalafeld bis zum Morizberg bei Nürnberg und den Höhen der schwäbischen Alp und des Jura — würdig der geladenen Gäste aus dem benachbarten Adel, wie aus den verschwägerten Grafengeschlechtern, der Oettingen, der Giech und Henneberg, der Grafen von Sulzbach und Ortenburg. Auch mit den Burggrafen von Nürnberg, den Herzögen von Meran und den Königen von Böhmen waren die Truhendingen verwandt, und die Bischöfe von Würzburg hatten sie mit dem „Erb-Oberforst- und Jägermeister-Amt" belehnt.

Diese Verbindungen aber und namentlich der Erbtheil aus der Verlassenschaft des letzten ermordeten Herzogs Otto von Meran, dessen Schwester Margaretha die Gemahlin des Grafen Friedrich von Truhendingen war, scheinen mehr nachtheilige Folgen gehabt zu haben; denn es zeigt sich von dieser Zeit an das Bestreben der Truhendingen, ihre Stammschlösser auf und an dem rauhen Hahnenkamm nach und nach zu verlassen und sich mehr in die mildere Gegend Unterfrankens und Bambergs zu ziehen [1]). Daher die Veräußerung von Wassertrübingen und mehreren umliegenden Dörfern an die Grafen von Oettingen, schon vor dem Jahre 1242; der Verkauf von Königshofen und Burk an die Grafen v. Hohenlohe i. J. 1257; der Uebergang der Besten und Aemter Herrieden, Ornbau und Oberbach an Oettingen und von da an das Hochstift Eichstätt, 1317; der Verkauf von Burgbernheim, Leutershausen und Kolmberg an den Burggrafen von Nürnberg 1318 und so fort.

Viele Truhendingische Güter kamen durch Schenkung oder Verkauf an die Klöster Heidenheim, Solenhofen, Auhausen, Stachelsberg und Schwarzach, wo mehrere Truhendingen ihre Ruhestätte sich erkoren. Auch durch Mitgift vermählter Gräfinnen kamen mehrere Besitzungen in andere Hände. Zuletzt erschienen zwei Erbtöchter: Elisabeth, vermählte Gräfin von Graisbach, und Imagina, Gattin des Grafen von Schauenburg in Oesterreich. Beide erbten zu gleichen Theilen. Der Graisbachische Antheil, wozu Veste und Herrschaft Hohentrü-

---

1) Dr. v. Rotenhan, mit den Verhältnissen des oberfränkischen Adels genau bekannt, sagt in seiner Schrift: die staatliche und sociale Gestaltung Frankens von der Urzeit an bis jetzt, Bayreuth 1863, S. 41: „Die Besitzungen dieser Familie (der Truhendingen), die von vielen Geschichtsschreibern als ein Nebenzweig der Familie Meran genannt wird, erstreckten sich durch alle Gaue Frankens, und namentlich hatten sie nordwestlich von Bamberg viele Güter. So besaßen sie die auf einer Anhöhe des rechten Baunachufers noch als Ruine stehende Burg Stuffenberg bei Dorgendorf."

bingen, Vogtei und Gut zu Solenhofen und Heidenheim und der Forst zu Gunzenhausen gehörte, kamen durch die Gemahlin des Herzogs Friedrich an Bayern, und wurde von Bayern zuerst an die Burggrafen von Nürnberg verpfändet und dann an sie (1404) als volles Eigenthum verkauft. Den Schauenburgischen Antheil, wozu Veste und Gut Spielberg, die Orte Gnozheim, Sammenheim, Veste und Gut Weiltingen u. s. w gehörten, brachte eine Tochter der alten Gräfin Imagina v. Schauenburg, gleichfalls Imagina genannt, i. J. 1313 dem Grafen Ludwig von Oettingen, als vor der Hand angewiesene Heimsteuer zu, bis sie an dieselben von den Grafen von Schauenburg 1363 verkauft wurden. Auch dieser Truhendingische Erbtheil gelangte durch allmählichen Verkauf an die Burggrafen von Nürnberg, jedoch mit Ausnahme von Spielberg.

Im Jahre 1366 wurde Bischofsheim verkauft. Eine Menge kleinerer Güter aus der Meran'schen Erbschaft wurde an das Kloster Langheim vergabt, und die beiden Schlösser Arnstein und Neuhaus gingen dadurch verloren, daß Graf Johann von Truhendingen i. J. 1381 böhmischen Kaufleuten einen Schaden von 1000 Schock böhmischer Groschen verursachte, worauf der König ihn der beiden Schlösser Arnstein und Neuhaus entsetzte und sie an Bamberg um dieselbe Summe verkaufte. Die Grafen von Truhendingen waren schon so ohnmächtig, daß sie 1390 und 94 auf ihre Ansprüche an diese Schlösser Verzicht leisteten [1]). Graf Johann war so tief in Schulden versunken, daß er 1382 auch die Schlösser Giech und Scheßlitz an Bischof Lambert von Bamberg um 15,000 Goldgulden verkaufte, und sich 1394 von Kaiser Wenzel als Hofrichter in Prag anstellen ließ [2]).

Die übrig gebliebenen sehr unbedeutenden Lehen in 41 bambergischen und bayreuthischen Orten verkaufte Graf Oswald von Truhendingen i. J. 1401 an die Burggrafen von Nürnberg um 500 rheinische Gulden, so daß er i. J. 1412 nichts mehr besaß, als Epprechtstein und Schauenstein, als Pfandinhaber. Er starb, als der letzte seines Stammes, i. J. 1424, und der Schild, auf dessen Wappenhelm einst zwei Schwäne stolz Hals und Kopf erhoben, ward ihm nachgesendet in die ruhmlose Gruft.

II. Einige alte Orte des Sualafeldes, welche burggräflich Nürnbergisch und später Ansbachisch wurden, ohne vorher Truhendingisch gewesen zu sein.

1) Windsbach an der, von Ansbach über Lichtenau herkommenden Rezat. Möglich, daß die Wendung, welche hier der Fluß nimmt, Anlaß zu dem Namen des Ortes gab.[3]) Wahrscheinlich aber haben auch hier sich die sogenannten Rezatwinden angesiedelt, wie in Racenwinden, Dautenwinden, Bernhardswinden u. s. w. und reichten hinauf bis Windsheim, das auch)

---

1) Bayerns Grafschaften rc. von Lang. S. 309.
2) v. Schütz, Corp. diplomat. I. Sect. III. p. 171.
3) Dekan Brandt in Windsbach nahm S. 1 seiner Pfarrbeschreibung diese Ableitung an.

Förstemann für eine wendische Anpflanzung hielt. In dem Verzeichnisse der von Bischof Otto von Eichstätt in den Jahren 1183 bis 1165 geweihten Kirchen und Kapellen kommt auch Windespach vor.[1])

Als älteste Besitzer des Schlosses und Ortes Windsbach sind die Grafen von Oettingen bekannt, deren Vasall und Burgmann Albrecht von Rindsmaul in Windsbach saß, und sich 1259 Albertus Rindesmule de Windesbach schrieb. Derselbe besaß auch die Schlösser Grünsberg bei Altdorf und Wernfels bei Spalt, weßhalb man ihn auch i. J. 1272 mit dem Zunamen de Grundesberg und 1283 de Werdenfels unterschrieben findet. Er hatte auf diesen drei Schlössern verschiedene Mannen (milites) zur Burghut in seinem Dienste, von denen aus dem Jahre 1259 bekannt sind: Cunradus Spisselinge, Fridericus de Teckendorf, Gotfridus de Wisach u. A. Derjenige, dessen Fürsorge Grünsberg anvertraut war, unterschrieb sich Cunradus de Grundisperch. Schon im Jahre 1259 verkaufte jedoch Albert von Rindsmaul seine Güter zu Windsbach, soweit sie Oettingische Lehen waren, mit Einwilligung seiner Burgleute und Mannen an den Vogt Wolfram von Dornberg, welche er seiner Tochter Kunigunde bei ihrer Verheirathung mit Gottfried von Heydeck zur Morgengabe bestimmte. Burggraf Friedrich II. von Nürnberg erhielt am 28. Juli 1281 von seinem Schwiegersohne, dem Grafen Ludwig von Oettingen, das Oberlehenseigenthum über sämmtliche Rindsmaulische Güter zum Geschenk. (Proprietatem Castri in Windesbach et oppidum Windesbach.) Als mit Wolfram von Dornberg im Jahre 1288 der Mannesstamm erlosch, erhielt seine Tochter Kunigunde von Heydeck zu dem schon empfangenen Rindsmaulischen Gut zu Windsbach noch die väterlichen Güter zu Dettelsau, Lichtenau, Immeldorf, Eyb, Vestenberg und einigen andern Orten als Erbtheil. Allein schon im Jahre 1292 verkaufte sie das Rindsmaulische Gut zu Windsbach an den Burggrafen Friedrich III. von Nürnberg und leistete zu Gunsten desselben unter dem 29. März 1292 Verzicht auf ihre Rechte an das Schloß und die Stadt Windsbach,[2]) so daß jetzt ganz Windsbach burggräflich war.

Die Familie Rindsmaul zog von da an nach Grünsberg bei Altdorf, zumal sie auch ihr festes Schloß Wernfels im Jahr 1284 für 1000 Pfund Heller an das Hochstift Eichstätt verkauft hatte.

Diesem ältern Albrecht von Rindsmaul hatte seine Gemahlin Adelheid zwei Söhne geboren: Albert und Hartmann, von denen der erstere dadurch berühmt wurde, daß es ihm gelang, in der entscheidenden Schlacht bei Amfing

---

1) J. Sax, Geschichte des Hochstifts Eichstätt, 1857, S. 467 ff. Dr. Fuchs hist. J.-B. XXV. Erhard Fischer, Einführung des Christenthums in Bayern, 1863 S. 607. Anmerkung. Mehrere dieser Orte, wie Windsbach, Lichtenau, Dettelsau Dürren-Mungenau, Rohr, Schwabach, Kammerstein, rechnen Spruner und Haas zum Rangau. Der Letztere glaubt, daß diese Orte die neunte Mark- und Zentgraffschaft des Rangaues gewesen sein könnte, welche etwa die Münchenau geheißen haben mögen (S. 100).

2) In dem zu Walrnstein ausgestellten Diplome heißt es: Proprietatem Castri et opidi Winspach cum suis juribus et pertinentiis. S. Monumenta Zollerana Tom. II. Nro. 376. Vgl. Haas. Rangau und seine Grafen, S. 101, woselbst einige Angaben Langs berichtigt werden.

und Mühldorf am 28. Sept. 1322 den Gegenkaiser Friedrich den Schönen von Oesterreich gefangen zu nehmen. Jedoch erlosch die Linie dieses tapfern Rindsmaul in Franken, wogegen die von seinem Bruder Hartmann gegründete (in einer Urkunde des Jahres 1305 Imperialis aulae ministerialis genannt), noch in Steyermark blüht und sogar in den Grafenstand erhoben wurde.

Im Jahr 1393 trat der Bischof von Bamberg dem Burggrafen von Nürnberg auch das Patronat der Kirche zu Windsbach ab (wie auch zu Rostal) gegen die Pfarreien Hof und Obergesees, nebst der Kapelle Schornweißach. Seit dem Anfange des vierzehnten Jahrhunderts waren auch burggräfliche Richter und später markgräfliche Amtmänner in Windsbach. Der erste Richter, der in einer Urkunde vorkommt, war Nolt von Seckendorf. Im Jahr 1322 unterschrieb er sich: Nolt, Richter zu Windesbach.[1]) Der vierte, Hans von Helberg, Ritter, im Jahr 1400. Derselbe machte sich dadurch war verdient um Windsbach, daß er, zurückkehrend von einer Wallfahrt in das gelobte Land, eine Feldkapelle, genannt Gottes=Ruhe, erbauen ließ, welche so weit von der Stadt entfernt sein sollte, als er Golgatha von Jerusalem nach den, von ihm selbst abgemessenen Schritten entfernt fand. Noch erinnert ein Votivstein auf dem Hügel in der Nähe des jetzigen Pfarr=Waisenhauses, wo wahrscheinlich die erste Station war, an diesen frommen Pilger, obwohl die alten Steine mit der Inschrift durch spätere ersetzt sind; und an der von ihm gestifteten und ausgestatteten Kapelle an der Straße nach Eschenbach war sonst zu lesen:

„Hannß von Helberg, ein Ritter, Schau,
Hat gethan diesen Kirchen=Bau,
Gott zu Ehren, auf seine Kosten darzu,
D'rum er sie genannt zu Gottes=Ruh,
Weil er zu Jerusalem gewesen,
Beym heiligen Grab allda gewesen.
So weit von dar zur Schedelstatt sey,
Als dort von jener Stadt hierbei.
Er regiert hie und Amtmann war,
Als man schreibt 1400 Jahr.“ [2])

Auch die Familie Poß aus Flachslanden, welche, wie die Rindsmaul, einen Rindskopf im Wappen führte, war um diese Zeit begütert in Windsbach, wo, außer dem Schloß in der Mitte der Stadt, noch ein adeliger Sitz am obern Thor vorhanden war, genannt das dürre Eck (jetzt Forsthaus), von welchem man glaubt, daß er ursprünglich ein Truhendingischer Burgsitz gewesen sei. Ein Ulrich Poß, der 1388 starb, soll in der Stadtkirche begraben liegen. Leider wurde der runde Wappenschild desselben mit einem weißen

---

1) **Jung**, Miscellanea, Tom. I. p. 23.
2) v. **Schütz**, Corpus dipl. Tom. I. Sect. III. p. 252. Diese Inschrift wird demnächst wieder hergestellt werden.

Ochsenkopf im blauen Felde und der Umschrift: „Anno Domini MCCCLXXXVIII. starb der Erbar vest Ulrich Poß[1])" vor längerer Zeit verkauft.

Lichtenau, das seinen Namen wohl von der gelichteten Aue zwischen den waldigen Höhen des Rezatgrundes erhalten haben mag,[2]) ist wahrscheinlich das Lichtenau, welches Kaiser Heinrich II. oder Heilige (der Gründer des Bisthums Bamberg), unter dem 2. Juli 1009 dahin schenkte.[3])

Dasselbe gehörte ohne Zweifel zu dem Bezirke der Vögte von Dornberg, als sie die Herren von Onolzbach waren; denn sie hatten daselbst Kastellane bestellt zur Verwaltung, wie zur Vertheidigung. So findet sich z. B. aus dem Jahre 1265 ein Conradus de Einhardesdorf, miles, Castellanus Wolframi de Dornberg de Lichtenau und von 1282 ein miles (Ritter), Gunzelinus de Lichtenawe zugleich mit Dornbergen und Heydecken.

Die Herren von Heydeck, welche Lichtenau 1288 durch die Erbtochter Kunigunda von Dornberg, Gemahlin Gottfrieds von Heydeck, erhielten, verkauften es jedoch mit Immeldorf, Sachsen und einigen kleinern Orten im Jahre 1406 an die Reichsstadt Nürnberg, welche Lichtenau in eine kleine Festung zum Schutze gegen die Markgrafen von Ansbach verwandelte.[4])

2) Petersaurach, an der Aurach. Es hieß ursprünglich Uraha und Urach, von dem althochdeutschen ûro, der Ur oder Auerochs,[5]) wurde aber später zum Unterschiede St. Peters=Aurach genannt, weil seine Kirche wahrscheinlich dem hl. Petrus geweiht war, während die in Barthelmesaurach den hl. Bartholomeus zum Schutzpatron hatte. Die Pfarrei Petersaurach gehörte lang mit der Kaplanei Dettelsau dem Stifte Onolzbach, kam aber später an das Kloster Heilsbronn, welches auch von Wolfram von Dornberg die Güter kaufte, die den Vögten von Dornberg in Petersaurach gehörten, woselbst sie die Vogtei ausübten. Im Jahre 1212 schenkte Bischof Otto von

---

1) Stieber a. a. O. S. 963, Anmerkung. Könnte nicht dieser Name, wie die ähnlich lautenden Boso (Herzog von Burgund), Boss, Boos, Bozzo, Bositto, Bosogast, Botzhilt u. s. w. von dem althochdeutschen bôsi (böse) abgeleitet werden? Vgl. Förstemann, I. p. 277.

2) Al. Buttmann, die deutschen Ortsnamen mit besonderer Berücksichtigung der ursprünglich wendischen u. s. w., Berlin 1856, S. 3: „Was dazwischen liegt (zwischen den Höhen und Tiefen) die Ebene, findet sich in den Zusammensetzungen mit Aue, Feld, Gau u. a. z. B. Künzelsau, Schongau u. s. w. Daher haben mehrere Oerter in der Nähe von Lichtenau die gleiche Endung, z. B. Dürren= und Wasser=Mungenau, Alt= und Neubetteldau, Wolfsau, Heglau, Eschenau u. s. w.

3) Mon. Boic. T. XXVIII. P. I. p. 410 heißt es: S. Heinricus donat ad sedem episcopalem Babenbergensem Liehtouna in pago Nortgove et in comitatu Heinrici comitis situm etc. Lang setzt die Frage in Parenthese: Lichtenau, praef. Heilsbronn? und Förstemann (II. 922): vielleicht Lichtenau im nördlichen Bayern, wo mehrere Orte dieses Namens liegen. Vgl. de Lang, Regesta Circ. Rez. p. 22.

4) Büttner, Materialien, B. I. S. 132, woselbst eine Geschichte der Stadt und Bestung Lichtenau. H. Holzschuher, Geschichte der ehemaligen Herrschaft, des Marktes, der Veste und des Zuchthauses Lichtenau, Nürnberg 1837.

5) Förstemann sagt Th. II. S. 1442 seines Onomastikons: Zu ûro, bubalus, urus, gehören wenigstens die meisten der folgenden Namen: Uraha, Fluß= und Orts=Namen, im zehnten Jahrhundert genannt, die Aurach, Nebenfluß der Rednitz. Zwar nennt er hier Herzogenaurach im Rangau; aber der gleiche Name des Flüßchens im Sualafeld dürfte auf gleiche Weise entstanden sein.

Würzburg einige Güter in Aurach dem Kloster Heilsbronn.[1] Auch die Besitzungen der Herren von Schlüsselburg (Sluzzelberg) und Vestenberg in Petersaurach erwarb das Kloster Heilsbronn, und **1299** auch die Vogtei über Petersaurach.

Von dem adeligen Geschlechte zu Petersaurach finden sich erwähnt: Henricus dictus de Urach, **1226** Chorherr in Onolzbach; dann Bertholhus de Urowe, miles, vom Jahr **1265**; ferner von **1286** ein Henricus de Urach und seine Gemahlin Adelheidis; endlich aus dem Jahr **1311** ein Wolfram von Aurach.

3) Dettelsau, und zwar Alt= und Neu=Dettelsau, welche in den älteren Urkunden nicht unterschieden werden, und von denen der letztere Ort ebenfalls sehr alt ist.

Der Verfasser des Rangaues und seiner Grafen ist geneigt, den Namen Dettelsau von Dettenau abzuleiten, weil sich in einer Urkunde des Klosters Banz vom Jahre **1071** ein Dittmer, Graf von Tettenau, findet.

Förstemann bringt ähnlich lautende Ortsnamen unter Tat, als dem Stamm eines Personennamens, z. B. Tetenheim (Dettenheim bei Weißenburg), Tetindorf (Dettendorf im Landgericht Ebersberg), Tetenwang (Tettenwang bei Pföring), Tetilinesdorf (Detelsdorf im Landgericht Neumarkt) u. dgl.[2] Auch ist ja Dettel ein bekannter Name; und der älteste Name, unter dem Dettelsau in dem päpstlichen Diplome vom Jahre **1141** vorkommt, ist Tetelesowe aufgezählt unter den Zugehörungen des neuerrichteten Klosters Heilsbronn.[3] In einer Urkunde von **1142** kommt vor: Tettlersau.[4] Auch wollen wir nicht unerwähnt lassen, daß Dettelbach in Unterfranken ehemals Diethlibachum hieß,[5] und daß das althochdeutsche diot, diut, von dem gothischen thiuda herkommt, was Volk bedeutet, so daß der Personennamen Dettel soviel als Volksmann wäre.

Haas vermuthet mit Recht, daß Neudettelsau erst dann gegründet worden sei, als Altendettelsau mit Petersaurach, durch die Bestätigungs=Urkunde des Papstes Innocenz II. vom **16. März 1141** zur Dotation des Klosters Heilsbronn verwendet worden war.[6] Dieses Altdettelsau, wo einst in der Nähe eines Weihers eine alte Kapelle stand, blieb ein Weiler, während Neu=

---

1) Codex Documentorum des Klosteramtes Heilsbronn, Auszug im VII. J.=B. des hist. Vereins 1836, S. 30.

2) Förstemann, altdeutsches Namenbuch, Nordhausen 1859, Th. II. S. 1359 ff.

3) Das Ganze heißt: Innocentius Papa primum statuit, ut in monasterio Haholdesbrunnensi ordo monasticus secundum Benedicti regulam et institutionem fratrum Cisterciensium inviolabiliter conservetur; deinde confirmat Rabotoni, Abbati illius monasterii et fratribus suis locum ipsum cum suis appendiciis Adeldorff, Bonendors, Tetelesowe cum omnibus suis Decimationibus et appendiciis, curiam et vineas in Würzeburc et in Hasuisen; et ita monasterium praedictum in suam recipit protectionem. S. Hocker, Heilsbronner Antiquitätenschatz, S. 65, Nro. 11. Vgl. de Lang, Reg. boica T. I. p. 163 und R. C. B. p. 44.

4) Jacobi, neue Erdbeschreibung, B. VII. S. 40.

5) Rudhart, älteste Geschichte von Bayern, 1841, S. 550.

6) Haas, der Rangau ꝛc. S. 103.

bettelsau, wo ein gutsherrliches Schloß erbaut wurde, mit einer Kapelle im Innern, sich hob und eine eigene Kaplanei von Petersaurach bildete.[1]

Die Vogtei über beide Orte übten, als bischöflich Würzburgisches Lehen, die Vögte von Dornberg aus, von denen der letzte (Wolfram) das Rindsmaulische Gut in Windsbach kaufte. Mit seinem Tode, 1288, erbte seine Tochter Kunigunde, Gräfin von Heydeck, mit dem Rindsmaul'schen Gut auch die väterlichen Güter in Dettelsau.

In einer Urkunde vom Jahr 1295 heißt es: Albrecht von Vestenberch.. miner Tochter Feliciten Cunrades Wirtin von Brukeberg.... mit mins bruder Hermans von Tetelsauwe.. die erbarn Ritter Otto von Dietenhowen und min Vetter Ramung von Vestenberg.[2]

Im Jahre 1325 verkauften die Herren von Heydeck ihre Vogtei zu Dettelsau den Pfinzingen in Nürnberg. Konrad Pfinzing verkaufte 1364 einen Hof und zwei Gütlein zu Alten Tettelsau an das Kloster Heilsbronn.[3]

Auch die Seckendorf waren um diese Zeit begütert in Dettelsau; denn es findet sich aus dem Jahre 1322 ein Albrecht von Seckendorf mit dem Beisatze: „zu Wiesenbrunn und Dettelsau." 1337 wird ein Gottfridus de Dettelsau erwähnt. Im Jahr 1403 findet man Dettelsau getheilt zwischen Seckendorf und Vestenberg, indem jede Familie die Hälfte des Schlosses besaß. In demselben Jahre wurde die Kaplanei in Neubettelsau zu einer eigenen Pfarrei erhoben, Altbettelsau aber blieb bis auf die neuste Zeit bei der Mutterkirche Petersaurach, als eingepfarrter Weiler.

An die Herren von Eyb gelangte Neubettelsau erst weit später, indem Sebastian von Eyb im Jahre 1518 das, wahrscheinlich heimgefallene Vestenbergische Rittergut daselbst um 6500 fl. dem Markgrafen von Ansbach abkaufte.

4) Wassermungenau, am Einflusse eines Baches in die fränkische Rezat, wurde ursprünglich nur Mungenau genannt, von der sich hier öffnenden Aue.

Als Urkundenzeuge erscheint 1142 ein Chunrat de Mungenowe, gemeinschaftlich mit Sifrid de Spalte (Spalt).[4]

Das Patronat der Kirche daselbst, welche von Bischof Otto von Eichstätt zwischen den Jahren 1183 und 1195 geweiht wurde, übten die Rindsmaul von Wernfels aus, traten es aber 1285 an die von Vestenberg ab.

Als später an demselben Bache, aber auf magerem Boden ein zweites Mungenau entstand, wurde jenes an der Rezat, „Wassermungenau" genannt, dieses „Dürrenmungenau", ähnlich wie Feuchtwangen und Dürrwangen.

5) Dürrenmungenau. Dieses gehörte Anfangs zur Grafschaft Abenberg; erscheint aber in der nächsten Periode als Eigenthum eines Heinrich

---

1) Mit der Errichtung dieser Kaplanei in Neubettelsau scheint der Gottesdienst in der Kapelle zu Altendettelsau ein Ende genommen zu haben, zumal die Bewohner dieses Ortes leicht die Mutterkirche in Petersaurach besuchen konnten. Daher der Verfall jener Kapelle.
2) Jung, Miscellanea Tom. I. p. 16.
3) Codex documentorum des Klosteramtes Heilsbronn, s. Auszug im VII. J.-B., 1836, S. 26.
4) Regesta Circ. Rez. p. 46.

von Seckendorf, der im Jahre 1414 Schloß und Güter zur Hälfte einem Jakob Zuckermantel von Wassertrüdingen, zur Hälfte einem Stephan von Absberg verpfändet. Durch spätere Auslösung wurde Dürrenmungenau wieder Seckendorfisch.

6) Rohr, zwischen Kloster Heilsbronn und Schwabach, kommt schon im Jahre 1157 vor als Pfarrkirche (ecclesia parochialis), welche den Zehnten in Wolfsau bezog. Der Name ist ohne Zweifel von dem altdeutschen rôr, Rohr (arundo), abzuleiten und an Sumpfrohr wird es hier an der Schwabach nicht gefehlt haben. Förstemann leitet wenigstens mehrere Orte dieses Namens bei Meiningen, Regensburg u. s. w. von diesem Stamm ab.[1]) Es hatte ebenfalls eine hochfreie Familie, die sich nach dem Orte schrieb. Aus den Jahren 1265 und 1266 ist Chunradus de Ror bekannt, und von 1286 Fridericus miles de Ror.[2]) Im Jahr 1413 war ein Röbiger Prunster daselbst begütert. Die meisten Besitzungen hatte aber das Kloster Heilsbronn in Rohr, und mit diesem kam der Ort an das Markgrafthum Ansbach.

7) Schwabach (Suabaha), an der Schwabach (dem Sualabach im Sualafeld). Andere leiten den Namen von Suab, Suewen oder Schwaben ab, die sich hier angesiedelt, (Förstemann II. 1340). Es geht die Sage, daß die St. Maria-Magdalenen-Kapelle mit dem Mönchshof (jetzt Gasthaus zum goldenen Engel[3]) das erste Gebäude gewesen sei, in dessen Nähe dann drei Höfe gebaut wurden: der Wittum, oder das Pfarr-Widengut, der Kapellen-Zipfel und der Stranghof, worauf die übrigen Ansiedelungen folgten.[4]) Auch der hohenstaufische Herzog Friedrich, genannt von Rothenburg, weil er daselbst residirte, nachmals Kaiser Friedrich Barbarossa, hatte eine Domäne in Schwabach und stiftete sie, nebst der Pfarrei, zum Kloster Ebrach. Obwohl sich das Jahr nicht bestimmen läßt, ist es doch — wie Schütz sagt — aus sicheren Urkunden zuverlässig bekannt. Derselbe führt die Worte an: Praedium in Suabach cum ejusdem loci parochia. Im Jahr 1193 wurde diese Stiftung von Kaiser Heinrich VI. bestätigt und Swabach in des Reiches Schutz aufgenommen.[5]) Das Gleiche thaten seine Nachfolger Philipp von Schwaben im

---

1) Förstemann a. a. O. Thl. II. S. 1161.

2) Jung, Miscellanea T. I. p. 8 ff.

3) Das Thor bei diesem Gebäude heißt noch das Mönchsthor, was — da nie ein Kloster hier stand — die Sage bestätigt, daß ursprünglich hier ein Mönch in einem besonderen Hofe gewohnt habe, um den Gottesdienst in der Magdalenen-Kapelle abzuhalten.

4) Daß unser Schwabach im Sualafeld (Haas rechnet es zum Rangau, und auch von Spruner in Bayerns Gauen, S. 28), jenes Suabahacum in pago Rangowe gewesen sei, welches — wie der Mönch Eberhard in Fulda berichtet — von einer Gräfin Reginswint dem Kloster Fulda geschenkt wurde, ist höchst unwahrscheinlich, und scheint vielmehr unter Suabahacum im Rangau das dem Kloster Fulda auch geographisch näher liegende Schwebheim gemeint zu sein, welches auch im alten Rangau lag (v. Lang, Gaue S. 85). Ebenso verfehlt ist die Ableitung des Namens der Stadt Schwabach von Schwaben, die sich hier niedergelassen hätten. Vgl. Schannat, Corpus traditionum Fuldensium p. 288, bei Stieber S. 724.

5) Das Diplom vom 16. Juli 1193 sagt: Heinricus VI. Romanorum Jmperator monasterio in Ebra restituit praedium in Suaba cum parochia, a Friderico de Rodenburc quondam collatum. de Lang, Regesta C. R. p. 77 cf. Mon. Boic. T. XXIX. P. I. p. 485.

Jahr 1200, Friedrich II. 1212 und 1237, Konrad IV. 1240 und Rudolph I. von Habsburg 1278.

Dieser letztgenannte Kaiser war es, der im Jahre 1281 Schwabach von dem Kloster Ebrach um 750 Pfund Heller loskaufte; jedoch behielten sich Abt und Convent die Pfarrkirche zu Schwabach mit ihren Einkünften, nebst dem Zehnten und dem Klosterhofe vor [1]).

Von den Hochfreien, die sich in Schwabach aus der Zahl der Gemeinfreien und Hörigen erhoben, sind uns folgende überliefert: Conrad von Schwabach v. J. 1163; Ramungus de Schwabach 1213;[2]) und zwei Chorherren zu Spalt: Friedrich von Schwabach und Johannes de Schwabach 1454. Die Vogtei über Schwabach wurde indessen von den Herren von Kammerstein ausgeübt, deren Veste (castrum) nur eine Stunde entfernt lag. Als ein solcher Advocatus oder Schirmvogt von Schwabach kommt 1278 Ramungus Senior de Cammerstein vor, der zugleich kaiserlicher Ministerial war (Imperialis aulae Ministralis). Derselbe übergab zwar i. J. 1290 seinen Novalzehnten und andern Zehnten zu Schwabach dem Kloster Ebrach zu einem Seelgeräth; der Ort selbst blieb aber doch unter der Botmäßigkeit der Herren von Cammerstein, und wurde mit dieser Veste und den Orten Altdorf und Heroldsberg, die ebenfalls Reichsdomänen waren, von Kaiser Albrecht von Oesterreich im Jahre 1299 an die Burggräfin Anna von Oesterreich, Gemahlin des Grafen Emicho von Nassau, verpfändet, unter schriftlicher Zustimmung der Kurfürsten, für 2000 Mark Silber im Ganzen. In der Urkunde heißt es: castrum Chammerstein et villas Suapach, Altdorf et Heroldespach [3]). Diese Pfandsumme wurde i. J. 1329 von Kaiser Ludwig dem Bayern noch um weitere 2000 Mark Silber erhöht, und für Kammerstein ganz besonders noch um 500 Pfund Heller.

Schwabach und Altdorf werden in diesem Diplome schon Hofmärkte genannt. Im Jahre 1348 wurde Johannes, Sohn des Grafen Emicho von Nassau und seiner Gemahlin Anna von Nürnberg, förmlich von Kaiser Karl IV. mit der Reichsburg Kammerstein und den Märkten und Dörfern Schwabach, Heroldsberg, Kornburg, Altdorf u. s. w. belehnt; jedoch trat derselbe i. J. 1364 Schwabach, Kammerstein und Kornburg dem Burggrafen Friedrich V. von Nürnberg um 15,400 Heller ab. Zwanzig Jahre später erhielt Schwabach ein Halsgericht, und 1398 wurden dem Burggrafen von dem Kloster Ebrach auch die noch übrigen Zinsen und Güter des Klosters in Schwabach abgetreten.

Obwohl dieser Ort damals schon sehr empor kam, und besonders seine Messer- und Klingenschmiede berühmt wurden, wie auch seine Walkmühlen und sonstigen Gewerbe; so hatte das burggräfliche Pflegeramt doch seinen Sitz

---

1) Aus diesem Rückkauf mögen die sonderbaren Gegenreichnisse des Abtes von Fulda an die späteren Beamten in Schwabach herrühren, nämlich an den Ober-Amtmann jährlich 2 Fuhren Heu, 2 Kreuzkäse, einen guten Lebkuchen, ein Paar Sporen, 1 Schober Stroh und 1 Streichtuch; der Frau Ober-Amtmännin einen Beutel; und dem Kastner und Stadtrichter die gleiche Gabe, wie dem Ober-Amtmann, nur kein Heu.

2) Jung, Nachricht von dem kaiserl. Landgericht Burggrafthums Nürnberg, S. 149, und Miscell. I. 5.

3) v. Schütz, Corp. dipl. etc. p. 229, Nota 1.

in Kammerstein, und wird als Pfleger daselbst aus dem Jahre 1340 Otto von Kipfenberg genannt.

Dagegen wurde die schon 1193 bestandene Kirche zu Schwabach mit Stiftungen bereichert von der Gräfin Anna von Nassau und ihren Söhnen Johann und Emicho, als ihnen Schwabach verpfändet war, deßgleichen von der Bürgerschaft, von Friedrich Link, von Elisabetha Gabler, verwittweter Bürgersfrau aus Nürnberg, und von Johann von Wallenrod, erstem markgräflichen Amtmann zu Schwabach, von dem eine ansehnliche Pfründe gestiftet wurde, und dessen Bildniß in der später (1469—1495) erbauten prachtvollen Kirche noch jetzt in Ehren gehalten wird [1]). Im Jahre 1375 erwarb sich auch der Nürnberger Bürger Hermann Glockengießer mit seiner Ehefrau Elisabeth ein großes Verdienst um Schwabach durch die Stiftung des Hospitales und der würdigen Kirche dazu, deren Fond später von dem frommen Kastner Johann Frauentraut in Schwabach ansehnlich vermehrt wurde. Die i. J. 1833 unter einer Kapelle in Schwabach, welche man für die älteste hält, gefundenen Ringe finden sich in der Beilage zum V. Jahresbericht des hist. Vereins abgebildet und S. 33 u. 34 beleuchtet und als Symbol der Fortpflanzung erklärt.

8) K a m m e r s t e i n, auf einer Anhöhe, eine Stunde von Schwabach. Aus dem gutsherrlichen Geschlecht sind bekannt: aus dem Jahre 1184 Agnes (Caroli de Camerstein filia et Ludovici Canonici Ratisbonensis soror); aus einer Urkunde Kaiser Friedrich's II vom Jahr 1243 Ramungus de Camerstein; aus der zweiten Hälfte des dreizehnten Jahrhunderts der obengenannte Vogt von Schwabach Ramundus Senior de Camerstein, Imperialis aulae Ministerialis; endlich aus dem Jahre 1335 Ortolff von Cammerstein.

Wie Kammerstein an das Haus Nassau verpfändet, von diesem an Burggraf Friedrich V. von Nürnberg i. J. 1364 nebst Schwabach u. a. O. verkauft wurde, ist bei der Urgeschichte dieser Stadt dargestellt.

Die Burggrafen setzten nach dem Erlöschen des Stammgeschlechts Burgmannen nach Kammerstein. Als ein solcher findet sich in einer Urkunde v. J. 1413 Hans v. Haussen, Ritter, gesessen zu Cammerstein.

Die Kapelle daselbst hatte sich 1330 eines Ablasses zu erfreuen; der Gottesdienst aber wurde bis zum Jahre 1671 von den Kaplänen zu Schwabach versehen. In dem sogenannten Donauwörther Kriege (1461—62) wurde Kammerstein von Herzog Ludwig von Bayern erobert. Das burggräfliche Pflegamt hatte seinen Sitz daselbst bis zum Jahr 1464. Nach dem Abzuge der Pfleger verfiel die Burg, und 1523 wurde sie vom schwäbischen Bunde vollends zerstört. Was übrig war, wurde 1686 abgebrochen und zum Bau einer reformirten Kirche in Schwabach für die eingewanderten Protestanten aus Frankreich verwendet.

9) R o t h, am Einflusse der kleinen Roth in die Rednitz. Zum Unterschied von Roth am See bei Crailsheim wurde dieses Roth (Rote) welches in der comarchia zwischen dem Rangau und Nordgau entstand, Roth am

---

1) v. F a l c k e n s t e i n, Chronicon Svabacense, Schwabach 1756. Bezzold, Geschichte von Schwabach. Uebrigens rechnen es S p r u n e r (Gaue S. 28), und H a a s (Rangau und seine Grafen) zum Rangau.

Sand genannt. Der rothe Sand mag Veranlassung zum Namen gegeben haben. Förstemann leitet eine Menge Fluß= und Ortsnamen von dem alt= deutschen rôt, hochdeutsch (ruber) ab [1]).

Der Ort kann mit den ältesten im weiten Kreise wetteifern, denn er findet sich schon in einer Urkunde vom Jahre 793 genannt [2]), und bildete mit seinen Umgebungen den östlichen Theil der alten Grafschaft Abenberg. Die Vogtei über Roth und Roßtal hatten die Grafen von Hochstadt, die sich auch Grafen von Frensdorf schrieben, von dem Hochstift Bamberg als Unterpfand empfangen; Graf Friedrich gab sie aber i. J. 1189 wieder an dasselbe zurück [3]). Die Kirche daselbst war schon in der Zeit zwischen 1059 und Oktober 1060 von Bischof Gundecar II. von Eichstätt geweiht worden. (Fischer, S. 600.)

Der Ort kam durch die Gewerbsthätigkeit seiner Bewohner empor, und scheint schon frühe unter die Landeshoheit der Burggrafen von Nürnberg ge= kommen zu sein. Stieber theilt zwar (S. 686) mit, daß Burggraf Fried= rich IV. Roth i. J. 1292 von den Herren von Heydeck gekauft habe; allein es kann sich dies nur auf einzelne Güter und Rechte beziehen, da der Bischof von Bamberg in der Urkunde v. J. 1267, worin er die Tochter des Burg= grafen mit den burggräflichen Gütern belehnt, Roth namentlich ausnimmt.

Mit den benachbarten Herren v. Stein (d. i. Hilpoltstein) hatten die Burggrafen verschiedene Zwiste, die jedoch sämmtlich i. J. 1370 zu ihrem Vortheile entschieden wurden. Neun Jahre später verpfändete Burggraf Fried= rich V. die Stadt Roth, welche Sitz eines Oberamtes wurde, und die Veste Schönberg an den Ritter Jörg Auer zu Luppurg um 3000 ungarische Gul= den. Derselbe Burggraf ertheilte dem aufblühenden Städtchen i. J. 1392 das Recht, Wochen= und Jahrmärkte zu halten, und der Kaiser eine Freiung, oder Asyl=Recht (jus asyli), welches die Markgrafen von Ansbach erneuerten. Unter ihrer Regierung wurde auch das Rathhaus und das Schloß gebaut (1533 und 1535), die noch stehen.

Die geräumige Stadtkirche wurde schon früher aus den reichen Mitteln derselben erbaut, indem sie aus mehr denn 20 Ortschaften Zehnten oder Gülten bezog. Auch kam dazu noch 1441 ein päpstlicher Ablaß. Wallisau in der Nähe gehörte zum Pfarrbezirk von Roth, erhielt aber in demselben Jahre 1441 eine eigene Kapelle. Nach Rittersbach, wo später auch Ritter Hans v. Haußen Schloß und Renten besaß, zogen große Wallfahrten von Roth aus.

10) Weiboldshausen, östlich von Ellingen auf der Höhe. Wie sonst, wird es heute noch in der Umgegend Hausen genannt. Die nähere Be= stimmung verdankt es einem hervorragenden Bewohner Namens Weyprecht, weßhalb man in Urkunden neben Hausen auch Weyprechtshausen findet. Das edle Geschlecht, welches den Namen dieses Ortes führte, erhielt sich bis in das fünfzehnte Jahrhundert. Archivrath Stieber führt die Quellen an, wo sich aufgeführt finden: Macelin et Pertold de Husen 1132, Wipertus miles de

---

1) Förstemann II. und 1155 ff. Rodaha ꝛc.
2) Waltherus et Richlinda tradunt ad S. Nazarium in pago Nortgowe in Rotherimarcha tertiam partem de ipsa villa vel marca et mancipia LIX. de Lang, Regesta C. Rez. p. 3.
3) Regesta boica Tom. III. p. 287.

Husen (von welchem die nähere Bezeichnung Wipertshausen kommen mag), Otto de Husen 1346 mit dem Beisatze armiger (Waffenträger), Diemar v. Haußen 1352 und mehrere Andere.

Neben denselben war auch das Kloster Wülzburg daselbst begütert. Zur Kirche in Weiboldshausen gehörte Höttingen, durch dessen Markung einst der Römerwall ging, als Filial, bis es 1482 zur selbständigen Pfarrei erhoben wurde. Der Altar der alten, 1702 abgebrochenen Kirche war 1353 eingeweiht worden. Daß aber Weiboldshausen der Sitz eines Ruralkapitels war, weil sich aus dem Jahre 1318 ein Henricus, Decanus in Hausen findet, ist wegen der Nähe von Ellingen, Weißenburg, Wülzburg und dem Dekanatssitze Weimersheim höchst zweifelhaft. Wahrscheinlich war dieser Henricus irgendwo anders Dekan, und behielt diesen Titel, weil man ehedem den Geistlichen bei dem Rücktritte in das einfache Pfarramt die erworbenen Würden ließ, und sie nicht auch in diesem Punkte den weltlichen Beamten nachsetzte.

11) Oberhochstatt, östlich von der Wülzburg, war ebenfalls in alter Zeit ein Edelsitz. Eine Urkunde v. J. 1280 nennt Rudegerus de Hohenstatt, dictus Boshart. Jedoch war er nicht Alleinherr im Ort, weil Graf Gottfried von Wolffstein (bei Neumarkt) i. J. 1288 seine Güter daselbst dem Kloster Wülzburg übergab. Die Kirche, welche Bischof Otto von Eichstätt um das Jahr 1185 in Hohenstat weihte, war wahrscheinlich das Gotteshaus in Oberhochstatt [1]).

12) Wülzburg. Der wald- und wildreiche Berg, östlich der uralten Stadt Weißenburg, soll von dem fränkischen König Pipin dem Kleinen bei einer Jagd auf seinem Zuge in den nahen Nordgau besucht, und von ihm zum Ruheort nach großer Anstrengung erwählt worden sein. Als ein süßer Schlaf ihn erquickt, habe er gelobt, an der Stelle, wo er geruht, eine Kapelle erbauen zu lassen. So sei die Kapelle des hl. Nicolaus auf dem Wildberg im Jahr 764 entstanden. Später habe Kaiser Karl der Große, während die Arbeitsleute den Bau des Donau-Main-Kanales bei dem jetzigen Dorfe, Graben (unweit Pappenheim) begannen, seines Vaters Stiftung aufgesucht, und im Jahr 793 neben die Nikolaus-Kapelle ein Kloster bauen lassen, welches er dem Orden des hl. Benedictus übergab. Die Stiftungs-Urkunde fehlt; aber schon in uralter Zeit waren die Hauptstellen ausgezogen und in der Klosterkirche zu lesen.[2])

Der ursprüngliche Namen des Klosters war Wildesberg, Wildsberg (von Wild, weßhalb mons ferarum genannt). Später schrieb man Wildesburg, Wilzburg, und zuletzt — den Ursprung vergessend — Wülzburg. Im Jahr 954 wurde das Kloster von den Ungarn zerstört, bald aber wieder hergestellt.[3]) Um das Jahr 1187 weihte Bischof Otto von Eichstätt eine

---

1) Fuchs, Verzeichniß der von Bischof Otto 1183 bis 1195 geweihten Kirchen im hist. Jahresbericht Nr. XXV.

2) Nos Carolus Dei gratia Romanorum Jmperator ac Rex Franciae ut misericordiam Dei inveniamus, damus Monasterio Wülzberg montem Wilzberg, Hohenstat, Niderhoven cum omnibus appenditiis suis in Sylvis, Piscationibus et Venationibus. cf. Schütz, Corp. dipl. I. Sectio III. p. 258 u. 264.

3) G. Erh. Fischer, Einführung des Christenthums in Bayern, Augsburg 1863, S. 577.

Kirche daselbst. Kaiser Heinrich V. bestätigte die früheren Stiftungen und schenkte dem Kloster das Patronat über die Pfarrei zu Weißenburg. Konrad IV. dehnte dasselbe im Jahr 1254 auch auf die Pfarreien zu Wettelsheim, Hausen (Weiboldshausen) und Hohenstatt aus. Mit dem Patronatsrechte, das sich auch auf Salach und bis zum Jahre 1406 auf Ellingen erstreckte, waren Zehnten, Gülten und Zinsen aller Art verbunden; auch in Kehl, Alesheim, Weimersheim, Sammenheim u. a. O. Kattenhochstatt (eine alte Ansiedlung der Katten, vielleicht auch nur eine vorübergehende Niederlassung auf einem Zuge gegen Süden), war in jener Zeit ein großer Meierhof des Klosters Wülzburg.

Die Vogtei darüber hatten sich die deutschen Kaiser selbst vorbehalten und ließen sie durch ihre Vögte in Weißenburg ausüben. Weil aber Klagen gegen dieselben einliefen, wurde die Vogtei über das Kloster Wülzburg im Jahre 1226 dem Burggrafen zu Nürnberg übertragen, welchem auch die Stadt Weißenburg von dem Jahre 1325 bis 1360 verpfändet wurde. Die Stadt löste sich aus, das Kloster blieb aber bei den Burg- und Markgrafen. Der letzte Abt war Veit von Gebsattel, 1510 erwählt. Er bewirkte, daß das Kloster 1523 in ein Säkular- oder weltliches Chorherrnstift verwandelt wurde, und verzehrte die ihm jährlich bewilligten 350 fl. in Berolzheim, wo er starb. Der erste und letzte Propst des Stiftes war Markgraf Friedrich von Brandenburg. Im Jahr 1536 begab er sich nach Savoyen, und das Stift wurde nun ganz aufgehoben.[1]) 1583 wurde es in eine Markgräfl. Ansbachische Grenzfestung verwandelt mit fünf Bastionen und guten Außenwerken.[2])

13) **Windsfeld** an der Altmühl, wahrscheinlich eine wendische Niederlassung, wie Windsbach, Windsheim, Windsberg, Winterschnaitach (d. i. Wendisch-Schnaitach im Gegensatz zu Bayrisch-Schnaitach u. dgl.), denn die Wenden hießen eigentlich Winiden. Der Ort Windsfeld wurde schon frühe durch eine Ritterburg vertheidigt, deren Bewohner den Namen des Ortes führten. Im Jahre 1163 saß hier Berthold von Windsfeld. Später erscheinen die Herren von Rechenberg begütert daselbst, welche ihre Rechte und Güter 1360 an Burkhard von Seckendorff verkauften (Linie Jochsberg). Acht Jahre später aber kaufte Burggraf Friedrich V. von Nürnberg Windsfeld, zugleich mit Gunzenhausen und einigen anderen Orten.

14) **Wald** an der Altmühl. Da sich in Jungs Adels-Matrikel bei dem Jahre 1273 Ottlibus et Bertoldus frater ejus de Walde findet[3]); in Falckensteins Nordgauischen Alterthümern ein Domdechant zu Eichstätt aus dem Jahre 1315 sich Conrad von Wald nennt; und im dritten Theile von Jungs Miscellaneen bei dem Jahre 1406 ein Hermann von Vestenberg zu Wald er-

---

1) Hoffmann, Beschreibung aller Stifter und Klöster ꝛc. S. 191 bis 205, wo 30 Aebte des Klosters Wülzburg mit Namen aufgeführt sind. Gg. Voltz, Chronik der Stadt Weißenburg im Nordgau und des Klosters Wülzburg, mit lith. Blättern, Weißenburg 1835 (enthält Abbildungen römischer Denkmäler daselbst).
2) Vgl. Jung, Antiquitates Monasterii in Wilzburg, 1736.
3) Jung, Miscellanea T. I. p. 10.

wähnt wird, so scheint auch dieser Ort der Sitz eines eigenen Rittergeschlechts gewesen zu sein, das aber ebenfalls erlosch.

Um das Jahr 1350 war Wald in vier Theile getheilt. Zwei davon besaßen die Lentersheim, nämlich Konrad und Konz von Lentersheim, einen Theil besaß Apel von Crailsheim und einen der verrufene Raubritter Ekkelein von Gailingen. Konrad von Lentersheim verkaufte seinen Antheil i. J. 1365 dem Burggrafen Friedrich V. von Nürnberg um 400 fl., und 10 Jahre darauf wurde derselbe auch mit dem Antheil Ekkeleins von Gailingen vom Kaiser Karl IV. belehnt, nachdem die Veste Wald, von der aus die Raubzüge unternommen wurden, zerstört worden war. Den dritten Theil von Wald erkaufte der Burggraf von den Lentersheimischen Interessenten um 375 fl., und übertrug die Veste Wald im J. 1381 einem Herrn von Lentersheim zum Leibgeding, ebenso an Martin von Eyb, an Hermann von Vestenberg, an die Herren von Leonrod und Andere.

15) **Hirschlach.** An einer Lache, aus der die Hirschen des Urwaldes ihren Durst kühlten, siedelten sich Anpflanzer schon in sehr alter Zeit an. Förstemann zählt 27 Ortsnamen auf, die sich auf lach, laha, laca u. dgl. endigen[1]) und (Theil II. S. 741) leitet er die Ortsnamen Hirschau, Hirschbach, Hirzperg, Hirschfeld, Herzfeld, Hirschheid (Hirzheida) und andere von Hirsch ab (althochdeutsch hiruz). Der Platz behielt seinen Namen, und dieser ging auf den sich bildenden Ort über, und veranlaßte die hervorragendste freie Familie daselbst, sich darnach zu benennen. So finden wir einen Heinrich von Hirschlach, der von dem Jahre 1282 bis 1299 Abt des Klosters Heilsbronn war; aus derselben Zeit einen Friedericus de Hirzlachen. Zwischen den Jahren 1336 und 1350 war wieder ein Friedrich von Hirzlach Abt zu Heilsbronn. Die Herren von Hirschlach scheinen Burgmänner der Edlen von Arberg gewesen zu sein; denn 1319 verkauft Conrad Hirschlacher nebst andern Gütern seine Burghut auf dem nahen Arberg an Bischof Philipp von Eichstätt.

In späterer Zeit wurde der Gottesdienst zu Hirschlach von Merkendorf aus versehen.

16) **Merkendorf,** in Urkunden auch Merchendorff, Mirkendorf und Mirndorf geschrieben, könnte vielleicht, wie Mirkedesheim (Merrheim) und Mirmilkentorff (eine Besitzung bei Merseburg) von dem altsächsischen mirki, dunkel, finster, abgeleitet werden.[2]) Es kam im dreizehnten und vierzehnten Jahrhundert durch Kauf an das Kloster Heilsbronn, welches im Jahre 1383 von Kaiser Wenzel die Vollmacht erhielt, eine Veste zu bauen. Es ist jedoch nichts mehr davon vorhanden. Dagegen ertheilten Kaiser Sigismund i. J. 1424 und Kurfürst Friedrich I. von Brandenburg zu Onolzbach Merkendorf die Erlaubniß, sich mit Mauern nebst Thoren und Stadtgräben zu umgeben,

---

1) Förstemann sagt (II. 835): Die Mehrzahl der folgenden Formen gehört wohl sicher zum althochdeutschen lacha, neuhochdeutsch Lache (lacus, palus). Vgl. Meyer, die Ortsnamen des Kantons Zürich, Zürich 1848, S. 94. An Lachen und Sümpfen wird es bei Hirschlach durch das öftere Austreten der Altmühl, zumal in alter Zeit, nicht gefehlt haben.
2) Förstemann a. a. O. Thl. II. S. 1033.

die noch beſtehen und der Stadt ein würdiges Anſehen geben. Zur ſchönen Stadtkirche wurde nach einer alten Steinſchrift 1478 der Grund gelegt.[1])

17) Weidenbach ("bei den Weiden am Bache"). Förſtemann zählt in ſeinem Onomaſtikon (II. 1512) mehrere ähnliche Namen auf, wie Weidenbach (Widimbach) an der Iſen, Weidelbach in der Gegend von Bacharach, Weidenau (Widenaha) bei Fulda u. a. mehr, die er von dem althochdeutſchen wida, die Weide, ableitet, oder von witu, Holz. Der Ort wird zuerſt 1323 genannt, in welchem Jahre Gottfried von Heydeck als daſelbſt begütert erſcheint. In ebendemſelben Jahrhundert beſaßen auch die Seckendorf Güter in Weidenbach. Burkhard von Seckendorf verkaufte dieſelben i. J. 1388 an die beiden Chorherren Peter und Friedrich von Steinhauß zu Onolzbach, welche ſie dem Gumbertusſtift vermachten. Dasſelbe erhielt auch von andern frommen Seelen Güter und Rechte in Weidenbach, wodurch der Ort, der ein eigenes Schöppengericht hatte, und eine, nach Ornbau gepfarrte Kapelle, nach und nach ganz an das Markgrafthum Ansbach kam.

18) Triesdorf. Es kommt zuerſt im Jahr 1190 unter dem Namen Tyrolfesbach vor. Dies deutet offenbar auf einen Gründer, der Tyrolf hieß — ein Name, der ſich bis auf die neueſte Zeit erhalten hat. Erſt ſpäter wird der Ort in den Urkunden Trieſesdorf, auch Trieſchdorf genannt.²) Er war jedoch in jener Zeit erſt im Entſtehen, und gehörte den Herren v. Seckendorf, von denen Arnold von Seckendorf ſeiner Schwiegermutter Katharina von Pfahlheim i. J. 1386 ſein Gut daſelbſt zum Leibgeding verſchrieb. Burkhard von Seckendorf aber trug das 1454 gebaute Schloß i. J. 1469 dem Markgrafen Albrecht zu Lehen auf, worauf die Seckendorf Triesdorf als markgräfliches Lehen beſaßen, bis Wolf Balthaſar von Seckendorf Schloß nebſt Gut dem Markgrafen Georg Friedrich i. J. 1600 ganz verkaufte, deſſen Nachfolger Triesdorf mit einem großen Park umgaben, und es durch Luſthäuſer, Gärten und Anlagen in einen ſchönen Sommeraufenthalt umſchufen.

In früherer Zeit gehörte Triesdorf zu Merkendorf, wo das Kloſter Heilsbronn ein Verwaltungsamt hatte. Angebahnt wurde dieſes Verhältniß wahrſcheinlich dadurch, daß der Feuchtwanger Stifts-Kuſtos Wolfram unter dem 22. Juli 1287 die Güter, welche er in Triesdorf und Gaſtenfelden beſaß, dem Kloſter Heilsbronn ſchenkte.

Die Behauptung, daß der Name dieſes Ortes von dem alten Tyras abzuleiten ſei, was ein Jagdgarn bezeichne und oft als Hundsname vorkomme, alſo ſo viel als Tyrasdorf bedeute, laſſen wir ebenſo dahin geſtellt ſein, wie die Ableitung des Namens Weidenbach von dem Weidwerk, welchem man hier in

---

1) Sie lautet: 1478 am Suntag vor michael iſt . . . . erſt ſtein gelegt. Vgl. Stieber a. a. O. S. 588. Ewald, Geſchichte der Pfarreien Merkendorf und Kirſchlach, 1835.

2) Die Veränderung des Namens kann leicht durch ſchnellere Ausſprache herbeigeführt worden ſein, indem man, ſtatt Tyrolfsdorf Tirlfsdorf, Trilfsdorf, Trieſesdorf, zuletzt Triesdorf ſprach und ſchrieb. Trieſesdorf findet man in älteren Urkunden. Schon im vierzehnten Jahrhundert war aber der gegenwärtige Namen gebräuchlich; denn das Jahr 1386 nennt in einer Urkunde: Arnold von Seckendorff zu Trießdorf ſeſſen und Ut von Pfahlheim ſeine eheliche Hausfrau. S. Jung, Matricula nobilium in Miscell. T. IV. p. 73.

dem Thiergarten oblag.[1]) Ist doch der Ort Jahrhunderte älter, als der von dem Markgrafen angelegte Thiergarten; und das Erste, was eine Niederlassung erhält, ist doch wohl die Benennung.[2])

19) Ornbau am Einflusse der Wieseth in die Altmühl, am Fuße der Arberge, dürfte seinen Namen, wie oben gezeigt wurde, von ara, Wasser ableiten, also der Bau am Wasser. Haas leitet jedoch diesen Ortsnamen von Uranbau ab, und glaubt, daß Ornbau das Altimoin gewesen sei, welches der h. Gumbertus dem Bisthum Würzburg schenkte, oder wohl gar das feste Alkuenoenis bei Ptolemaeus.[3]) Alt ist der Ort jedenfalls; denn es findet sich nach den Orten Suaningen und Lanteresheim, wo Bischof Gundecar II. von Eichstätt 1058 Gotteshäuser weihte, auch Orenburen erwähnt[4]), was J. Sar in seiner Geschichte des Hochstifts und der Stadt Eichstätt für Ornbau im Landgerichte Herrieden erklärte. Das Kloster Heilsbronn besaß schon 1180 Zehntrechte daselbst.

An das Burggrafthum Nürnberg gelangte Ornbau mit Abenberg und Spalt durch Burggraf Konrad III. Im Jahre 1289 besaßen es die Grafen von Oettingen, verwandt mit den Burggrafen. Kaiser Rudolph duldete die beabsichtigte Befestigung Ornbau's nicht; und im Jahre 1310 wurde es ganz eingezogen und nach der Zerstörung des festen Schlosses Wahrberg mit der gleichfalls seiner Veste beraubten Stadt Herrieden dem Bischofe von Eichstätt überlassen.[5])

Zusatz.

Die Commarchia zwischen dem Sualafeld und dem Rangau.

Zwischen der Wiseth, Altmühl und den Arbergen dehnt sich noch jetzt ein großer Wald aus, genannt die Haid, der sich in der Urzeit bis zum Hesselberg ausdehnte und dazwischen auf dem sandigsten Boden öde, baumlose Strecken hatte, genannt das Ried. Keine der angränzenden Gaue und der darin sich bildenden größeren Herrschaften konnte den ganzen Wald- und Weid-Distrikt in Anspruch nehmen. Er bildete somit eine commarchia zwischen dem Sualafeld und Rangau und war ein gemeinsamer Besitz, gleichsam ein neutrales Gebiet. Die ältesten Edelsitze und Orte, welche darin entstanden waren:

1) Sommersdorf. Da Förstemann die Ortsnamen Summerberg an der böhmischen Grenze, Somerzell (südöstlich von Münster), Sommenhardt (bei Calw) und die vielen Sömmern bei Wießensee (Sumaringa) von dem althochdeutschen sumar, d. i. Sommer, ableitet; so dürfte der Ort Sommersdorf

----

1) Haas a. a. O. S. 68.
2) Vgl. die Geschichte Triesdorf's von A. M. Fuchs im XXVIII. Jahresbericht des hist. Vereins f. Mittelfr. 1860, S. 93.
3) Haas, S. 68.
4) Fischer a. a. O. 599.
5) II. und IV. hist. Jahresbericht S. 23 und S. 80.

seinen Namen auf ähnliche Weise erhalten haben, zumal seine Lage auf dem offenen Ried inmitten des großen Waldes, genannt die Haid, etwas Sommerliches haben mochte.[1] Schon i. J. 888 trug Bischof Erchenbold von Eichstätt den adeligen Chorherren in Herrieden seine Güter in Sommersdorf, Thann, Alt- und Neumuhr zu Lehen auf.[2] Als 1132 das Kloster Heilsbronn gegründet wurde, gehörte Sommersdorf zur Dotation desselben. Um das Jahr 1391 besaß es Ludwig von Eyb und schrieb sich darnach. Im Jahre 1433 stifteten Martin und sein Bruder Ludwig von Eyb eine ewige Messe in die Kapelle zu Sommersdorf, und nannten sich „Besitzer des Schlosses und Markts zu Sommersdorf.“[3] Diese Herren von Eyb wurden später (1482) Erbkämmerer der Burggrafen von Nürnberg, und verkauften Sommersdorf 1550 an die Herren von Crailsheim, die es noch besitzen, und das schöne mittelalterliche Schloß sammt der Gruft mit den unverwesten Leichen, Mumien gleich und sehenswerth, in gutem Stande erhalten.

2) **Thann** (1059 Tanne geschrieben). Auch dieses Rittergut, schon 888 mit Sommersdorf genannt, ging später an die adelige Familie von Crailsheim über, und ist, nebst Sommersdorf, noch heute in dem Besitze der Rüglander Linie. Ein Albertus de Tanne ist mit Friedericus und Kunradus de Haselach u. a. Edlen in einer Urkunde von 1218 als Zeuge unterschrieben.[4] Ein Fritz Thanner von Ahrberg verfügt in einer Urkunde von 1392 über seine Besitzungen in Thann. Noch 1565 wurde ein Ritter von Thann in der Stiftskirche zu Herrieden begraben. Vom Ritterschloß aber ist fast nichts mehr übrig. Die Kirche daselbst weihte Bischof Gundecar II. von Eichstätt i. J. 1059.[5]

3) **Burgoberbach** („die Burg oberhalb des Baches“) wurde von Bischof Otto II. von Bamberg i. J. 1190 mit Nieder-Oberbach und Klaffheim dem Kloster Heilsbronn zu Lehen aufgetragen. Es war ein castrum gentilitium, welches an das St. Gumbertusstift in Ansbach gelangte, das eine Vogtei daselbst errichtete, welcher Brodswinden, Racenwinden, Windisch-Schnaitbach (jetzt Winterschnaitach), Klaffheim und einige andere Oertchen einverleibt wurden. Als ein solcher Stiftsvogt erscheint 1240 Schwigger von Oberbach.

Auch das Ried (in Amerika Prärie genannt) wurde nach und nach angebaut, und die auf demselben entstandenen Ansiedlungen erhielten den Namen Großried[6] und Kleinried, zum Unterschied von Opfenried bei Röckingen am Hesselberg und dem alten Hasenried oder Harraried an der Altmühl (jetzt Herrieden). Möglich, daß das Wort Ried von dem althochdeutschen riutjae,

---

1) Förstemann, altdeutsches Namenbuch, Nordhausen 1859, Th. II. S. 1330 ff.
2) Regesta Circ. Rezat. p. 11: Bona Abbatiae Hasenried in feuda nobilibus dat, inter alia etiam Thann, Sommersdorf utrumque Muhr.
3) IX. Jahresbericht des hist. Vereins S. 22.
4) Jung, Miscell. T. I. p. 6.
5) Fischer a. a. O. 599.
6) Ein Pfarrer in Ried erhielt 1328 von Bischof Friedrich von Eichstätt den den Auftrag, Apel von Seckendorf und seinen Anhang mit der Strafe der Excommunication zu drohen (Friedericus episcopus Eystetensis plebano in Ryet mandat, ut etc. (s. Regesten z. Gesch. v. Ansbach rc. S. 165), cum Apolo de Sekkendorf spoliatores da satisfactionem sub poena excommunicationis admoneat.

reuten, herkommt, woher die vielen Ortsnamen auf riod, reod, ried (vergl. Förstemann Th. II. S. 1192 ff.) (Haas nimmt Ried für Weideplatz (S. 67.) Opfenried kann auch ursprünglich das offene, freie Ried bedeutet haben, im Gegensatze zu dem Ried im großen Walde der Heid. Nach Schmitthenner kommt das Wort Opfer, althochdeutsch ophar und opphoron, opfern, von dem lateinischen offerre, her; und da wäre eine Lautverschiebung wohl möglich gewesen.[1] Indessen läßt sich auch die oben ausgesprochene vielverbreitete Meinung hören, daß Opfenried (zwischen Wassertrübingen und Röckingen) seinen Namen von den damals stattgefundenen heidnischen Opfern erhalten habe.

VII. Abschnitt.

Aelteste Orte des Fürstenthums Ansbach im Rießgau.

I. Das Rieß und seine Gaugrafen.

Der alte Rießgau begann an den Ufern der Donau, zwischen Donauwörth (dem alten Weridi in pago Riete) Höchstädt und Dillingen, und zog sich östlich, dem Laufe der Wernitz folgend und sich unmittelbar an die Gränze des Sualafeldes anschließend, hinauf bis an den Röckinger Bach, der sich oberhalb Wassertrübingen in die Wernitz ergießt.[2] Von da überschritt das Rieß das Wernitzthal, und man rechnete zu diesem Gaue alles Land zwischen dem südwestlichen Abhang des Hesselberges und den Thälern der Sulzach bis hinauf nach Feuchtwang und Kloster Sulz, dem Flußgebiet der oberen Wernitz mit dem Virngrund bei Dinkelsbühl, Mönchsroth, bis Baldern, Bopfingen und Neresheim im schwäbischen Jura.[3]

Ueber die Ableitung des Namens Rieß wurde schon im ersten Abschnitte das Wichtigste vorgetragen.[4] Was den Namen des Hauptflusses betrifft, der fast von seiner Quelle an bei Schillingsfürst bis zu seiner Mündung bei Donauwörth das Rieß durchströmt, so will man neuerdings denselben aus dem

---

1) Schmitthenner, kurzes deutsches Wörterbuch, S. 336.

2) Daß der kleine, bei der Schmalzmühle in die Wernitz fallende Röckinger Bach wirklich in uralter Zeit die nordöstliche Gränze zwischen dem Rieß und dem Sualafeld bildete, geht aus der Wildbanns-Urkunde vom Jahr 1053 hervor, wo es heißt: hinc iterum ad flumen Wernizza in vadum Rindgazza (Rindgasse zwischen Irsingen und Reichenbach), hinc ad fontem, ubi duae Provinciae dividuntur, Suevia quidem et Franconia. Vgl. Bayerns Gauen von Lang, S. 79, wo es zugleich bestätigt wird, daß das Sualafeld zu Franconien gehörte. Der Wildbann ging von Gnozheim nach Heidenheim, Hechlingen, Ursheim, Polsingen und wieder nach Wechingen an der Wernitz, seinem Ausgangspunkte.

3) Weng und Guth, das Ries, wie es war und ist. Hist.-stat. Zeitschrift, Nördlingen 1837 ff. 10. Heft. — Zinkernagel, hist. Untersuchung der Grenzen des Rießgaues. Mit 1 Karte. Wallerstein 1804. v. Lang, Bayerns Gaue, Nürnberg 1830, S. 77 ff. K. Zeuß, Herkunft der Bayern von den Markomannen, 1857, S. XXVI. Anmerkung: Rieß, (alt Riezza) v. Spruner, Bayerns Gaue, S. 53.

4) Förstemann (II. 1171) führt das Rieß unter den Ländernamen Rhaetia auf und seine Lage nördlich von der Donau zwischen Ulm und Ingolstadt.

Slavischen ableiten, nämlich von wranj, Krähe, woher wranyza, Krähenfluß, kommen soll.[1] Allein Zeuß ist für die reindeutsche Ableitung, aus dem althochdeutschen Warinza, Werinza. (s. Herkunft der Bayern S. XXVI. Anmerkung.) Deßgl. Förstemann, der das Wort von dem altdeutschen Flußnamen Varin ableitet, woher z. B. die Wern, welche in den Main fließt, die Werra, woraus die Weser entsteht. Er sagt: Warinza, die Wernitz, Nebenfluß der Donau bei Donauwörth.[2] Aus diesem Grunde ist auch die Schreibweise Wernitz die richtigere, nicht Wörnitz, was auch aus der Sprechweise des Volkes hervorgeht, das kurzweg „Wärnz" spricht."[3]

Von den Gaugrafen des Rießes, das schon in einer Urkunde Pipin des Kleinen i. J. 762 vorkommt, finden sich in Urkunden: Comes Sigehardus v. J. 1007, Comes Fridericus v. J. 1053. Ihre Nachkommen erwarben immer größeren Grundbesitz in der Mitte des Gaues, und wurden so ohne Zweifel die Gründer des noch blühenden und mächtigen Stammes der Fürsten von Oettingen.

II. Aelteste Orte, Edelsitze und Klöster des Rießes, später zum Fürstenthume Ansbach gehörend.

1) Gerolfingen am Fuße des Hesselberges, nahe dem linken Ufer der Wernitz, Aufkirchen gegenüber. Den Namen scheint es von Gerolf erhalten zu haben, vielleicht einem der frühesten oder bedeutendsten Anpflanzer. Aehnlich, wie der Name Gerolf, ist der Name Gerold, von dem mehrere Orte abgeleitet werden, wie Geroldsbach, Geroldsgrün, Geroldshausen, Geroldswind, Gerolzhofen, Gerolsheim (sämmtlich in Bayern), desgl. Geroltesheim bei Worms, Geroldesbrunn im Odenwald, Geroldingen bei dem Wiener-Wald u. s. w.[4] Von Gerolf dürfte abzuleiten sein Gerolfing bei Straubingen, Gerolfing bei Ingolstadt und unser Gerolfingen an der Wernitz. Die Endsylbe ingen findet sich bei Ortsnamen dieser Gegend nicht selten, wie Irsingen, Röckingen, Schwaningen, Oettingen, Weiltingen, Lehmingen, Wächingen u. s. w.[5] Da

---

[1] Bavaria a. a. O. S. 1109.
[2] Förstemann, Altdeutsches Namenbuch, 1859. B. II. S. 1484.
[3] Fr. Oeffelein, Historiologia Oettingana 1622 MS. §. 40. Entspringt bei dem Dorfe Wernitz unter dem Schlosse Schillingsfürst.
[4] Förstemann, Altdeutsches Namenbuch, B. II. S. 558.
[5] Die häufige Endung der Ortsnamen auf ingen suchte Wachter in seinem Glossar. German. s. h. v. von Wangen abzuleiten. Er sagt: Campus pascuus inter nemora laetus et viridis, sed sepimento cinctus. Hoc sensu Gothis pascuum dicitur Winja. Ab ejusmodi campis et pascuis sine dubio urbes Wangen, Dunkelwingen nomina sua acceperunt. Damit stimmen die neuesten Sprachforschungen überein. Schmitthenner sagt (Wörterbuch S. 523): „Der Wang, alemannisch wang, altnordisch vângr, das Gefild, der gehegte Weideplatz." Daher auch die Eigennamen Ellwangen, Feuchtwangen, Dürrwangen u. s. w. Auch wird man selten einen Ort finden, dessen Name sich auf angen oder ingen endet und der nicht auch gute Weideplätze hätte. Dagegen leitet Förstemann (II. 835) die Endsylbe ingen von Ingo ab, und hält sie mit Grimm (deutsche Grammatik, 1826, Bd. II. S. 349) für patronymisch. Demnach würde Gerolfingen bedeuten: die Wohnung der Nachkommen des Gerolf, wie Grimm Alamuntingun erklärt als den Ort, wo Alamunds Nachkommen wohnen. Heißen doch auch Karl des Großen Nachkommen Karolinger, die des Agilolf Agilolfinger, ähnlich wie Atreus Söhne Atriden, Peleus Nachkommen Peleiden genannt wurden. Vgl. oben Altentrübingen.

Gerolfingen — vom gemeinen Volk Gerlfingen genannt und auch in älterer Zeit so geschrieben — den Zehnten nach Auhausen zu liefern hatte, so läßt sich schließen, daß den heidnischen Ureinwohnern von den Auhauser Mönchen das Christenthum geprediget wurde, und daß Gerolfingen eine Klosterpfarrei war. Ursprünglich war Gerolfingen mit seiner, dem heil. Rupertus geweihten Kapelle, wie auch das benachbarte Wittelshofen, Untermichelbach und Frankenhofen ein Filial von Aufkirchen, das frühe schon an das Haus Oettingen kam. Im Uebrigen aber gehörte Gerolfingen zur Grafschaft Truhendingen, bis es mit Wassertrübingen, Altentrübingen, Lentersheim, Ehingen und Mögersheim gleichfalls an Oettingen kam, von diesen an die Grafen Hohenlohe verkauft wurde und endlich i. J. 1371 durch Kauf an die Burggrafen von Nürnberg gelangte.

2) Wittelshofen am Zusammenfluß der Sulzach und Wernitz, in der Nähe einer großen römischen Niederlassung oder vielmehr eines Standlagers, ohnweit des Gränzwalles. Jedoch entstand der deutsche Ort erst Jahrhunderte später, nachdem die Römer aus dem Lande geschlagen waren, und sein ursprünglicher Name war Wittlishofen. In einer bayrischen Urkunde von dem Jahre 1007 kommt ein Wittolfeshova vor und in einer andern vom Jahre 1062 Wideleshova, was offenbar derselbe Ort ist.[1] Förstemann theilt mit, daß dieser Ort nach der Hallischen Literatur-Zeitung vom Jahr 1823 Nr. 77 Weilershofen sein soll, setzt aber bei: „Wo?" Gewiß hat Weilershofen Wilareshova geheißen in alten Urkunden, nicht Wittolfeshova. Wahrscheinlich ist dies unser Wittelshofen an der Wernitz, und sein Gründer hieß Wittolf, wie der von dem nahen Gerolfingen Gerolf.

Eine Kapelle erhielt es erst im vierzehnten Jahrhundert, und der Gottesdienst wurde von Dühren aus versehen, wo die Mutterkirche war.

Als früheste Besitzer des Ortes sind Dinkelsbühler Bürger bekannt, Namens Hofer. Von Wilhelm Hofer wurde das halbe Dorf Wittelshofen nebst seiner Behausung daselbst i. J. 1426 dem Stifte Onolzbach um 4750 fl. verkauft. Die andere Hälfte von Wittelshofen kaufte das Stift im nächsten Jahre von der Wittwe des Hofer für 3560 Gulden. Diesem Gumbertusstift zu Ansbach, welchem auch der Chorherr Friedrich im Steinhaus seine Güter zu Wittelshofen vermachte, hat es dieser Ort zu verdanken, daß er 1450 zu eine eigenen Pfarrei erhoben wurde. Sechs Jahre darauf wurde auch die Kirche zu Dühren mit Wittelshofen vereiniget, und beide Kirchen mit einem ständigen Vikare vom Gumbertusstift versehen, welchem i. J. 1500 auch die Herren von Wollmershausen ihre Güter in Wittelshofen käuflich überließen.

3) Dühren, nördlich vom Hesselberg in einer thalförmigen Mulde, eine halbe Stunde von Ammelbruch, unweit der noch sichtbaren Teufelsmauer. Das alte Kirchlein steht noch, und über dem jetzt zugemauerten Eingang ist die Jahrzahl 1481 zu lesen; aber das Verhältniß ist umgekehrt. Jetzt ist Düren ein Filial von Wittelshofen, während es sonst die Mutterkirche war. Das Prämonstratenser-Kloster Sulz kaufte schon 1328 den Kirchensatz, d. i. das

---

1) Monumenta boica Tom. XXVIII. a. 350 und T. XXIX. a. 159. Vgl. Förstemann l. c. T. II. p. 1518.

Patronatsrecht von Dühren, in ältester Zeit Thüren, dann Düren[1]) geschrieben. Im Jahre 1379 wurde Dühren mit Ammelbruch vereinigt; 1445 vertauschte Kloster Sulz das Patronatsrecht von Dühren gegen das von Diepach an das St. Gumbertusstift in Ansbach, welches 1456 Dühren mit Wittelshofen vereinigte und beide Pfarreien sich einverleibte. Durch die Reformation kam der Markgraf 1528 auch in den Besitz dieser beiden Orte.

4) **Ammelbruch,** zunächst, doch außerhalb des römischen Grenzwalles. In einem Schenkungsbriefe der Propstei Berchtesgaden kommt ein Zeuge vor: Rodiger de Amebrok, und in älteren Urkunden findet man auch den Namen des Ortes Amelbruht und Ambelbruth geschrieben. Hohn sagt ebenfalls in seinem Atlas von Bayern: „Ammelbruch mit Stammhaus der altadelichen Familie gleichen Namens."[2]) Noch um die Mitte des vierzehnten Jahrhunderts kommen Seitz, Albrecht und Friedrich von Ammelbruch vor. Daß ein adeliges Geschlecht sich daselbst aufhielt, geht auch daraus hervor, daß man an der südlichen Kirchenmauer noch die alte, gutsherrliche Gruft zeigt, in welche 1665 der in der Nähe des Orts auf seiner Reise nach Weiltingen ermordete Friedrich von Elwer beigesetzt wurde. Der Name Ammelbruch dürfte von dem Personennamen Amal abzuleiten[3]) sein und dem wendischen Worte brook, soviel als Bruch. Aus den Ammelbrucher Steinbrüchen sollen die Steine für die Klosterkirche in Dorf Kemmaten gebrochen worden sein, und heute noch gibt es in Ammelbruch viele Aecker, unter deren Krume die Besitzer mit Leichtigkeit die benöthigten Steine brechen. Daß viele Orte einem Amal ihren Namen und wahrscheinlich auch ihre Entstehung verdanken, geht aus den vielen Ortsnamen hervor, die sich bei Förstemann unter dem Namen Amal aufgeführt finden, z. B. Amaloh, Amanaburg (Amöneburg bei Marburg), Amarbach (j. Amorbach), Amardela (östlich von Nürnberg), Amarlant (in der Gegend von Würzburg), Amarwang, jetzt Amerang (nordwestlich vom Chiemsee) u. s. w.[4]) Und was die Ableitung des Grundwortes Bruch von Brook betrifft, so sagt Buttmann: „Brook ist Bruch, als: Düsternbrook, Neuenbrook.[5]) Jedoch ist auch möglich, daß es von dem althochdeutschen bruock herkommt, was einen Sumpf bedeutet, so daß der Name Ammelbruch so viel als der Sumpf des Amal wäre.[6])

---

1) Förstemann führt die Orte Düren (zwischen Aachen und Köln), Düringstadt und Dürstelen in der Schweiz bei dem Stamme dur auf (II. 448) S. 449 sagt er, daß das althochdeutsche turi, tor, im Neuhochdeutschen Thüre und Thor bedeute. Könnte nicht bei Dühren, wo jetzt noch eingesunkene Strecken der Teufelsmauer zu sehen sind, ein Thor oder eine Durchfahrt durch den Römerwall gewesen sein.

2) Hohn, Atlas von Bayern, ein geographisch-statistisches Handbuch. Nürnberg 1840, 2. Aufl. S. 91. Vgl. Jung, Miscell. T. I. p. 5.

3) Der Name Amal wurde sonst gedeutet: ohne Mal, ohne Tadel. Förstemann tritt aber im I. Band, S. 71 dieser Erklärung entgegen, und sagt: „Eine sichere Spur von einer für Namenbildung passenden Bedeutung (nämlich der Wurzel am) läßt sich noch nicht auffinden; doch darf etwa an das altnordische aml (labor) erinnert werden.

4) Förstemann, altdeutsches Namenbuch, Nordhausen 1859, Th. II. S. 59 ff.

5) Buttmann, die deutschen Ortsnamen mit besonderer Berücksichtigung der ursprünglich wendischen 2c., Berlin 1856, S. 14.

6) Förstemann a. a. O. Th. II. S. 295: Broc, althochdeutsch bruoch, neuhochdeutsch bruch; angelsächsisch broc, torrens (ein Gießbach). Davon leitet der tiefe Sprachforscher die Ortsnamen Brockum, Brockhausen, Bruchsal u. s. w. ab.

Kraft von Wahrberg schenkte in der ersten Hälfte des dreizehnten Jahrhunderts das Patronatsrecht der Kirche zu Ammelbruch dem Kloster Sulz, unter Zustimmung seines Sohnes Ulrich von Wahrberg; und als dem genannten Kloster die Urkunden verbrannten, erneuerte Bischof Hartmann von Augsburg im Jahre 1260 dieses Recht der Pfarrbesetzung. Indessen wurde 1379 Ammelbruch mit Dühren ganz dem Kloster Sulz einverleibt. Dühren gelangte 1445 durch Tausch an das Gumbertusstift in Ansbach, Ammelbruch aber blieb bei Kloster Sulz, bis es 1531 mit dem aufgelösten Kloster an Markgraf Georg den Frommen von Ansbach gelangte.

5) Ober=Kemmaten, am linken Ufer der Sulzach. Hier saßen auf einem sogenannten Wasserschlosse, das zum Schutz in der Ebene von Wasser rings umflossen war, die Herren von Kemnat; doch erst in der mittleren Zeit. Es finden sich erwähnt: Heinricus miles, dictus de Kemenaten 1311 [1]), und seine Söhne Ulricus, Heinricus und Cunradus 1329. Im Kloster Heilsbronn lagen begraben: Conradus de Kemnaten senior et Conradus filius ejus, dictus claudus (der Lahme oder Hinkende). Im Stift zu Oehringen fanden ihre Ruhestätte: Conrad Kemnat et Elysabeth uxor sua. Noch kommen drei Brüder vor, genannt die Kempnater, 1417, und Ulrich Kempnater gesessen zu Mögersheim 1472. Von ihrer Burg ist noch ein kleiner Theil des Hügels vorhanden hinter dem Wirthshause zu Ober=kemmaten. Der übrige Theil des Hügels wurde nach der Versicherung der Einwohner benutzt, um den Wassergraben auszufüllen, was noch erkennbar ist. Auch der gegenüberliegende Weiher wurde ausgefüllt, und der zwischen ihnen und dem alten Schlößchen sich hinziehende und als Straße benützte Damm gleicht so sehr der alten Teufelsmauer, daß sich schon Manche haben verleiten lassen, ihn dafür zu erklären. Daher kommt es, daß man den Lauf des Römerwalles, als von dem Walde zwischen Ammelbruch und Dühren nach Ober=kemmaten, Hasbach und Halsbach ziehend, angegeben findet, was offenbar unrichtig ist.

Den alten Namen Kemnat kann man wohl von dem mittelhochdeutschen Worte kemenâte ableiten, welches eine heizbare Wohnung oder Kammer bedeutet, und so erklären, daß die Ureinwohner in dieser Gegend zuerst sich heizbare Wohnungen bauten. [2])

Das Geschlecht der Edlen von Kemnat war noch nicht ausgestorben, als südlich von ihrem Orte durch die Gründung eines Nonnenklosters des Augustiner=Prediger=Ordens ein neues Kemnat am rechten Ufer der Sulzach entstand, welches bald an Größe und Bedeutung Oberkemmathen übertraf, und Dorfkemmaten genannt wurde. Jedoch gehört das Emporkommen dieses Ortes einer späteren Zeit an, da erst 1509 in Dorf=Kemmaten die schöne

---

1) Jung, Matricula Nobilium. S. Miscell, T. I. p. 21, mit dem Beisatze: voluntate Ulrici.

2) Förstemann (II. 349): „Caminata, cheminate, vom lateinischen caminus, ein heizbares Gemach oder auch ein ganzes Haus bezeichnend", und beruft sich auf Graff, altdeutscher Sprachschatz, B. IV. S. 400 u. a. Sprachforscher. Vgl. auch Schmitthenner, deutsches Wörterbuch, S. 244. Auch Stieber theilt mit, daß die 3 Theile des großen Schlosses zu Geyern bei Stauff Kemnathen insgemein genannt werden, und von verschiedenen Besitzern bewohnt wurden (Nachricht ꝛc. S. 397).

Klosterkirche gebaut wurde, welche noch unversehrt erhalten ist.[1] Da die Pfarrei dem deutschen Orden gehörte, so wurde auch das Nonnenkloster deutsch=ordisch.

6) Sulz, gewöhnlich Kloster Sulz genannt, auf einer Anhöhe un=weit der Quelle der Sulz oder Sulzach. Diesen Fluß führt Förstemann (II. 1284) mit seinem Urkundennamen Solanza an und leitet ihn von dem althochdeutschen sôl ab, d. h. Rothlache. Auch mochte seine Quelle, der Lage nach, wohl einem Sumpfe entsprungen sein. Allein er irrt, wenn er ihn als Nebenfluß der Altmühl aufführt, weil er bei Wittelshofen in die Wernitz fällt. Obwohl nach einem Berichte der Meisterin und des Konvents an den Burggrafen von Nürnberg die Fundationsurkunde des Klosters Sulz in der Herberge der Priorin, einer gebornen von Binsterloe, zu Nürnberg mit anderen alten Privilegien verbrannte;[2] so geht doch aus dem noch vor=handenen Briefe des Grafen Ludwig von Oettingen v. J. 1252 hervor, daß das Kloster Sulz schon in jener Zeit in Blüthe stand; und auf dem Rücken eines geistl. Privilegiums v. J. 1291 ist die Nachricht zu lesen, daß Her=mann und Ulrich v. Warberg mit einigen anderen Edelleuten dieses Kloster gründeten.[3] Auch in dem obigen Bericht heißt es: „Wir haben alleweg gehöret von unsern Alten, unser Kloster seye durch die Herren von Warburg gestifft und fundiret worden." Es gehörte dem Prämonstratenser=Orden an und war für adelige Frauenspersonen bestimmt. Durch zahlreiche Wallfahrten zu dem heiligen Blute des Erlösers, welches sorgfältig in einem Corporale auf=bewahrt wurde, wie auch durch Stiftungen und Ablässe v. J. 1291 an bis 1521 wurde das Kloster reich, besaß das Patronatsrecht in dem Orte Sulz mit dem Filiale Dombühl (sonst Thonbühl geschrieben),[4] wo der gemeinsame Gottesacker war, in der Kapelle Guting (Lehengütingen?), in Ostheim, Am=melbruch seit 1260, eine Zeit lang auch in Dühren, bis es gegen Diebach vertauscht wurde, und hatte Güter und Rechte in 58 verschiedenen Orten.[5]

Im Siegel führte das Kloster Sulz die h. Jungfrau mit dem Jesus=kind und hatte die Umschrift: S. Magistre et conventus in Sulze. In geist=lichen Dingen stand es unter dem Bischof von Würzburg, in weltlichen unter dem Burggrafen von Nürnberg. Die älteste Aebtissin, genannt Meisterin, welche in Urkunden erwähnt wird, hieß Gothildis, um das Jahr 1303—1315. Ihr folgten noch in dieser Periode Anna von Bruckberg 1327 und Sophia von Warnburg (d. i. Wahrberg) aus dem Geschlechte des Gründers.[6] Eine

---

1) Das Sakramenthäuschen trägt die Inschrift: 15 baut A domini 09 (1509).
2) Der ganze Bericht steht in Schütz, Corp. dipl. P. I. Sect. III. p. 234. Eine Priorin Margaretha von Finsterlich kommt 1420 vor. Hoßmann gibt S. 179, nach Aldenberger's Feuerspiegel fol. 71 das Jahr 1260 an.
3) Die Notiz lautet buchstäblich: Edificatores ecclesiae: Hermannus et Ul=ricus de Warberg, Ekkehardus et iterum Ekke de Laer, Waltherus de Voest, Heinricus de Rotenburc, Cunradus Laer et Margaretha de Huzla, soror sua.
4) Dombühl, sonst Thonbühl geschrieben, könnte ursprünglich einen Lehmhügel bedeutet haben, da Bühl (puhil), Buckel, Berg bezeichnet und Thon soviel als Lehm, ähnlich wie Dinkelsbühl, Wolfsbühl.
5) Büttner, Franconia T. II. p. 123 ff.
6) Hoßmann, Manuscript seiner Beschreibung aller Stifter und Klöster des Burggrafthums Nürnberg, S. 179.

Urkunde des Jahres 1335 hat die Unterschrift: „Anna von Samensheim die Meisterin ze Sulze und Anna von Steten Frawen unseres Klosters ze Sulze" (s. Jung, Misc. I, 27). Die letzte Aebtissin war Barbara von Seckendorf zu Bechhofen. Sie that sich viel darauf zu gut, daß sie von Markgraf Georg von Ansbach zu Gevattern gewonnen worden war, und wird geschildert als „ein heftig Weib, mit der alle Nachbarn Stritt und Irrung gehabt." Nach ihrem Tode 1556 kam Alles, auch der in einem Gewölbe unter ihrem Bette verborgene Schatz, an das Haus Brandenburg-Ansbach.

Weit älter und bedeutender, als Kloster Sulz, war

7) Feuchtwangen, ebenfalls ursprünglich ein Kloster, an der Sulzach. Die Sage führt die Gründung desselben auf Kaiser Karl d. Gr. zurück, der sich dort, von der Jagd ermattet und erkrankt, am Taubenbrünnlein gelabt, und zwischen den Jahren 792 und 810 n. X. aus Dankbarkeit zuerst eine Kapelle, dann das Kloster im feuchten Waldthale gestiftet habe. [1] Gewiß ist, daß es schon 817 bestand, weil es in dem Verzeichnisse der Klöster genannt ist, welches auf dem Concil zu Aachen i. J. 817 verfaßt wurde. [2] Oder was sollte das Kloster Fruhelinwanc, welches zwischen den Klöstern Ellwangen und Herrieden angegeben ist, anders bedeuten, als Feuchtwang, da sich zwischen den genannten Orten kein anderes Kloster je befand? Der veränderte Name darf nicht irre machen; denn Ellwangen ist in dem Verzeichniß auch Clehenvanc geschrieben und Herrieden Nazaruda, woraus später Harraruda, Hasenried, Harrarieb, endlich Herrieden wurde.

Was den Namen Feuchtwangen betrifft, in den meisten Urkunden Fiutwanca genannt, so ist derselbe aus wanc (Wangen) entstanden, einem umfriedeten Weideplatz, und dem Beiworte feucht, wegen der feuchten Lage im Thale an der Sulzach und im Gegensatze zu dem nahen Dürrwangen und Dürrhofen (jetzt mit Unrecht Thürhofen geschrieben). [3]

Zur Bereicherung des Klosters Feuchtwangen trug besonders der angebliche Besitz eines Nagels vom Kreuze des Erlösers bei. Von weiter Ferne kamen fromme Pilger, um sich gegen reiche Spenden in den Besitz eines

---

1) Jacobi, Geschichte der Stadt und des ehemaligen Stiftes Feuchtwangen, Nürnberg bei Riegel und Wießner 1833.

2) Notitia de monasteriis, quae Regi militiam, dona vel solas orationes debent, scripta in Conventu Aquisgranensi vid. Capitularia regum Francorum de anno 817. cf. Walter, Corpus Juris Germ. II. p. 325. Haec sunt, quae tantum dona dare debent sine militia in Alemannia: Clehenwanc, Fruhenlinwanc, Nazaruda, Campita. Schon Mabillon nahm dieses Fruhelinwanc für Feuchtwang. Vgl. Sirmond in Mabillon, Annal. Bened. T. II. f. 437. Siehe Näheres in Jacobi, Geschichte von Feuchtwangen S. 185.

3) Buttmann sagt (deutsche Ortsnamen S. 4.): „In den ältesten Denkmälern der deutschen Sprache, wie im altsächsischen Heliand, beim angelsächsischen Mönch Cädmon und im Alemannischen heißt Wang das Gefild, auch der eingehegte Weideplatz, daher groni wang selbst zur Bezeichnung des Paradieses gebraucht wird. Als Ortsnamen erscheint Wang, Wangen allein schon häufig in Oesterreich, Schwaben und in der Schweiz, ferner Zusammensetzungen, wie Ellwangen, Feuchtwang, Dürrwangen, Binswangen u. s. w." Förstemann bestätigt die Ableitung von feucht in seinem altdeutschen Namenbuch, Bd. II. S. 505, mit den Worten: Fiuhctinwanc, Feuchtwang, südöstlich von Ansbach, von fiuht, althochdeutsch, humidus, fühti, humor (S. 504).

Geldstückes zu setzen, das mit dem heiligen Nagel durchstoßen und zum An-
hängen hergerichtet war. Abläße und Stiftungen gründeten sich darauf;
Messen und großartige Wallfahrten wurden dadurch veranlaßt,[1] und dankbar
zeigten sich drei verbundene Nägel im Siegel.

Jedoch arteten die Benediktiner in F. durch diesen Reichthum aus und
veranlaßten die Umwandlung ihres Klosters in ein Kollegiatstift. Vom Jahre
1197 an erscheinen ein Propst, vom Bischof von Augsburg gewöhnlich aus
seinem Domkapitel ernannt, und nach und nach 12 Chorherren und 12 Vikare.
Sie bauten sich eigene Häuser (z. B. das Bertholdische Haus auf dem Markt),
und trugen viel dazu bei, daß der Ort bei der Thätigkeit seiner Bürger und
dem sich auszeichnenden Geschlecht der Herren von Feuchtwangen, wovon zwei
Hochmeister und einer Commenthur des deutschen Ordens wurden, schon im
vierzehnten Jahrhundert zur Stadt erhoben und, nach der Verpfändung an
Graf Albrecht von Oettingen i. J. 1347, durch ein Privilegium v. J. 1360
das Recht erhielt, gleich den übrigen Reichsstädten, nur von ihrem eigenen
Amtmann gerichtet zu werden.

Im Jahre 1376 wurde Feuchtwangen nochmals verpfändet, und zwar
von Kaiser Karl IV. an den zum Reichsfürsten erhobenen Burggrafen Friedrich V. von Nürnberg, um 5000 Goldgulden. Dies veranlaßte Bischof Burkhard von Augsburg, in demselben Jahre diesem Fürsten auch „alle weltlichen
Sachen des Stiftes zu F. und dessen Zugehörungen und Gütern zu treuen
Händen auf 4 Jahre zu übertragen,[2] besonders um Zucht und Ordnung
wiederherzustellen und die namhaften Schulden abzutragen. Und doch waren
die Zugehörungen und Einkünfte des Stiftes bedeutend; denn es besaß 28
Gebäude in der Stadt, wovon die Chorherrnhäuser sog. Freihäuser waren,
weil sie von keiner Gerichtsperson betreten werden durften. Dazu hatte das
Stift über 400 Lehens- und Zinsleute, die meisten in Grimschwinden, Dorfgütingen, Larrieden, Mosbach und Sommerau; in 50 Dörfern den Zehnten,
und in mehreren Pfarreien das Patronatsrecht, z. B. in Mosbach, Ober- und
und Unter-Ampfrach, Breitenau, Dorfgütingen, Dorfkemmathen, Frankenhofen,
Lehengütingen, Ober- und Unter-Michelbach, Schopfloch, Illenschwang, Weibel-
bach, Wieset, Hausen u. s. w.

Wie der mächtige Burggraf Friedrich V. seine Schirmvogtei über das
Stift Feuchtwangen auffaßte, geht aus der Bestätigung einer Verpfändung
v. J. 1378 hervor, worin er sich schon nach zwei Jahren „des Stifts zu
Feuchtwangen Herrn und Versprecher" nannte. Nach weiteren zwei Jahren
ging die Verpfändung in erblichen Besitz über;[3] die Auflösung des Stifts
erfolgte jedoch erst 1563 in Folge der Reformation.

8) Schopfloch, zwischen Feuchtwangen und Dinkelsbühl, besaß noch
vor hundert Jahren das wohlverwahrte Schlößchen, in welchem einst das Rit-

---

1) Dieser hl. Nagel soll von den Spaniern im Schmalkaldischen Kriege mit
fortgenommen worden sein. S. Büttner, Francania I. p. 79.

2) Büttner, Francania I. p. 80.

3) v. Schütz a. a. O. I. Abth. III. S. 119. Anno 1376 ist die Stadt vom
Reich, noch zu Zeiten Caroli IV. um 5000 fl. an die Burggrafen von Nürnberg ver-
setzet, und endlich 1380 erblich eingethan.

tergeschlecht der Reichsministerialen von Guggenberg und Schopfloch ihren Stammsitz hatte. Da liest man aus der alten Zeit von 1282: Conradus, dictus Guggenberg, ministerialis Imperii, filius Ulrici militis de Schopfloch; dann wieder Ulricus et Henricus fratres, milites (also Ritter) de Schopfloch. Vom Jahre 1300 erscheint als Zeuge: Herr Heinrich von Schopfloch, in einer andern von 1354 Otto von Schopfloch von Grüningen, endlich Heinrich von Schopfloch 1384. Ihre Wappen zeigten das Hohenzollerische Schild, was auf einen Verwandtschaftsgrad mit den Markgrafen von Brandenburg-Ansbach schließen läßt. Diese Vermuthung wird auch dadurch bestätigt, daß nach dem Erlöschen dieses Geschlechtes die Herren von Ellrichshausen von den Markgrafen mit Schopfloch belehnt wurden,[1]) bis diese es 1616 durch Kauf um 15000 Gulden von einer Dinkelsbühler Bürgerswitwe, Namens Brigitta Mayer, unmittelbar an ihr fürstliches Haus brachten.

9) Simbronn, eine Stunde östlich von Dinkelsbühl. Der alte Name ist Siebenbrunn, von den sieben Quellen, welche die ersten Ansiedler fesselten, und von denen noch einige, ohngeachtet der hohen Lage, ergiebig fließen. Von der hervorragendsten Familie daselbst ist der Name eines Konrad von Siebenbrunn aufbewahrt durch die Stiftungen, womit er Kloster Auhausen im vierzehnten Jahrhundert bedachte.

10) Illenschwang, in einer fruchtbaren Mulde auf dem Höhenzug zwischen Dinkelsbühl und Wittelshofen. Ein gewisser Ulling mochte hier die Wange oder den umzäunten Weideplatz angelegt, und damit den Grund zum Orte gelegt haben; denn der alte Name desselben ist Ullingeswanc oder Ullingswank. Hier lagen die Güter, welche Conrad von Siebenbrunn dem Kloster Auhausen schenkte, das ohnehin im dreizehnten und vierzehnten Jahrhundert ziemlich begütert in Illenschwang war. Das Patronat der Kirche tauschten die Herren von Kühdorf ein gegen das Patronat von Wendelstein i. J. 1464.

11) Reichenbach, unweit des rechten Wernitzufers zwischen Auffkirchen und Wassertrüdingen (nicht zu verwechseln mit Reichenbach bei Schwabach). Von dem alten Schlößchen ist nichts mehr vorhanden, als die Brücke, welche über einen Arm der Wernitz führt. Von den Erbauern desselben ist nur Heinricus de Reichenbach aus dem Jahre 1275 bekannt.[2]) Nach dem Erlöschen dieses Geschlechts kamen Schloß und Ort an die Herren von Rosenberg, dann 1399 an die v. Seckendorf, von welchen es Pangraz v. Seckendorf im Jahre 1481 dem Markgrafen von Ansbach nebst den Gütern zu Fürnheim zwei zu Dambach und einem Gute zu Opfenried und Ehingen zu Lehen auftrug.[3]) Nach und nach kam Reichenbach ganz an das Markgrafenthum, und wurde dem Verwalteramt zu Röckingen zugetheilt, welches wieder unter dem Oberamt Hohentrübingen stand.

---

1) So Stieber (S. 710); v. Lang dagegen gibt an, daß die Ellrichshausen Schopfloch als Pfälzisches Lehen im Jahr 1516 von Friedrich Stettner von Halbermanstetten erhielten, 1599 aber an Peter Mayer, einen Dinkelsbühler Bürger, verkauften, dessen Wittwe Brigitta Schopfloch im Jahr 1616 dem Markgrafen Joachim Ernst käuflich überließ (IV. J.-B. S. 46).

2) Jung, Miscellanea, Tom. I. p. 11 bei der Matricula nobilium.

3) Vierter Jahr.-Ber. des hist. Vereins für 1833, S. 47.

III. Orte im Rieß, welche nur eine Zeit lang zu dem Burggrafthum Nürnberg und späteren Fürstenthum Ansbach gehörten.

1) **Dürrwangen**, an der Sulzach, die von Feuchtwangen herabkommt. Sie fließt hier durch dürren, sandigen Boden (daherr Dürrwangen), während sie bei Feuchtwangen fetten und feuchten Boden hatte. Der Ort war eine alte Freistätte für Verbrecher. Man sieht ihm Alter und frühere größere Bedeutung noch an. Von dem Rittergeschlecht, das daselbst seinen Stammsitz hatte, öffnete Hans v. Dürrwang i. J. 1389 sein Schloß dem Burggrafen Friedrich V., dem Erwerber. Jedoch wurde es 1443 an das gräflich Oettingische Haus verkauft.

2) **Lehmingen**, eine Stunde von Oettingen, an der Wernitz. In ältester Zeit hieß es Lumingen, auch Lymingin und gehörte zur Grafschaft Truhendingen, denn die Herren von Lehmingen waren Vasallen der Grafen von Truhendingen, wie z. B. Conrad von Lumingen v. J. 1303, mit dem Beisatze miles (Ritter). Das Patronatsrecht der Kirche übertrug der Bischof von Augsburg um das Jahr 1234 dem nahen Kloster Auhausen. Nachdem verschiedene Familien, wie die Herren von Berg, von Gundelsheim, von Altheim, Lehmingen besessen, gelangte es an das Haus Brandenburg-Ansbach, wurde aber später an die Grafschaft Oettingen abgetreten.

VIII. Abschnitt.

Älteste Orte des Fürstenthums Ansbach im Rednitzgau.

Der Rednitzgau, der von dem rechten Ufer der Pegnitz begann und sich nördlich zu beiden Seiten der Rednitz (später Regnitz genannt) bis an den obern Main und Frankenwald, östlich bis Hof, Münchberg, das Fichtelgebirg und die jetzige obere Pfalz zog, wurde großentheils von eingewanderten Slaven bewohnt,[1] und nach der Bekehrung derselben zum Christenthum in die drei Archi-Diakonate Bamberg, Kronach und Holfeld getheilt, aus welchen im Jahre 1007 von Kaiser Heinrich II. oder Heiligen das Bisthum Bamberg errichtet wurde.

Nur wenige Orte in der südwestlichen Spitze dieses Gaues gelangten an das Burggrafthum Nürnberg, nämlich:

1) **Fürth** an der Rednitz, in welche hier die Pegnitz mündet.[2] Der jetzt zu einer der gewerbreichsten Städte des Königreiches Bayern empor-

---

[1] In dem Diplome des Kaisers Arnulph vom Jahr 889 wird dieser Gau Terra Slavorum genannt (s. Regest. T. I. 23); und auf dem Concil zu Frankfurt im Jahr 1007 wurde als Zweck die Errichtung des Bisthums Bamberg angegeben: Ut Paganismus Sclavorum in ibi destruetur. Ludewig, Scriptores Bamberg. T. I. p. 1116.

[2] Saueracker, Versuch einer Geschichte des Hofmarks Fürth. Nürnberg u. Leipzig, 1786, in 4 Thl.

gestiegene Ort war ursprünglich eine königl. Hofmark (Curtis Marchia) und erhielt seinen Namen von der Furt über die Rednitz, ähnlich wie Frankfurt, Schweinfurt, Haßfurt u. s. w. Dieses Rednitzfurt wurde jedoch einfach Furt genannt (Phurti, Furti, auch Furtum)[1] und führt seine Gründung bis auf Karl d. Gr. zurück, der hier i. J. 799 eine Kapelle erbaut haben soll, von welcher man, nach ihrer Zerstörung durch die Kroaten i. J. 1634, noch vor hundert Jahren viele Ueberreste jenseit der sog. Babbrücke sah.[2]

Vom Jahre 1025 an machte das Bisthum Bamberg Ansprüche auf die Landeshoheit über Fürth und behauptete, daß dieser Ort dem neu errichteten Hochstift von Kaiser Heinrich II. ob. Heiligen geschenkt worden sei. Als jedoch 1697 die Schenkungs-Urkunde vom 1. Novbr. 1007 bei einer Konferenz zu Fürth vorgelegt wurde, zeigte sich, daß neben leeren Räumen in der Urkunde die entscheidenden Worte: Furti dictum, Nordgowe, Berengeri, Furti nuncupatum u. s. w. mit einer blassern, röthlichen Dinte geschrieben waren.[3] Auch wurde diese Urkunde zur Zeit der Herausgabe der Regesten über die alten Diplome in Bayern der Redaction von Seiten Bambergs gar nicht vorgelegt.[4] Dagegen hatte es mit der Schenkung einiger Gefälle zu Fürth an das Domkapitel Bamberg von Burggraf Konrad II. in den Jahren 1307 und 1314 seine Richtigkeit. Zur Erhebung dieser und anderer Gefälle in Fürth und Schweinau errichtete Bamberg ein eigenes Verwalteramt in Fürth, was zu neuen Mißhelligkeiten Anlaß gab.[5] Der Ort Fürth ist so alt, daß der Geschichtsforscher Oetter behauptet, die Lorenzer Kirche in Nürnberg sei ursprünglich Filial von Fürth gewesen.[6]

Im Mittelalter wurde das kaiserliche Landgericht des Burggrafthumes Nürnberg öfters in Fürth abgehalten, besonders im vierzehnten und fünfzehnten Jahrhundert; und der sog. Reichsboden ober- und unterhalb der Brücke bei Doos diente öfter zur Veranstaltung von ritterlichen Ordalien oder Kampfgerichten (Judicia duellica genannt)[7].

Durch das Beispiel Nürnberg's angefeuert, warf sich die Bevölkerung Fürth's auf Gewerbe und Handel, und wurde dazu theils von der Staatsregierung aufgemuntert, welche Fürth zur Münzstadt erhob, theils von den Israeliten, welche immer zahlreicher in Fürth wurden und Vieles zur Hebung und Vergrößerung der Stadt beitrugen, seit das erste Judenhaus i. J. 1538

---

1) Förstemann (II. 540) leitet den Namen ebenfalls von dem althochdeutschen furt (vadum) ab und erklärt Phürt, das in den Mon. Boic. P. XXII. 7 bei dem Jahre 1031 vorkommt, wie Vurte ebendaselbst XXIX. a. 161 bei dem Jahr 1062 für Fürth bei Nürnberg pag. Nortgav.

2) Stieber, hist. u.-top. Nachricht u. s. w. S. 385.

3) Ausführliche Darstellung in Schütz, Corp. dipl. T. I. Sect. III. p. 124 Nota.

4) Regesta Circuli Rezatensis p. 20 ad annum 1007.

5) Büttner, Franconia Tom. I. p. 46. Die Stiftung geschah „zu einem Seelengeräth" (ein sog. gutes Werk zur Erwerbung der Seligkeit).

6) Oetter, Geschichte der Herren Burggrafen von Nürnberg, p. 148. Nota lit. p.

7) Gonne, Disquisit. de Ducatu Franciae Orientalis, wo sich Auszüge aus dem Protokolle befinden, nach Stieber a. a. O., S. 386, Anmerkung.

daselbst durch einen reichen Israeliten, Namens Michael, entstanden war. Kurz vorher (i. J. 1500) war die Kirche auf dem Gottesacker zu Ehren des heil. Michael erbaut worden. [1]

2) Bach, am Einflusse der Zenn in die Regnitz, hatte auch schon 1059 ein Gotteshaus, welches Bischof Gundecar II. (Gundacker) von Eichstätt für Bischof Adalbero von Würzburg weihte. Wenigstens erklärt Dr. Fuchs von Spalt das Uache im Eichstätter Verzeichniß der geweihten Kirchen und Kapellen dafür. [2] Später bildete Bach mit seiner, dem h. Matthäus geweihten Kirche ein Filial von Zirndorf, bis es 1422 zu einer eigenen Pfarrei erhoben wurde.

IX. Abschnitt.

Alte Orte und Schlösser im Nordgau, welche ebenfalls an das Burggrafthum Nürnberg und dadurch an Ansbach kamen.

Die Grenzen des Nordgaues lassen sich nicht genau bestimmen, weil man das Wort oft in sehr allgemeiner Bedeutung gebrauchte, und überhaupt jenen großen Länderstrich nördlich von der Donau zwischen dem Swalafeld und dem Böhmerwald bis zur Pegnitz damit bezeichnete, der in alter Zeit eine Provinz des thüringischen Reiches gebildet hatte, aber durch die Siege der Franken über die Thüringer denselben mit den übrigen Provinzen Südthüringens entrissen, und der neuen fränkischen Provinz Ostfranken zugetheilt worden war; [3] woher es kam, daß der östliche Theil des Nordgaues später die ostfränkische Markgrafschaft genannt wurde.

Wie Elsaß und das Bisthum Osnabrück ihr gegen Mitternacht gelegenes Gebiet Nordgau nannten, so scheint auch die geographische Lage unseres fränkischen Nordgaues im Verhältniß zum Bischofssitz Eichstätt, von wo seine Bekehrung zum Christenthume ausging, die Veranlassung zu seiner Benennung gewesen zu sein.

Die Grafen von Hirschberg scheinen die alten Gaugrafen des Nordgaues gewesen zu sein. Wenigstens wird Graf Swigger, der i. J. 739 einen Theil seines Gebietes zur Stiftung von Widdumgütern für das neuerrichtete Bisthum Eichstätt hergab, für einen Grafen von Hirschberg und des Nordgaues gehalten, [4] und um so mehr, als der h. Bonifacius dasselbe zur Bekehrung des Nordgaues errichten ließ, und die Grafen von Hirschberg die Schirmvogtei über Eichstätt erhielten.

---

1) Saueracker, Versuch einer Geschichte des Hofmarktes Fürth. Nürnberg, 1786—1789.
2) Dr. Fuchs, 4ter Jahr.-Ber. des histor. Vereins Nro. XV. Vgl. Fischer S. 600.
3) v. Lang, Bayerns Gauen, Nürnberg, 1830, S. 115 u. 116.
4) Vgl. die Untersuchung in Bayerns Alten Grafschaften von Lang, Nürnberg, 1831, S. 323 ff.

Dem Burggrafthum Nürnberg und später durch Theilung desselben dem Markgrafthum Ansbach wurden im Nordgau einverleibt:

1) **Katzwang** am rechten Rednitzufer, wahrscheinlich, wie Kattenhochstatt und Kattenbach, eine von Katten angelegte Wange, d. i. ein umfriedeter Weideplatz oder ein Feld in einem Thalgrunde. Die Anpflanzung sehr alt. In dem Verzeichnisse der Adeligen von Jung kommt bei dem Jahre 1255 vor: **Walterus de Kazwanc**, mit dem Beisatze: miles (Ritter), und bei dem Jahr 1282 **Ulricus de Kazwang**.

In ältester Zeit gehörten in Katzwang, vom Volke auch Katzbach genannt, mehrere Güter und Gefälle, nebst dem Patronatsrechte, der Benedictiner-Abtei zu Ellwangen, welches Güter und Rechte in Katzwang im Jahre 1296 dem Cistercienser = Kloster Ebrach verkaufte.

Vom alten Schloß ist so wenig mehr vorhanden, als von den einst zahlreichen Wallfahrten in die noch stehende uralte Kirche zu Katzwang. [1]

2) **Kornburg**, zwischen der Rednitz und vordern Schwarzach, ebenfalls ein uralter Rittersitz. Aus den Jahren 1266 und 1269 ist **Chunradus de Curenburg miles** bekannt, von 1307 **Udalricus de Chornberg**, von 1313 **Conradus de Cornberg miles**, mit dem weitern Beisatze: quondam Putiglarius in Nurnberg (Butigler), gestorben 1343, und seine Gattin **Drundis**, mit der weitern Beifügung: uxor Conradi militis de Kurnburg. Noch 1347 gab es einen **Heinrich von Kurnburch**, Ritter, und 1355 starb **Margaretha de Kurnburg**. [2] Jedoch gehörte der Ort damals schon den Grafen von Nassau, welche ihn i. J. 1364 an Burggraf Friedrich V. von Nürnberg erkauften. — Von den Einwohnern Kornburg's ist zu bemerken, daß ausgezeichnete Messerschmiede daselbst wohnten.

3) **Wendelstein**, an der vordern Schwarzach, verdankt seinen Namen wie sein Aufblühen den trefflichen Steinbrüchen in der Nähe, aus welchen namentlich die harten Wendesteine für die Mühlen gebrochen wurden. Für diese Ableitung spricht auch das alte Gerichtssiegel, welches einen Steinmetz darstellte, wie er einen gehauenen Stein umwendet. Im Mittelalter war es ein Reichsdorf; doch hatte Burggraf Friedrich III. schon 1282 einige Güter daselbst. Den Burgstall mit mehreren Gütern und Gefällen daselbst besaßen die Voit von Wendelstein und die Seyboth. Von diesem Geschlecht sind uns die Namen **Heroldus de Wendelstein** (1283), **Erhard, Ulrich und Franz von Wendelstein** erhalten worden. Ihr Burgstall, der in der Nähe der Kirche stand, und die übrigen Besitzungen gingen nach und nach an Andere über, zum größten Theil an das Hospital in Nürnberg. Den Rest löste 1483 der Markgraf von Ansbach ein, so daß sich ein Condominium bildete zwischen dem Markgrafen und der Reichsstadt Nürnberg, jedoch unter Ansbachischer Landeshoheit.

4) **Schwand** (bei der ältesten Erwähnung Swande genannt) war von Alters her eine burggräfliche Besitzung, und wird seiner — sogar als einer Stadt — schon in dem Lehnbriefe von Kaiser Rudolph I. an Burggraf Friedrich III. aus den Jahren 1273 und 1281 Erwähnung gethan. Die

---

1) **Jung**, Matricula nobilium in Miscellan. P. I. p. 8.
2) **Oetter**, hist. Bibliothek. Th. II. S. 48 ff.

Burggrafen Johann II. und Albrecht, genannt der Schöne, gaben Schwand als Marktflecken dem Engelhard von Tann und seiner „ehelichen Wirthin Oseney zum Leibgeding," d. i. zur Nutznießung auf Lebenszeit. Später wurde es wiederholt verpfändet und wieder eingelöst, auch 1502 zur selbstständigen Kirche erhoben, während es früher nur ein Filial von Roth war. Die erste Kirche daselbst hatte Bischof Otto von Eichstätt nach dem Jahre 1187 ein= geweiht. Da die Gemeinde einen schwimmenden Schwan im Siegel führt, scheint sie den Namen ihres Ortes von Schwan abgeleitet zu haben.

5) Burgthann, in einem romantischen Thale an der vorderen Schwarzach, zeigt noch — wenn auch durch die unbemittelten Bewohner in mangelhaftem Zustande — die alte Burg der Herren von Thaun, welche dem Ort Namen und Bedeutung gaben. Auch der Ort hieß ursprünglich einfach: Tanne, und wurde erst später — im Gegensatz zu Altenthann — Burgthann genannt.

Obwohl von diesem ansehnlichen Rittergeschlecht, das hier seinen festen Sitz hatte, noch aus dem J. 1443 ein Jörg von der Tanne vorkommt, so hatte doch schon 1287 Heinricus de Tanne dem Herzog Ludwig von Bayern sein castrum Tanne für 1000 Pfund Heller verkauft. Dadurch, daß dieser bayerische Herzog diese ansehnliche Burg dem Kaiser Rudolph von Habsburg überließ, konnte dieser ausgezeichnete Fürst im nächsten Jahre den Burggraf Friedrich III. damit belehnen. Es scheint jedoch ein Theil der Burg der Stammfamilie oder einem Zweige derselben geblieben zu sein; sonst hätte nicht Heinrich Tanner i. J. 1376 den Burggrafen Friedrich V. das Oeffnungs= recht in seinen Burgantheil bewilligen können.

Daß die Burg der Herren von Tann bedeutend war, geht daraus hervor, daß zwei Burghuten zu ihr gehörten. In der großen Burg saßen die Herren von Rindsmaul als Burgmannen, von denen Albrecht von Rindsmaul dem Burggrafen i. J. 1289 die zu seinem Burglehen gehörenden Güter überließ; mit der kleinen Burg waren die Herren von Clagken, von Kühdorf und von Mußlohe belehnt. Später fiel Alles dem Markgrafen heim, der ein Oberamt hier errichtete, mit dem 1662 auch Schönberg vereinigt wurde, welches bis dahin ein eigenes Oberamt gebildet hatte.

6. Ober=Ferrieden mit seinem Filial Unter=Ferrieden war — so= weit man in das Alterthum bringen kann — eine Besitzung des Grafen Gebhard von Hirschberg. Von ihm gelangte es an das Domkapitel Eichstätt, dessen Bischof Reinboto i. J. 1289 dem Burggrafen von Nürnberg die Vogtei darüber auftrug. Dem weltlichen Schutze folgte bald das Besitzrecht, indem Burggraf Friedrich IV. vom Domkapitel Eichstätt Amt, Gut, Gült und Eigen= schaft zu Nieder= und Ober=Ferrieden (sonst Varrieden geschrieben) für 870 Pfd. Heller kaufte.

7) Schönberg, dessen Name leicht abzuleiten ist, war eine Reichsveste oder ein sog. castrum dominans, errichtet zur Vertheidigung der Gränzen des Nordgaues gegen Mitternacht. Von dem Stammgeschlecht kommen in Jung's Adels=Matrikel aus den Jahren 1255, 1267 und 1269 vor: Ludolfus de Schonberch, Leupolt und Bruno de Schonenberch. Wann die Veste und Herrschaft Schönberg in den Besitz des Herzogs Konrad von Schwaben (als Kaiser Konrad IV.) kam, läßt sich nicht mehr ermitteln; daß sie aber mit

vielen andern Vesten, Städten und Märkten an seinen Neffen und einzigen Erben, den unglücklichen, zu Neapel 1268 enthaupteten Neffen Konradin, überging, und durch diesen nebst vielen anderen Orten im Nordgau an den Bruder seiner Mutter, den Herzog Ludwig den Strengen von Bayern, gelangte, und die Bestätigung von Kaiser Rudolph I. und von sämmtlichen Kurfürsten erhielt, ist gewiß.[1] Von den Herzögen von Bayern kam die Veste Schönberg an die Krone Böhmen und dann an die Burggrafen von Nürnberg. In dem Theilungsvertrag zwischen den Burggrafen Albrecht und Friedrich V. v. J. 1357 wird sich „auf einen lang vorherigen Besitz dieser Veste bezogen."[2] Im J. 1361 wurde Schönberg der Wittwe des Burggrafen Johannes II., Elisabeth, zum Wittum angewiesen; 1372 dem Ulrich Haller als Leibgeding überlassen; später einigemal verpfändet, sogar einmal verkauft; zuletzt aber kam Alles wieder im siebenzehnten Jahrhundert in den Besitz der Markgrafen von Ansbach, welche das i. J. 1412 errichtete Oberamt Schönberg 1662 wieder auflösten, mit dem Oberamt Burgthan vereinigten und das Schloß zu Schönberg verkauften. Damit hörte auch das Hals= oder Kriminalgericht mit seiner Folterkammer in Schönberg auf, wahrscheinlich auch das Asylrecht oder die kaiserl. Freiung, welche noch 1611 in Schönberg ausgeübt worden war.

8) Stauf. Die stattliche Anhöhe, die wahrscheinlich vorher schon der Stauf hieß (althochdeutsch stouf, das Aufgerichtete), auf mehreren Seiten vom Urwald gedeckt, lud von selbst ein, hier eine feste Burg zu erbauen. Von den ältesten Bewohnern desselben macht Jung einen Hermanus de Stauf aus dem Jahre 1275 bekannt[3], dessen Gattin Gertrud aus einem Necrologium des Klosters Heilsbronn[4] und einen Eichstättischen Pfleger Cunrad von Stauf 1329, der später Domdechant in Eichstätt wurde[5].

Die Burg wurde zwar von Kaiser Heinrich VII. zerstört; allein Kaiser Ludwig der Bayer belehnte von Rom aus, unter dem 2. April 1328, Burggraf Friedrich IV. von Nürnberg mit diesem Castrum und gab ihm die Erlaubniß, ein neues Schloß daselbst zu erbauen und zu befestigen[6]. Dies geschah, und eine Urkunde vom Jahre 1341 erwähnt schon der neuen Burg, wie eine andere Urkunde v. J. 1355 die Bestätigung derselben von Seite des Kaisers Karl IV.

Da die Burg= und Markgrafen später auch an anderen Orten dieser Gegend Güter und Rechte erwarben, z. B. in Landeck, was eine Zeit lang ein eigenes Gericht hatte, in Eysölden, Geyern, Thalmessingen u. s. w.; so errichteten sie ein Oberamt in Stauf mit Amtssiegel vom Jahre 1541[7].

---

1) Adelzreiter, Annales Boic. Gentis. Pars I. Lib. XXV. p. 650 ad annos 1273—75.
2) Stieber, a. a. O. S. 705.
3) Matricula Nobilium, f. Jung, Miscellanea Tom. I. p. 10.
4) Ebendaselbst Thl. II. S. 41.
5) Jung, Miscellanea I. p. 24. Die Unterschriften lauten: Albrecht von Hohenfels der Tumpropst. Walter der Schulmeister. Cunrad von Stauf, Pfleger zu Eystet.
6) Stieber, hist. und top. Nachricht rc. S. 773 ff.
7) Die Amtmänner von 1443 an finden sich bei Stieber, S. 776.

Erwähnenswerth sind auch die Spuren alter Schanzen östlich von der Burg Stauf im Wald Tannig, wie auch eine uralte Schanze in der Nähe von Thalmessingen, 10—12 Schuh hoch und 490 Fuß lang [1]).

9) **Thalmessingen.** Auch dieser Ort wurde aus dem Dunkel des Alterthums durch eine edelfreie Familie an das Licht gezogen, von denen sich Glieder in Urkunden erwähnt finden, nämlich: Cunradus de Talmeszingen 1169, zugleich mit Friedericus de Truhendingen, Albertus de Holenstein und vielen Anderen unterschrieben [2]), und Heinrich von Thalmessing, zweiter Propst des neuen Stiftes zu Eichstätt in der ersten Hälfte des vierzehnten Jahrhunderts. Bischof Otto von Eichstätt weihte noch i. J. 1187 eine Kirche oder Kapelle in Thalmazingen [3]).

Geyern dagegen mit seinem großen, aus drei Kemnaten oder kleineren Schlößchen bestehenden Schlosse, welche an das Brandenburg-Onolzbach'sche Haus kamen und von denen das dritte oder altpfälzische Schlößchen der Familie Schenk von Geyern-Syburg zu Lehen gegeben wurde, tritt erst in der nächsten Periode in die Geschichte und zwar durch die im Jahre 1405 für die Schloßkapelle gestiftete ewige Messe [4]). Uebrigens war Geyern lange ein Filial von Ettenstadt.

10) **Ettenstadt** erscheint 1191 dadurch in der Geschichte, daß ein Marquardus de Ettenstat mit Hermanus de Hegelingen (Hechlingen?) Gebehardus de Grizbach (Graisbach?) und mehreren anderen Gutsherren dieser Gegend eine Urkunde als Zeuge unterschrieb [5]). Jedoch waren auch die Herren von Treuchtlingen und die von Ehenheim in Ettenstadt begütert.

11) **Nenslingen,** gleichfalls später dem Ansbachischen Oberamt Stauf einverleibt, nachdem es im Jahre 1539 von Kaiser Karl V. zu einem Marktflecken erhoben worden war, hat von seinem alten, edelfreien Geschlechte nur Mardinus dictus de Nenslingen aus dem Jahre 1288 aufzuweisen, der sich mit einem Bertoldus de Ruet als Zeuge unterschrieb.

12) **Reut.** Dies war wahrscheinlich der Edelsitz dieses Bertoldus de Ruet, der die Urkunde von 1288 mit unterzeichnete. Es waren aber auch die Gebrüder und kaiserlichen Ministerialen Konrad und Heinrich von Salach daselbst begütert (Chunradus et Heinricus fratres dicti de Solach, Ministeriales aule Imperialis) [6]).

---

1) VIII. J.-B. des hist. Vereins für 1837, S. 23 u. 24.
2) Matricula Nobilium in Jungii Miscellaneis Tom. I. p. 3.
3) Dr. Fuchs im XXV. J.-B. des hist. Vereins von Mittfr. Vgl. Fischer a. a. O. S. 607.
4) Stieber a. a. O. S. 397.
5) Jung, Miscellanea Tom. I. p. 4.
6) Ebendaselbst S. 15.

C. Das Burggrafenthum Nürnberg betr.

I. Abschnitt.
Die Burg und Stadt Nürnberg.

Die größte Stadt im Nordgau, welche alle anderen an Glanz und Reichthum übertraf, war Nürnberg, wenn auch erst nach Auflösung des Gauverbandes und nach der Erhebung zur freien Reichsstadt.

Der neueste Erforscher des alten Rangaues und der Abstammung der Burggrafen von Nürnberg [1]), hält die Ansicht Eckards für glaubwürdig, daß unter dem Bremberg, welches schon 805 erwähnt wird, recht wohl die Burg Nürnberg gemeint sein könne, welche damals, wie Forchheim, unter der Aufsicht des k. Sendboten Adulfus stand, der seinen Sitz in Würzburg hatte [2]). Warum sollte auch nicht der am Ufer der Pegnitz (Paginza) sich erhebende Hügel — der einzige in der weiten Ebene an der Ostgrenze des Herzogthums Ostfranken — zur Erbauung einer Reichsfeste eingeladen, und der sich an seinem Fuße bildende Ort zur Waaren-Niederlage, als Stapelort des Handels zwischen Franken und Slaven, empfohlen haben? Die Leichtigkeit, an der Pegnitz Mühlen und andere Werke anzulegen, konnte recht wohl schon 451 n. Chr. die vor den Hunnen flüchtenden Noriker veranlaßt haben, bleibende Wohnsitze zu nehmen am Noriker Berg (Noris). Allerdings muß es auffallen, daß britthalbhundert Jahre lang keine Urkunde mehr des Ortes erwähnt, und daß erst Kaiser Heinrich III. genannt der Schwarze, unter dem 16. Juli 1050 einen Freiheitsbrief für einen Leibeigenen des Eblen Ricolf, Namens Sygnea, iu Nürnberg ausfertigen [3]) und in einer andern Urkunde desselben Jahres eine Versammlung der bayerischen Großen dahin zusammen rufen ließ. Allein dafür nennt er Nürnberg auch schon eine volkreiche Stadt (oppidum gentilicium). Möglich, daß Nürnberg in seiner früheren Entwickelung durch die Aenderung

---

1) H. Haas, der Rangau, seine Grafen und ältere Rechts-, Orts- und Landes-Geschichte mit neuen Forschungen über die Abstammung der Burggrafen von Nürnberg. Erlangen, Palm, 1853, S. 167.

2) Eckardi Commentar. T. II. S. 51 u. 104. Haas vermuthet, daß in der alten Handschrift statt Bremberg, B. Rennberg (Burg Rennberg) zu lesen sein möchte.

3) Regesta Boica I. 87. Für die Ableitung des Namens Nürnberg von den Norikern läßt sich auch Förstemann anführen. Er stellte ihn S. 1092 seines altdeutschen Namenbuches B. II. unter den Stamm Nor und sagt: „Ich verzeichne hier zuerst kurz andeutend den keltischen Volksstamm der Noriker, und dann diejenigen deutschen Namen, welche, wenigstens durch Vermittlung eines Personen-Namens, denselben Stamm zu enthalten scheinen," und zählt auf: Norici, Noricum, Noricae Alpes, Noreia, die Grafschaft Norithal in Tyrol und auch Nurinberg, Nürnberg, zuerst wohl 1050 genannt. K. Zeuß dagegen sagt (s. Herkunft der Bayern S. XXVI.): Mons Noronis (wie Babenberg), vom Mannsnamen Noro, Nuoro, der sich zu Nuoring bei Schannat, Nr. 274, verhält, wie Adalo zu Adaluni.

der Handelszüge nach Besiegung der Avaren und Slaven aufgehalten wurde; möglich auch, daß Slaven selbst, und zwar Wenden, die vom Fichtelgebirg herab bis an die Aisch und Rezat, ja sogar, nach Hansekmanns Angabe, bis Schwaben vordrängen, auch an der Regnitz sich zwischen die deutsche Bevölkerung drängten, und dem dominirenden Berge den Namen Na-horje gaben, d. i. „Auf dem Berg" [1]).   Jedenfalls muß Nürnberg schon in alter Zeit eine Stadt von Bedeutung gewesen sein, da der deutsche Kaiser einen eigenen Burgvogt, später Burggraf genannt, als kaiserlichen Kommissär oder Statthalter dahin setzte, und zwar zur Vertheidigung der Reichsveste, zur Abhaltung der kaiserlichen Landgerichte und desgl., ebenso einen Butigler zur Erhebung der kaiserlichen Gefälle, einen Zöllner, Münzmeister, Waldstromer (Forstmeister) u. s. w.

Daß neben dem Gewerbefleiß und der Erfindungsgabe der Einwohner auch diese Beamten viel zur Hebung der Stadt beitrugen, wird Niemand bezweifeln, der weiß, welche Vortheile heute noch Orte aus Amtssitzen, Garnisonen, Staats- und Erziehungsanstalten ziehen. Dazu kam noch, daß Kaiser Heinrich IV. dreimal sein Hoflager nach Nürnberg verlegte, und daß viele adelige Familien vom Lande ihren bleibenden Sitz daselbst nahmen. Ebenso war die Wirksamkeit des heiligen Sebald nicht blos für das Seelenheil, sondern auch für den Wohlstand der alten Nürnberger von segensreichen Folgen begleitet [2]). Tausende eilten vom eilften Jahrhundert an zu seinem Grabe in der Peterskapelle, und ihre milden Gaben trugen nicht wenig dazu bei, daß sich an der Stelle der Kapelle die herrliche Sebalduskirche erhob. Der fromme Sinn der Bürger, wie ihre Wohlhabenheit sprach sich auch in den gestifteten Klöstern aus und dem deutschen Hause, wie in dem Baue der prächtigen Lorenzer Kirche, deren einer Thurm schon im Jahre 1283 emporstieg, deßgl. der Kirche zum h. Jacob, der Morizkapelle, der Veits- und Klarakirche.

Unzweifelhaft hielten schon die Hohenstaufen Nürnberg für die Perle ihres Herzogthums Ostfranken und freuten sich, daß ihnen dieses Besitzthum nach dem Tode Kaisers Heinrich V. im Jahre 1125 als Erbgut zugestanden wurde. Unter ihrer Landeshoheit entstand, neben der alten Stadt auf der Sebalder Seite, die neue Lorenzer Seite, deren Thore später noch weiter hinausgerückt werden mußten,

---

1) Vgl. Bavaria, München, 1865, Bd. III., Abth. II. S. 1167. Auch Lang sagt in s. Gauen, S. 115: „Wer weiß am Ende, ob nicht gar aus dem Slavischen von Hora, der Berg, Na-horu, auf dem Berg, Nahoranje, Norici, überhaupt die Bergbewohner bezeichnen? Daher in verdoppelter slavisch-deutscher Benennung Nürnberg d. i. Norje-Berg, gleich Berg-Berg, und noch bis zur neuesten Zeit „Burggrafthum Nürnberg auf dem Gebirge" kommen möchte?

2) Die Wunderthaten des Heidenbekehrers Sebald finden sich zum ersten Mal erwähnt im Chronicon Augustense bei dem Jahre 1070 (s. Freher, Script. T. I. 500); und als berühmter Wallfahrtsort wird Nürnberg angeführt von dem Chronisten Lambert von Aschaffenburg bei dem Jahre 1072 (s. Monumenta Germanica von Perz). Jedoch sollte es dort nicht heißen, daß ganz Frankreich zu dem hochberühmten Heiligen Sebald walle, sondern „ganz Ostfranken." Ueber Nürnberg vgl. K. Lochner, der Stadt Nürnberg Entstehung und erste Geschichte. Nürnberg 1853, und Marz, Geschichte der Reichsstadt Nürnberg." Nbg. 1856.

als Nürnberg — nach dem Untergange der Hohenstaufen — durch das Privilegium Fridericianum i. J. 1219 den ersten Schritt zur Ausscheidung aus dem Burggrafthume und zur Erlangung der Reichsunmittelbarkeit gethan sah.

II. Abschnitt.

Die Burggrafen von Nürnberg und ihre Erwerbungen.

Abweichend von anderen Gebieten, wo sich aus Gaugrafen nach Auflösung des Gauverbandes die Komitate erblicher Grafen bildeten, waren es nicht die alten Gaugrafen des Nordgaues (nämlich die Grafen von Hirschberg, die Gründer des Hochstiftes Eichstätt), welche zur höchsten weltlichen Würde im Nordgau emporstiegen, sondern bischöfliche, herzogliche und kaiserliche Beamte. Sie waren mit Vogteien über Klöster und Burgen belehnt und erschienen als die höchsten Beamten des Nordgaues in Krieg und Frieden. — Es waren auch mehrere Vogteien darin anderen Fürsten und Herren als Lehen verliehen worden, wie z. B. die Burg Hohenstein den Herzögen von Bayern, die Vogtei zu Heroldsberg den Grafen von Schlüsselberg, die zu Hersbruck den Schenken von Reicheneck u. s. w. [1]

Die Macht der Burggrafen war Anfangs noch ziemlich beschränkt, erweiterte sich aber im Laufe der Jahrhunderte durch kluge Benutzung der Zeitumstände, durch weise Sparsamkeit, welche gestattete, immer mehr Städte, Burgen und Dörfer im Nordgau, Rangau, Swalafeld und anderen ostfränkischen Gauen anzukaufen, besonders aber durch Erblichwerdung der erhaltenen Aemter und Lehen.

Der erste Burggraf von Nürnberg wird sowohl in der Lebensbeschreibung des vielgeprüften Kaisers Heinrich IV., als auch in den Annalen Otto's von Freisingen erwähnt, [2] und an beiden Orten auf die ehrenvollste Weise. Es hatte sich nämlich König Heinrich V. gegen seinen kaiserlichen Vater empört, und deßhalb (1105) die dem Kaiser getreue Stadt Nürnberg belagert und verwüstet. Doch die Reichsfeste vermochte er nicht den treuen und tapferen Händen des Burgvogtes Gottfried und des Grafen Konrad von Ragaza zu entreißen. [3]

In einem Diplome desselben Kaisers vom Jahre 1125 tritt wieder ein Gottfried von Nürnberg als Zeuge auf; und in einem andern v. J. 1138

---

1) Eb. Fentsch in der Bavaria B. III. Abth. II. S. 1123.
2) Otto Frisingensis Chronic. Lib. VII. Cop. 8.
3) v. Falkenstein, Nordgauische Alterthümer, B. III. S. 9 u. 87. Vgl. Haas, der Rangau und seine Grafen, S. 169. v. Stillfried-Rattonitz ist in seinen Burggrafen von Nürnberg im 12. u. 13. Jahrhundert, S. 10 der Ansicht, daß auch dieser Burgvogt (praefectus) Gottfried ein Graf von Rätz gewesen sei. Er theilt auch aus Meisterlins Historia rerum Norimbergensium die Stelle mit: Hainricus (IV. imperator) vero tutelam castri, juxta quod in Castello monasterio reperitur, commisit praefecto Gotefrido et Cunrado de Ragaza.

wird zuerst eines Burggrafen von Nürnberg, als Zeugen, Erwähnung gethan, und zwar aus dem Geschlecht der Grafen von Hohenlohe. Er ist unterschrieben Gotfridus Praefectus de Nurenberc, und bei den Namen seiner vier Söhne steht de Holloch. [1]

Dem Burggrafen aus Hohenlohischem Stamme folgten noch in demselben Jahrhunderte Burggrafen aus dem Geschlechte der Grafen von Hohenzollern; und Nürnberg wurde dadurch die erste Sprosse der Leiter, auf welcher die fränkische Linie dieses erlauchten Hauses zur Würde der Reichsfürsten, dann der Markgrafen und Kurfürsten von Brandenburg, darauf der Herzöge von Preußen und endlich der Könige von Preußen emporstieg.

Dem von Frhrn. v. Stillfried und Dr. Märker herausgegebenen Urkundenbuch verdanken wir die Gewißheit, daß schon jener Burggraf Friedrich I., der in der Urkunde vom 8. Juli 1192 vorkommt, und, mit einer Sophia von Rätz (Ragz) vermählt, im Jahre 1200 die Burg Kadolzburg bewohnte, ein Graf von Zollern war[2]; denn er war es, welcher die Rätzische Erbschaft an das Haus Zollern brachte.

Der Verfasser des Rangaus und seiner Grafen behauptet zwar (Kap. X. S. 225), daß die alten Burggrafen von Nürnberg gar keine Zollern gewesen seien, sondern Grafen von Abenberg, und sucht dies mit vielen historischen Kenntnissen zu beweisen. Allein ihn widerlegen schon die 43. und 90. Urkunde im ersten Band der Monumenta Zollerana; und dann läßt sich gar nicht denken, daß ein so mächtiges Herrscherhaus, wie das Brandenburgische, nicht gewußt haben sollte, von wem es eigentlich abstammt, während der kleinste Edelmann in alter Zeit so viel daran setzte, die Ahnen seines Geschlechtes zu erforschen. Vollends unhaltbar ist die Behauptung, daß die alten Burggrafen von Nürnberg deßhalb Grafen von Abenberg gewesen sein müssen, weil sie eine Ruhestätte im Kloster Heilsbronn erhielten, worauf nur die Grafen von Abenberg, als Gründer des Klosters, Anspruch gehabt hätten. [3]

Ruhen nicht in dem neuerdings wiederhergestellten herrlichen Münster zu Heilsbronn die Ueberreste einer Menge einfacher Edelleute, wie der Heydeck, Eyb, Absberg, Bernheim, Bruckberg, Emezheim, Holzingen, Wernfels und vieler

---

1) Die Unterschrift lautet vollständig: Hujus rei testes sunt Gotfridus Praefectus de Nurenberc, Abbatissae pater (der Aebtissin in Kitzingen Vater) Gotfridus Albertus, Ulricus et Conradus de Holloch, Abbatissae fratres. S. Lang, Grafschaften, S. 240. Freiherr v. Stillfried hat jedoch in der genannten Schrift (S. 17) die Aechtheit dieser Urkunde in Zweifel gezogen.

2) Monumenta Zollerana, Berlin, 1852 (Ernst und Korn), Band I. Nro. XLIII. ist die wichtige Urkunde, deren Original sich im Reichsarchiv zu München befindet, abgedruckt, welche apud Heitingsvelt gegeben wurde, und welche nach dem Bertoldus Burcgravius de Hinneberc (Henneberg), als weitere Zeugen: Fridericus Burgravius de Nurenberc und Fridericus comes de Abenberc enthält. Doch sagt von Stillfried: „Wann Sophia Gräfin von Retz sich mit dem Grafen von Zollern vermählt und ihm das Burggrafthum Nürnberg zugebracht hat, ist unbekannt." (S. die Burggrafen v. Nürnberg im XII. u. XIII. Jahrh., S. 26.)

3) H. Haas, der Rangau, seine Grafen und ältere Rechts-, Orts- u. Landes-Geschichte mit neuen Forschungen über die Abstammung der Burggrafen von Nürnberg, Erlangen 1853, S. 231.

anderer, auch aus Nürnberger Geschlechtern?[1]) Sollte den immer mächtiger werdenden Burggrafen von Nürnberg aus Zollern'schem Geschlechte verwehrt worden sein, was Gutsherren und Rittern gestattet wurde? Und gab es nicht Glieder des Hohenzollern'schen Hauses, die sich um Kloster Heilsbronn verdient gemacht hatten, wie Sophia, Wittwe des Burggrafen Friedrich I.?

Hat nicht Burggraf Friedrich (der Vater des ersten Kurfürsten von Brandenburg) dem Abt Arnold in Kloster Heilsbronn 800 Pfd. Heller im Jahre 1366 erlegen lassen, wie es heißt: „Zu einer ewigen Meß und einem ewigen Licht auf dem Altar bei der Herrschaft Begräbniß?" Hat nicht seine Gemahlin 100 Pfd. Heller von ihrer Morgengabe i. J. 1375 ebendahin gestiftet „Ihrer Vordern (Vorfahren) und Ihrer selbst Seelenheil willen?"[2]) späterer Stiftungen nicht zu gedenken.

Auch die Behauptung, daß das Zollern'sche Wappen mit den gegenüber= stehenden schwarzen und silbernen Quadraten das allgemeine kaiserliche Zoll= wappen gewesen sei für die mit Beaufsichtigung der Zölle betrauten Zollgrafen (theolonarii[3]), dürfte nicht zu dem vorausgeschickten Schlusse berechtigen; denn die auf Stangen befestigten und in der Nähe von Zollstationen zum Erken= nungszeichen derselben aufgestellten Schilde hatten rothe und weiße Quadrate, nicht schwarz und weiße. Aller Beachtung werth scheint jedoch die Erklärung des Wappens von Burggraf Konrad aus dem Jahre 1246 zu sein, welches sich bei Detter abgebildet findet.[4])

Noch mehr als Burggraf Friedrich I. durch seine Vermählung mit Sophia von Räz, that sein Enkel Friedrich III. zur Vermehrung der Hohenzoller'schen Hausmacht.

Ein zu Ingelheim am 2. Februar 1249 ausgestelltes Diplom des Kg. Wilhelm (Gegenkaiser Konrads des Vierten) läßt diesen Burggrafen Fried=

---

1) Hoßmann, Beschreibung aller Stifter und Klöster des Burggrafthums Nürnberg, MS. im Besitze des hist. Vereines zu Ansbach, aus dem Jahre 1617, S. 73 und 77. Vgl. Klingsohr, kurze Geschichte des Klosters Heilsbronn und Biographie der in der Münsterkirche daselbst beigesetzten Fürsten und Kurfürsten aus dem Hause Hohenzollern, Nürnberg 1806.

2) Hoßmann a. a. O. MS. S. 61 u. 62.

3) Haas a. a. O., S. 232.

4) Detter, Versuch der Burggrafengeschichte, S. 287. Zur Vertheidigung seiner, von Frhrn. v. Stillfried und Professor Dr. Märker angegriffenen und auch im XXVIII. Jahr.-Ber. des hist. Ver. f. Mittelfr. heftig angefochtenen Artikels schrieb H. Haas: Monumenta Abenbergensia gegenüber den Monumentis Zolleranis, oder die Abstammung der Burggrafen von Nürnberg und des kgl. preußischen Hauses, von Markgraf Adalbert in Kärnthen, Gaugraf im Radenzgau und Graf von Calw, wie von Abenberg, Erlangen bei Palm, 1858. Dagegen erschienen: H. Haas Abendbergische Phantasieen von P. Th. March und der Traum von den Hohenzollern im Rangau von H. Baur in der Zeitschrift des hist. Vereins für's württembergische Franken, Heft IX. 1855, S. 81. Uebrigens leitet Hr. Landrichter Haas in Erlangen, nach einer mir gegebenen mündlichen und schriftlichen Erklärung, den Namen „Zollern" neuerdings von castra scelerata ab, was bei Tacitus in der Schilderung des Feldzuges von Drusus vorkommt. Hohenzollern soll in der von Tacitus bezeichneten Richtung liegen, und der Name Zollern aus scelerata entstanden sein, indem aus sc ein z wurde, der Laut e in o überging und statt der Endsylbe ein n angesetzt wurde. Reich an neuen und kühnen Auffassungen ist auch des Verfassers jüngste Schrift: Urzustände Alemanniens, Schwabens und ihrer Nachbarländer bei ihrem Uebergang zur ältesten Geschichte Germaniens. Erlangen, bei Deichert, 1865.

rich III. als Gemahl der Elisabeth von Meran erscheinen, an welche ein Theil
der reichen Erbschaft ihres Bruders, des letzten Herzogs von Meran, Otto des
Großen, gefallen war, und überträgt ihm diejenigen Reichslehen in Burgund,
welche die Herzöge von Meran daselbst besessen hatten.[1]) Die wegen dieser
Erbschaft entstandene Fehde des Burggrafen Friedrich und seines Schwagers
Friedrich von Truhendingen mit dem Bischofe zu Bamberg wurde am 23. September 1254 durch Vergleich beigelegt und im nächsten Jahre völlig geschlichtet[2]).

Im Gefühle dieses Zuwachses an Macht (wozu auch die Belehnung mit
dem Städtchen Creußen im Jahre 1251 kam, nannte sich dieser Burggraf
Friedrich III. in der Urkunde vom 25. Juli 1265, worin er die ihm durch
die meranische Erbschaft zugefallene Stadt Baireuth, wie auch das Schloß
Kadolzburg (Karlsburg genannt) dem Stift Elwangen zu Lehen auftrug,
zum ersten Male „Von Gottes Gnaden Burggraf zu N." und gebrauchte,
statt des älteren burggräflichen Siegels mit dem aufrechtstehenden, schwarzen
Löwen im goldenen Felde und dem weiß und roth abgetheilten Rande, das
zollerische Wappen mit schwarz und weiß quadrirtem Schilde und dem Pfauen-
schwanz, als Helmschmuck.

Von allen Seiten vergrößerte sich unter ihm der Länderbesitz und befestigte sich die Macht der Burggrafen. Nicht wenig trug dazu bei, daß Friedrich III., dessen Gemahlin Klementia eine geborne Gräfin von Habsburg war,
großen Einfluß auf die Wahl seines Neffen Rudolph, Grafen von Habsburg,
zum deutschen Kaiser ausübte und sie ihm auch zuerst verkündete; denn noch
in demselben Jahre stellte der neue Kaiser unter dem 25. Oktober den höchst
wichtigen Lehnbrief über das Burggrafthum Nürnberg aus, der sich vorkommenden Falles auch auf dessen Töchter bezog,[3]) da aus Friedrich des Dritten
erster Ehe mit Elisabetha von Meran kein Sohn hervorgegangen war, und
die Sage, daß ihm zwei Söhne von den gereizten Waffenschmieden in Nürnberg erschlagen worden seien, der historischen Begründung entbehrt.

Als im Jahre 1278 — trotz der glücklichen Verhandlungen, welche
Burggraf Friedrich III. im Namen des Kaisers führte — der Krieg mit König
Ottokar von Böhmen ausbrach, fand sich auch der treue Burggraf von Nürnberg mit seinen tapfern Rittern und Mannen ein, und trug das Seinige dazu
bei, daß der übermüthige Tscheche bei Custersdorf geschlagen wurde und mit
14,000 Böhmen fiel. Zum Danke dafür wurde der Burggraf mit der Herrschaft Seefeld in Oestreich und mehreren Orten in Franken belehnt.

Durch Friedrich III. Tochter aus seiner zweiten Ehe mit Helena von
Sachsen wurde Graf Ludwig von Oettingen Schwiegersohn; und dieser schenkte
seinem Schwiegervater unter dem 28. Juli 1281 die Rindsmaulischen Güter

---

1) Monumenta Zollerana P. II. Nro. LL. Datum in castris apud
Jngelheim, wo es heißt: Frederico Nurenbergensi Burggravio, Elizabethae ipsius
Meranii sororis viro. Vgl. Rentsch, Brandenb. Cedernhain, 1862, S. 293 ff.
2) Ebendaselbst; Nro. LXIII. der Vergleich; Nro. LXIV. die schiedsrichter-
liche Bestätigung.
3) Das Original dieser vielfach abgedruckten Urkunde befindet sich im Reichs-
Archiv zu München. Die Monumenta Zollerana geben es im II. Band unter
Nro. CXXIX. wieder. Rentsch gibt eine Uebersetzung davon im Brandenburgischen Cedernhain, S. 301.

in Windsbach,[1]) wodurch elf Jahre später die Schwiegertöchter des Grafen Ludwig von Oettingen und ihre Schwester, Kunigunde von Heldeck, Tochter Wolframs von Dornberg, veranlaßt wurden, ebenfalls ihr Eigenthum an Schloß und Stadt Windsbach dem Burggrafen zu schenken.

Zwischen diese beiden Schenkungen fiel die Erwerbung Burgbernheims und Herbolzheims, welche unter dem 12. August 1281 von Bischof Berthold von Bamberg, gekauft wurden,[2]) und die Erneuerung der Reichslehen des Burggrafthums durch Kaiser Adolph aus dem Hause Nassau, desselben Kaisers, der an dem sogenannten Nassauischen Hause in Nürnberg, unweit der Lorenzer Kirche, abgebildet ist.[3]) Deßgleichen schenkte Bischof Berthold von Bamberg dem Burggrafen Friedrich III. alle Einkünfte in dem ihm verpfändeten Rostal (Rostal) unter dem 18. Dezember 1281. (Nr. 250 des 2. Bd. des Urkundenbuches zur Geschichte des Hauses Hohenzollern.)

Und damit schlossen die Erwerbungen dieses umsichtigen Burggrafen noch nicht ab. Unter dem 2. April 1285 ließ er sich von Kaiser Rudolph I. das Burglehen zu Eger und die Veste Wunsiedel verleihen. Von dem Grafen von Orlamünde kaufte er Zwernitz (umgetauft in Sanspareil) am 8. April 1290; ließ sich Plassenburg und Kulmbach (Culmna) verpfänden, deren wirkliche Erwerbung Kaiser Adolph von Nassau persönlich, als Gast des Burggrafen in Kadolzburg, bestätigte. Hier wurde auch Anna, Tochter des Burggrafen Friedrich III. mit Graf Emich von Nassau, einem Anverwandten des Kaisers, am 28. Aug. 1295 verlobt.[4])

Gegen diesen Gebietszuwachs erscheint die Verschenkung des Schlosses Birnsberg an den deutschen Orden (am 16. Juni 1294) und des Schlosses Abenberg an das Hochstift Eichstätt (7. März 1296), wie auch die Veräußerung von Spalt an dasselbe Hochstift (unter dem 28. Juni 1296), wo sich Friedrichs Bruder Konrad IV. im Jahre 1314 begraben ließ, und später auch Friedrich III. und seine Gemahlin Agnes, von untergeordnetem Belang.[5]) Da sich alle Söhne Konrads dem geistlichen Stande gewidmet hatten, so stand Friedrich III. als alleiniger Regent des nicht unbedeutenden Burggrafthums da. Er brachte jedoch, als Vertrauter des Kaisers, die meiste Zeit in Wien zu, begleitete den Kaiser Rudolph I. zu den Reichstagen in Würzburg und Erfurt, und verließ ihn nicht, als derselbe, auf der Reise nach Speier begriffen,

---

1) In der Schenkungsurkunde sagt Graf Ludwig: Proprietatem bonorum universorum Castro Winspach pertinentium, que vir strenuus Albertus dictus Rinsmulus a nobis tenet in feodo, salvis illis bonis, que Nobili viro Wolframo advocato de Dorenberch per nos sunt vendita, dedimus et donavimus spectabili viro domino Friderico Burcgravio de Nurenberch, socero nostro Karissimo. S. Nro. CCXXXVIII. im zweiten Band der Mon. Zoll. Die beiden andern Schenkungsurkunden vom 28. März 1292 und 29. März 1292 siehe daselbst unter Nro. 375 u. 376 desselben Bandes. In der letzteren, datum Walenstein heißt es: proprietatem castri et Opidi Winspach cum suis juribus et pertinentiis sq.

2) Villam nostram in Bernheim, silvam ibidem . . . et villam nostram Herbolheim heißt es in dem 241sten Dokumente der Mon. Zoll. P. II.

3) Das Original im Reichsarchiv zu München. An demselben soll noch die goldene Bulle hängen, mit gelbseidener Schnur befestigt.

4) Urkunde Nro. 406 in der Mon. Zoll.

5) Monumenta Zollerana Nro. 536 u. 537.

unvermuthet am 28. Juli 1291 verschied. Sechs Jahre darauf, am 14. August 1297, folgte er dem Kaiser in die Ewigkeit nach, und wurde in Kloster Heilsbronn beigesetzt, hinter dem Hochaltar. Das Epitaphium lautet: Anno Domini MCCXCVII proxima assumptionis obiit Dominus Fridericus Senior, Burggravius de Nürnberg.

Sein Sohn Friedrich IV., der nur drei Jahre mit seinem Bruder Johann I. gemeinschaftlich regiert, die Stadt Prag 1310 mit Kaiser Heinrich VII. eingenommen, und den Kaiser nach Rom zur Krönung begleitet hatte, hob das Burggrafthum Nürnberg noch auf eine höhere Stufe der Bedeutung. Unter dem 17. Juli 1318 kaufte er Kolmberg und Leutershausen von dem Grafen Friedrich von Truhendingen um 6200 Pfd. Heller, worauf Kaiser Ludwig der Bayer sie aus bayrischen Lehen in Reichslehen verwandelte, und am 12. Januar 1319 den Burggrafen damit belehnte, der am 10. April 1321, im Verein mit dem Landgrafen Ulrich von Leuchtenberg, auch Wunsiedel von den Herren von Voigtberg kaufte, und welchem im nächsten Jahre auch Schloß Castell und Kleinlangheim von dem Grafen Hermann v. Castell verpfändet wurde, wovon jedoch nur Kleinlangheim bei dem burggräflichen Hause blieb.

Die Probe der Treue gegen seinen Kaiser und Herrn Ludwig den Bayer bewährte Burggraf Friedrich IV. glänzend in der Schlacht bei Ampfing und Mühldorf im Jahre 1322 und trug sogar viel zur Entscheidung derselben bei, indem er sich bei einem Wäldchen an der Isen in einen Hinterhalt legte, und im entscheidenden Augenblick, als schon das Kriegsglück sich auf des Feindes Seite neigte, hervorbrach und — Friedrich durch falsche Fahnen täuschend — so in die Enge trieb, daß sein tapferer Burgmann Albrecht von Rindsmaul den mit seinem verwundeten Pferde zu Boden stürzenden Erzherzog Friedrich gefangen nehmen und seinem Herrn, dem Burggrafen Friedrich IV. übergeben konnte, der ihn dem siegreichen Kaiser überlieferte.

Kaiser Ludwig IV. zeigte sich aber auch dankbar. Noch auf dem Schlachtfelde übergab er die gefangenen österreichischen Grafen und Herren, 32 an der Zahl, dem kriegskundigen Burggrafen, welcher sich, statt eines Lösegeldes, ihre Güter zu Lehen verschreiben ließ, woher es kam, daß das Burggrafenthum Nürnberg so viele Lehngüter in Oestreich hatte. Sodann belohnte ihn der Kaiser — unter Anerkennung seiner Leistungen in jener Schlacht — zunächst mit der Stadt Hof.[1]) Unter dem 11. März 1324 belehnte er denselben von Frankfurt aus mit den Erzwerken zu Plassenburg.[2]) Zudem verschrieb der dankbare Kaiser dem tapfern Burggrafen Friedrich IV. von Nürnberg, von Burgau aus, am 10. Januar 1325 eine Summe von 5560 Pfd. Heller, wie

---

1) Der Kaiser gibt darin als Grund der Belehnung an: „Maxime quod in die demicationis et belli, pro ipsius sacri Jmperii ac nostris summis honoribus per nos habiti, cum Friderico Duce Austriae ipse miles strenuus et adjutor de multa comitia extitit illo die sq. S. Monumenta Zollerana P. I. Nro. 573.

2) Ebendaselbst Diplom Nro. 580.

er sagt: „für Kriegsschaden an dem Streit, den wir nächst getan haben mit Herzog Friedrich von Oestreich ꝛc." (Datum in castris ante Burgowe).

Ueberdies versprach der Kaiser unter dem 8. Sept. 1325, dem Burggrafen Willebriefe (Zustimmungen) von Seiten der Kurfürsten über alle Satzungen der Reichsgüter (verpfändete Reichsdomänen) zu verschaffen, darunter über Weißenburg, deßgl. über Windsheim, welches er ihm an demselben Tage für 9300 Pfd. Heller verpfändete.[1]) Ein Jahr darauf (8. Febr. 1326) kaufte Friedrich IV. Grünblach, Bach, Eltersdorf, Bruck, Tennenlohe, Sittenbach und einige kleinere Orte von Gottfried von Brauneck und seiner „Ehewirtin" Margaretha von Grünblach. (M. Z. Nr. 608.)

Außer diesen und den vielen oben genannten Orten gehörten auch noch mehrere kleinere Orte im Nordgau zum Burggrafenthum Nürnberg, deren Aufzählung hier zu weit führen würde.

III. Abschnitt.
Uebergang Ansbachs an die Burggrafen von Nürnberg im Jahre 1331.

Die bedeutendste Erwerbung des Burggrafen Friedrich IV. war die der Stadt Ansbach mit ihrem berühmten Gumbertusstift und mit der Burg Dornberg, dem einstigen Stammsitze der Vögte von Dornberg. Beide befanden sich seit 1288 in dem Besitze der Grafen von Oettingen, und wurden von ihnen am 22. März 1331 an Burggraf Friedrich IV. für 23,000 Pfd. Heller verkauft. Die darüber ausgestellte Urkunde befindet sich im Reichsarchive zu München und lautet:

„Wir Grav Ludwig von Otinge, Tun chunt an disem brief allen den, die in sehent oder hörent lesen, daz wir haben geben zu chauffen recht vnd reblich, unserm lieben Oheim Burggraven Friedrich von Nürnberch und allen seinen Erben unser Burch den Dornberch und die Stadt Onoltspach für ein recht lehen, als wir ez gehabt haben von unsern Herren dem Bischofe von Wirzeburch mit allem dem, daz darzu gehört, Leut vnd Guet, manlehen Herschaft, Holtz, Velt, Wazzer, Waide, Gericht, Wisemat, Weier, gesucht und ungesucht, wie ez genannt ist, umb Drew und zwainzig Tausent pfunt Haller gueter und geber, er uns zu Nürnberch weren schol, und von dannen gen Wazzer Truhendingen in unser veste belaiten schol zu den zilen mit den rechten, als an der Hantveste geschrieben stat, die er uns darüber geben hat ꝛc.

---

1) Original-Urkunden im Reichsarchiv zu Nürnberg. In den Monum. Zoll Nro. 601 u. 602. Es heißt darin in Mönchlatein: Dominus Rex remansit sibi in novem milibus et trecentis libris Hallensibus pro quibus obligavit sibi civitatem Windesheim cum Stewra (Steuern) et pertinentiis suis pro tribus millibus librarum Hallens. in pignus etc. Item pro tribus milibus Pfd. Hallens. obligavit sibi similiter in pignus civitatem in Weizzenburch cum Stewra et Ammanatu ac aliis pertinentiis, sicut littere sue dicunt.

„Der brief geben zu Halsbrunne, do man zalt von Christus geburd drizehen hundert Jar und darnach in dem einen und drizzigsten Jar, an dem nehsten Fritag vor dem Palmetag" [1]).

Unter dem 27. Sept. 1331 quittirte Graf Ludwig von Dettingen über den Empfang des Kauffschillings mit den Worten:

„Und des ze einem urdunde geben wir disen brief versigelt mit unserem Insigel, daz hiegewertechlich hanget." (Mon. Zoll. II. Nr. 680.)

Die Beweggründe der Grafen v. Dettingen zum Verkaufe Ansbachs werden verschieden angegeben. Finanzielle Verlegenheit und der Wunsch, dem bei dem kaiserlichen Hofe beliebten und vielvermögenden Oheim gefällig zu sein, mögen Graf Ludwig v. Dettingen, der sich mehr im Rieß auszubreiten suchte, während die Burggrafen von Nürnberg nach Besitzungen im alten Rangau trachteten, bestimmt haben, Ansbach mit seinem Stift zu veräußern, ohngeachtet i. J. 1305 Graf Konrad von Dettingen und 1328 Graf Eberhard von Dettingen die Stelle eines Propstes an diesem Stifte bekleideten.

Als Burggraf Friedrich IV. jedoch seine Erwerbung, wozu auch Kammerforst, Reuses, Schalkhausen, Wernsbach und Dautenwinden gehörten, in Besitz nahm, war das alte Onolzbach bei weitem nicht die freundliche, einladende Stadt, welche sie jetzt ist. Herabreitend, wie es sich denken läßt, mit zahlreichem Gefolge vom jetzigen Windmühlberge auf der Nürnberger Straße zum Empfange der Huldigung, fand er weder die Langische Anlage zu seiner Rechten, noch lud neben ihr eine freundliche Wirthschaft die Ritter zum Haltmachen und Laben ein, sondern es sah der Abhang des Hügels so kahl und öde aus, wie er heute noch auf der linken Seite ist. Eben so kahl waren die andern Hügel gegen Norden, wo jetzt zwischen Kammerforst und Weinberg der Drechselsgarten mit seinem Panorama Einheimische und Fremde erfreut. Keinen Hofgarten, der jetzt zu den schönsten unseres Vaterlandes zählt, erblickte sein Auge; und die Schloßvorstadt, durch welche der neue Herrscher ritt, bestand nur aus wenigen Häusern. Doch floß noch die volle Rezat durch die alte steinerne Schloßbrücke, und man hatte aus Mangel an Mühlen noch nicht zu dem Mißstande seine Zuflucht genommen, das Wasser der Rezat durch einen Kanal der Mühle an der Schloßbrücke zuzuführen, und dadurch das eigentliche Bett des Flusses den größten Theil des Jahres über trocken zu legen, oder vielmehr in eine sich fortziehende Pfütze zu verwandeln.

Dagegen zog sich, statt der vier Promenaden, welche jetzt Ansbachs Zierde bilden, der von der Ziegelhütte herabkommende, übelriechende Bach durch die Herrieder-Vorstadt und südlich von der Stadtmauer und dem Stadtgraben bis in die Nähe des Hundssteges, wo er offen in die Rezat mündete.

Die Herrieder Vorstadt selbst bestand damals nur aus wenigen, an der Herrieder Straße liegenden Gebäuden. Gegenüber dem Knollenhof (jetzt Gasthof zum Löwen) war die große Zirkelwirthspeunt, mehr Sumpf als Wiese; denn die schöne Häuserreihe, östlich der steinernen, jetzt mit Kugelakazien besetzten Promenade, wurde erst gegen Ende des vorigen Jahrhunderts von dem Bau-Inspektor Wohlgemuth, nach Legung von Rösten und Faschinen, aufgeführt. Die

---

1) **Monumenta Zollerana.** Berlin, 1856. P. II. Nro. 671.

ganze neue Anlage, wie man zu Markgrafszeiten die sämmtlichen neuen Ge=
bäude zwischen den Promenaden und der jetzigen Eisenbahn nannte, bestand noch
aus Feldern Wiesen und Gärtnerswohnungen, deren Besitzer die Stadt mit
Gemüse, Milch, Schmalz und andern Lebensmitteln versahen.

Der Herrieder Thorthurm war niedriger, als der gegenwärtige und stand
etwas weiter in die Stadt hinein. Das neue Thor war noch nicht durch die
Stadtmauer gebrochen; der untere Markt war kleiner, und von einem eigentlichen
Schloß konnte um so weniger die Rede sein, als erst Burggraf Friedrich VI.
seine Residenz von Nürnberg nach Ansbach verlegte.

Burggraf Friedrich IV. stieg mit seinem Gefolge höchst wahrscheinlich in
der kleinen Dornberger Burg am obern Thore ab. Die Obere Vorstadt bestand
aber damals auch nur aus wenigen Häusern mit Gärten und Nebengebäuden,
zur Feldwirthschaft eingerichtet. Dennoch mochte des Burggrafen Herz von
freudigem Gefühle bewegt worden sein, als Ansbachs Bürgerschaft ihm den
Eid der Treue schwur, einen Eid, den ihre Nachkommen dem Hause Zollern zu
allen Zeiten heilig gehalten haben, bis sie im Jahre 1806 von demselben ent=
bunden wurden, um fortan mit gleicher Liebe und Treue dem Hause Wittels=
bach anzugehören, von dem man anerkennen muß, daß es in der Beglückung
seiner Unterthanen sein eigenes Glück sucht und findet.

Bei den späteren Theilungen des Burggrafenthums Nürnberg, welches
im Jahre 1363 zu einem Reichsfürstenthum erhoben wurde, gehörte
Ansbach mit seinen Umgebungen in weitem Kreise stets zum Burggrafthum
Nürnberg unterhalb Gebürgs. Zur Residenz aber wurde es erst von Burg=
graf Friedrich VI. erkoren, demselben, der im Jahre 1411 von Kaiser Sigis=
mund zum Obristen und Verweser der Mark Brandenburg ernannt[1]) und am
18. April 1417 von ihm auf dem Markte zu Kostnitz unter großen, von
Nauclerus beschriebenen Feierlichkeiten mit derselben betraut und zugleich mit
der Kurwürde belehnt wurde. Als einen der Gründe zu dieser Standes=
Erhöhung führt das kaiserliche Diplom an: „daß Burggraf Friedrichs hohe
Verdienste, Arbeit und auf Befriedigung der Mark aus eigener Kassa auf=
gewendete Kosten bezahlet und vergolten werden möchten[2]).

Da alle seine männlichen Nachkommen sich Markgrafen von Bran=
denburg schrieben, auch wenn sie die Markt selbst nicht erhalten hatten; so

---

1) Groß, Burg= und Markgräfl. Brandenburgische Landes= u. Regenten=Historie
gibt S. 267 das Jahr 1411 an (statt, wie Andere angeben 1410) und begründet es
damit, daß am 19. Januar 1411 erst Markgraf Jobst von Mähren, dem die Mark
Brandenburg verpfändet war, zu Brünn gestorben sei (S. 266).

2) Diese Kosten mit dem, was der Burggraf dem Kaiser baar vorgeschossen
hatte, werden gewöhnlich auf 400,000 Dukaten geschätzt, weil in dem kaiserlichen Lehen=
brief die Bestimmung aufgenommen war: „Daß nicht nur in Mangel männlicher Erben
es (das Kurfürstenthum) an Kaiser Siegmund (der es früher besessen) und dessen Fa=
miliam zurückfallen, sondern auch, daß gedachter sein Herr Bruder König Wenzel oder
dessen männliche Leibeserben zu allen Zeiten gegen Bezahlung von 400,000 ungarischer
Dukaten die Mark wieder an sich zu kaufen Macht haben sollten." Somit hatte sie
der Burggraf mehr erkauft, als zum Lehen erhalten. S. Rentsch, Brandenburgischer
Cedernhain, S. 357.

führten auch die Landesherren von Ansbach diesen Titel; und daher kam es, daß man ihr Fürstenthum — auf das sie als freies Eigenthum so stolz waren — gewöhnlich das Markgrafthum Ansbach nannte, wenn gleich dieses Land mitten im deutschen Reiche lag, und so wenig als Bayreuth je eine Gränzmark bildete.

Als daher der letzte kinderlose Markgraf Karl Alexander von Brandenburg-Ansbach, der 1769 auch Bayreuth geerbt hatte, durch den Vertrag vom 2. Dezember 1791 gegen eine jährliche Leibrente seine Lande dem künftigen Erben derselben, Friedrich Wilhelm II., König von Preußen, abtrat, erhielten dieselben den rechtmäßigen Titel: „Preußische Fürstenthümer in Franken"; und als Fürstenthum Ansbach ging das alte Onolzbach durch den Traktat von Wien am 15. Dezember 1805 an Napoleon I. und i. J. 1806 von diesem an die Krone Bayern über.

Gott schütze und segne Ansbach, und lasse es wachsen und blühen für und für!

Alphabetisches Orts- und Sach-Register.